HEYNE <

Das Buch

Bei einem verheerenden Hackerangriff auf New York und zwei Bombenattentaten wurden zahlreiche Menschen getötet, die amerikanische Präsidentin kam nur knapp mit dem Leben davon. Die von ihr neu gegründete Net Force zur Bekämpfung von Cyberkriminalität macht Jagd auf die Drahtzieher des Anschlags, die sogenannten *technologie vampiri*, eine weltweit agierende Bande rumänischer Cyberkrimineller. Dabei muss die Net Force allerdings zunächst auf die Mitwirkung ihres frisch gebackenen Direktors für Cyberermittlungen, Leo Harris, verzichten. Harris, der durch seinen geistesgegenwärtigen und beherzten Einsatz während des Anschlags ein noch größeres Blutvergießen verhindern konnte, erholt sich von seinen schweren Verletzungen, die er sich bei der Explosion einer Autobombe zugezogen hat. Unterdessen verschafft sich eine militärische Spezialeinheit der Net Force unter der Leitung von Mike Carmody bei einer verdeckten Operation gewaltsam Zugang zum Unterschlupf der Verbrecher. Unterstützt wird Carmody dabei von der Hackerin Kali Alcazar. Mit unermüdlichem Einsatz und unorthodoxen Methoden unternimmt die Net Force alles, um die Ordnung der globalisierten Welt zu bewahren.

Der Autor

Jerome Preisler ist der Autor von Tom Clancys *New-York-Times*-Bestsellerreihe »Power Play«. Er hat bisher mehr als dreißig Bücher veröffentlicht und als Experte für Militärgeschichte zahlreiche Vorträge an Schulen, in Museen und Militärstützpunkten gehalten. Preisler lebt in New York.

ENTWICKELT VON

TOM CLANCY

UND

STEVE PIECZENIK

GESCHRIEBEN VON

JEROME PREISLER

NET FORCE

GEHEIMPROTOKOLL

Aus dem Englischen
von Frank Dabrock

WILHELM HEYNE VERLAG
MÜNCHEN

Die Originalausgabe NET FORCE Attack Protocol
erschien erstmals 2020 bei Hanover Square Press, Toronto.

FSC www.fsc.org
MIX
Papier aus verantwortungsvollen Quellen
FSC® C014496

Penguin Random House Verlagsgruppe FSC® N001967

Deutsche Erstausgabe 09/2022

Redaktion: Florian Oppermann
Printed in Germany
Umschlaggestaltung: Nele Schütz Design
unter Verwendung von Shutterstock.com
(Syda Productions, EAKS Photography, Senohrabek)
Satz: Leingärtner, Nabburg
Druck und Bindung: GGP Media GmbH, Pößneck
ISBN: 978-3-453-44121-7

www.heyne.de

Für meine Eltern,
Thea und Sam,
in Liebe

Jede Kriegskunst beruht auf Täuschung. Wenn wir zum Angriff bereit sind, muss es so scheinen, als wären wir dazu nicht in der Lage. Wenn wir unsere Streitkräfte einsetzen, müssen wir tatenlos wirken. Sind wir in der Nähe, müssen wir dem Feind weismachen, wir wären weit entfernt. Sind wir jedoch weit entfernt, müssen wir ihm weismachen, wir wären ganz in der Nähe.

– SUN TSU, *DIE KUNST DES KRIEGES*

TEIL EINS

FEINDLICHER ZUGRIFF

22.–23. November 2023

1

Kreis Satu Mare, Rumänien

Der erste Schnee des Winters bedeckte das Ufer des Someş mit einer Puderschicht, als das Stromnetz vollständig zusammenbrach und der Westen des Landes in Dunkelheit getaucht wurde.

Eine Stunde nachdem der Techniker Nicu Borgos im Electrica-Schaltwerk für den Kreis Satu Mare seine Nachtschicht angetreten hatte, begann plötzlich alles aus dem Ruder zu laufen. Er war hundemüde, weil er sich um seine grippekranke siebenjährige Tochter gekümmert hatte und seiner Frau, so gut es ging, zur Hand gegangen war. Balia, die als Verkäuferin in einem Bekleidungsgeschäft arbeitete, um die bescheidenen Einkünfte der Familie aufzubessern, litt ebenfalls unter dem Wetter.

Als sie gestern Abend vom Geschäft nach Hause gekommen war, hatte sie Angela mit Erkältungssalbe eingerieben, ins Bett gebracht, sich geduscht und war, ohne etwas zu essen, schlafen gegangen. Normalerweise legte Nicu sich bis neun Uhr abends oder etwas länger aufs Ohr, aber die Laute, die Angela in ihrem Zimmer von sich gab, hatten ihn beunruhigt. Er hatte bei der Pandemie vor drei Jahren seine geliebte Mutter verloren, und es kam immer noch zu schlimmen Ausbrüchen.

Deshalb beschloss er sicherheitshalber aufzubleiben, um nach seiner Tochter zu sehen, und steckte alle fünfzehn bis zwanzig Minuten seinen Kopf durch die Zimmertür. Es hatte eine ganze Weile gedauert, bis sie schließlich eingeschlafen war.

Darum war Nicu jetzt völlig erledigt und übernächtigt, was vielleicht der Grund dafür war, dass er seinen Augen nicht traute, als er sah, wie sein Cursor plötzlich über den Bildschirm zu wandern begann. Der Computer war mit dem Stromnetz verbunden, und die nummerierten blauen Buttons auf der Monitoranzeige kontrollierten die Leistungsschalter von zehn Umspannwerken im gesamten Landkreis – ein Gebiet von fast viertausendfünfhundert Quadratkilometern mit etwa dreihunderttausend Einwohnern.

Der Cursor landete auf dem Schalter von Umspannwerk eins. Und klickte. Worauf sich unter dem Button ein Dialogfenster öffnete:

Warnhinweis: Das Öffnen des Schalters führt zur vollständigen Abschaltung. Wollen Sie fortfahren?

JA NEIN

Nicu griff nach seiner Maus und versuchte, den Cursor aus dem Fenster zu ziehen, weil er glaubte, dass ihr Treiber vielleicht gestört sei. Aber der Cursor reagierte nicht … und wanderte auf das JA.

Rasch wischte er mit der Maus über das Pad, um den Cursor auf das NEIN zu bewegen.

Doch er blieb auf dem JA. Und klickte es an. Das Dialogfenster verschwand, und die Farbe des Buttons wechselte von Blau zu Rot.

Nicu holte tief Luft. Da er bereits seit einem halben Jahrzehnt im Schaltwerk arbeitete, musste er keinen Übersichtsplan aufrufen, um nachzusehen, welches Umspannwerk welches Gebiet versorgte. Er hatte den Plan im Kopf.

Umspannwerk eins befand sich in Lazuri, einer ländlichen Gemeinde aus sechs Ortschaften im äußersten Norden, nahe der ukrainischen und ungarischen Grenze. Ihre sechstausend Einwohner waren jetzt ohne Strom. Während Nicu das klar wurde, sprang der Cursor auf dem Bildschirm zum Button von Umspannwerk zwei.

Verzweifelt packte er die Maus und hob sie über das Pad. Aber das machte keinen Unterschied. Der Cursor klickte erneut. Öffnete ein weiteres Dialogfenster mit der Aufforderung zur Bestätigung. Und wanderte auf das JA.

Klick.

Der blaue Button wurde rot, und Nicu Borgos sah, wie das Umspannwerk augenblicklich abgeschaltet wurde.

»*Draga meu Dumnezeu*«, krächzte er. »Gütiger Gott.«

Umspannwerk zwei lag in der Stadt Satu Mare. Ihre hunderttausend Einwohner – ein Drittel der Bevölkerung im Landkreis – saßen jetzt vollständig im Dunkeln.

Nicu versuchte, klar zu denken. Tagsüber arbeiteten zwei Personen in der Leitstelle. Zu seiner Linken stand ein zweiter Computer, mit einem separaten Monitor. Vielleicht gab es ja nur mit seinem Rechner ein Problem. Wenn er sich mit dem anderen Computer in das System einloggte, könnte er vielleicht verhindern, dass weitere Schalter geöffnet wurden.

Er rollte seinen Stuhl vor das Gerät und tippte auf die Tastatur. Der Computer beendete den Ruhezustand und zeigte den Anmeldebildschirm für das Bedienpersonal. Nicu gab seinen Benutzernamen und das Passwort ein.

Es erschien die Mitteilung *Falsches Passwort*. Langsam gab er erneut das Passwort ein, weil er annahm, dass er sich in der Eile vertippt hatte.

Wieder erschien die Mitteilung. Er hatte keinen Zugang zum System.

Nicu richtete sich auf, die Wirbelsäule starr vor Anspannung. Sein eigener Rechner zeigte an, dass Umspannwerk drei, das die zwölftausend Einwohner von Negreşti-Oaş mit Strom belieferte, abgeschaltet war, und als er einen Blick auf den Bildschirm warf, sah er, dass der Cursor zum Button von Umspannwerk vier wanderte … die Verteilerstation für die sieben Ortschaften der Gemeinde Medieşu Aurit. Zusammen versorgten die beiden Anlagen mehr als zwanzigtausend Kunden.

Ihm fiel ein, dass laut Wetterbericht in den Bergregionen heute Nacht die Temperatur unter den Gefrierpunkt sinken sollte, und er war plötzlich verzweifelt. Warum auch immer die Anlagen abgeschaltet wurden, er war diesem sich ausweitenden Notfall nicht gewachsen.

Mit klopfendem Herzen griff er nach dem Notfalltelefon, um seinen Vorgesetzten anzurufen.

Der schwarze BearCat G3 fuhr in nördlicher Richtung die unmarkierte Schotterpiste entlang, die die Stadt Satu Mare mit dem Bauerndörfchen Rosalvea in den Ausläufern der Karpaten verband. Die Scheibenwischer vertrieben dicke, feuchte Schneeflocken, während sich das Fahrzeug so ruhig und leise vorwärtsbewegte, wie das einem Viertonner mit einer Panzerung aus gehärtetem Stahl möglich war.

Hinter dem Steuer saß Scott Dixon von der auf Verbrecherjagd spezialisierten CIA-Eliteeinheit Fox-Team, die seit Kurzem dem Kommando der Net Force unterstand. Neben ihm saß Kali Alcazar. Sie war Ende zwanzig, hatte kurzes silberweißes Haar und trug einen schwarzen Stealth Suit und eine leichte Schutzweste, die beide zur Standardausrüstung gehörten. Der viktorianische Abenteurergürtel und der alte Filmpatronen-Anhänger um ihren Hals hingegen waren persönliche Gegenstände. »Wie liegen wir in der Zeit?«, fragte Dixon.

Kali schaute auf den Bildschirm am Armaturenbrett. Darauf war dieselbe Kontrollanzeige zu sehen, mit der Nicu Borgos sich im Schaltwerk momentan herumschlug. Kurz zuvor hatte Kali beobachtet, wie in kurzer Folge die Stromverbindungen unterbrochen worden waren.

»Pickles«, sagte sie. Das war der dämliche Name des KI-Systems an Bord, den sein Konstrukteur, Sergeant Julio Fernandez, ihm verpasst hatte.

»Ja, K?«

»*Outlier*«, korrigierte sie. Das war ihr Deckname im Darknet, den sie schon vor langer Zeit angenommen hatte.

»Ja, K.«

»Zeig mir das Stromnetz von Satu Mare an.«

»Ja, K.«

Sie schnalzte mit der Zunge. Fernandez hatte dem KI-System etwas zu viele seiner ausgesprochen lästigen Charaktereigenschaften verliehen. Aber das Gute daran war, dass es, wie Julio, intelligent, präzise und intuitiv war. Also konnte sie damit leben.

Das Bedienfeld vor ihr auf dem Bildschirm wurde durch eine in Sektoren unterteilte Landkarte der Region ersetzt, auf der die Städte und Ortschaften entsprechend der Umspannwerke, die sie mit Elektrizität versorgten, nummeriert waren. Die fünf bereits abgeschalteten Anlagen waren schwarz, die restlichen rot.

Kali sah, wie die sechste ebenfalls schwarz wurde.

»Über die Hälfte der Anlagen ist abgeschaltet«, sagte sie. »In fünf Minuten gibt es nirgendwo mehr Strom.«

»Da draußen ist es bitterkalt, und eine Viertelmillion Menschen ist ohne Licht oder Heizung«, sagte Dixon. »Frauen, Kinder, alte Menschen. Nur um einen einzigen Typen zu schnappen.«

Sie schaute zu ihm hinüber. »Die Hacker – die *technologie vampiri* – sind der entscheidende Wirtschaftsfaktor in der Region. Und die Regierung stellt sich schützend vor sie. Die Polizei, die Bevölkerung, alle.«

Dixon zuckte mit den Achseln. Sie hatte recht. Bestimmt wäre man im aktuellen Hauptquartier des Syndikats – wo sich der Wolf versteckt hielt – misstrauisch geworden, wenn sie nur im Nachbardorf den Strom gekappt hätten.

»Das kapier ich ja«, sagte er. »Aber es ist trotzdem heftig.«

»Heftiger als die Sache in New York?«

Dixon antwortete nicht. Vor vier Monaten hatten die *technologie vampiri* einen Cyberangriff gestartet, der die Ostküste in ein Schlachtfeld verwandelt, Hunderte Menschenleben gekostet und beinahe die Präsidentin getötet hatte. Jetzt hatte die Jagd seines Teams nach dem Wolf sie in die tiefste rumänische Provinz geführt, was sie zu Hauptakteuren der ersten gemeinschaftlichen Operation machte, die von den verschiedenen Beteiligten der neuen amerikanischen Behörde für Internetsicherheit und Strafverfolgung durchgeführt wurde. Oder der Net Force, wie sie in der Bürokratensprache der Regierung kurz genannt wurde.

Dixon hatte es echt kapiert.

Der BearCat rollte zwischen den riesigen Nadelbäumen hindurch, die sich zu beiden Seiten der Straße wie Wachposten erhoben. Im Heck saß Gregg Long vom Fox-Team, zusammen mit einer kleinen, von der Task Force Quickdraw ausgeliehenen Einheit – sechs Männer in Kampfmontur, die jeder ein Sturmgewehr Mark 18 CQBR über der Schulter trugen. Außerdem waren neben ihnen an den Seiten des Innenraums kurzläufige Mossberg-590-Flinten befestigt.

»Entfernung zum Zielort?«, fragte Dixon nach ein paar Minuten.

Diesmal verzichtete Kali auf die Hilfe des KI-Systems und tippte auf die Tastatur ihres Laptops, um die GPS-Satellitenkarte aufzurufen. »Zweiunddreißig Meilen.«

Dixon nickte und warf einen Blick auf den Tacho. Er fuhr etwa fünfzig Meilen pro Stunde. In gut einer halben Stunde würden sie ihr Ziel erreichen.

Er nahm eine Hand vom Lenkrad, rückte seinen Ohrhörer zurecht und setzte sich per Funk mit Carmody in Verbindung.

Der *Raven* flog, die Kipprotoren zum Vorwärtsflug nach vorne geneigt, mit der Höchstgeschwindigkeit von zweihundertachtzig Knoten über die ländliche Gegend hinweg. Die Maschine befand sich auf einer Höhe von sechstausend Fuß, knapp unterhalb der tief liegenden, dichten Wolkendecke. Auf dem Piloten- und Co-Pilotensitz saßen Faye Luna und Ron Cobb von der Net-Force-Abteilung für Cyberüberwachung und Luftunterstützung. Hinter ihnen im Halbdunkel des Cockpits stand Mike Carmody vom Fox-Team und spähte aus dem breiten Panoramafenster durch den zarten Schneeschleier in die Tiefe.

Nach und nach wurden die Häuser in den Straßen und Gassen dunkel. Der Anblick erinnerte ihn an Weihnachtslichter, die alle der Reihe nach ausgestöpselt wurden.

»Preacher, kannst du mich hören?«, meldete sich Dixon über das RoIP. Er benutzte für den Einsatz Carmodys Decknamen.

»Ja«, sagte Carmody, der die Hände hinter dem Rücken verschränkt hatte. »Was gibt's?«

»Der Schnee ist dichter als erwartet«, sagte Dixon. »Benötige Bestätigung, dass ihr uns immer noch folgt.«

Carmody trat an den Touchscreen, der sich über die gesamte Breite des Armaturenbretts erstreckte. Es handelte sich, wie sein Ausbilder es ausgedrückt hatte, um ein riesiges Tablet. *Tippen, zoomen, wischen.* Die Sensoren an der Außenseite des Flugzeugs – die zum PDAS oder Pilotage-Distributed-Aperture-Sensor-System gehörten – übertrugen eine 360-Grad-Gesamtansicht vom Geschehen am Boden und am Himmel auf das Multifunktionsdisplay.

Der Bildschirm war auf Nachtflug-Modus geschaltet und zeigte mittels Infrarottechnologie und Restlichtverstärkung eine topografische Karte von Satu Mare; er tauchte das Cockpit in ein blassgrünes Licht.

Der *Raven* war eine Sonderanfertigung des Bell V-280, und Carmody fand, das aufgemotzte Fluggerät wirkte, als käme es direkt aus einem Science-Fiction-Film. Mit seinen Anschaffungskosten von fünfzig Millionen Dollar war es nicht gerade günstig, aber es war jeden Cent wert. Er hatte vorgeschlagen, für die Net Force zwanzig Stück davon zu bestellen. Ihre Einsatzleiterin, Carol Morse, hatte daraufhin einen Antrag für eine Flotte von zehn Flugzeugen gestellt, und der Kongress hatte schließlich die Gelder für zwei davon bewilligt.

Er wählte ein Tracking-Fenster für die beiden BearCats aus und vergrößerte es mit Daumen und Zeigefinger. Darin erschienen die beiden Mannschaftstransporter, zusammen mit den GPS-Daten zu Breiten- und Längengrad, Höhenangaben und Fahrgeschwindigkeit.

»Rover One, ich kann euch deutlich sehen«, sagte er.

»Schön, dass wir jetzt die Einzigen sind, die noch Licht haben.«

Carmody hätte sich jetzt gerne eine Zigarette angezündet. »Okay. Lasst euch nicht aufhalten.«

Er beendete das Gespräch und schaute zu Luna hinüber. Sie hatte dunkle Haare und ein rundes Gesicht und sah aus, als wäre sie erst fünfzehn. Aber Carmody wusste von ihren Fähigkeiten und ihrem Ruf als absolute Spitzenpilotin: zunächst Einsatz mit der Task Force Viper der US Air Cavalry in Afghanistan, anschließend Collegestudium mit einem G. I.-Bill-Stipendium und Dienst in der Krisen-Interventions-Abteilung des FBI. Zusammen mit Cobb hatte sie den einzigen Hubschrauber geflogen, der in den Stunden nach der Attacke auf New York eine Startfreigabe bekommen hatte, und ihr

Einsatz hatte den beiden den ausdrücklichen Dank der Präsidentin höchstpersönlich eingebracht.

»Ich sollte mal meine Ausrüstung überprüfen«, sagte er.

»Ja, Sir.« Während Luna mit der rechten Hand weiter den Steuerknüppel festhielt, deutete sie mit der linken auf den Bildschirm. »Wir haben ziemlichen Rückenwind. Gut möglich, dass wir vor der geschätzten Ankunftszeit eintreffen.«

Das Flugzeug schaukelte und vibrierte, als es durch ein Luftloch flog. Carmody drehte sich zur Cockpittür um und umklammerte den Griff. Er musste an Drajan Petrovik denken, den Wolf, und an ihre erste Begegnung in einem dunklen Flur in Bukarest. Daran, wie er seinen verletzten Arm zusammengedrückt und das Blut gespürt hatte, das zwischen seinen Fingerknöcheln hervorgequollen war. Carmody hatte das Blut des Hackers gerochen, in einem Flur, der mit dem Blut toter Männer vollgespritzt war, und er glaubte, es auch jetzt riechen zu können, seinen Geschmack von Kupfer auf der Zunge zu schmecken.

Aber das bildete er sich nur ein. Er hielt inne und holte durch die Nase Luft, als wollte er sich selbst davon überzeugen. *Nichts.* Nur der sterile, fade Geschmack der gefilterten und recycelten Cockpitluft.

Schließlich trat er durch die Tür und ging zu seinen Männern in der Mannschaftskabine.

2

Băneasa, Rumänien

(Vorgeschobene Operationsbasis Janus)

Vierhundertfünfzig Meilen südöstlich von Satu Mare kamen die Midnight Runners zu ihrem allabendlichen Treffen zusammen. Die Gruppe, die die Ärztin Lavonne Hughes mit ihren zwei Krankenschwestern auf dem Stützpunkt ins Leben gerufen hatte, war inzwischen auf etwa ein Dutzend Mitglieder angewachsen. An diesem Abend fehlten allerdings ein paar Teilnehmer, da einige von ihnen in Satu Mare auf Verbrecherjagd waren.

Lavonne, die in der Nähe des südlichen Begrenzungszauns ihr Aufwärmprogramm absolvierte und gerade ihre Waden dehnte, sah, wie drei Nachzügler aus ihrer Baracke geeilt kamen. Sie richtete sich auf und winkte ihnen zu, während ihr Atem in der kalten, von Schnee erfüllten Luft Dampfwölkchen bildete. Da fast ein Drittel des Personals im Landesinneren unterwegs und nur eine kleine Abteilung hiergeblieben war, herrschte auf der Basis eine angespannte Stimmung. Scalpel war der erste offizielle Einsatz der Einheit, seit sie nicht mehr dem Kommando der Armee, sondern der Net

Force Quickdraw unterstand. Das war eine riskante und politisch heikle Entscheidung gewesen.

Lavonne war sich nicht sicher, was die Rumänen darüber wussten, aber ihr war zu Ohren gekommen, dass sie nicht halb so viel wussten, wie sie eigentlich sollten. Falls die Spezialeinheit in Schwierigkeiten geriet, drohten ihnen von der Regierung des Gastgeberlandes ernsthafte Konsequenzen, ganz abgesehen davon, was die Hacker gegen sie unternahmen. Die *technologie vampiri* waren keine typischen Computerfreaks, sondern gewalttätige Verbrecher, bis zu den Zähnen bewaffnet und kampfbereit.

Die Nachzügler stießen zu Lavonne und den anderen am Zaun. Sergeant Pierce und die Gefreiten Ryder und Berra gehörten alle zu Colonel Howards Einheit und hatten gerade ihre Schicht beendet.

»Guten Abend«, sagte sie zu Pierce. »Wie läuft es in der Kommandozentrale?«

»Der Colonel hat sich den ganzen Abend eine Pfeife nach der anderen angesteckt und ist dabei durch die Flure marschiert.«

»Ist bestimmt ein Vergnügen, unter ihm zu arbeiten.«

»Absolut.«

Sie blickte Pierce durch den Schnee hindurch an. »Gibt es Neuigkeiten von unserem Team?«

»Dafür ist es noch zu früh«, sagte er und zögerte. »Außerdem darf ich Ihnen dazu nicht mehr sagen.«

Es klang fast wie eine Entschuldigung. Sämtliche Personen auf dem Stützpunkt hatten die höchste Sicherheitsfreigabe, aber die Einzelheiten zum heutigen Einsatz unterlagen den Beschränkungen für äußerst sensible Informationen und waren nur den unmittelbar Beteiligten zugänglich.

Ob es Lavonne nun gefiel oder nicht, sie verstand das.

»Okay«, sagte sie. »Ihr solltet ein paar Lockerungsübungen machen. Wir sind schon sehr viel weiter.«

Pierce deutete mit dem Kopf hinter sie und neigte ihn leicht nach rechts. »Dehnt Spree auch seine Gesäßmuskeln?«

Lavonne warf einen Blick über die Schulter zu dem Igel, der am Zaun entlang auf sie zugerollt kam und dabei mit seinen Gummiketten in der frischen Schneedecke Spuren hinterließ.

»Nein«, sagte sie. »Dieser Kampfroboter hat einen Hintern aus Stahl.«

Pierce lächelte, und Lavonne erwiderte sein Lächeln. Es gab insgesamt vier Lethal Autonomous Weapon Systems, oder LAWS, vier Wachposten, die die Grenze der Anlage sicherten – Spree patrouillierte im Süden, Nash im Norden, Earl im Osten und Walt an der Westgrenze. Colonel Howard hatte den Robotern den Namen Igel verpasst, aber Lavonne fand, dass sie mit ihren kompakten, gepanzerten Gehäusen und den Sensoren und Waffen wie R2-D2 auf Steroiden aussahen.

»Okay, Sergeant. Im Gegensatz zu Spree muss ich mein Aufwärmprogramm zu Ende bringen«, sagte sie.

»Wir müssen erst mal damit anfangen«, sagte Pierce. »Geben Sie uns drei Minuten?«

»Ich gebe euch sogar fünf.«

»Sie sind die Beste, Doc.«

Pierce und die zwei Gefreiten liefen zum Zaun, wo der Rest der Gruppe sich gerade aufwärmte. Nach fünf Minuten stellten sich alle in einer Zweierreihe auf und begannen, die Grundstücksgrenze entlangzujoggen.

Eine Minute später schloss Spree sich ihnen an.

Mario Perez, ein Spezialist für Roboter und autonome Systeme (24 Delta), sah, dass in der Kantine noch Licht brannte, als er im Schneegestöber daran vorbeifuhr. Er rollte noch zehn Meter weiter und kam mit seinem JLTV Jolt vor dem besseren Wohnwagen zum Stehen, der das Ladengeschäft der Basis beherbergte. Er stieg aus und trottete zur Tür hinauf, und als er feststellte, dass sie verschlossen war, lehnte er den Kopf gegen die Scheibe und spähte ins Innere. Die Neonlampen an der Decke waren ausgeschaltet, aber hinter dem Tresen, an dem Laura die Quittungen des heutigen Tages zählte, konnte er einen schwachen Lichtschein erkennen.

Er klopfte gegen die Scheibe. Laura schaute von der Kasse auf, und als sie ihn dort draußen stehen sah, lief sie um den Verkaufstresen, um ihn hereinzulassen.

»Mario«, sagte sie, während sie die Tür öffnete. *»Dónde has estado?* Ich hab mich schon gefragt, wann du kommst.«

Er machte ein verwirrtes Gesicht. »Ich dachte, ich sollte um Mitternacht hier sein …«

»Mitternacht war vor *fünfzehn Minuten.* Ist deine Schicht nicht um halb elf zu Ende gewesen?«

Er sah sie zerknirscht an.

»Ich bin ein Idiot«, sagte er. »Tut mir leid.«

Sie machte ein finsteres Gesicht und winkte ihn herein.

»Okay, beeil dich«, sagte sie. »Es war ein langer Tag.«

Mario trat ein, während sie das Licht einschaltete.

»Tut mir wirklich leid, Laura«, sagte er. »Das liegt an dem Zeitunterschied. In der Heimat ist es jetzt erst vier Uhr nachmittags. Ich habe einen FaceTime-Anruf gemacht und wohl das Zeitgefühl verloren.«

»Ach ja?«, sagte sie um einen beiläufigen Tonfall bemüht. »Muss wohl jemand ganz Besonderes gewesen sein.«

»Meine Mom«, sagte er. »Mein Dad ist vor ein paar Jahren gestorben. Darum rufe ich sie an Thanksgiving immer an. Das heißt, am Mittwoch davor. Das ist so eine Art Tradition bei uns. Dann unterhalten wir uns ein Weilchen, bevor sie anfängt zu kochen.«

Laura sah ihn an. Abgesehen davon, dass sie erleichtert war, spürte sie, wie ihr ein wenig warm ums Herz wurde. Mario, der aus El Paso, Texas, kam, war der netteste Bursche, den sie je kennengelernt hatte, vielleicht sogar der Mann ihrer Träume. Sie mochte seinen Sinn für Humor, seine herzliche Art, seine ehrlichen braunen Augen … und seine durchtrainierten, muskulösen Arme.

Manchmal stellte sie sich vor, wie diese starken Arme ihre Taille umschlangen und sie dicht an seinen Körper zogen.

»Als die anderen in der Baracke erfahren haben, dass du heute Abend länger geöffnet hast, haben sie bei mir ständig neue Bestellungen aufgegeben«, sagte er und holte sein Handy hervor. »Wenn man das hier sieht, würde man nicht glauben, dass die Hälfte der Leute im Einsatz ist.«

Sie beugte sich vor, um die Einkaufsliste zu lesen.

»Allerdings«, sagte sie.

Mario spürte, wie sein Herz einen Satz machte. Laura Cruz war eins fünfundsechzig groß und hatte dunkle Haare und dunkle Augen; als Tochter eines Venezolaners und einer Amerikanerin war sie in Caracas und Dayton, Ohio, aufgewachsen. Seiner bescheidenen Meinung nach war sie die hübscheste, attraktivste, großartigste Frau der Welt.

»Und«, sagte er, »hast du alles da?«

»Ich habe fürs verlängerte Wochenende die Vorräte an Chips, Brezeln, Limonade und Bier aufgefüllt, vor allem das Bier«, sagte sie und schaute vom Telefon auf. »Ich hoffe, dass das Team rechtzeitig zur Feier wieder zurück ist.«

»Ich auch«, sagte er. »Die Operation ist streng geheim, darum weiß ich nichts darüber. Aber ich glaube, dass sie irgendwo im Landesinneren unterwegs sind.«

Laura nickte bedächtig und zog einen Einkaufswagen aus der kurzen Wagenreihe neben der Tür. »Los«, sagte sie. »Es geht schneller, wenn ich dir helfe.«

»Danke. Alles, was du für dich einpackst, geht auf meine Rechnung.«

Sie lächelte. »Du bist ein Schatz. Aber meine neue Gefriertruhe ist bis oben hin mit Vorräten vollgestopft. Ich will einfach nur zurück in meine Unterkunft, mich duschen und meinen Pyjama anziehen.«

Während er mit ihr den Gang hinunterging, stellte er sich vor, dass sie nach dem Duschen bestimmt wie ein Garten voller lieblicher Blumen duftete und in ihrem Pyjama bezaubernd aussah.

Ein paar Minuten später schoben sie den vollen Einkaufswagen gemeinsam zur Kasse.

»Ich packe alles ein«, sagte er. »Ich bin ein echter Packprofi.«

Laura lächelte. »Davon lasse ich mich gerne überzeugen«, sagte sie und trat hinter die Kasse.

Während Mario seine Einkäufe ordentlich auf den Tresen legte, scannte Laura sie ein. Sie war seine Traumfrau. Daran bestand nicht der geringste Zweifel. Er hatte es bereits gewusst, als sie vor etwa einem Monat im Ladengeschäft angefangen hatte, und damals hatte er auch bemerkt, dass sie keinen Ehe- oder Verlobungsring trug. Obwohl sie sich auf Anhieb gut verstanden hatten und miteinander flirteten, hatte er sie immer noch nicht um eine Verabredung gebeten.

Vielleicht hatte er Angst, einen Korb zu bekommen. Jetzt gerade hatte er jedoch keine Angst davor. Er wusste nicht, warum. Es war einfach so.

»Laura, also … nächsten Samstagabend ist da dieses Konzert in Bukarest«, sagte er, während er Chips, Brezeln und Marshmallows sorgfältig in einer Tüte verstaute. »In der Hochschule. Ein Band-Wettbewerb …«

»Ja«, sagte sie.

»Gehst du mit mir da hin?«

»Ja«, erwiderte sie.

Mario lächelte sie mit leuchtenden Augen an. Er fand, dass sie schön wie der Herbstmond war.

»Warum lächelst du so?«, fragte sie.

»Darum«, sagte er.

»Warum?«

»Weil ich weiß, dass du mich unbedingt küssen willst«, erwiderte er zu seiner eigenen Überraschung.

Eine Sekunde verstrich. Dann eine weitere. Sie schaute ihn über den Tresen hinweg an. Plötzlich riss Mario die Augen auf, weil er es mit der Angst bekam. Was war nur in ihn gefahren, so etwas zu sagen? Diese Worte auszusprechen über … auch wenn sie ehrlich gemeint waren?

Er glaubte, er hatte einen schrecklichen Fehler gemacht, es sich restlos mit ihr verscherzt, als sie schließlich das Schweigen beendete.

»Es reicht nicht, dass eine Frau von einem Mann geküsst werden will«, sagte sie. »Sie muss ihn dazu ermuntern.«

Er schluckte schwer und hatte plötzlich eine trockene Kehle. »Und woran erkennt er das?«

Sie lächelte.

»Wenn er für sie der Richtige ist, merkt er das«, sagte sie und ging ins Büro, um ihren Mantel zu holen.

Wortlos schoben die beiden die Lebensmittel in den Schnee hinaus und verfrachteten sie auf die Rückbank des Jolts. Als sie die letzte Tüte ins Wageninnere hievten, stellte Mario – ebenfalls zu seiner Überraschung – fest, dass er sich kein bisschen unbehaglich oder verlegen fühlte. Im Gegenteil, er fühlte sich vollkommen wohl in seiner Haut. Und in Lauras Gegenwart.

»Kann ich dich zu den Unterkünften zurückfahren?«, fragte er vor dem Wagen.

»Ist schon okay«, sagte sie. Eine Schneeflocke landete auf ihrer Nasenspitze, und sie wischte sie fort. »Ich würde gerne laufen. Außerdem muss ich noch einen Abstecher in die Unterkunft meiner Nachbarin Emily machen. Ich schaue bei ihr nach dem Rechten, während sie über die Feiertage auf Heimaturlaub ist.«

Er nickte. »Okay. Sehen wir uns morgen beim Abendessen?«

»*Desde luego*. Ich kann's kaum abwarten.«

Sie drehte sich zum Laden um. Dahinter, auf der Ostseite des Geländes, fünf bis zehn Minuten zu Fuß entfernt, befand sich die kleine Wohnanlage für zivile Mitarbeiter.

Mario sah ihr nach, bis sie im Schnee und in der Dunkelheit verschwand, dann stieg er in den Wagen und holte sein Handy hervor. Er ließ Musik laufen, aber dann fiel ihm ein, dass er die letzte Folge von Alex Michaels *Net-Talk*-Podcast gehört hatte, und beschloss, den Rest der Folge über die Lautsprecher abzuspielen.

Während er vom Laden fortfuhr, bemerkte er, dass einer der vier Igel vom nahe gelegenen Begrenzungszaun auf die Kantine zusteuerte.

Mario hatte seine Baracke fast erreicht, als ihm klar wurde, dass der Roboter dort nichts verloren hatte.

Dwayne Reese, ein IT-Spezialist (25 Bravo), verkündete, dass er seinem neuesten improvisierten Rap den Titel »Mitternacht in der Kantine« geben würde, obwohl es bereits halb eins war und er sich genau genommen nicht für den Dienst in der Kantine gemeldet hatte, sondern in der Spülküche half, den Abfall zu entsorgen, und jetzt die großen, ausgebeulten Mülltüten nach draußen zu den Containern schleppte.

Nick Savarino, ein Spezialist für Signalunterstützungssysteme (25 Uniform), der mit einer Mülltüte im Schlepptau neben ihm herlief, wusste, was ihn erwartete. Die beiden waren seit einiger Zeit befreundet.

Reese wuchtete die Beutel in den Container und begann, unter den Sicherheitsscheinwerfern hinter dem Gebäude rhythmisch in die Hände zu klatschen. »Mitternacht in der Kantine, der Müll muss vor die Tür, yo. Hört dies aus meinem Munde, zu so später Stunde machen wir die Runde …«

Savarino verdrehte die Augen Richtung Himmel. »Bitte, verschon mich damit.«

Doch Reese ignorierte ihn. Er beugte seine Knie, um seiner Rap-Einlage etwas mehr Schwung zu verleihen. »Komm schon, Bruder«, sagte er.

»Komm schon *was?*«

»Komm schon, *komm schon.*« Während er weiter in die Hände klatschte, stellte Reese sich auf die Fußballen und ließ einen Fuß über den Boden gleiten. »Thanksgiving ist schon bald, dann machen wir den Truthahn kalt …«

Savarino musste unweigerlich grinsen und ließ seinen Müllbeutel fallen. *Der Klügere gibt nach.*

Er nahm Reeses rhythmische Bewegungen auf und schlug mit den Händen in die Luft. »Morgen, Baby, hau'n wir so richtig rein …«

»Her mit dem Wein, los, schenk schon ein …«

»Wenn ich bitten darf, du bist wie die Soße, süß und *scharf* …«

Die beiden brachen in lautes Gelächter aus. Eigentlich wussten sie nicht, was so lustig war, sie waren einfach nur hundemüde. Da auf dem Stützpunkt wegen der Geheimmission eine nervöse Stimmung herrschte, war jeder Anlass willkommen, etwas Spannung abzubauen.

Außerdem war es der Abend vor Thanksgiving. Selbst noch zu dieser späten Stunde konnten die beiden den Duft von Bratäpfeln und Kürbiskuchen riechen, der aus den Lüftungsschlitzen in der Rückwand der Küche drang, während sie aus dem Innern das Geklapper der Schüsseln, Kochutensilien und Elektrogeräte hörten. Die Köche legten sich mächtig ins Zeug und waren wahrscheinlich bis zum Morgengrauen beschäftigt. Dabei produzierten sie bergeweise Schalen, Lebensmittelreste, Fett, Eierschalen und sonstige Küchenabfälle. Jeder der reißfesten Beutel enthielt zwanzig Kilo Recycling- oder Kompostabfälle, und irgendjemand musste sie entsorgen.

Also hatten Reese und Savarino ihre Hilfe angeboten. Die Küche war genauso unterbesetzt wie der Rest des Stützpunkts, und ihr Personal konnte jede Unterstützung brauchen. Die beiden Technikspezialisten hatten nach der Mitternachtsmahlzeit beim Saubermachen geholfen, um anschließend die prall gefüllten Müllbeutel zu den Containern zu bringen. Es waren insgesamt neun oder zehn Beutel, und auf ihrer ersten Fuhre hatte Reese the Rapper seine Improvisation angestimmt.

Die beiden Männer bewegten sich jetzt auf und ab, zappelten hin und her und rutschten grölend durch den Schnee zwischen den Müllcontainern an der westlichen Grundstücksgrenze und der Rückseite des langen, niedrigen Fertiggebäudes, das Kantine und Küche beherbergte. Wenn sie den Abend vor Thanksgiving schon auf dem Stützpunkt verbringen mussten, fanden sie, durften sie ruhig schon mal die Feiertage einläuten, und so tanzten sie wie zwei betrunkene Elfen umher.

Etwa fünfzehn Meter zu ihrer Rechten registrierte der Igel mit dem Namen Walt ihre Bewegungen und verließ seine übliche Route entlang des Zauns.

Alle vier Igel auf dem Stützpunkt waren mit tödlichen und nicht tödlichen Waffen ausgestattet. Zu den nicht tödlichen Waffen gehörten Nebel- und Tränengaswerfer sowie laserinduzierte Plasmakanonen. Ihr Arsenal tödlicher Waffen bestand aus einem Maschinengewehr Kaliber .50 mit achthundert Schuss Munition, zwei Granatwerfern, die mit insgesamt sechs Granaten bestückt waren, und einem leichten rückstoßfreien Raketenabschusssystem. Die lasergesteuerten 84-mm-Raketen konnten eine Entfernung von über einer Meile zurücklegen und gegen mehrere Ziele gleichzeitig panzerbrechende Sprengköpfe zum Einsatz bringen.

Walt rollte ruhig auf die beiden tanzenden Soldaten zu. Während sein Computerhirn auf Hochtouren arbeitete, kam er drei Meter von ihnen entfernt zum Stehen und nahm sie ins Visier. Reese zappelte wie eine Marionette, und seine zur Seite ausgestreckten, gekrümmten Arme baumelten wie an unsichtbaren Fäden hin und her, als er aus den Augenwinkeln den Igel bemerkte … und sah, dass sich dessen Maschinengewehr in ihre Richtung drehte.

Er blieb wie angewurzelt stehen, und Nick, der immer noch auf den Zehenspitzen umhertänzelte, sah ihn an.

»Was ist los?«, fragte er leicht außer Atem.

In diesem Moment eröffnete der Igel das Feuer. Die erste Salve riss fast Reeses kompletten Unterkiefer fort. Einen Sekundenbruchteil später explodierte auch die obere Hälfte seines Gesichts. So als hätten zwei kurze Wischer eines Radiergummis seinen Kopf verschwinden lassen.

Nick wurde von Angst und Entsetzen erfasst, als das Maschinengewehr ein wenig in seine Richtung schwenkte und erneut eine Salve abfeuerte. Er wurde von Kugeln durchsiebt und sah, wie Teile seines Körpers, an denen noch Fetzen seiner Uniform hingen, durch den Schnee flogen. Er spürte einen zuckenden Schmerz, dann war er tot.

In der Küche klang der Lärm neben den Müllcontainern entfernt wie die Fehlzündung eines Motorrads. Einer der Köche hatte gesehen, wie Reese und Savarino wenige Minuten zuvor den Müll durch die Tür getragen hatten, und er wollte verdammt nochmal wissen, was da los war. Er ließ sein Kuchenblech fallen und rannte zur Tür, während die anderen Männer und Frauen des Küchenpersonals hinter ihm hereilten.

Der Igel drehte sich jetzt Richtung Gebäude. Seine Temperatursensoren hatten mehrere bewegliche Wärmequellen registriert, die auf der anderen Seite der Tür zusammenströmten. Sofort berechnete er das Verhältnis zwischen der Temperatur der Wärmequellen und der Umgebungstemperatur. Dann ermittelte er die Differenz zwischen der Geschwindigkeit ihrer Bewegungen und ihrem starren Umfeld. Ihre Wärme- und Bewegungsdaten verrieten dem Roboter, dass es sich bei den Objekten um Menschen handelte, und die Hintergrundsubtraktion ergab, dass es insgesamt sieben Personen waren. Sie bewegten sich mit Angriffsgeschwindigkeit.

Das verwirrte Gehirn des Roboters stufte sie als tödliche Gefahr für das Basispersonal ein und gab den Befehl, eine 84-mm-Rakete abzufeuern.

Als der Koch, der das Blech fallen gelassen hatte, die Hintertür aufstieß, hörte er, wie die Rakete mit einem Knall aus dem Rohr schoss. Ihm blieb kaum Zeit, einen Blick auf ihren kegelförmigen Sprengkopf zu erhaschen, bevor sie, einen weißen Rauchschweif ausstoßend, mit fünfhundert Meilen pro Stunde auf ihn zusauste.

Die Rakete schoss durch die Tür, bohrte sich in die Brust des Kochs und hob ihn in die Luft; sie zertrümmerte seinen Brustkorb und zerfetzte seine inneren Organe, sodass er auf der Stelle tot war. Das Geschoss schleuderte seinen schlaffen, zerschmetterten Körper in die Küchenangestellten, die sich hinter ihm im Eingang drängten. Einige von ihnen stießen einen Schrei aus. Die meisten hatten allerdings keine Gelegenheit mehr dazu. Der Sprengkopf explodierte sofort. Es gab einen Blitz und einen lauten Knall, gefolgt von der sengenden

Hitze der Druckwelle. Die Personen in der Küche verwandelten sich augenblicklich zu Asche. Spüle, Herd und Gefrierschränke flogen durch die Luft, als wären sie federleicht. Die Wände des Gebäudes wurden wie die Seiten eines Pappkartons nach außen gedrückt. Ein Feuerball breitete sich aus, riss ein gezacktes Loch in Decke und Dach und stieg hoch in den Himmel empor.

Eingehüllt in den rot-orangen Schein der Flammen kam Walt zu dem Schluss, dass er die unmittelbare Gefahr ausgeschaltet hatte, und rollte durch den Schnee davon. Der Igel, der in höchste Alarmbereitschaft für den Verteidigungsfall versetzt worden war – den COCKED-PISTOL-Aufklärungsmodus –, kehrte nicht mehr zum Begrenzungszaun zurück. Er bewegte sich jetzt frei über das Gelände und suchte nach potenziellen Feinden, während hinter ihm von den Trümmern des Küchengebäudes unablässig Flammen in die Nacht emporloderten.

Die sperrige militärische Abkürzung für das Gebäude lautete C4ISR und stand für die noch sperrigere Bezeichnung Command, Control, Communications, Computers, Intelligence, Surveillance and Reconnaissance Center (Kommando-, Kontroll-, Kommunikations-, Computer-, Nachrichtendienst-, Überwachungs- und Aufklärungszentrale). Das schmale Betongebäude, das sich auf der Nordseite des Stützpunkts befand, war die Operationszentrale, in der Informationen gesammelt und abgeglichen, wichtige Entscheidungen getroffen und Einsatzbefehle erteilt wurden.

Das Basispersonal nannte es einfach nur das Hauptquartier.

Fünf Minuten vor der Explosion an der Westgrenze marschierte Colonel Howard durch die Gänge des Hauptquartiers und stopfte seine Pfeife. Es handelte sich um eine aus Italien importierte handgemachte Savinelli aus Bruyèreholz. Der Tabak war ein Escudo Navy Deluxe, ein Coin-Cut Perique, der in Virginia angebaut wurde und in Skandinavien gereift war. Beides waren Geschenke von Carol Morse, der Einsatzleiterin der Net Force, seiner früheren Kontaktperson bei der CIA. Als Dankeschön dafür, dass er ihr Angebot angenommen hatte, Mitglied der neuen, auf Kabinettsebene agierenden Organisation für Cybersicherheit der Präsidentin zu werden, als leitender Offizier der Quickdraw, ihrer weltweit operierenden schnellen Eingreiftruppe.

Janus war Morses Baby. Das Vorbild für ein geplantes Netzwerk aus geheimen und halboffiziellen Stützpunkten auf dem Boden befreundeter Nationen auf allen sieben Kontinenten. Vier Monate nach Gründung der Net Force war die Basis immer noch ein Versuchsfeld, eine Baustelle. Dennoch spielte sie eine entscheidende Rolle bei der Suche nach dem Hacker, der den Cyberangriff auf New York geplant hatte.

Morse verstand ihr Handwerk. Sowohl auf beruflicher als auch auf persönlicher Ebene achtete sie auf die Details, dachte Howard. Der Escudo, seine Lieblingsmarke, war verdammt gut. Sein Geschmack erinnerte ihn an Weintrauben, an die dicken grünen Trauben, die seine Großmutter während seiner Sommeraufenthalte bei ihr in Oklahoma immer gepflückt hatte. Scuppernongs hatte seine Großmutter sie genannt, diese Trauben, die völlig anders waren als die Sorten, die man zu Hause in Baltimore im Laden zu kaufen bekam. Ihre Haut war dick wie die von Oliven. Wenn man eine davon aß, hielt man sie sich vor den Mund und drückte sie mit den Fingern zusammen, sodass das süße, weiche Fruchtfleisch auf die Zunge spritzte. Auf dem Feld vor dem Bauernhaus seiner Großmutter hatte Howard sie gierig in sich hineingestopft, bis der Saft von seinem Kinn auf sein T-Shirt lief und alles an ihm klebte. Man konnte die Trauben nicht in vornehmer Gesellschaft essen, etwa wenn der Pastor zum Sonntagsessen vorbeikam. Pastor John Joseph Cotes von der Bixby Memorial Church mit seiner Frau und ihrer Tochter Rose.

Rose Cotes mit ihren Mandelaugen, kniefreien Röcken und weichen braunen Beinen. Ein paar Mal hatte er mit ihr zusammen diese Trauben gegessen, die Scuppernongs, als sie sich nach dem Dessert zur Scheune davongeschlichen hatten.

Im Flur vor der Operationszentrale blieb Howard jetzt unvermittelt stehen, um erneut seine Pfeife zu stopfen, während er sich an den Duft des getrockneten Heus und von Roses Haar erinnerte, an den Geschmack der Trauben auf ihren Lippen. Er nahm zwei Medaillons Escudo aus seiner Blechdose, rollte sie zu einer Kugel zusammen und stopfte sie behutsam in die Pfeife, sodass noch etwas Luft darunter blieb. Das war das Geheimnis. Wenn man die Kugeln zu fest hineindrückte, ging der Tabak immer wieder aus.

Er entzündete ein Streichholz, hielt es an den Tabak und saugte an der Pfeife, um ihn zum Glühen zu bringen.

Verdammt gutes Zeug.

Morse kannte ihn in- und auswendig. Inzwischen fragte er sich nicht mehr, woher, und akzeptierte einfach die Tatsache, dass sie wahrscheinlich über eine gute Menschenkenntnis verfügte. Und was sie nicht wusste, was ihr verborgen blieb, brachte sie anderweitig in Erfahrung. Howard hatte sie wie oft persönlich getroffen? Zweimal? Dreimal? Normalerweise führten sie Ferngespräche zwischen Washington, D. C., und Băneasa. Dennoch wusste sie, wie er tickte ... und welche Knöpfe sie drücken musste.

Morse war es auch gewesen, die Carmody und seine wilde Truppe auf seinen Stützpunkt entsandt hatte, und das Resultat sprach für sich. Ohne sein Team hätten sie es nicht geschafft, den Wolf in seinem Versteck in Rosalvea aufzuspüren. Aber Outlier? Kali? Eine international gesuchte Straftäterin? Morse hatte ihr ausnahmsweise eine Freigabe gewährt. Sowie Zugang zu den Einrichtungen des Stützpunkts und die Genehmigung, mit dem *Raven* zu fliegen, dem bestgehüteten Geheimnis der Armee. Er hielt das für Wahnsinn, angesichts ihrer langen Liste von Cyberverbrechen.

Howard wusste zwar, wozu sie imstande war. Was sie geleistet hatte, um Carmodys Fox-Team beim Datenraub in Bukarest zu unterstützen. Aber er wusste immer noch nicht, *warum* sie ihnen half oder wie weit ihre gemeinsamen Ziele reichten.

Er zog gleichmäßig an der Pfeife, während er das Streichholz darin hin und her bewegte. Der Tabak glühte unter der Flamme auf, und er behielt den Rauch einen Moment im Mund.

Scuppernongs, dachte er und atmete aus. Die Rauchwolke schwebte ein oder zwei Sekunden in der Luft und löste sich dann auf.

Er bevorzugte verbindliche Regeln, klare Grenzen. Aber Kali ... sie war wie Rauch. Trotz ihrer Unterstützung in Bukarest wurde er nicht schlau aus ihr. Sie verwischte die Grenzen, und das beunruhigte ihn.

An diesem Abend umso mehr, wenn er an den aktuellen Einsatz dachte. Trotz seiner Einwände war es Morses alleinige Entscheidung gewesen, Kali zusammen mit Carmody in den Einsatz zu schicken. Obwohl ihre Argumente in operativer Hinsicht durchaus einleuchteten, konnte er nur hoffen, dass sie ihre Entscheidung nicht bereuen würden.

Er schaute zur Schwingtür des Operationszentrums, während er unablässig an seiner Pfeife zog. Abrams, Berra und dieser neue Bursche, Wasserman, behielten dort die Monitore im Auge. Dennoch hatten sie so gut wie keine Neuigkeiten für ihn. Das Scalpel-Team wahrte völlige Funkstille, und das nicht zum ersten Mal. Nach außen musste der Eindruck erweckt werden, dass es sich um eine inoffizielle Operation handelte. Falls die Sache schiefging, könnte das Weiße Haus sich davon distanzieren und bestreiten, dass es etwas damit zu tun habe und mit seinem Wissen gegen internationales Recht verstoßen worden sei. Man würde einräumen, dass es vielleicht etwas großzügig ausgelegt worden sei, mit ein paar Krediten und Auslandshilfen den Schlamassel wieder geradezubiegen und die Rumänen so zum Schweigen bringen. Dies war übliche Praxis in der internationalen Politik, das war Howard schon klar. Aber er war kein Politiker. Er war Soldat. Ein Dutzend seiner Männer begleiteten das Fox-Team, und es gefiel ihm nicht, dass man ihn im Ungewissen ließ.

Er wollte schon wieder nervös auf und ab gehen, als er einen lauten, durchdringenden Knall vernahm, der sich wie ein Donnerschlag draußen vor dem Gebäude anhörte. Er vermutete, dass das mit dem Wetter zu tun hatte, obwohl eigentlich kein Sturm vorhergesagt war. Nur ein leichtes Auffrischen des Windes. Sonst hätte er den *Raven* nicht starten lassen und den

Einsatz verschoben. Aber je näher der Winter in diesem Winkel der Welt rückte, desto wechselhafter und unberechenbarer wurde das Wetter.

Er stand ein paar Sekunden lang da und lauschte, doch er konnte nichts hören. Dennoch fragte er sich, was für ein Geräusch das gewesen war.

Howard ging auf die Eingangstür zu, um einen kurzen Blick nach draußen zu werfen. Er hatte genau zwei Schritte gemacht, als die Sirenen losheulten, und blieb abrupt stehen. Dann wurde die Schwingtür aufgestoßen, und dahinter erschien Abrams, die Augen weit aufgerissen.

»Sir, wir …«

Das war alles, was er hervorbrachte, bevor Howard einen weiteren ohrenbetäubenden Knall hörte, diesmal aus allen Richtungen. Er sah einen hellen Blitz, spürte eine plötzliche Vibration und im Gesicht eine mörderische, sengende Hitze und rief Abrams zu, er solle sich auf den Boden werfen. Aber es war zu spät, Abrams war fort, verschluckt von einem grellen orangen Lichtschein.

Dann waren überall Rauch und Flammen.

»Hey, Sarge! Ich dachte, Sie machen ein kleines Nickerchen.«

Sergeant Julio Fernandez von der Net Force Quickdraw schaute von seinem Tablet auf und sah, wie der Gefreite Glenn Wasserman aus dem Treppenhaus näher kam. Der Sergeant hielt sich einen Finger an die Lippen.

»Sie haben mich nicht gesehen«, sagte er. »Ich habe Howard gesagt, dass ich in meine Unterkunft gehe.«

Wasserman lief an Fernandez' Tisch vorbei zur Kaffeemaschine. Sie befanden sich im Keller des Hauptquartiers, der früher »das Loch« genannt wurde, in den schlechten alten Zeiten des CIA-Entführungsprogramms und der Geheimgefängnisse. Inzwischen diente das geschützte Untergeschoss – seine Wände bestanden aus stahlverstärkten Betonwänden, und die Luft kam aus einem ABC-Filtersystem – hauptsächlich als Hightech-Konferenzraum, an dessen Ende sich ein kleiner Aufenthaltsbereich mit Kaffeeküche befand.

Es waren noch vier Minuten und neun Sekunden bis zur Explosion in der Operationszentrale.

»Irgendwas vom Scalpel-Team gehört?«, fragte Fernandez.

»Noch nichts, Sir. Der Colonel ist ziemlich nervös. Und das lässt er an uns aus. Sie wissen ja, wie er ist.«

Fernandez stieß ein Lachen hervor, das in ein müdes, übernächtigtes Gähnen überging. »Was glauben Sie wohl, warum ich nach einer Achtzehn-Stunden-Schicht immer noch hier unten rumhänge?«, sagte er. »Anscheinend muss man euch vor ihm beschützen.«

»Sie sind also nicht hiergeblieben, weil Sie genauso besorgt sind wie wir.«

»Natürlich nicht.«

Wasserman lächelte schwach und griff nach der Kaffeekanne. »Lesen Sie eines Ihrer E-Books?«, fragte er und deutete mit dem Kopf auf das Tablet des Sergeants.

»Ja«, sagte Fernandez. *»Jagd nach dem Millennium-Preis.* Von Dr. Martin M. Lewy.«

»Was ist denn der Millennial-Preis?«

»Millennium«, sagte Fernandez. »Sehen Sie? Das Problem mit euch Millennials ist, dass ihr immer alles auf euch beziehen müsst.«

»Ich gehöre eher zur Generation Z, Sir, oder liege irgendwo

dazwischen. Ich bin 2003 geboren«, sagte Wasserman. »Bei allem Respekt, aber Sie fallen genau in die Altersgruppe der Millennials, Sie sind zwanzig Jahre älter als ich.«

»Und das ist der Grund, warum ich weiß, wie diese Zwischengeneration tickt! Ach, übrigens, wann habe ich Ihnen eigentlich mein Geburtsdatum verraten?« Fernandez nahm den halb vollen Kaffeebecher, der vor ihm stand, und verzog das Gesicht. »Die Brühe ist ja völlig kalt, igitt.«

»Ich gieße Ihnen einen frischen ein. Schwarz und ohne Zucker, nicht wahr, Sir?«

Fernandez starrte ihn an. »Was zum Henker wissen Sie *nicht* über mich?«

Wasserman grinste und schenkte ihnen Kaffee ein. Er hielt den Sergeant für unfassbar cool. Fernandez war gerade mal vierzig und in Stiefeln mit dicken Sohlen eins zweiundsiebzig groß, und er hatte vor Kurzem seinen kurzen Irokesenschnitt durch einen Brushback Fade, wie er es nannte, ersetzt – auf dem Kopf war das Haar dicht und an den Seiten ausrasiert; außerdem trug er einen akkurat gestutzten Bart, um seinen Look abzurunden und Colonel Howard vollends auf die Palme zu bringen. Er hasste diese Art von Frisur und Gesichtsbehaarung noch mehr als einen Irokesen. Da Fernandez offiziell nicht mehr im Dienst war, trug er ein armeegrünes Muskelshirt über seiner breiten, unbehaarten Brust; darauf prangte die Tätowierung von einem Mann und einer Frau, die wie Bäume aussahen – oder umgekehrt – und einander zugewandt ihre Wurzeln und Äste ineinander verschlungen hatten. Wasserman fand, dass der Mann Fernandez sehr ähnlich sah, hatte das aber nie erwähnt. Außerdem fand er, dass die Frau verdammt scharf aussah, aber das hatte er ebenfalls für sich behalten.

Er trug die Kaffeebecher zum Tisch, stellte einen davon neben Fernandez' anderem Becher ab und nahm ihm gegenüber Platz. Im Gang über ihnen stopfte Howard gerade seine italienische Pfeife, in Gedanken an Rose Cotes versunken, an ihre ausdrucksstarken braunen Augen und ihre glatten, fohlenartigen Beine. Es waren noch zwei Minuten und einundfünfzig Sekunden bis zur Explosion.

»Jedenfalls heißt es der *Millennium*-Preis«, nahm Fernandez das Thema wieder auf. Er nippte an dem heißen Kaffee und gab ein genüssliches Brummen von sich. »Im Jahr 2000, als, äh ... Millennial-*Nachzügler* wie Sie scharenweise das Licht der Welt erblickten, wurde dem Wissenschaftsrat des Clay Mathematics Institute eine Summe von sieben Millionen Dollar zugesprochen, um die schwierigsten mathematischen Probleme jener Zeit zu lösen. Man beschloss daraufhin, einen Wettbewerb auszuschreiben, erstellte eine Liste mit den sieben wichtigsten Problemen und schrieb für jede Lösung das sagenhafte Preisgeld von einer Million Dollar aus. Daher der Buchtitel.«

Wasserman sah ihn an. »Eine Million? Im Ernst?«

»Im Ernst«, sagte Fernandez. »Aber die Lösungen dieser Probleme sind kein Kinderspiel. Um Ihnen eine Vorstellung zu geben – eines dieser Probleme, die Riemannsche Vermutung, stammt aus einer *älteren* Liste, die man im Jahr 1900 erstellt hat. Und bisher wurde nur ein einziges Problem von der Liste des Clay Institutes gelöst.«

»Dieses Griezmann-Problem?«

»Riemann«, korrigierte Fernandez ihn. »Nein, die Poincaré-Vermutung.«

»Hört sich an wie der Titel einer *Star-Trek*-Folge.«

»Die würde ich mir bestimmt anschauen«, sagte Fernandez.

»Die Poincaré-Vermutung ist ein geometrisches Problem, bei dem es um Drei-Sphären- und dreidimensionale Mannigfaltigkeiten geht.« Er bemerkte Wassermans verwirrten Gesichtsausdruck. »Ich lasse die Einzelheiten besser weg. Aber das Entscheidende ist, dass ein russisches Genie einen mathematischen Beweis für die Poincaré-Vermutung erbracht hat.«

»Und die Million gewonnen hat?«

»Genau. Aber er hat das Preisgeld abgelehnt. Stellen Sie sich das vor.«

Wasserman formte mit den Lippen ein stummes *Wow*. Es waren jetzt noch neunzig Sekunden bis zur Explosion. Im Stockwerk über ihnen blieb Howard plötzlich stehen, als auf der anderen Seite des Geländes ein lautes Dröhnen zu vernehmen war.

Unten im ehemaligen »Loch« konnten Fernandez und Wasserman durch die fußdicken Wände und Decken nichts davon hören.

»Der Wettbewerb läuft also noch?«, fragte Wasserman und nippte an seinem Kaffee.

»Klar doch«, sagte Fernandez. »Und ich will eines der Preisgelder einsacken.«

»Nein.« Der Gefreite suchte in Fernandez' Gesicht vergeblich nach einem Anzeichen dafür, dass er sich über ihn lustig machte. »Ich meine … wirklich?«

»Sicher«, sagte Fernandez. »Es ist höchste Zeit, dass sich mein Abschluss in Simulationswissenschaft auszahlt.«

»Moment mal. Hat man Sie nicht erst letzten Monat in den Rang eines KI-Designers erhoben?«

Fernandez winkte ab. »Peanuts. Ich versuche, das P-NP-Problem zu lösen.«

Wasserman starrte ihn über seinen dampfenden Kaffee hinweg an. »Das ist ja fantastisch. Schätze ich.«

»Vorausgesetzt, dass ich das Theorem beweisen kann.« Fernandez senkte die Stimme zu einem vertraulichen Tonfall. »Wenn mir das gelingt, könnte es das Gebiet der Computersicherheit verändern, es revolutionieren. Zum einen würde damit die aktuelle Verschlüsselungssoftware überflüssig werden, zum anderen ließen sich dann bessere Sicherheitssysteme entwickeln.«

»Ohne Scheiß?«, sagte Wasserman. »Ich meine, ohne Scheiß, *Sir?*« Er stellte seinen Becher auf den Tisch. »Wissen Sie, Sie sollten als Gast bei *Net Talk* auftreten.«

Fernandez schaute ihn mit ausdruckslosem Gesicht an. »Was ist *Net Talk?*«

»Na ja. *Net Talk!*«

»Ich bin zwar müde, aber nicht *taub.*« Fernandez runzelte die Stirn. »Ist das eine Gameshow oder so was?«

»Das ist der offizielle Podcast der Net Force, Sarge. Moderiert von Alex Michaels.«

»Moment mal.« Fernandez sah ihn an. »Sie meinen *Professor* Alex Michaels?«

»Ganz genau, Sir.«

»Unser Chef?«

»Ja«, sagte Wasserman. »Er produziert jeden Monat eine Folge und hat großartige Gäste. So wie in der letzten Folge. Es geht darin um den Cloud-Computing-Deal, der gerade heiß diskutiert wird. Sie wissen schon ...«

»CloudCable. Im Wert von zehn Milliarden ...«

»Richtig. Normalerweise ist sein Thema die Internetsicherheit ...«

»Worüber *wir* gerade geredet haben …«

»Genau, darum habe ich von dem Podcast erzählt, Sir. In der Sendung, die ich gerade erwähnt habe, war Adrián Soto zu Gast.«

»Soto? Wow. Der Typ ist so was wie mein Held.«

»Kein Scheiß?«

Fernandez nickte. »Ich bin in San Diego aufgewachsen, was Sie, wenn ich es recht bedenke, wahrscheinlich bereits wissen«, sagte er. »Jedenfalls gab es für einen Computerfreak wie mich, der im übelsten Viertel der Stadt aufgewachsen ist, nicht viele Vorbilder. Aber Soto ist der Größte. Ich hoffe, ihn mal persönlich kennenzulernen. Ich meine, jetzt, wo wir Teil der Net Force sind und *er* ebenfalls dazugehört …« Er kratzte sich am Kinn und brummte vor sich hin. »Da Sie den Podcast erwähnt haben, ich frage mich, wie ich …«

Er sollte seinen Satz nie beenden. Plötzlich ertönte ein lautes Dröhnen, näher als das davor, und diesmal konnten die beiden Männer es deutlich hören. Es kam von direkt über ihnen, und obwohl es durch die dicke Decke gedämpft wurde, war es so laut, dass alles im Raum zu vibrieren begann. Der Tisch, die Stühle, alles rüttelte, schwankte und wackelte wie verrückt. Wie bei einem Erdbeben. Der Kaffee schwappte aus Fernandez' Becher, obwohl er ihn ruhig in der Hand hielt.

Für einen Moment schaute er auf seine tropfenden Finger, dann stellte er den Becher auf den Tisch. Einen Sekundenbruchteil später wurden seine beiden Becher von einer zweiten gewaltigen Erschütterung umgestoßen.

Fernandez starrte über den Tisch hinweg zu Wasserman, der ihn mit fassungslosem, verwirrtem Blick ansah. Während sein Verstand auf Hochtouren arbeitete, bekam er kaum mit, dass der Kaffee überall an ihm heruntertropfte. Zwei Treppen verbanden den Keller mit dem Erdgeschoss. Eine führte direkt vom Aufenthaltsbereich ins Operationszentrum. Diese Treppe war Fernandez vor ein paar Minuten heruntergekommen, und die Tür war nur ein paar Schritte entfernt. Die andere ging vom benachbarten Konferenzraum ab und führte in einen Flur am hinteren Ende des Gebäudes.

Das Dröhnen war offensichtlich direkt aus der Operationszentrale über ihnen gekommen. Fernandez wollte mit Wasserman nicht geradewegs zum Ausgangspunkt des Lärms laufen, was auch immer die Ursache dafür war. Sie würden die weiter entfernte Treppe benutzen.

»Wir sollten uns beeilen«, sagte Fernandez, sprang von seinem Stuhl auf und rannte, Wasserman dicht hinter sich, Richtung Konferenzraum.

3

Kreis Satu Mare, Rumänien/Teaneck, New Jersey

Carmody bereitete sich in der Mannschaftskabine gerade auf den Einsatz vor, als in seinem Ohrhörer Cobbs Stimme ertönte.

»Null minus fünfzehn Minuten, Preacher«, sagte der Co-Pilot. »Ich dachte, Sie wollen vielleicht mal einen Blick nach unten werfen.«

Rasch überprüfte Carmody weiter seine Ausrüstung. An zwei Gurten trug er eine HK-MP7-Maschinenpistole und in einem Schulterholster aus Nylon eine umgebaute SIG Sauer P225 15 + 1 für .40-S&W-Patronen mit reduziertem Abzugsgewicht, vergrößertem Magazinschacht, Kimme und Korn aus Tritium und Glasfaser sowie einer Foxtrot-Waffenleuchte. In seiner Messerscheide am Bein steckte ein Microtech Combat Troodon mit einer titanbeschichteten Klinge aus Stahllegierung. Das runterklappbare Nachtsichtgerät an seinem Helm lieferte ihm eine Panoramaansicht der Umgebung und war mit dem *Raven* und der Sentinel-Drohne verbunden, um von ihnen multispektrale Bild-, Radar- und Datenscans abzurufen. In Carmodys leichtem Rucksack befand sich die übliche Sprengstoff- und Überlebensausrüstung – zwei C4-Sprengsätze, eine CamelBak-Trinkblase, ein paar Proteindrinks sowie ein Erste-Hilfe-Set.

Der letzte Gegenstand auf Carmodys Checkliste war das Gerät von der Größe eines Smartphones, das er an seinem Unterarm trug. Er schaltete es ein und wieder aus und vergewisserte sich, dass es richtig festgeschnallt war. Kalis digitaler Dietrich mit Sniffing- und Spoofing-Software war für den Erfolg seines Einsatzes unerlässlich.

Zufrieden trat Carmody neben Cobb ins Cockpit. Als er einen Blick auf den Touchscreen warf, erkannte er die oberen Stockwerke und Türme des Anwesens sofort wieder.

Das Übungsmodell auf dem Stützpunkt, in dem das Fox-Team wochenlang trainiert hatte, war nahezu identisch.

»Das sind Livebilder«, sagte Cobb. »Sentinel ist jetzt auf einer Höhe von fünfzehntausend Fuß. Die Nachtsichtaufnahmen sind farbverstärkt, damit man mehr erkennen kann.«

Carmody studierte die Luftbilder.

Drajan Petroviks Anwesen lag inmitten der Wälder und weit verstreuten Bauernhöfe einer im äußersten Westen Rumäniens gelegenen Bergregion. Während der Vorbereitung hatte Carmody alte Dokumente aufgetrieben, aus denen hervorging, dass es sich um die ehemalige Festung des völlig paranoiden Grafen Anton Graguscu, genannt der Giftmischer, handelte, einem Angehörigen der Königsfamilie aus dem sechzehnten Jahrhundert. Er hatte das Gebäude mit geheimen Fluchtwegen versehen und angeblich seine Frau und seine Zwillingssöhne hinrichten lassen, weil er geträumt hatte, dass sie sich eines Tages gegen ihn verschwören würden.

Das hufeisenförmige Grundstück war unglaubliche sechzig Hektar groß, die Festung befand sich am Fuß der Biegung und das Eingangstor auf der offenen Südseite. Dazwischen lagen verschiedene Nebengebäude und Stallungen, künstlich angelegte und natürliche Bäche und Teiche sowie weitläufige, hügelige Wiesen, auf denen adlige Generäle einst ihr Reittraining absolviert hatten. Die Front und die Seiten der Burg waren von einem schmiedeeisernen Zaun umgeben, der auf der Grundstücksseite von dichten Laub- und Nadelbäumen gesäumt wurde. Man konnte die Festung am besten mit dem Auto über eine gewundene Zufahrt erreichen, die sich vom Haupttor vier Meilen lang bis zu ihrem Vorplatz schlängelte.

Die Zufahrt war im Zweiten Weltkrieg planiert und gepflastert worden, als die nationalsozialistischen Besatzer die Burg als Kommandozentrale der Wehrmacht und Offiziersunterkunft genutzt hatten … bis die Panzer der Sowjets angerückt waren und sie verjagt hatten, worauf die Burg, sich selbst überlassen, in den nächsten siebzig Jahren langsam verfiel.

Die Zufahrt war, wie einige der Nebengebäude, die Drajan Petrovik jetzt als Wachhäuser nutzte, allerdings immer noch in einem guten Zustand.

Er hatte das Anwesen vor mehreren Jahren auf einer Auktion für dreieinhalb Millionen Euro ersteigert. Die Renovierungs- und Modernisierungsmaßnahmen und Umbauten der Mauern, Türme und barocken Treppenhäuser hatten mehrere Monate in Anspruch genommen. Die verfügbaren Fotos von den Innenräumen der Burg stammten allerdings alle aus der Zeit vor der Renovierung, und es gab keinerlei Informationen neueren Datums. Vergeblich hatte Carmody im Internet die

Aufzeichnungen der nächstgelegenen Ortschaften Rosalvea und Salta durchforstet.

Es überraschte ihn nicht, dass seine Recherche nichts ergeben hatte. Für die umfangreiche Sanierung war zwar eine Baugenehmigung erforderlich gewesen, und die dafür nötigen Gebäudepläne wurden normalerweise in Onlinedatenbanken archiviert. Aber er wusste, wie der Hase lief. In den beiden Ortschaften der Gemeinde Rosalvea lebten insgesamt sechstausend Menschen – wie auch schon vor fünfzig Jahren und fünfzig Jahre zuvor und die fünfzig Jahre davor. Dort hatte sich kaum etwas verändert, und den Menschen war jede Arbeit recht, um ihren Lebensunterhalt zu verdienen. Der Wolf konnte dort wie der Feudalherr, der das Anwesen einst errichtet hatte, frei schalten und walten. Seine Renovierungsarbeiten hatten den lokalen Bauunternehmern, Handwerkern und Zulieferern einen wahren Geldsegen beschert.

Carmody vermutete, dass er ein paar Beamte bestochen hatte, um das Genehmigungsverfahren zu umgehen – oder die offiziellen Einträge in den Akten löschen zu lassen.

»Falltüren und Geheimgänge«, sagte er. »Uns erwartet das reinste Labyrinth. Und Petrovik hat garantiert ein paar weitere Schikanen eingebaut.«

Cobb nickte. »Es schmeckt mir überhaupt nicht, dass wir nicht herausgefunden haben, was das sein könnte, Sir.«

Plötzlich fiel Carmody ein Satz ein, den er irgendwann mal gehört hatte. Er hatte sich damals in einer Basis nahe der iranischen Grenze, die eigentlich gar nicht existieren durfte, auf einen Einsatz vorbereitet, der offiziell nie stattgefunden hatte.

Wie trainiert man für das Unbekannte?

Der Satz war in einer Talkshow auf einem Soldatensender gefallen. Jemand hörte in einem Zelt der Offiziere Radio, und Carmody schnappte im Vorbeigehen ein paar Gesprächsfetzen auf. Es war eine rhetorische Frage. Die Person, die sie stellte, klang nicht wie ein Soldat. Sie hätte Musiker, Schauspieler oder Schriftsteller sein können. Oder auch Politiker. Genauso gut hätte sie damit Carmodys bevorstehenden Einsatz meinen können, der ebenfalls voller unbekannter Gefahren war.

Wie trainiert man dafür?

Hätte man Carmody danach gefragt, hätte er wohl geantwortet, das sei nicht möglich. Wenn man professionell und erfahren genug war und sein Handwerk beherrschte, verschwendete man keine Gedanken an mögliche Unwägbarkeiten. Es kam allein darauf an, wie man in einer konkreten Situation reagierte. Was auf einen zukommen würde, das ließ sich im Vorhinein nicht in Betracht ziehen.

Er ging jetzt zwischen Cobb und Luna auf das virtuelle Fenster zu. »Ist es okay, wenn ich das Ding mal benutze?«, fragte er.

»Sicher.« Cobb lehnte sich zur Seite, um ihm etwas Platz zu machen. »Aber beeilen Sie sich.«

Carmody streckte die Hand nach dem Bildschirm aus, zog mit Daumen und Zeigefinger ein Kästchen um einen Bereich des Burgdachs und zoomte heran. Der Haupteingang lag auf der Ostseite, zur Ortschaft Rosalvea hin, die über eine zehn Meilen lange Landstraße zu erreichen war. Vom Dach ragten drei vollständig restaurierte Bollwerke empor, das größte im Norden. Der halbovale Beobachtungsposten aus massiven Steinen mit schmiedeeisernem Geländer bot einem Dutzend

Personen Platz, und von dort wand sich eine Steintreppe zu einem Eingangsturm mit Torbogen hinunter.

Wahrscheinlich waren die drei Bollwerke Teil des ursprünglichen Gebäudes. Im Westen Rumäniens hatte es in der Vergangenheit zahlreiche Auseinandersetzungen gegeben. Immer wieder war es zwischen Prinzen, Landesfürsten und verschiedenen Volksstämmen zu Bürgerkriegen gekommen. Nacheinander waren Daker, Walachen, Westgoten, Moldawier, Türken, Ungarn und Österreicher dort eingefallen. Graf Graguscu, ein Gote, lebte in einer konfliktträchtigen Region und hatte auf seine Nachbarn bestimmt ein wachsames Auge gerichtet.

Carmody zog die Finger zusammen und zoomte auf, sodass die gesamte Festung aus der Vogelperspektive zu sehen war. Auf allen Seiten befanden sich Fenster – insgesamt siebenundsechzig. Trotz des Stromausfalls brannte in einem Drittel davon Licht. Das war zu erwarten gewesen. Der Wolf hatte auf dem Grundstück bestimmt Notfallgeneratoren. Wahrscheinlich war seine Alarmanlage immer noch eingeschaltet und benachrichtigte seine persönlichen Wachen. Allerdings konnten sie keine Verbindung zur Polizei in Rosalvea herstellen und auch nicht zu einer der örtlichen Gendarmerien oder Milizen, die ihn normalerweise beschützten. Der Stromausfall, den Kali herbeigeführt hatte, war zu großflächig. Zu viele Umspannwerke waren abgeschaltet. Das altersschwache Stromnetz in dieser entlegenen Region verfügte nicht über die Notfallsysteme moderner Netzwerke. Der Wolf war von der Außenwelt abgeschnitten.

»Wir haben auf dem Dach keine einzige Wache gesehen«, sagte Cobb. »Und vor dem Gebäude auch nicht.«

Carmody dachte einen Moment nach. »Es sieht hier nur aus wie im Mittelalter«, sagte er. »Petroviks Leute müssen nicht auf den Festungswall steigen. Sie haben im Gebäude bestimmt Monitore.«

»Glauben Sie, dass sie Verdacht geschöpft haben?«, fragte Luna.

»Was denken Sie?«

»Der Wolf hat einen Cyberangriff auf New York durchgeführt und ist verantwortlich für den Tod Hunderter Menschen«, sagte sie. »Seine Leute sind bestimmt in Alarmbereitschaft. Vielleicht wollen sie uns in einen Hinterhalt locken.«

»Gut möglich. Deshalb haben wir in der ganzen Gegend den Strom abgeschaltet. Jedenfalls ist das einer der Gründe. Damit sie nicht glauben, die Sache hätte etwas mit ihnen zu tun, und sich nicht bedroht fühlen.«

»Und wenn doch?«

»Im schlimmsten Fall gibt es morgen für unsere Leute auf dem Stützpunkt ein paar Extraportionen Truthahn.«

Luna erwiderte nichts, und Carmody warf einen Blick auf das Display für die Bordelektronik. Die Uhr mit dem Countdown für den Einsatz zeigte T minus zehn Minuten.

»Bringt mein Team da runter«, sagte er. »Um den Rest kümmern wir uns.«

Sie schaute zu ihm hinüber.

»Sir?«

»Ja.«

»Je mehr Leute am Thanksgiving-Essen teilnehmen, desto schöner wird die Feier.«

Carmody nickte.

»Dem kann ich nicht widersprechen«, sagte er.

Fünftausend Meilen weiter westlich, in Teaneck, New Jersey, bog Stephen Gelfland um sechs Uhr abends mit seinem Toyota Corolla langsam in seine laubbedeckte Auffahrt. Es war der Mittwoch vor Thanksgiving, und er kehrte gerade mit seinen Einkäufen vom Supermarkt zurück.

Gelfland wollte die Feiertage zu Hause verbringen und hatte ein paar Sachen geholt, um sich ein Abendessen zuzubereiten. Einen kleinen Tiefkühltruthahn, eine Fertigfüllung, eine Dose Cranberrysoße und zwei Süßkartoffeln. Zum Dessert einen abgepackten Kürbiskuchen und Schlagsahne. Obwohl er nur selten etwas trank, hatte er außerdem ein Sixpack India Pale Ale geholt. Zu den Football-Übertragungen der College-Teams genehmigte sich Gelfland gerne das eine oder andere Bierchen.

Er lief zur hinteren Tür auf der Fahrerseite, öffnete sie und beugte sich zur Einkaufstasche hinunter. Obwohl es frisch war, hatte er seinen Mantel nicht zugeknöpft. Bis vor drei Jahren war Gelfland jedes Mal zu seinem Vater nach Long Island gefahren, wenn er zu Thanksgiving an Land war. Im Jahr nach seinem Tod hatte er die Feiertage auf einem Tanker vor der australischen Küste verbracht, und letztes Jahr hatte er eine verheiratete Cousine in Pennsylvania besucht. Zu ihr war es nur eine relativ kurze, angenehme Fahrt, und er mochte seine Cousine, ihren Mann und die zwei Kinder. Sie besaßen ein Gästezimmer, es hatte reichlich zu essen gegeben, und er hatte das Wochenende mit ihnen sehr genossen. Aber inzwischen blieb er lieber zu Hause. Er hatte keineswegs etwas gegen Menschen, zumindest empfand er das nicht so. Schließlich war er auf See die ganze Zeit von anderen Besatzungsmitgliedern umgeben. Er war nur gerne allein und lebte nach seinem eigenen Rhythmus.

Gelfland hob jetzt die Stofftasche vom Sitz, schlang den Tragegriff um die Schulter und schloss die Tür. Die Scheinwerfer blinkten auf und signalisierten ihm, dass der Toyota verriegelt war.

Gelfland drehte sich zum Vorgarten um; die Schicht aus trockenen braunen Blättern auf dem Boden war fast drei Zentimeter hoch. Er musste dringend den Laubbläser aus der Garage holen. Die Auffahrt freizuräumen wäre ein guter Anfang, um seine lange Aufgabenliste abzuarbeiten. In fünf bis sechs Wochen ging es für CloudCable auf große Fahrt, und ehe er sich's versah, stach er in See. Die Zeit verging wirklich wie im Flug.

Gelfland betrat den Weg zum Haus, und die Lichter der Bewegungsmelder ringsum gingen an. Auf dem Rasen lagen nur wenige Blätter, und die meisten in seiner Auffahrt stammten vom Nachbargrundstück, der Rest war von der Straße herübergeweht worden. Auf seinem Grundstück standen nur einige Nadelgewächse – zu beiden Seiten des Wegs mehrere Wacholdersträucher, auf dem Rasen eine hohe Thujenhecke und vor dem Haus zwei Blaufichten. Sie waren äußerst pflegeleicht, was sehr praktisch war. Schließlich verbrachte er vier von sechs Monaten auf See.

Gelfland holte seine Schlüssel hervor. Auf der Straße vor seinem Haus war nichts los. So wie immer vor dem verlängerten Feiertagswochenende. Die Leute waren entweder weggefahren oder mit Vorbereitungen beschäftigt. Sie kochten, machten sauber und richteten die Gästezimmer her.

»Hi, Steve.«

Gelfland blieb stehen und drehte sich zu der Stimme um. Sie war vom hinteren Ende der Rasenfläche gekommen. Eine Männerstimme, irgendwo in der Nähe der Hecke.

Er spähte in die Dunkelheit. Doch er konnte niemanden erkennen und wusste auch nicht, wer das sein könnte. Auf dieser Seite wohnte eine alleinerziehende Mutter, und es war auf keinen Fall ihre Stimme gewesen. Aber das war nicht das Seltsamste daran …

»Hallo?«, sagte er. »Wer ist da?«

Einen Moment herrschte Stille. Dann war erneut die Stimme zu hören. Allerdings von einer anderen Stelle. Links von ihm, im Schatten, am hinteren Ende des Rasens.

»Hallo?«

Die Stimme wiederholte seine Worte wie ein Echo. Aber es war kein Echo. Als sie vor einem Moment seinen Namen gerufen hatte, hatte er bereits gedacht, dass sie wie *er* klang, obwohl das lächerlich war. Doch jetzt, beim zweiten Mal, war er sich sicher.

Sie klang *genau* wie er.

Verwirrt stand er da und schaute auf den Rasen. Die Fichten waren etwa zehn Meter hoch und hatten relativ dicke Stämme und lange, abstehende Äste. Die unteren Zweige hatte er bis auf eine Höhe von zwei, drei Metern über dem Boden zurückgeschnitten, um sie ein wenig abzustufen.

Er konnte niemanden darunter entdecken.

Sein Nacken begann zu kribbeln.

»Wer ist da?«, fragte er. »Wer sind Sie?«

»Wer ist da? Wer sind Sie?«, sagte die Stimme.

Gelfland rührte sich nicht. Jetzt war nicht nur sein Nacken, sondern sein ganzer Oberkörper mit einer Gänsehaut überzogen.

Die Stimme, *seine* Stimme war nicht aus der Nähe der

Bäume gekommen. Sie kam erneut von woanders. Von hinter ihm. Aus der Auffahrt, wie es schien.

Er drehte sich um hundertachtzig Grad, Richtung Toyota, wobei die Einkaufstasche von seiner Schulter baumelte. Er konnte den Wagen deutlich erkennen. Und auch die Auffahrt. Sie wurde von den Lichtern der Bewegungsmelder neben dem Weg erleuchtet, sodass es dort kaum Schatten gab.

»Hören Sie, das ist nicht lustig«, sagte er. »Was wollen Sie?«

Schweigen. Er starrte geradeaus Richtung Auffahrt. Dann ließ er den Blick umherwandern. »Hallo?«, sagte er. »Sagen Sie, was Sie …?«

Die Frage erstarb auf seinen Lippen. Er hatte rechts von sich, neben der Haustür, eine unscheinbare Bewegung bemerkt. Und einen Umriss. Die hoch aufragende, schmale Silhouette eines Mannes.

Er wirbelte zur Tür herum, zu dem zuckenden Schatten, als ihm von hinten eine Hand auf den Mund gedrückt wurde. Eine große Hand, die in einem Handschuh steckte und jetzt seine ganze untere Gesichtshälfte bedeckte.

Gelfland war kräftig gebaut und körperlich gut in Form. Er hatte als Vollmatrose auf Dutzenden von Tankern schwere Geräte und Lasten geschleppt und war auf Leitern herumgeklettert. Er hatte mit Bordmaschinen und Frachtgütern hantiert und war darin geschult, lebensrettende Maßnahmen zu ergreifen. Zwischen den Fahrten hielt er sich körperlich fit und ging regelmäßig joggen. Er war kein Schwächling.

Dennoch konnte er sich nicht befreien. Er griff mit beiden Händen nach der Hand, die auf seinen Mund drückte, aber er schaffte es nicht, sie fortzureißen. Vergeblich versuchte er, seine Ellbogen gegen die Person hinter sich zu stemmen. Die

Hand bewegte sich nicht. Sie hatte ihn fest umklammert. Die Einkäufe purzelten aus der Tasche, und er hörte, wie die Bierflaschen klirrend zu Boden fielen.

Die Hand rührte sich immer noch nicht.

»Ich werde einen tollen Doppelgänger von dir abgeben, Steve«, sagte seine eigene Stimme hinter ihm. »Versprochen.«

Als Gelfland spürte, wie etwas Hartes und Rundes gegen seinen Nacken gedrückt wurde, wusste er sofort, was das war. Er wusste es, noch bevor er das Klicken des Pistolenhahns hörte.

Es wurde zweimal abgedrückt. Zwei gedämpfte Schüsse, zwei Kugeln direkt in seinen Kopf, und dann dachte und fühlte er gar nichts mehr.

4

Băneasa/Kreis Satu Mare, Rumänien

Zunächst wusste Howard nicht, wer oder wo er war. Ob er sich in der Senkrechten oder Waagerechten befand. Noch wo oben oder unten war.

Nach und nach kehrte seine Wahrnehmung zurück, und er registrierte, dass er auf der rechten Seite lag.

Während er in dieser Position verharrte, stürmten seine Sinneseindrücke auf ihn ein. Er bemerkte seinen unregelmäßigen Atem. Spürte unter sich seine schmerzhaft verdrehten Ellbogen, die zwischen Oberkörper und Boden eingeklemmt waren. Außerdem fragte er sich, warum der Boden so kalt war und sich in seinen Körper bohrte. Dann erinnerte er sich an den in der Tür stehenden Abrams, den hellen Blitz und die Explosion.

Offensichtlich hatte ihn die Druckwelle von den Beinen gefegt.

Und dann?

Er wusste es nicht.

Er wusste es nicht.

Er wusste es nicht.

Warum war es so verdammt kalt?

Eine Hand griff nach seinem linken Arm. Eine große, kräftige Hand. Er konnte spüren, wie stark sie war. Reflexartig zuckte er zurück.

»Ganz ruhig, Sir.«

Eine gedämpfte Stimme. Howard kannte sie.

Er drehte ein wenig den Kopf und sah, wie Sergeant Julio Fernandez' breites, kantiges Gesicht zu ihm hinunterschaute. Weiße Flecken wirbelten um sein Gesicht herum, bedeckten Haare und Bart.

Schneeflocken.

Er war verwirrt.

»Julio«, sagte er, »wo zum Teufel bin ich?«

Howard verlagerte das Gewicht, um sich mit einer ruckartigen Bewegung auf den Rücken zu wälzen. Seine Seite tat weh. Und der Hals auch. Sein Gesicht war verbrannt und pochte. Er blinzelte den Schnee fort. Er lag im Freien, und es war Nacht, neben ihm hockte Sergeant Fernandez und schaute auf ihn hinunter, bekleidet mit einer dunkelgrauen Dienstuniform, auf deren rechter Brusttasche das Net-Force-Abzeichen prangte. Um die Schulter hatte er ein kleines, robustes Tablet geschnallt.

»Sir, immer schön langsam …«

Drauf geschissen, dachte Howard. Er stemmte seine Hände und Ellbogen gegen den harten, eiskalten Boden und schaffte es, sich aufzusetzen. Als er jedoch versuchte aufzustehen, wanderte die große, kräftige Hand des Sergeants mit gespreizten Fingern zu seiner Brust, und sein tätowierter Unterarm drückte ihn nach unten.

»Verschnaufen Sie erst mal«, sagte Fernandez, die Handfläche fest gegen Howards Brust gepresst. »Ich habe Sie da drüben rausgezogen und hierhergebracht. Ich glaube, Sie sind okay, aber …«

»Ich frage Sie nochmal, wo bin ich?«

»Hinter dem Hauptquartier. Janus Heights.«

Howard schaute zu ihm hoch und blinzelte erneut in die Schneeflocken. »Ich dachte, ich hätte Ihnen befohlen, schlafen zu gehen, Sergeant.«

»Gut, dass ich das nicht gehört habe, Colonel.«

Howard erwiderte nichts. *Janus Heights.* Der nördliche Bereich zwischen dem Hauptquartier und der ursprünglichen Baracke, die schon seit langer Zeit leer stand.

»Was ist mit Abrams?«, fragte er.

»Er ist tot. Berra auch. Die Operationszentrale wurde getroffen.«

Howard hob seinen Kopf und sah, dass etwa einen Meter hinter Fernandez der Gefreite Wasserman stand. Der Sergeant bemerkte seinen Blick.

»Wasserman war bei mir unten im Keller«, sagte er. »Er hat sich Kaffee geholt. Als wir die Explosion hörten, sind wir sofort nach oben gerannt, und dort im Flur haben wir Sie gefunden.«

»Was zum Teufel ist passiert?«

»Das waren die Igel.«

»Was?«

»Die Roboter. Sie wurden manipuliert. Jeder Einzelne von ihnen.«

»Wie?«

»Das weiß ich nicht. Sie sind im COCKED-PISTOL-Angriffsmodus und bewegen sich frei übers Gelände, um die Basis zu verteidigen. Offensichtlich wurden sie so manipuliert, dass sie das Basispersonal für Feinde halten.«

Howard saß da und dachte eine Minute darüber nach. »Und die anderen Bereiche der Basis«, sagte er schließlich. »Wie groß ist der Schaden?«

»Die Kantine wurde schwer getroffen …«

»Gab es Tote?«

»Das wissen wir nicht. Das gesamte Küchenpersonal war heute Abend dort. Um das Thanksgiving-Essen vorzubereiten.«

Howard griff nach dem Handgelenk des Sergeants.

»Helfen Sie mir hoch«, sagte er.

»Sir …«

»*Sofort,* Sergeant.«

Fernandez warf Wasserman einen Blick zu und lief auf Howards rechte Seite, der Gefreite auf seine linke. Sie packten jeder einen seiner Arme und halfen ihm hoch, indem Fernandez ihn mit der Hand am Rücken abstützte.

Howard holte zweimal tief Luft, dann ein drittes Mal, während er auf dem spröden, gefrorenen Gras das Gleichgewicht hielt. Dann betastete er mit den Fingern sein Gesicht, um seine Verletzungen zu begutachten. Er hatte mehrere Schnittverletzungen und Schürfwunden. Seine Wangen fühlten sich verbrannt an. Und eines seiner Augenlider war geschwollen. Mit leicht zitternden Beinen drehte er sich zum brennenden Hauptquartier um. Die Fenster waren geborsten, und er konnte durch die Glassplitter die lodernden, zuckenden Flammen im Innern sehen.

»Haben Sie eine Ahnung, wo der Igel hingefahren ist,

Julio?«, fragte Howard, ohne den Sergeant anzusehen. Er starrte immer noch über den vertrockneten braunen Rasen hinweg auf das Feuer.

»Nein«, sagte Fernandez. »Er streift irgendwo da draußen umher.«

»Auf der Suche nach möglichen Zielen.«

»Ja.«

Howard wandte sich wieder dem Sergeant zu. »Haben Sie irgendwas von der Baracke im Westen gehört?«

»Das ist schon ein paar Minuten her, aber die Situation hat sich inzwischen vielleicht schon wieder geändert«, sagte Fernandez. »Ich habe Funkstille angeordnet. Die Igel sind in der Lage, unseren Nachrichtenverkehr abzuhören.«

»Alle Kanäle?«

»Ich kann Ihre Frage beantworten, Sir«, sagte Wasserman. »Wir haben ein Bandspreizverfahren für Notfälle getestet. Es überträgt die Nachrichten über eine große Bandbreite von Frequenzen …«

Howard sah ihn an. »In verständlichen Worten.«

»Bei diesem Verfahren versteckt sich die Nachricht im Frequenzrauschen, das permanent die Luft erfüllt. Wie eine Nadel im Heuhaufen. Aber eine spezielle Handy-App kann die Nachricht codieren und wieder entschlüsseln.«

»Und keiner hat mir davon erzählt?«

Wasserman räusperte sich.

»Sir, das habe ich. Letzten Monat.«

»Und?«

»Sie meinten, dass Sie erst wieder etwas davon hören wollen, wenn wir unsere Tests *beendet* haben«, sagte Wasserman. »Was nicht der Fall ist.«

Howard runzelte die Stirn. »Na schön, fahren Sie fort.«

»Auf den Handys einiger Mitarbeiter, die an den Tests teilgenommen haben, ist die erforderliche App installiert«, sagte Wasserman. »Außerdem befinden sich in den unterirdischen Schutzräumen drahtlose Verstärker. Theoretisch haben wir also einen offenen Kanal.«

Howard dachte eine Minute lang nach. Da zwei Drittel seiner Leute für Operation Scalpel im Einsatz waren, hatten sie weniger Personen, um sich zu verteidigen – was ein großer Nachteil war. Als Kommandeur der Basis hatte er sich zwar die Freiheit herausgenommen, die Vorschriften bezüglich waffenfreier Zonen auf Militärstützpunkten etwas großzügiger auszulegen. Allerdings galt das nur für Handfeuerwaffen und Gewehre. Die Igel hingegen waren mit Raketen, Granaten und schweren Maschinengewehren bestückt.

Keine Chance.

»Was ist mit den Fahrzeugen? Mit ihren KI-Netzwerken?«, fragte er. »Wenn sie ebenfalls gehackt wurden …«

»Ich bin mir sicher, dass sie nicht betroffen sind, Colonel«, sagte Fernandez.

»Wie sicher?«

»Hundertprozentig. Sie sind mit Argos ausgestattet. Adrián Sotos Firewall. Das ist das Sicherheitssystem, das auch den Hekate-Virus abgewehrt hat.«

»Und was ist mit den Igeln?«

»Ihre Upgrades stehen noch aus.«

Unwillkürlich griff Howard nach seinem Pfeifenbeutel. *Die Upgrades stehen noch aus.* Und die Politiker in Washington stritten unterdessen über das Budget der Qickdraw.

»Wir brauchen ein Fahrzeug«, sagte er. »Und Waffen.«

Fernandez nickte. »Mit den Transportern hätten wir beides. Falls wir es zu ihnen schaffen. Sie sind mit Gewehren und Granatwerfern ausgestattet. Und dank Argos würden wir über eine geschützte AHEF-Kommunikationsverbindung verfügen.«

Howard musterte ihn eingehend. Er öffnete seinen Pfeifenbeutel, tastete nach seiner Savinelli und stellte fest, dass sie nicht da war. Dann fiel ihm ein, dass er sie bei der Explosion hatte fallen lassen, und nahm seine leere Hand wieder herunter. Das Fahrzeugdepot befand sich in der Nähe der Südgrenzen. Gegenüber dem Hauptquartier, auf der anderen Seite des Außenbereichs oder Südfelds. Die gut dreihundert Meter breite freie Fläche war fast so groß wie vier Footballfelder. Aber er war unbewaffnet. Wasserman ebenfalls. Und Fernandez trug nur seine Dienstpistole. Wenn sie versuchten, zu Fuß zu den Fahrzeugen zu gelangen, würden sie für die Igel ein leichtes Ziel abgeben. Das konnten sie also vergessen.

»Es ist sicherer, wenn die Fahrzeuge zu uns kommen«, sagte er schließlich. »Wenn wir zum Depot rüberlaufen, werden die verdammten Roboter uns entdecken und abknallen, bevor wir auch nur in seine Nähe kommen.«

»Sie haben recht«, sagte Fernandez.

Howard sah ihn an.

»Also schön, Julio«, sagte er. »Rufen Sie uns einen Wagen. Und Begleitschutz. Und zwar *schnell.*«

Mario Perez trat auf die Bremse des Jolt und kam vor den Wellblechhütten, die die zivilen Mitarbeiter beherbergten, zum Stehen.

Einen Moment später drückte er die Tür auf, sprang in die

Nacht hinaus und schaute rasch den Weg zurück, den er gekommen war. In der Ferne leuchteten zwei Feuer. Eines direkt hinter ihm, im Westen, wo die Kantine lag. Das andere beim Hauptquartier, an der Nordgrenze. Das passte zu den beiden Explosionen, die er gehört hatte, während er zu Lauras Unterkunft gerast war.

Mit fassungslosem Entsetzen starrte Mario auf die beiden Feuer. Über den brennenden Gebäuden lag ein oranger Schimmer; das Feuer wurde von den gefrorenen Schneekristallen in der Luft reflektiert und erzeugte einen diffusen, zuckenden Lichtschein. Mario hatte keine Ahnung, was dort los war. Aber ihm ging der Igel nicht mehr aus dem Kopf, den er gesehen hatte, als er sich von Laura verabschiedet hatte. Er wusste, dass die Roboter ihre übliche Route nur in einem Notfall verlassen durften, und war so besorgt gewesen, dass er sich vergewissern wollte, ob Laura ihre Wohneinheit wohlbehalten erreicht hatte.

Die beiden Explosionen hatten sich kurz nacheinander ereignet. Als Mario sie gehört hatte, hatte er über Funk umgehend die Wachmannschaft alarmiert, ohne jedoch eine Antwort zu erhalten. Da es aus der Kommandozentrale keinen ausdrücklichen Befehl gab, wollte er die Feuer selbst in Augenschein nehmen. Aber erst nachdem er Laura gefunden hatte.

Er drehte sich zu den länglichen Aluminiumhütten um. Insgesamt sechs davon standen im Abstand von drei oder vier Metern, jeweils durch eine schmale Gasse voneinander getrennt, in einer Reihe hinter einem Schotterparkplatz. Vor zweien davon parkte ein Auto.

Mario wusste nicht, ob Laura einen Wagen besaß. Er wusste nicht mal, welches ihre Wohneinheit war. Aber nur aus den

Vorderfenstern einer davon, der zweiten von rechts, drang Licht. Sie musste erst vor ein paar Minuten nach Hause gekommen sein. Bestimmt war sie noch wach.

Er eilte zu der Wellblechhütte hinüber. Die Rollläden an sämtlichen Fenstern waren heruntergelassen, und an den Seiten und darunter fielen schmale gelbe Lichtstrahlen nach draußen. Er sah eine Fußmatte aus Gummi, eine gläserne Windfangtür und im Metallrahmen der Innentür einen Klingelknopf. Das Licht, das aus dem Fenster neben der Tür drang, war hell genug, um das bedruckte Schild darunter zu entziffern: L. CRUZ.

Mario betätigte die Klingel.

Doch niemand öffnete.

Er drückte erneut und ließ den Finger auf dem Knopf, während er dem schrillen Summen im Innern lauschte.

Es wurde immer noch nicht geöffnet.

Er klopfte an die Windfangtür, und als niemand antwortete, klopfte er etwas kräftiger, viermal kurz hintereinander. Keine Reaktion. Er öffnete die Windfangtür und hämmerte an die massive Innentür. Immer noch nichts.

Mario trat an das Fenster, schirmte mit einer Hand seine Augen ab und versuchte, durch einen der schmalen Spalte neben dem Rollladen zu spähen. Er sah jedoch nur den dünnen Lichtstreifen und die Reflexion der entfernten Feuer in der Glasscheibe.

Sein Herz begann zu hämmern. Was, wenn Laura noch nicht zu Hause war? Hatte sie nicht gesagt, dass sie in der Unterkunft ihrer Freundin vorbeischauen wollte?

Vielleicht war sie noch dort. Unweigerlich musste er an den Wachroboter denken. An den Igel, der in der Dunkelheit seine Route verlassen hatte. Es war genauso gut möglich, dass sie ihm auf dem Heimweg zufällig begegnet war.

Er ging zurück zur Eingangstür und rief ihren Namen.

Nichts.

Dann erneut, diesmal lauter. »Laura!«

»Mario … ich bin hier drüben!«

Ihre Stimme, links von ihm. Dann das Geräusch einer Tür, die zugeschlagen wurde, gefolgt von hastigen Schritten.

Er drehte den Kopf und sah, wie Laura von der letzten Wellblechhütte in der Reihe herübergeeilt kam. Sie hatte etwas aus der Tür getragen. Zunächst glaubte Mario, dass es sich um ein Kopfkissen handelte, aber dann bemerkte er, dass sich in ihren Händen etwas schlängelte und krümmte.

Kissen schlängelten und krümmten sich nicht.

Mario rannte Laura entgegen, während sie weiter auf ihn zugelaufen kam, und schließlich blieben die beiden voreinander stehen.

»*Gracias a Dios!*«, sagte sie. »Geht es dir gut?«

Er nickte und richtete den Blick auf das verängstigte kleine Geschöpf in ihren Händen. Es hatte ein schwarz-weißes Fell und einen rundlichen Körper. Es wand und krümmte sich und strampelte, klammerte und krallte sich an ihren Ärmeln fest.

»Das ist Buttons«, sagte sie. »Ein Kater.«

»Das sehe ich«, sagte er. »Laura …«

»Er gehört Emily.«

»Hör zu, Laura …«

»Ich habe ihm was zu fressen gegeben, als ich den Lärm gehört habe«, sagte sie. »Es klang, als wären mehrere Bomben explodiert.«

»Das waren keine Bomben, Laura. Zumindest glaube ich das nicht. Ich habe am Laden einen Igel gesehen. Abseits der üblichen Route …«

»Hast du die Explosionen denn auch gehört?«

»Ja.«

»Bei der ersten dachte ich noch, es wäre ein Donner. Aber als ich die zweite gehört habe, wusste ich, dass das kein Donner war«, sagte sie atemlos. »Buttons hat es mit der Angst bekommen und sich versteckt, und ich musste ihn aus dem Wandschrank holen. Das heißt, nachdem ich ihn endlich gefunden hatte. Er …« Sie hielt plötzlich inne. »Moment. Ein Igel.«

Mario atmete aus. Offensichtlich war sie so durcheinander, dass sie ein paar Sekunden gebraucht hatte, um zu begreifen, was er ihr gerade über den Roboter erzählt hatte. »Ja«, sagte er. »Ich weiß, das ist echt schräg. Aber …«

»Mario, hör zu …«

»Wir können nicht hierbleiben …«

»Mario …«

»Wir müssen …«

»Mario, *hör mir zu.*«

Er blieb stehen. »Was ist denn?«

»Das habe ich dir doch gerade gesagt«, erwiderte sie. »Ein *Igel.*«

Plötzlich bemerkte Mario, dass sie an ihm vorbei auf einen Punkt in der Ferne starrte. Er warf einen Blick über die Schulter und sah ebenfalls dorthin.

Der kompakte, niedrige Umriss des Wachroboters war im Schein der Parkplatzlaternen deutlich zu erkennen. Er war etwa hundert Meter entfernt … und glitt lautlos in ihre Richtung.

Mario drehte sich wieder zu Laura um und stand in der von Schnee erfüllten Dunkelheit völlig regungslos da. Wenn sie sich beeilten, konnten sie es in seinen JLTV schaffen, bevor der Roboter ihnen zu nahe kam. Allerdings würde das nichts nutzen, falls mit dem Igel irgendetwas nicht stimmte. Wenn er nach ihnen suchte, würden seine Sensoren ihre Wärmesignatur registrieren. Die Wärmestrahlung des Motors. Und die Bewegung des Fahrzeugs. Zudem verfügte der Roboter über raketengetriebene Granaten, die ihren Wagen zerstören konnten, ehe Mario den Abstand genügend vergrößert hätte.

»Der Roboter«, flüsterte sie. »Glaubst du, er weiß, dass wir hier sind?«

Mario sah, wie er näher kam. »Ich weiß nicht«, sagte er. »Wahrscheinlich schon.«

»Was sollen wir jetzt also machen?«

Er schaute sich rasch nach einem Versteck um. Die Aluminiumwände von Lauras Wellblechhütte würden ihre Körperwärme vielleicht abschirmen. Aber auf der Vorderseite befand sich eine Tür. Auf der Rückseite möglicherweise ebenfalls. Durch jeden noch so winzigen Spalt zwischen Tür und Rahmen konnte Wärme nach außen dringen. Mario wusste nicht, ob die Strahlung so stark war, dass der Igel sie registrierte, aber er nahm es an. Dann würde sich die Hütte in eine Todesfalle verwandeln.

Er schaute sich erneut um, während ihm nur allzu bewusst war, dass der Igel immer weiter auf sie zuglitt. Schließlich fiel sein Blick auf die Lücke zwischen Lauras Hütte und der nächsten in der Reihe. Gegen die Hüttenwand lehnte ein Fahrrad mit einem platten Reifen, außerdem stand dort eine Mülltonne und direkt davor eine Art rechteckiger Kasten. Er war gut einen Meter hoch und doppelt so lang.

»Laura, was ist das da drüben?«

Er deutete rasch mit dem Finger auf den Kasten, und sie sah in diese Richtung.

»Das ist meine alte Gefriertruhe. Ich habe sie entsorgt, als ich eine neue gekauft habe. Glaubst du, wir können uns darin verstecken?«

Mario vermutete, dass die Seitenwände mit einer dicken Schicht aus Schaumstoff und Fiberglas isoliert waren und der Deckel über eine Gummidichtung verfügte.

»Ich denke schon«, flüsterte er. »Aber wir können den Kater nicht mitnehmen.«

»Nein.«

»Laura …«

»Das ist nicht verhandelbar.«

»Was?«

»*Nicht verhandelbar.*«

Er sah sie eindringlich an. Laura erwiderte trotzig seinen Blick und drückte den Kater gegen ihren Körper.

Der Igel war jetzt nur noch höchstens sechzig Meter entfernt. Sie durften nicht länger hier im Freien herumstehen.

»Du hast gewonnen«, sagte er und zog sie am Ellbogen. »Aber jetzt, *bitte,* müssen wir uns beeilen.«

Und die beiden rannten, während Laura Buttons fest in den Armen hielt, auf die Lücke zwischen den Hütten zu.

5

Kreis Satu Mare, Rumänien

Eine halbe Stunde nach Mitternacht erreichten Dixon und das Fahrzeug hinter ihm den Unterschlupf des Wolfs. Sie schalteten die Scheinwerfer aus und fuhren entlang des schmiedeeisernen Zauns zu einem hohen, verschnörkelten Eingangstor.

Der zweite BearCat kam kurz vor dem Tor zum Stehen und parkte parallel zur Straße. Dixon hielt ebenfalls an und setzte über die Fahrbahn und den Seitenstreifen auf einen weitläufigen, flachen Acker zurück, der unter einer dünnen Schneedecke verlassen und still dalag.

Er schaute über die Straße hinweg Richtung Tor. Neben ihm auf dem Beifahrersitz saß Kali mit ihrer Datenbrille, deren Nachtsichtfunktion die Welt draußen in verschiedenen Rosatönen darstellte. Die Brille war zwar nicht so leistungsstark wie die digitalen Nachtsichtgeräte, die die Mitglieder des Zugriffsteams trugen, gewährte dafür aber mehr Bewegungsfreiheit. Sie hielt das für einen akzeptablen Kompromiss.

Während der Motor des BearCats leise knackte, sah sie in den gleichmäßig fallenden Schnee hinaus.

Dixon wandte sich in ihre Richtung. »Leg los.«

Kalis Finger begannen über ihr Tablet zu jagen. Das Feld hinter ihr, eine riesige, öde Fläche, erstreckte sich bis zu den südlichen Ausläufern der Karpaten. Alles war von einer zarten Schneeschicht bedeckt – der unbefestigte Seitenstreifen, das trockene, gefrorene Gras und die aufgestapelten rechteckigen Bündel aus verschnürtem Heu. Irgendwo in der Ferne befand sich wahrscheinlich ein magyarischer Bauernhof mit Steinwänden und einem Dach aus orangefarbenen oder braunen Lehmziegeln. Nebst einer Scheune zum Lagern von Kartoffeln und Zuckerrüben und einem Schuppen mit Arbeitsgeräten. Sowie einem Stall mit ein paar kräftigen, breitschultrigen Maultieren oder Arbeitspferden und vielleicht einem Hühnerstall. Da der Strom abgeschaltet war, hatten die Höfe heute Nacht weder elektrisches Licht noch Heizung. Aber in den meisten von ihnen gab es Holzöfen und Kamine, außerdem Kerzen und Öllampen. Die Menschen würden also nicht frieren müssen.

In den ländlichen Regionen Rumäniens lebten die Menschen fast noch wie vor Hunderten von Jahren. Der technische Fortschritt setzte sich hier nur langsam und zögerlich durch, und die Menschen waren noch nicht restlos darauf angewiesen. Eine Menge Leute, die die Entwicklung der Cyberkriminalität verfolgten, fanden es absurd, dass die *technologie vampiri* ausgerechnet aus diesem entlegenen Winkel der Welt kamen. Aber Kali konnte das verstehen.

Das Internet war ein magisches Zugangsportal. Entfernungen spielten dort keine Rolle. Regierungen und Gesetze waren nahezu bedeutungslos. Durch die unbegrenzten Pfade des Internets miteinander vernetzt, drangen die Jugendlichen an diesen abgeschiedenen Orten in neue Bereiche vor. Die Möglichkeit, ohne jede physische Beschränkung ganze Welten zu erschaffen, gab ihnen Macht. Und diese Macht war verführerisch.

Kali konnte das gut verstehen. Ganz besonders Drajan Petrovik.

Sie tippte weiter auf ihr Gerät. Nach dem Einsatz in Bukarest hatte Drajan die Überwachungskameras auf dem Anwesen austauschen lassen. Aber sobald auf den Luftbildern der Sentinel-Drohne der Herstellername der neuen Überwachungsanlage zu erkennen gewesen war, war Kali praktisch bereits im System gewesen. Sie hoffte, dass sie dem inhaftierten chinesischen Hacktivisten, Mad Dragon Butcher, eines Tages persönlich für das Exploit danken konnte.

»Fertig«, sagte sie. »Die Kamerabilder werden jetzt mit dreißig Minuten Verzögerung übertragen.«

Dixon warf ihr einen Blick zu und nickte. »Genau wie in München.«

Schweigen. *Nicht genauso.* In München war sie die Gejagte und er einer der Jäger gewesen. Das hatte sie nicht vergessen.

Dixon schaute nach rechts zu dem zweiten BearCat hinaus. »Rover Two, auf geht's«, sagte er über Funk.

Die Tür des anderen Wagens öffnete sich, und Kali sah, wie ein Mann in Jeans und Kapuzenparka ausstieg und sich dann ins Innere beugte. Einen Moment später sprang ein riesiger hellbrauner Malinois an einer kurzen Leine aus der Mannschaftskabine. Der Mann führte den Hund zum Zaun und blieb davor stehen. Der Dolmetscher und Diensthundeführer

Joe Banik war von der Third Special Forces Group der Armee an den Janus-Stützpunkt ausgeliehen worden. Er sprach vierzehn Sprachen fließend und besaß umfassende Kenntnisse in sieben weiteren. Ungarisch und Rumänisch waren nur zwei davon.

Auf der Fahrt hierher waren die BearCats lediglich an ein paar vereinzelten Häusern vorbeigekommen – das nächste lag jetzt eine Drittelmeile hinter ihnen –, und es war eine dunkle, schneereiche Nacht. Die Chance, dass irgendwelche Einheimischen hier aufkreuzten, um nachzuschauen, was das ganze Theater zu bedeuten hatte, stand bei fünfzig zu fünfzig. Aber falls ihre Neugier doch die Oberhand gewann, würde Banik sich als einer der Sicherheitsleute des Wolfs ausgeben und sie wieder wegschicken.

Dixon wartete, bis Banik und der Hund vor dem Zaun Position bezogen hatten. Dann sagte er: »Whiskey, jetzt sind Sie an der Reihe.«

Diesmal öffnete sich die Hecktür seines Wagens, und der E4 Adam Warren von der Quickdraw sprang in voller Kampfmontur nach draußen. Über der rechten Schulter trug er eine MP7 mit Schalldämpfer und unter dem linken Arm eine schwarze Umhängetasche aus Leder.

Warren eilte über die Straße. Am Tor waren keine Wachen postiert; die Kameras dort, das elektronische Schloss und das Zugangssystem mit Gegensprechanlage – wahrscheinlich mit WLAN/Ethernet-Verbindung – sollten das Grundstück vor Eindringlingen schützen. Falls jemand den Zaun oder das Tor überwand, würden vom nachgelagerten Kontrollpunkt, einem Wachhäuschen zwanzig Meter hinter dem Zaun, mehrere Männer hier unten auftauchen.

Aber Kali wusste, das würde dann keine Rolle mehr spielen.

Warren ging auf das Tor zu und holte aus seiner Umhängetasche einen Gegenstand von der Größe und Form eines Küchenschwamms hervor. Kali und Dixon beobachteten, wie er ihn an dem elektronischen Schloss befestigte und über die Straße zum Fahrzeug zurückeilte.

Dixon wartete, bis er wieder im Wagen war, dann kontaktierte er Carmody.

»Preacher, wir sind einsatzbereit«, sagte er.

»Auf mein Kommando«, erwiderte Carmody in seinem Ohrstöpsel.

Der *Raven* war das bestgetarnte Fluggerät, das Faye Luna bislang gesteuert hatte. Seine aus einem Gummigemisch bestehende Außenhülle war so geformt und gekrümmt, dass sie Radarwellen, Sonnenstrahlen und Erdlicht ablenkte. Allerdings hatten sich auch schon ihre Fluglehrer der alten Garde im Cockpit älterer Apache-Hubschrauber mit dieser Schutzmaßnahme gebrüstet. Die Tarnkappentechnik des *Raven* hingegen war das Ergebnis dreier bahnbrechender Innovationen. Zum einen war die Außenverkleidung mit Kohlenstoffnanoröhren beschichtet, einem Material, das man am Massachusetts Institute of Technology entwickelt hatte und das zehnmal schwärzer als jede bisher bekannte Substanz war, sodass es nahezu hundert Prozent des auftreffenden Lichts absorbierte. Den *Raven* am helllichten Tag im Flug zu beobachten war eine verstörende Erfahrung. Es schien, als würde man ein riesiges Loch in der Realität betrachten, einen pechschwarzen Umriss mit Flügeln, den man aus dem Himmel herausgeschnitten hatte.

Weniger spektakulär, aber genauso wichtig waren die beiden zusätzlichen Tarnkappeneigenschaften, ein eingebautes Netzwerk aus Radarstörsendern und Schalldämpfern sowie ein hochmodernes System zur Reduzierung der Wärmestrahlung, das über den gesamten Rumpf verlief und die Abgase und die heiße Luft herunterkühlte, die durch die Betriebstemperatur erzeugt wurde.

Luna war überzeugt, dass man sie dank all der Technik auf dem Weg zu ihrem Ziel nicht bemerken würde. Doch die Aufgabe, die sie dort erwartete, war sehr viel heikler. Dann mussten sie und Cobb zeigen, was sie wirklich draufhatten.

Sie brachte die Maschine in die Schräglage, um den Sinkflug einzuleiten, drehte weiter ein und ging über dem Unterschlupf des Wolfs noch steiler runter. Sie konnte jetzt mit dem bloßen Auge die Türme erkennen, die hoch und drohend vor ihr aufragten. Schließlich richtete sie das Flugzeug wieder aus und verharrte auf einer Höhe von etwa dreißig Fuß im Schwebeflug über dem nördlichen Bollwerk.

Carmody, der in der Mannschaftskabine an der Tür kauerte, schob eine letzte Patrone in die Kammer seiner Pistole und streifte wie die anderen Männer ein Paar Abseilhandschuhe aus Leder über.

Am Flugzeug war mit einer Schlaufe ein fünf Zentimeter dickes und fünfzehn Meter langes Seil befestigt. Carmody zog kräftig daran, um es zu überprüfen, dann bedachte er Schultz, den breitschultrigen Mann hinter sich, mit einem Nicken.

Schultz warf einen Blick auf die Uhr im Display seines Nachtsichtgeräts. Es war null eins achtundzwanzig. »Alles bereit zum Einsatz!«

Die anderen traten jetzt ebenfalls an die Tür. Schultz und Long gehörten zu Carmodys Fox-Team, und die drei anderen Männer kamen vom Janus-Stützpunkt.

Carmody griff nach dem aufgerollten Seil, beugte sich nach draußen und schaute auf die Festung in fünfunddreißig Fuß Tiefe hinab. Die Rotoren des *Raven* drehten sich jetzt schwächer, sodass er im Nacken kaum etwas von dem Abwind spürte, wie das sonst der Fall war, wenn er sich von einem Hubschrauber abseilte.

Er ließ das Seil hinunter, und während er beobachtete, wie es sich abwickelte, sorgte er dafür, dass sein Ende auf dem Steinboden des Bollwerks landete.

»Los!«, rief er. Dann drehte er sich um, stieg durch die Tür und rutschte nach unten, wobei er mit den Füßen das Seil umklammerte, um nicht unkontrolliert in die Tiefe zu sausen. Long und die anderen folgten ihm jeweils im Abstand von fünfzehn Zentimetern, Schultz kletterte als Letzter hinunter.

Dreißig Sekunden später waren sie alle unten.

Um genau null eins dreißig ertönte über das RoIP Carmodys Einsatzkommando.

Dixon setzte sich hinter dem Lenkrad aufrecht hin, während Kali im Rückspiegel sah, wie Warren auf sein Telefon tippte, um die Sprengladung, die er am Schloss befestigt hatte, auszulösen.

Sie explodierte sofort, das C4 im Innern entzündete einen Umschlag mit Thermit, und innerhalb von drei Sekunden erreichte das Thermit eine Temperatur von über zweitausend Grad und verwandelte das Schloss und sein Innenleben in eine glühend heiße, geschmolzene Masse.

Tropfen flüssigen Stahls spritzten durch die Luft. Die Nachtsichtfunktion von Kalis Datenbrille zeigte sie als gleißend helle magentafarbene Flecken. Sie machte sich bereit, den Blick auf das hoch aufragende Tor vor sich gerichtet.

Dixon trat aufs Gaspedal. »Okay, auf geht's!«

Der BearCat raste vorwärts, hüpfte von dem gefrorenen Erdreich des Ackers auf die flache, asphaltierte Straße und schoss auf das schwere Tor zu. In seiner Mitte, zwischen den Metallstäben, flackerte das Schloss wie ein explodierender Stern.

Einen Moment später krachte der Wagen durch das Tor.

Es hatte nicht lange gedauert, bis auf dem Burggelände die Notstromgeneratoren angesprungen waren, um zunächst Wachhäuschen und Alarmanlage zu versorgen.

Die drei schwarz gekleideten Männer im vorderen Wachhaus wärmten sich bei einem Becher heißen Kaffees gerade ein wenig auf, als sie am unteren Ende der Zufahrt einen Knall hörten. Alle drei schauten gleichzeitig zu ihren Monitoren hoch.

Aber auf den Videobildern war nichts Ungewöhnliches zu erkennen. Keinerlei Anzeichen für eine Störung. Das Grundstück lag verlassen und ruhig da.

Doch die Männer verließen sich nicht auf das, was sie auf den Bildschirmen sahen. Zwei von ihnen hatten früher für das Sicherheits- und Militärunternehmen Constellis als Elitesöldner an Sondereinsätzen teilgenommen, und ihren Gruppenführer hatte man kürzlich von Braithwaite Global abgeworben, einer neuen finanzstarken Sicherheitsfirma für Führungskräfte. Die Männer waren hoch qualifizierte

Spezialisten. Seit dem Stromausfall waren sie besonders wachsam, und der Knall war extrem laut gewesen.

Die mit Schutzwesten bekleideten Männer ließen ihre Kaffeebecher stehen und schnappten sich ihre Kampfhelme und ihre automatischen Steyr-Gewehre aus dem Waffenständer. Die beiden ehemaligen Constellis-Söldner rannten zur Tür, um die Lage zu inspizieren, und ihr Kollege blieb kurz vor seinem Bedienpult stehen und benachrichtigte die hintere Wachstation und das Herrenhaus. Gerade als er nach seinem Gewehr greifen wollte, hörte er draußen Schüsse und entschied sich stattdessen für eine andere Waffe.

Zu dem weitverzweigten Komplex aus Kellern, Kammern und unterirdischen Gängen in der Burg Graguscu führten mehrere Geheimeingänge, die hinter falschen Wandplatten und anderen ausgeklügelten Vorrichtungen versteckt waren; einige waren erst kürzlich, andere bereits vor Jahrhunderten eingebaut worden. Für die Mobilkommunikation hatte der Wolf zunächst sogenannte Strahlerkabel installieren lassen, wie sie auch im Bergbau und in modernen U-Bahn-Systemen Verwendung fanden. Später hatte er zusätzlich ein Netzwerk aus drahtlosen Sensoren und unterirdischen Richtfunkverbindungen einbauen lassen, die für einen störungsfreien Internetzugang sorgten und mit seiner Alarmanlage verbunden waren.

Obwohl der gesamte Bereich unter der Burg als Kommandozentrale diente, durfte niemand in seiner Gegenwart diesen Ausdruck benutzen, da er ihn an die Regierungen, Armeen und Behörden erinnerte, die er so sehr verachtete und hasste. Er hatte die Zentrale in zwei Bereiche mit unterschiedlichen Funktionen unterteilt, die zusammen im wahrsten Sinne des Wortes seine Höhle bildeten. Tief unter der Erde, gut versteckt, befand sich der Computerraum, von dem aus er die Aktivitäten seines weltweiten Hacker-Syndikats beaufsichtigte und koordinierte. Die Überwachungsstation für das Grundstück lag etwas weiter oben, zwischen den alten Waffenkammern, Weinkellern und höhlenartigen Folterkammern des Grafen.

Diesen Raum hatte der Leiter des Sicherheitsteams, Matei, kurz nach dem Stromausfall aufgesucht. Er hatte das Ereignis nicht sofort mit den Feinden seines Chefs in Verbindung gebracht; schließlich war nicht nur in Satu Mare, sondern bis zum äußersten Südosten von Maramureş der Strom ausgefallen. Eine örtlich begrenzte Störung hätte sein Misstrauen erregt, aber offensichtlich handelte es sich um einen zufälligen, wenn auch merkwürdigen, großflächigen Stromausfall. Dennoch hatte er es für das Beste gehalten, auf Nummer sicher zu gehen und das Gelände zu inspizieren.

Gerade jedoch hatte sich die Lage dramatisch verändert. Er saß jetzt aufrecht auf seinem Stuhl, während auf seinem Schreibtischmonitor ein Warnhinweis erschien. Das Wachhaus meldete einen Code Red. Aber die angehängte Voice-to-Text-Mitteilung überraschte ihn noch mehr – und verwirrte ihn. Wie konnte es am Tor eine Sicherheitsverletzung gegeben haben? Die Bilder auf seiner Videowand zeigten, dass es unversehrt war. Trotzdem bestätigten die Bewegungs- und RFID-Sensoren den Alarm. Sie meldeten, dass mindestens ein Fahrzeug auf das Gelände gefahren war und sich auf die Burg zubewegte.

Und zwar mit hoher Geschwindigkeit.

Matei drückte auf den Knopf der Gegensprechanlage und verspürte im Handgelenk einen stechenden Schmerz. An einem guten Tag war das Gelenk bloß steif. Doch die meiste Zeit tat es einfach nur weh, und eine plötzliche Bewegung löste heftige Schmerzen aus. Der Gedanke an einen Überraschungsangriff weckte bei ihm beunruhigende Erinnerungen an den weiblichen Dämon, der ihm die Hand zertrümmert, seine hübsche Nase gebrochen und die Luftröhre zerquetscht hatte. Zwei Monate lang hatte er nicht sprechen können. Trotz einer Luftröhren-OP und einer langwierigen Therapie hatte er jetzt eine Reibeisenstimme. Und zu allem Überfluss gab er, wenn er sich körperlich anstrengte, beim Atmen ein Keuchen und Pfeifen von sich. Es war wirklich demütigend.

Er musste noch dreimal auf den Knopf drücken, bevor er aus dem Hauptschlafzimmer eine Antwort bekam. Die Verzögerung überraschte ihn nicht. Sein Bewohner hatte an diesem Abend Damenbesuch.

»Ja?«

Endlich. Mateis Handgelenk pochte. »Wir haben ein Problem«, sagte er.

Am anderen Ende der Leitung herrschte für einen Moment Schweigen. Dann: »Rede mit mir.«

Clinia Ranor arbeitete als Versicherungsvertreterin in der Stadt Cluj-Napoca, die nur wenige Meilen von ihrem Heimatort Rosalvea entfernt war. Sie liebte es, sich zu amüsieren und herauszuputzen. Das zügellose Nachtleben der Stadt übte eine unwiderstehliche Anziehungskraft auf sie aus, und wenn sie besonders unternehmungslustig war, suchte sie dort für den speziellen Kick die Treffs der Underground-Szene auf.

Während sie sich im Orbit, einem schwer angesagten Stim Club, vergnügt hatte, war sie auf das Anwesen des Wolfs eingeladen worden. Sie hatte die sexuellen Vorlieben ihres Gastgebers zwar merkwürdig und bizarr gefunden … Aber mit ihm würde sie garantiert mehr Spaß haben, als wenn sie während des Stromausfalls irgendwo festsaß.

Vor einer Minute jedoch war ihr Vergnügen durch das Summen der Gegensprechanlage unterbrochen worden. Ihr Gastgeber hatte das Bett verlassen, um zu antworten, und streifte jetzt hastig seine Kleidung über.

Splitternackt drückte Clinia sich mit den Ellbogen am Kopfende des Bettes nach oben. »Stimmt irgendwas nicht?«, fragte sie.

»Ich gehe nur an die frische Luft.«

»Was? So plötzlich?«

Er setzte sich auf einen Hocker und zog seine Stiefel an, dann ging er durch das Zimmer zum Wandschrank und holte einen retrofuturistischen schwarzen Samtfrack heraus, der mit schraffierten Pentagrammen aus Jacquard-Seide verziert war.

»Es wird nicht lange dauern«, sagte er.

Clinia hörte ein kaum hörbares Knarzen, das anscheinend aus der Mitte des geräumigen Zimmers kam. Sie neigte den Kopf und lauschte. Dann weiteten sich ihre Augen. Ein großer, rechteckiger Bereich des Parkettbodens zwischen Wandschrank und Bett hob sich in die Höhe … öffnete sich wie der Deckel einer Truhe.

Ihr fiel buchstäblich die Kinnlade herunter, als zwei schwarz gekleidete Männer auf einer Wendeltreppe aus Metall daraus hervorstiegen. Einer von ihnen drehte sich zu ihr um und ließ seinen Blick über ihren Körper wandern. Clinia zog die Decke bis unters Kinn, während ihr Gastgeber sich in seine Jacke zwängte.

Einen Moment später lief er mit den beiden Männern die Treppe hinunter, die Platte senkte sich wieder und verschmolz unter ihrem erstaunten Blick mit dem Hartholzboden.

Dann war sie allein.

Es war, als hätte ihr Gastgeber sich in Luft aufgelöst. Oder wäre nie hier gewesen.

Er hatte sie, verwirrt und verängstigt, allein in seinem kalten Bett zurückgelassen.

Während Dixon mit Rover One auf das Gelände raste, fuhr hinter ihm der zweite BearCat durch das gesprengte, herabhängende Eingangstor und bog scharf nach rechts auf eine Abzweigung, die in einem weiten Bogen zur Rückseite des Herrenhauses führte.

Dixon sah, wie Kali konzentriert auf ihr Tablet starrte und überprüfte, ob die Sicherheitskameras des Herrenhauses ihre Bilder immer noch mit Verzögerung übertrugen.

»Alles okay?«

Sie nickte, und Dixon trat aufs Gas.

Die Zufahrt vor ihm war wie die Bäume und Sträucher zu beiden Seiten in Dunkelheit gehüllt. Man hatte die Außenbeleuchtung gedimmt oder ausgeschaltet, offensichtlich um die Notstromgeneratoren zu schonen. Dixon musste sich also auf die Dachkameras verlassen, die Wärmebilder auf das Armaturenbrett und sein Head-up-Display übertrugen.

»Pickles, mach einen Panoramaschwenk.«

»Verstanden, Dixie.«

Er schüttelte den Kopf. *Dixie.* Offensichtlich hielt Pickles ihn für seinen besten Kumpel. Fernandez, dieser Vollpfosten, hatte eine KI entwickelt, die den Leuten irgendwelche Spitznamen verpasste. Oder hatte Pickles ohne dessen Zutun diese nervigen Eigenschaften angenommen?

Der Motor des BearCats heulte auf, während er um eine Kurve bog und auf das Wachhaus zusteuerte. Der Wagen war noch siebzig Meter von dem niedrigen Backsteingebäude entfernt, als die Dachkameras zwei Männer mit Gewehren erfassten, die daraus hervorgestürzt kamen. An der Zufahrt teilten sie sich auf und gingen hinter den Sträuchern links und rechts davon in Deckung; ihre Wärmesignaturen sahen aus wie leuchtende Gespenster.

Dixon warf einen Blick in den Rückspiegel. Die sechs Männer auf den Schalensitzen im hinteren Bereich, drei auf jeder Seite, hatten ihre Waffen durch die Schießscharten gesteckt. Ein siebter Mann, Emerick, saß, den Oberkörper durch eine Luke gesteckt, im Geschützturm hinter einem auf dem Dach montierten M110-AI-Scharfschützengewehr.

Er konnte in seinem Head-up-Display die Wärmebilder der beiden Sicherheitsmänner hinter den Sträuchern sehen. Die Bilder wurden zwar von einem Gewirr aus Zweigen und Ästen zerschnitten, aber es wäre schon ein massiver Gegenstand wie ein Felsbrocken oder Baumstamm nötig gewesen, um sie vollständig zu verdecken – und er nahm an, das wussten sie. Aber es gab keine bessere Deckung.

Emerick schwenkte sein Gewehr auf das leuchtende Gespenst zu seiner Rechten und korrigierte den Zielwinkel, um die plötzlichen, ruckartigen Bewegungen des BearCats auszugleichen. Das Gewehr in seinen Händen spuckte eine

Kugel aus, der Strauch zuckte und zitterte, und das Gespenst fiel rückwärts zu Boden.

Emerick schwenkte seine Waffe auf den zweiten Mann. Aber bevor er ihn ins Visier nehmen konnte, rollte der Mann hinter dem Busch hervor, richtete sich halb auf und drückte ab. Die Kugeln prasselten gegen die Vorderseite des Lukendeckels.

Emerick erwiderte das Feuer. Gespenst Nummer zwei trug zwar eine Schutzweste, aber Emericks Hartkerngeschosse durchbohrten Westen der Schutzklasse 3 wie heiße Nadeln ein Stück Butter. Der Mann ging ebenfalls zu Boden, und aus seinem Körper spritzte Blut, das durch Emericks Nachtsichtgerät wie ein glühend heißer Funkenregen aussah.

Plötzlich kam hinter dem Wachhaus eine weitere Person hervor. Emerick konnte die Waffe an ihrer Schulter sofort an den kastenförmigen Umrissen erkennen. Es handelte sich um einen H&K-Granatwerfer, das neueste Spielzeug der Firma, ausgestattet mit einem Laser-Entfernungsmesser und programmierbaren raketengetriebenen Granaten. Seine Delta-Force-Einheit hatte die Waffe in Afghanistan getestet. In einem kontrollierten Umfeld hatte sie sich durchaus als nützlich erwiesen, aber wenn man damit in Sand, Staub und Hitze unterwegs war oder sie gegen Verbundpanzerung einsetzte, war sie nichts weiter als ein zwanzig Kilo schwerer Klumpen Stahl.

Außer der Schütze wusste, dass er nicht auf die Panzerung feuern durfte. Dann konnte der Granatwerfer eine tödliche Waffe sein.

Das dritte Gespenst zielte auf einen Punkt hoch oben.

Emerick reagierte sofort, aber er wurde dabei in der Luke hin und her geschüttelt, und Gespenst Nummer drei stand auf festem Boden. Der Mann war schneller. Es ertönten zwei Schüsse, gefolgt von einem lauten Pfeifen, als die rotationsstabilisierten elektronischen Geschosse ihr Ziel anvisierten. Emerick versuchte, sich in die Luke zu ducken, aber er hatte keine Chance. Die Granaten explodierten dreißig Zentimeter über ihm und verstreuten in sämtliche Richtungen Stahlnadelgeschosse.

Er hörte sich selbst schreien. Sein Gesicht und die Kopfhaut glühten vor Schmerz, dann fiel er vom Geschützturm durch die Luke und landete auf dem Boden des BearCats.

Im selben Moment bekam einer der Männer an den Schießscharten auf der rechten Seite das Gespenst mit dem Granatwerfer endlich ins Visier. Er hieß Max Spencer, und Emerick war sein bester Freund.

Er drückte ab, sah, wie der Mann zu Boden ging, krabbelte zu Emerick hinüber und tastete nach dem Jesus-Medaillon, das er an einer Kette um den Hals trug. Jimmy Singh, der Sanitäter der Einheit, kümmerte sich bereits um Emerick und zog einen Gegenstand nach dem anderen aus seiner Erste-Hilfe-Tasche. Singh tauschte mit Spencer Blicke aus und schüttelte den Kopf. Emerick würde es nicht schaffen. Sie konnten durch seinen Schädel einen Teil seines Gehirns sehen.

Spencer versuchte, sich an irgendein Gebet zu erinnern. Aber sein Kopf war leer, und während er sein Medaillon umklammert hielt, verfluchte er sich dafür, dass er zu spät geschossen hatte.

»Tut mir leid«, sagte er. »Tut mir leid …«

Dixon holte durch die Zähne Luft. Er durfte das Tempo nicht drosseln. Es standen weitere Menschenleben auf dem

Spiel, und Carmody war auf ihn angewiesen. Er durfte das Tempo auf keinen Fall drosseln.

Während er weiter aufs Gas drückte, hörte er neben sich plötzlich ein Klicken, und als er zu Kali hinüberschaute, sah er, dass sie sich aus ihrem Gurtzeug zwängte.

»Ich gehe nach hinten«, sagte sie.

Dixon schien überrascht.

»Singh kümmert sich um ihn«, sagte er. »Ich wüsste nicht, wie du da helfen kannst.«

Sie drückte sich von ihrem Sitz hoch.

»Ich muss es wenigstens versuchen«, sagte sie.

6

Kreis Satu Mare, Rumänien/Halbinsel Krim, Ukraine

Carmodys Zugriffsteam rannte in T-Formation die breite Steintreppe vom nördlichen Bollwerk hinunter. Er selbst lief vornweg, flankiert von Doug Wheeler auf zehn und Joe Begai, einem Pionier der Quickdraw, auf zwei Uhr. Schultz und Stafford Sparrow, ein weiterer von Howards E4s, bildeten auf fünf und sieben Uhr die Nachhut.

Um sie herum wirbelte der Wind den Schnee durch die Luft, während ihre Gummisohlen die ausgetretenen Steinstufen neben der Wand hinuntertrappelten. Die Außenscheinwerfer des Herrenhauses waren ausgeschaltet, aber die Männer hatten ihre digitalen Nachtsichtgeräte heruntergeklappt und konnten in der Dunkelheit alles deutlich erkennen.

Die Wand rechts von Carmody führte um ein paar Biegungen herum zu einem gewölbten Tor. Das fünf Meter hohe Tor bestand aus dicken, senkrechten Eichenbrettern und war mit breiten Eisenbändern beschlagen. Das verrostete, verfärbte Metall sah alt aus und war offensichtlich handgeschmiedet. Darauf prangte ein Drache mit Wolfskopf, aus dessen weit aufgerissenem Maul sich drei Zungen in der Form von Schlangen um den Türring wanden. Die ausgestreckten Flügel der Kreatur bildeten die Schlossplatte.

Carmody umklammerte den Griff und drückte gegen das Tor, doch es ließ sich nicht öffnen. Er gab Begai ein Zeichen, und der Pionier trat an die Tür. Er zog eine Sauerstofflanze aus seiner Weste hervor, steckte eine Kartusche in ihren Griff und schaltete sie ein. Zischend schoss ein zweitausendsiebenhundert Grad heißer Strahl aus Eisendampf hervor. Der Drachen glühte erst rot, dann weiß, bis er zu schmelzen begann, die Flügel liefen ineinander, und die drei Zungen tropften über den runden Türgriff.

Eine Sekunde später fiel der Griff klirrend auf die Stufen.

Carmody bedeutete Begai, Platz zu machen, und trat die Tür ein, indem er mit dem Stiefelabsatz unter die qualmende und tropfende Schlossplatte zielte.

Die Tür gab krachend nach. Auf der Innenseite war sie durch eine Stahlpanzerung, die mit versenkten, glatten Nieten am Holz befestigt war, nachträglich verstärkt worden. Das Metall knackte und warf Blasen an den Stellen, wo der Dampfstrahl der Sauerstofflanze es durchdrungen hatte.

Carmody stürmte in den dunklen, schmalen Gang dahinter, und die Männer liefen im Gänsemarsch hinter ihm her. Der Gang war extrem eng und mündete rechts in einer Sackgasse. Doch als Carmody nach links schaute, entdeckte er hinter einem Gewölbebogen ein Gittertor vor einer Treppe, die nach unten führte.

Während er darauf zurannte, bemerkte er am Tor zwei Gleitschienen. Außerdem befanden sich, wie beim Club Energie, an der Wand Lesegeräte für Biochips, eines vor, eines hinter dem Tor. Es würde Kali kein zweites Mal gelingen, das Verriegelungssystem zu hacken; ihre Zielperson hatte nach der Razzia in Bukarest bestimmt eine andere biometrische Datenbank installiert.

Mit dem Tor hatte Carmody nicht gerechnet.

Er warf einen Blick über die Schulter zu Begai.

»Wir brauchen ein großes Loch«, sagte er.

Der Pionier nickte. »Kommt sofort.«

Er griff in seinen Rucksack und holte einen C4/Thermit-Sprengsatz heraus, wie ihn auch Dixons Einheit am Außenzaun benutzt hatte. Er befestigte ihn an der oberen Schiene des Tors und einen zweiten an der unteren, dann gab er den anderen ein Zeichen, in den Gang zurückzutreten. Mit erhobenem Arm lief er zu den Männern hinüber und zählte mit den Fingern einen Countdown herunter: fünf, vier, drei, zwei, eins.

Es gab einen lauten Knall, die Sprengsätze explodierten in einem Feuerball und rissen das Tor aus den Schienen. Für einen Moment baumelte es in einer Wolke aus Rauch und Mauerstaub bedrohlich von der Decke, bevor die Schwerkraft es scheppernd auf die Treppe beförderte.

Carmody führte die Männer an dem umgekippten Tor vorbei in den stockfinsteren Gang hinunter.

Aber seine Augen sahen keinen Gang. Sie sahen nur eine lang gezogene, schmale Gefahrenzone, eine potenzielle Todesfalle. Nach etwa fünfzehn Metern knickte der Gang, der länger und breiter war als der oben, nach rechts ab. Sein Boden war mit einem Plüschläufer bedeckt, und auf der rechten Seite hingen Wandteppiche mit Darstellungen historischer Schlachtszenen, die Krieger mit Rüstungen und Schwertern auf galoppierenden Pferden zeigten. Zur Linken befanden sich mehrere geschlossene Türen.

Carmody winkte seine Männer zur Wand gegenüber den Türen herüber, und sie stellten sich in einer Reihe hinter ihm auf und liefen, die Waffen auf Hüfthöhe, mit erhobenen Köpfen und nach vorne gerichteten Blicken langsam den Gang hinunter. Ihr Einsatzplan sah vor, dass sie jeden Raum einzeln überprüften.

Carmody war immer noch etwa einen Meter von der ersten Tür entfernt, als er vor sich aus dem Quergang Schritte hörte. Eine Gewehrmündung wurde um die Ecke geschoben.

Der Schütze eröffnete das Feuer, und sein Gewehr begann zu rattern.

Carmody riss eine Granate aus der Schnellziehpouch an seiner Weste. Zwar hatte er auch schon beim 22nd Special Tactics Squadron Blendgranaten benutzt, aber dieses Exemplar war etwas völlig anderes. Die Aerosolgranate war rechteckig statt rund und blieb dort liegen, wo sie gelandet war, statt vom Ziel wegzurollen. Sie explodierte auch nicht in sämtliche Richtungen, sodass jeder in der Umgebung, der Werfer eingeschlossen, ihre Wirkung zu spüren bekam. Sobald die Granate aktiviert wurde, hüllte ein eingebauter Chip den Feind in eine entflammbare Wolke und entzündete sie. Der Knall und der Lichtblitz waren nach innen gerichtet.

»Handgranate!«

Die Männer wandten die Blicke ab, als Carmody den Sicherungsstift herauszog und die Granate den Gang hinunterwarf.

Der Lichtblitz der Granate war zehntausend Candela hell, fünfmal heller als ein Polizeischeinwerfer. Das hatte zur Folge, dass sich die Pupillen schlagartig zusammenzogen und das

Rhodopsin, oder der Sehpurpur, ausgebleicht wurde; dasselbe Farbpigment, das sich auch die Nachtsichtgeräte des Fox-Teams zunutze machten. Diese Wirkung der Granate führte dazu, dass man, wenn auch nur vorübergehend, vollständig erblindete.

Die Lautstärke des Knalls hing davon ab, wie weit man von der Explosion entfernt war. Carmodys Männer hörten nur einen relativ harmlosen Schlag, so als würde jemand mit der Handfläche auf eine Motorhaube hämmern. Aber innerhalb eines Radius von 1,5 Metern erreichte sie eine Lautstärke von über hundertachtzig Dezibel. Das war lauter als die Turbine einer 737 oder die Explosion von einem halben Kilo TNT. Bei hundertachtzig Dezibel splitterte Glas, platzten Ballons, und der Luftdruck stieg durch die Druckwelle um zehn Prozent an. Man konnte dann nur noch unscharf sehen und kaum noch atmen oder schlucken. Der betroffenen Person wurde schlecht und schwindelig, und sie verlor die Orientierung.

Carmody rannte zur Ecke und wirbelte mit seinem Hinterschaftlader im Anschlag herum. Im Quergang befanden sich zwei Männer. Beide waren mit Sturmgewehren bewaffnet und trugen kugelsichere Westen und Nachtsichtgeräte. Sie wankten benommen umher und sahen offensichtlich nur noch Sterne. Aber in wenigen Sekunden würden sie sich wieder so weit erholen, dass sie erneut eine tödliche Gefahr darstellten.

Eine der wichtigsten Lektionen, die Carmody bei seinen Spezialeinsätzen gelernt hatte, war, dass man dem Feind nicht die geringste Chance lassen durfte.

Er schoss jedem der beiden zweimal direkt zwischen die Augen. Aus ihren Hinterköpfen spritzte Blut an die Wand, während Carmody über die Schulter einen Blick um die Ecke warf. Mit dem Daumen dirigierte er Schultz und Sparrow zur ersten Tür und bedeutete Long und Begai ihnen zu folgen, dann trabte er zügig den abzweigenden Gang hinunter.

Er verlief etwa vierzig Schritte geradeaus, und auf halber Höhe der dicken Burgwand befand sich eine Nische mit historischen Rüstungen, ähnlich wie diejenigen, die auf den Wandteppichen abgebildet waren. Dahinter hingen mehrere Lanzen, Spieße und Morgensterne. Direkt rechts von der Nische führte eine mit Teppichboden ausgelegte Treppe in ein höher gelegenes Stockwerk oder zu einem Turm hinauf, und auf der linken Seite, am hinteren Ende des Gangs, befand sich eine weitere Treppe.

Für eine der beiden Treppen musste Carmody sich entscheiden.

Er warf einen Blick auf die Sammlung historischer Waffen und entdeckte an der Wand darüber ein Metallwappen. Es zeigte ebenfalls den Drachen mit dem Wolfsmaul und den drei Zungen.

Er blinzelte zweimal mit dem rechten Auge, um mit seiner Brille ein Foto davon zu machen. Dann sagte er: »Pickles, identifiziere Darstellung.«

Die KI durchforstete ihre verschiedenen Datenbanken, und einen Moment später wurden in Carmodys Head-up-Display die Ergebnisse angezeigt:

Dakischer Draco. Oder Wolfsdrache. Militärisches Feldzeichen des antiken osteuropäischen Volkes der Daker. Darstellungen davon finden sich auf der Trajanssäule in Rom. Wortherkunft: Draco leitet sich von dem altgriechischen Wort für der starr Blickende *oder* Scharfblickender *ab.*

Carmody deutete auf die Treppe zu seiner Rechten. Dort lagen sie garantiert goldrichtig.

Dicht gefolgt von seinen Männern stürmte er die acht oder zehn Stufen zum Absatz hinauf. Von dort führte ein kurzer, gebogener Gang auf zwei Türen zu, eine auf der linken Seite, die andere direkt an seinem Ende. Die erste bestand aus rostfreiem Stahl, und daneben befand sich ein biometrisches Lesegerät. Die Tür direkt vor ihnen war alt, hoch und gewölbt, bestand aus großen Holzbrettern und hatte einen hebelartigen Griff und einen Daumenriegel. An ihrer Unterseite konnte Carmody einen schmalen Lichtstreifen erkennen.

Er tippte Long auf die Schulter und deutete auf die Holztür. Long nickte und stellte sich auf die Seite mit den Scharnieren, während Carmody und die anderen hinter ihn traten. Begai ging zur anderen Seite der Tür und streckte seine Hand nach dem Griff aus, öffnete sie und trat ein. Long folgte ihm.

Carmody ging als Letzter durch die Tür. Den ausgezogenen Schaft seiner MP7 gegen den Arm gepresst, ließ er seinen Blick rasch durch den Raum wandern.

Es handelte sich um einen großen, ovalen Salon. Der Raum war leer. Er hatte eine hohe Balkendecke und breite Flügelfenster und war mit antiken Einrichtungsgegenständen ausgestattet: Da waren ein Orientteppich, Ohrensessel, Beistelltische, Wandleuchter, kunstvolle Vorhänge und Wandteppiche.

Auf der anderen Seite des Raums entdeckte Carmody eine Innentür, die wie die Eingangstür gewölbt, aber schmaler war.

Er saugte durch die Nase die Luft ein. Sie war von einem lieblichen Duft erfüllt. Harzig, moschusartig …

Weihrauch, dachte er. *Adlerholz*, das richtig teure Zeug. Iran, Sudan, Birhan. Mitglieder der arabischen Königsfamilien benutzten es gerne als Aphrodisiakum.

Er deutete auf die Tür, und die Männer liefen zügig hinüber. Wheeler bezog links und Begai rechts davon Position, während Carmody mit erhobener Maschinenpistole zwei Schritte davor stehen blieb. Diese Tür hatte einen Knauf. Begai griff danach, drehte ihn herum und drückte sie auf.

Als Carmody durch die offene Tür trat, sah er, wie eine Frau mit entsetztem Gesichtsausdruck von einem Stuhl neben einem Bett aufsprang. Sie war Ende zwanzig, Anfang dreißig und trug einen langen, aufgeknöpften Pelzmantel über einem beinfreien schwarzen Bodycon-Kleid, das sie wie eine zweite Haut umhüllte. In diesem Aufzug, samt Stöckelschuhen und Ohranhängern, hockte sie um ein Uhr morgens alleine in diesem Zimmer.

Was stimmte hier nicht?

Carmodys Blick huschte zu einem Räuchergefäß auf dem Nachttisch. Es war aus poliertem Messing, und in der Schale lag ein halb verkohltes Stück dunkles, klebriges *Adlerholz*.

Sie war allein, sicher, dachte er. Aber noch nicht lange.

Carmody marschierte zu ihr hinüber und blieb, die Maschinenpistole fest umklammert, vor ihr stehen.

»Hände hoch. *Manaile in aer*. Sofort.«

Die Frau hob ihre Hände ungelenk über den Kopf. Wheeler ging zu ihr, tastete sie zügig ab und signalisierte mit einem Kopfschütteln, dass sie unbewaffnet war.

»Sprechen Sie Englisch?«, fragte Carmody.

Sie antwortete nicht.

»Sprechen Sie Englisch? Ja oder nein.«

Sie zögerte. »Ja. Ein bisschen.«

Carmody nickte. »Nehmen Sie die Hände wieder runter«, sagte er. »Los.«

Langsam ließ sie die Hände sinken.

»Jetzt holen Sie erst mal tief Luft. Ein- und wieder ausatmen.«

Sie kam seiner Aufforderung nach.

»Und nochmal.«

Sie holte erneut Luft. Carmody bemerkte, wie sich ihre Haltung entspannte und ihre verkrampften Schultern sich ein wenig lockerten.

»Okay«, sagte er. »Sagen Sie mir Ihren Namen.«

»Clinia.«

»Kommen Sie hier aus der Gegend, Clinia?«

»Ich wohne in Cluj.«

»Das liegt im Süden, oder? *Este spre sud?*«

»Ja.«

»Und dort haben Sie ihn getroffen? In Cluj?«

»Ja. Heute Abend. In einem Club.«

»Einem Stim Club?«

»Ja. Woher wissen Sie das?«

Carmody antwortete darauf nicht.

»Clinia«, sagte er, »wo ist er?«

Sie erwiderte nichts.

Er nahm eine Hand vom Lauf der Waffe und klappte seine Brille hoch, damit sie durch die Öffnung in der Sturmhaube seine Augen sehen konnte.

»Ich möchte von Ihnen wissen, wo er hingegangen ist, Clinia. Das ist sehr wichtig.«

Die Frau wirkte unschlüssig. »Ich habe Angst.«

»Das müssen Sie nicht. Wir beschützen Sie.«

Sie schwieg erneut.

»Er hat Sie hier zurückgelassen«, sagte Carmody. »Sagen Sie es mir.«

Sie antwortete immer noch nicht. Aber für einen kurzen Moment wandte sie den Blick von Carmodys Augen ab.

Er bemerkte, dass sie weder nach links noch nach rechts schaute, sondern direkt auf den Boden.

Sofort sah Carmody in diese Richtung und spürte, wie sein Magen sich verkrampfte.

»Scheiße«, sagte er.

Während Carmody und sein Team den Turm betraten, erreichten die vier Männer, die die lange, verborgene Wendeltreppe darin hinabstiegen, das untere Ende und liefen einen beleuchteten Gang mit kahlen Granitwänden weiter.

Nach zwanzig Metern teilte sich der Gang. Die linke Abzweigung führte zu einer wenige Schritte entfernten automatischen Stahltür, die rechte wand sich endlose Meter zu den alten Folterkammern, Weinkellern, Waffenkammern hinunter … und weiter bis zum Hauptcomputerraum.

Die Männer bogen nach links und folgten dem kürzeren Gang zu der automatischen Stahltür. Einer der Wächter hielt eine RFID-Karte an den Scanner, zischend öffnete sich die Tür, und die Männer liefen hindurch. Dieser Bereich der Festung wurde von der Notstromanlage versorgt, und sofort gingen ringsum die Deckenleuchten an.

Die mehrere Millionen Dollar teure, klimatisierte Garage hatte die Leute des Wolfs zu den unterschiedlichsten Kommentaren veranlasst. Während die meisten davon beeindruckt waren, fanden einige sie übertrieben und scherzten außer Hörweite, dass er wohl zu viele Spionagefilme gesehen habe. Doch Drajan Petrovik war überzeugt, dass man mit den Fahrzeugen im Notfall mühelos entkommen konnte, und die Ereignisse der heutigen Nacht bewiesen, dass er in weiser Voraussicht gehandelt hatte. Er war ein großer Fisch, und seine Feinde hatten ihre Netze nach ihm ausgeworfen.

Die Garage, die fünfzehn Meter unterhalb der Burg lag, war wie ein Y geformt, an den Enden beider Gabelungen, auf der Ost- und Westseite, befand sich ein Geheimausgang, und am unteren Ende, hinter dem Tor auf der Rückseite des Grundstücks, ein dritter. In der Garage standen ein Mercedes der G-Klasse, zwei Rezvani Tank X, ein silber-blauer Rolls-Royce Black Badge Ghost und ein Koenigsegg Regera in Rosso Corsa. Sowie in einer Ecke zwei metallicschwarze Kawasaki Ninja H2R.

Die Männer, die aus dem Turm gekommen waren, wandten sich dem in Schweden gebauten Regera zu. Mit einer Höchstgeschwindigkeit von zweihundertfünfzig Meilen pro Stunde war er eines der schnellsten Autos der Welt und jagte wie flüssiges Quecksilber durch den Wind.

»Ich werde dieses Prachtstück nehmen«, sagte der Mann in dem schwarzen Frack zu einem der Wächter.

Der machte ein skeptisches Gesicht. »Das wird ihre Aufmerksamkeit erregen.«

Der andere tat seine Bemerkung mit einer wegwerfenden Handbewegung ab. »Damit rechnen sie nicht«, sagte er und musterte den Wagen. »Und sollte ich mich irren, werden sie mich halt schnappen.«

Um ein Uhr nachts stiegen an der äußersten Westgrenze des Flughafens Constanţa Dutzende Drohnen in die Luft, direkt von der gemeinsamen Basis des 863. Hubschraubergeschwaders der rumänischen Luftwaffe und des Black-Sea-Area-Support-Teams der US-Streitkräfte. Der Schwarm bestand aus über hundert kostengünstigen zylinderförmigen Flugrobotern aus dem 3-D-Drucker, die sich über eine Art gemeinsames Nervensystem miteinander vernetzen konnten. Sie verfügten über zwei »Gehirneinheiten«, eine Monarch-Drohne sowie ihr Back-up-System, die sich beide durch eine höher entwickelte Anpassungs- und Entscheidungsfähigkeit auszeichneten. Die Formation bestand aus Überwachungs-, Radarstör- und Kommunikationsdrohnen, aber ein Drittel der Drohnen transportierte eine explosive Fracht; es waren im Grunde nichts weiter als primitive Kamikaze-Bomben.

Sie wurden von verborgenen LOCUST-II-Abschussvorrichtungen abgefeuert, und es ertönte eine schnelle Folge von Detonationen, die sich anhörten, als würde man hundertdreißig Champagnerflaschen entkorken, jeweils zwei auf einmal. *Plop-plop, plop-plop.* Die Drohnen sausten in die Dunkelheit, breiteten ihre Flügel aus und stiegen in die Höhe. Der Lärm scheuchte einen Schwarm durchgefrorener, schlafender Krähen in den Sträuchern auf, die kreischend und laut schimpfend in den von Schnee erfüllten Nachthimmel emporflatterten.

Nachdem die Drohnen ihre zusammenklappbaren Flügel ausgebreitet hatten, flogen sie über den Hügeln der Walachei Richtung Westen.

Der ganze Startvorgang hatte weniger als drei Minuten gedauert. Abgesehen von den aufgeschreckten Krähen war nur die Insassin des zivilen braunen Uro-VAMTAC-Geländewagens zugegen, der halb auf der rissigen alten Straße und halb auf dem unbefestigten Seitenstreifen stand.

Nachdem die beiden letzten Drohnen in die Luft gestiegen waren, verschickte die Frau auf dem Fahrersitz eine verschlüsselte Nachricht und ließ den Motor an.

Während sie losfuhr, startete vom Dach eines Hangars auf dem Militärflugplatz Câmpia Turzii ein kleinerer Schwarm von fünfundsiebzig aerodynamischen Nurflügel-Drohnen. Der Flugplatz befand sich in der Nähe der vom Stromausfall betroffenen Stadt Cluj-Napoca im Westen Transsilvaniens. Die Drohnen schossen wie auf Sprungfedern direkt in die Luft, und jede von ihnen war im Bug mit gut zwei Kilo hochexplosivem EPX-1-Plastiksprengstoff bestückt.

In Câmpia Turzii wurden immer wieder verschiedene rumänische und amerikanische Geschwader stationiert, und in den letzten Jahren war der Stützpunkt aufgerüstet worden, um die russischen MiG-41-Tarnkappenjäger mit Hyperschallantrieb abzuschrecken, die den rumänischen Luftraum über dem Schwarzen und Kaspischen Meer auf aggressive Weise verletzten. Ironischerweise waren die von der Kronstadt Group in Sankt Petersburg produzierten Drohnen ursprünglich vom Iran bei den Russen bestellt worden, der sie wiederum als Teil eines millionenschweren Waffen- und Technologie-Deals nach Rumänien, einem seiner wichtigsten Handelspartner, geliefert hatte. Im komplizierten Geflecht der internationalen Politik konnte der Handel mit Waffen schon mal paradoxe Ergebnisse zeitigen.

Der Start des kleinen Drohnenschwarms wurde von einem Standort am Schwarzen Meer, siebenhundert Meilen von

Câmpia Turzii entfernt, genau überwacht. Der Mann hatte seine dunklen Augen gebannt auf einen Computerbildschirm gerichtet und hob einen Becher mit gesüßtem türkischem Kaffee an die Lippen, trank ihn mit zwei kräftigen Schlucken aus und kippte einen gekühlten Raki hinterher.

Er spürte, wie der Kaffee und der Schnaps ein Gefühl der Wärme in seinem Oberkörper verbreiteten. Er hatte das Fenster leicht geöffnet, um etwas Luft hereinzulassen, und hörte, wie draußen die Wellen gegen die Mole krachten. Die See war heute Nacht rau und aufgewühlt, aber seine Geliebte war kein ängstlicher Mensch. Sie war auf die Felsen am Meer hinausgegangen und lief jetzt an den alten U-Boot-Bunkern aus dem Kalten Krieg entlang.

Da der gesamte Bereich Sperrgebiet war, wurden Zivilisten dort oft von der Militärpolizei angehalten. Aber Quintessa Leonides war eine angesehene, willensstarke Frau. Sie war die Tochter des Bratwa-Bosses und lenkte die Geschicke der größten Bank und größten Kryptowährungsbörse Osteuropas. Sie machte, was sie wollte.

Er stellte sich vor, wie sie dort draußen in der Dunkelheit stand, während zu ihren Füßen die Wellen tosten, und musste unwillkürlich an zwei Raben im Flug denken.

Seine Hand wanderte zu der kleinen Tätowierung eines antiken Radsymbols hinter seinem Ohr.

Es war jetzt genau 1.40 Uhr.

Um 1.42 Uhr hatte sich der Drohnenschwarm vom Flughafen Constanţa dem Ort Băneasa auf zwanzig Meilen genähert, und die Monarch-Drohne nahm mit den rebellierenden Robotern auf dem Janus-Stützpunkt Kontakt auf. Ein paar Sekunden später vernetzte sie deren KI mit dem kollektiven

Bewusstsein der Drohnen und übernahm vollständig die Kontrolle über sie.

Unterdessen näherte sich der Schwarm aus Câmpia Turzii seinem Ziel über Rosalvea.

Die beiden Drohnenschwärme, Hunderte Meilen voneinander entfernt, waren bereit zum Angriff.

7

New York City, USA

Während Sergei Cosa aus der Dusche auf die Badezimmerfliesen trat, ließ er seinen Blick zufrieden an seinem Körper hinunterwandern. Mit seiner muskulösen Brust und seinem flachen, straffen Bauch war er trotz seiner siebenundfünfzig Jahre genauso kräftig und durchtrainiert wie mit Mitte zwanzig. Die Zeit war zwar ein unerbittlicher Gegner, aber dank seiner gesunden Ernährung und eines disziplinierten Krafttrainings hatte er die unerfreulichen Anzeichen des körperlichen Verfalls auf ein Minimum reduzieren können.

Er streifte einen leichten türkischen Morgenmantel über und schlüpfte in seine Lederpantoffeln, dann warf er sich ein frisches Handtuch über die Schulter und ging zum Regal neben dem Waschbecken, um sich im Spiegel zu betrachten. Mit seinen hohen, hervorstehenden Wangenknochen, dem dichten schwarzen Haar und den markanten Augenbrauen entsprach Cosa ganz dem ostbaltischen Erscheinungsbild – und er war stolz darauf. Er war ein glühender Nationalist und empfand eine tiefe Verachtung für all jene, die im genetischen und kulturellen Schmelztiegel der gleichförmigen Gegenwartsgesellschaft lebten. Obwohl er mit Leib und Seele Russe war, war er ebenso stolz auf seine rumänische Abstammung. Durch seine Adern floss das Blut dakischer Krieger. Seine Vorfahren hatten seit Urzeiten in den Karpaten gelebt und nacheinander gegen Alexander den Großen, die Kelten und die gallischen Boier gekämpft. Sie hatten ihre Armeen aus der Steppe vertrieben, bis sich das Wasser der Donau blutrot verfärbte.

Ja, Sergei Cosa war stolz auf die Unerschrockenheit seiner Ahnen, stolz auf ihren Mut und ihre Standhaftigkeit. Sein langer diplomatischer Aufenthalt in New York hatte ihn in diesem Gefühl bestätigt und seine Verachtung für Amerikas verweichlichtes, willenloses Völkergemisch noch verstärkt. Seines Erachtens war das Land zu schwach, um für weitere Jahrhunderte fortzubestehen.

Dennoch wusste er einige Vorzüge der Stadt durchaus zu schätzen. So verströmte sie eine pulsierende Energie. Und bot den Wohlhabenden einen beispiellosen Luxus. Selbst als bei der Cyberattacke letzten Sommer in Manhattan das Energienetz zusammengebrochen war, hatte es in der noblen Wohngegend am Beekman Place immer noch Strom gegeben … jedenfalls in dem Hochhaus, in dem er eine große, doppelstöckige Eigentumswohnung besaß, mit Panoramafenstern, durch die man nach Osten auf den Fluss und nach Süden auf den Sitz der Vereinten Nationen blickte.

Cosa fuhr sich mit der Hand über seine dunklen Bartstoppeln, dann drehte er den Wasserhahn auf, schäumte mit dem Rasierpinsel sein Gesicht ein, griff nach dem Rasiermesser und ließ es mit kurzen, flinken Bewegungen über seine Wangen gleiten. Das Wasser war warm, und das Licht über dem Spiegel brannte hell und gleichmäßig.

Er war fast fertig, als er durch die Badezimmertür das leise Klingeln seines Festnetztelefons hörte, dann, wie seine Haushälterin, Edelle, den Anruf entgegennahm.

Er wandte sich vom Waschbecken fort, tupfte mit einem Handtuch sein Gesicht ab und trat in den Flur. Mit für einen Mann von seiner stattlichen Statur anmutigen und leichtfüßigen Bewegungen ließ er seine Füße in den Pantoffeln leise über den Hartholzboden gleiten.

Das Wohnzimmer war ein offener, weitläufiger Raum, in dessen Mitte ein handgeknüpfter Perserteppich lag, umgeben von einer Sofagarnitur mit Seidenbezügen, einem maßgefertigten, golden verzierten Couchtisch aus Walnussholz, antiken Lampen und impressionistischen Gemälden.

Edelle stand an dem runden Tisch und hielt ihm ein schnurloses Telefon entgegen.

»Mr. Cosa«, sagte sie, »Ihr Cousin.«

Pünktlich auf die Minute, dachte er. Grigors Zuverlässigkeit war eine der wesentlichen Eigenschaften, die ihn zu einem hervorragenden Agenten machten. Selbst nach den Maßstäben des SWR, des russischen Auslandsnachrichtendienstes, gehörte er zu den Besten. Dasselbe hatte auch für Anton Ciobanu gegolten, weshalb man ihn damit beauftragt hatte, bei der Kundgebung der amerikanischen Präsidentin im Zuccotti-Park die Bombe zu deponieren. Aber Ciobanu war tot, die Amerikaner hatten ihn getötet. Grigor hingegen agierte weiterhin auf eigene Faust im Verborgenen. Er war das Ergebnis von Ivan Moris mehrere Generationen umfassenden

Zuchtprogramm – ein Kind der Wissenschaftsstadt –, und mit seinen angeborenen Talenten, seiner Ausbildung und seinen zahlreichen Fähigkeiten war er eine Klasse für sich.

Während Cosa über den Teppichboden lief, bemerkte er, dass Edelle mit nachdenklicher Miene durch das Fenster im Südosten auf den East River hinausschaute. Er blickte ebenfalls in diese Richtung und sah, dass die Lichter der kürzlich instand gesetzten und wiedereröffneten Brooklyn Bridge wie aufgereihte Kristallperlen in der Nacht funkelten. Vor drei Monaten hatte er ebenfalls an diesem Fenster gestanden und beobachtet, wie von einem brennenden Polizeihubschrauber grauer Rauch in den wolkenlosen blauen Himmel emporgestiegen war. Der Hubschrauber hatte sich wie ein Insekt in einem Spinnennetz in den Tragseilen verfangen.

Der Süden war ebenfalls in Rauch, Asche und Staub gehüllt gewesen, nach den Explosionen im Zuccotti-Park, wo die Präsidentin die Gründung der Net Force bekannt gegeben hatte. Cosa konnte sich noch erinnern, wie Downtown Manhattan, einer Fata Morgana gleich, unter dem Dunst verschwunden war.

Bereits wenige Stunden nach den Explosionen hatten die Strafverfolgungsbehörden Ciobanu aufgespürt. Aber trotz der unzähligen Fernsehberichte über die Ereignisse jenes Tages hatte Cosa keinen Einzigen gesehen, der die Frage gestellt hatte, ob der Mann, der den Sprengsatz am Podium mit der Präsidentin deponiert hatte, auch für den Bombenanschlag auf das gegenüberliegende Bürogebäude verantwortlich war. Allerdings war er sich sicher, dass die amerikanischen Ermittlungsbehörden – einschließlich der Net Force – im Geheimen nach Antworten auf diese ungeklärte Frage suchten …

Cosa war eine der wenigen Personen, die von Grigors Rolle als Komplize wussten.

Er nahm jetzt das Telefon von Edelle entgegen und musterte eingehend ihr Gesicht.

»Was bedrückt dich so?«, fragte er.

Sie zuckte leicht mit den Achseln. »Ich habe so viele Jahre für Sie gearbeitet«, sagte sie. »Und jetzt wird sich alles ändern.«

Er sah sie schweigend an.

»Sei nicht traurig, *mamă*«, sagte er schließlich. »Veränderung bedeutet, dass wir am Leben sind. Aber egal, was auch passiert, ich werde dich immer beschützen.«

Edelle lächelte und nickte ihm zaghaft zu. Dann drehte sie sich um und verließ wortlos das Zimmer.

Cosa wartete, bis sie außer Sichtweite war, ehe er das Telefon ans Ohr hob.

»Hallo?«, sagte Grigor. »Bist du es?«

»Ja. Ich habe nur mit meiner Haushälterin gesprochen. Sie ist eine Magyar. Mein Kindermädchen sah genauso aus wie sie.« Er machte eine Pause. »Okay, ich höre. Aber pass auf, was du sagst.«

»Das tue ich immer«, sagte Grigor. »Ich habe mich um den Vogel gekümmert, Cousin.«

Cosa schwieg. Es war ein langer Tag gewesen, und er hatte eigentlich früh zu Bett gehen wollen. Aber plötzlich war er gar nicht mehr müde.

»Wann ist das geschehen?«, fragte er.

»Heute Abend. Vor seinem Nest in New Jersey.«

»Und wo ist er jetzt?«

»Ich habe ihn mariniert«, sagte Grigor. »Äußerst gründlich, sollte ich vielleicht noch hinzufügen.«

Cosa dachte einen Moment nach. »Das sind großartige Neuigkeiten. Wir sollten uns treffen.«

»Sicher«, sagte Grigor. »Wann?«

Cosa warf einen Blick auf seine Armbanduhr. Es war jetzt sieben Uhr. Es gab keinen Grund zu warten. Der Anruf hatte ihm einen Energieschub versetzt.

»Heute Abend.«

»So kurzfristig?«

»Ja, warum nicht?«, sagte Cosa. »Ich sehe dich in einer Stunde. Du weißt schon, wo.«

Er beendete das Gespräch. Gedankenversunken stand er mit dem Telefon in der Hand eine Weile da. Dann legte er es auf den Couchtisch, drehte sich zum Fenster um und starrte in die Nacht hinaus.

Der Aufstieg Russlands rückte endlich näher. Die Pandemie vor ein paar Jahren hatte seine Wirtschaft stark geschwächt, und sie kam nur mühsam wieder auf die Beine, während die verantwortungslosen Chinesen keine Konsequenzen für ihr Handeln zu befürchten hatten. *Veränderung bedeutet, dass wir am Leben sind.* Davon war Cosa fest überzeugt. Da seine Leute in Moskau brillante Strategen waren, verfolgten sie einen langfristigen Plan, obwohl sie schwere Zeiten und Entbehrungen erdulden mussten.

Cosa starrte weiter aus dem Fenster und erinnerte sich an den Hubschrauber, das Feuer und das Blutbad nach dem Anschlag im letzten Sommer. Aber all das war bloß ein Vorspiel gewesen. Der Startschuss. Drajan Petrovik, der Wolf, hatte eine elektronische Hydra erschaffen, und diese Kreatur war tödlicher, als den Amerikanern bewusst war. Sie wuchs immer noch weiter, *breitete sich aus,* in der digitalen Infrastruktur des Landes, und bald würde sie mit ihrem Maul das Zentrum der westlichen Macht verschlingen.

Chimäre ...

Operation Chimäre würde alles verändern. Eine neue Ordnung schaffen. Sobald sie angelaufen war, wäre nichts mehr wie zuvor. Es würde ein Vorher und Nachher geben. Und sein Heimatland würde an der Spitze der neuen Weltordnung stehen.

Das Antiquitätengeschäft befand sich, unweit von Hudson River und High Line Park, an der Ecke Eighth Avenue und Twenty-Sixth Street, in Manhattans Stadtteil Chelsea mit seiner Mischung aus restaurierten Reihenhäusern, Mietwohnungen, Fabriken und Lagerhallen.

Nachdem Sergei Cosa quer durch die Stadt gelaufen war, erreichte er um 7.48 Uhr das Geschäft und schloss auf. Beim Öffnen der Tür hörte er das leise Klimpern der Glöckchen. Statt nach den Schaltern der Deckenbeleuchtung zu greifen, ging er langsam zum Tresen und knipste die Stehlampe aus Messing daneben an.

Im gedämpften Schein der Lampe konnte er sich durch den Laden bewegen, ohne die Aufmerksamkeit der Leute draußen auf der Straße zu erregen.

An einer Wand des winzigen Raums hingen alte, gerahmte Reisedrucke, an einer anderen stand ein Regal mit kobaltblauem Glasgeschirr aus der Zeit der Weltwirtschaftskrise, und auf der Verkaufsfläche waren einige ausgewählte Möbelstücke ausgestellt – eine Militärkommode aus der Mitte des neunzehnten Jahrhunderts, ein Palisandersekretär aus der Zeit Napoleons III., ein kunstvoller viktorianischer Eckstuhl, ein italienischer Chippendale-Esstisch und im hinteren Bereich, gegenüber dem Eingang, ein großer Eichenkleiderschrank mit Spiegeltüren, der fast die ganze Wand bedeckte.

Cosa setzte sich auf den Eckstuhl, um zu warten, und musste lediglich einmal auf seine Armbanduhr schauen. Um Punkt acht sah er, wie ein groß gewachsener, extrem dünner Mann durch die Scheibe der Eingangstür spähte.

Grigor hatte kurze Haare, und seine eingesunkenen Augen waren von einem hellen, fast durchsichtigen Blau. Er trug ein dickes Wollsakko, das ihm zu groß war und lose an seinen Armen und Schultern hing. Cosa fand, dass er an ein Pappskelett erinnerte, an eine zweidimensionale, an Schnüren zappelnde Halloweenfigur zum Ausschneiden, mit der man den Kindern einen Schreck einjagte.

»Pünktlich auf die Minute«, sagte Cosa.

»Eigentlich war ich zu früh dran und habe beschlossen, noch etwas die frische Luft zu genießen. Es ist ein wunderbarer Abend«, sagte Grigor. »Ich stand direkt da draußen, als du vor zwölf Minuten hier angekommen bist.«

»Ach ja? Ich habe dich gar nicht bemerkt.«

»Niemand sieht mich, wenn ich das nicht will«, sagte er. »Das weißt du doch.«

Cosa sah ihn unter seinen buschigen Augenbrauen hervor an. Grigors Behauptung war nicht übertrieben. Er konnte selbst einen Geist unbemerkt verfolgen.

»Ja, unter anderem deswegen sind wir hier«, sagte er und deutete mit dem Kopf Richtung Kleiderschrank. »Komm mit.«

Grigor neigte respektvoll den Kopf und wartete.

Einen Moment später lief Sergei zur Rückseite des Ladens und öffnete die Doppeltür des Kleiderschranks, hinter der ein geräumiger Durchgang zum Vorschein kam. Er trat durch die Öffnung, griff nach einem Schalter an der Wand, und das Licht erhellte ein Büro mit einem Rollschreibtisch aus Eichenholz, mehreren Stühlen und ein paar weiteren Einrichtungsgegenständen.

Er lief zum Schreibtisch, zog eine Schublade hervor, nahm sein Handy aus der Tasche und warf es hinein. Dann drehte er sich zu Grigor um.

»Deins auch«, sagte er. »Und alle Waffen, die du bei dir trägst.«

Grigor hielt sein Telefon bereits in der Hand. Er verstaute es in die Schublade, griff unter sein Sakko und zog eine mattschwarze Walther P22 Q aus dem versteckten Holster darunter.

Cosa beobachtete, wie er sie neben die Telefone legte. Dann schloss er die Schublade, öffnete links von sich eine schlichte Tür, betätigte erneut einen Lichtschalter und betrat eine Wendeltreppe, die sich in einen Keller hinunterschlängelte.

Schweigend folgte Grigor ihm.

Vor einigen Jahren hatte ein Bekannter von Cosa, der mit Immobilien handelte, ihm eine Führung durch die Räumlichkeiten gegeben. Die Vergangenheit des Gebäudes als Flüsterkneipe des berüchtigten Gangsters und Alkoholschmugglers Owney Madden während der Prohibition hatte Cosa derart fasziniert, dass er es über mehrere Mittelsmänner schließlich erworben hatte.

Da die Kneipe nur geringfügig restauriert worden war, sah sie fast noch genauso aus wie vor hundert Jahren – mit ihren Backsteinwänden, den frei liegenden Rohren und Leitungen, der gut bestückten Bar aus Mahagoniholz und den Kugellampen an der Decke. Im Raum verteilt standen kleine, runde Tische und an den Wänden mehrere bequeme Liegesofas.

»Wie wär's mit einem *Pálinka?*«, fragte er und ging hinter den Tresen.

Grigor bemerkte, dass die Flasche kein Etikett hatte. »Nun … das sieht aus wie ein ausgezeichneter Selbstgebrannter.«

Cosa musste über Grigors schleppenden Südstaaten-Tonfall schmunzeln. Er konnte im Handumdrehen alle möglichen Dialekte imitieren. »Die einzigen Schnäpse, die diesen Namen verdienen, sind selbst gebrannt. Aber ich glaube, du weißt, wo der hier herkommt. Ich beziehe ihn vom Besitzer einer Pension in Dârjiu. Das liegt wohl kaum in Kentucky, wo dein Akzent herstammt.«

»Aus Western Tennessee. So spricht man in den Appalachen«, sagte Grigor. »Aber schön, dass es dich amüsiert.« Er deutete mit dem Kopf auf die Flasche. »Und ja, ich nehme einen, danke.«

Cosa holte zwei Gläser aus dem Regal und schenkte sie fast bis zum Rand ein, brachte sie zu einem Tisch und forderte Grigor auf, sich zu setzen. Dann nahm er auf einem Stuhl ihm gegenüber Platz.

»*Prostym udovol'stviyam*«, sagte er und erhob sein Glas. »Auf die einfachen Freuden.«

Die beiden stießen an und tranken den farblosen Zwetschgenschnaps. Cosa genoss einen Moment lang das süße, intensive Brennen, bevor er das Wort ergriff.

»Das Wichtigste zuerst«, sagte er. »Es freut mich, dass du deinen Auftrag ausgeführt hast.«

»Ich liebe das Meer«, sagte Grigor. Er sprach jetzt mit einer anderen Stimme. »Das wird bestimmt eine faszinierende Schiffsreise.«

»Ist das Gelflands Stimme?«

»Ja ... Du hättest dabei sein sollen, als ich ihn mit seiner eigenen Stimme angesprochen habe«, sagte Grigor, der jetzt wieder wie er selbst klang. »Dieser Gesichtsausdruck – das belustigt mich jedes Mal.«

»Da bin ich mir sicher.« Cosa nahm erneut einen Schluck. »Ehrlich gesagt hatte ich nicht damit gerechnet, dass du den Auftrag so rasch erledigst.«

»Ich kann nicht anders. Bei meinen Talenten.«

Cosa schwieg einen Moment, während er mit einer Hand sein Glas umklammerte. »Ich werde bald zur Krim aufbrechen. Ich dachte, du solltest das wissen.«

Grigor sah ihn an. »Bei allem Respekt, aber ich bin überrascht.«

»Warum?«

»Man kann sich an das Luxusleben hier in den Staaten durchaus gewöhnen.«

Erneutes Schweigen.

»Du hast recht«, sagte Cosa nach einem Moment. »Mein Status hier bringt gewisse Annehmlichkeiten mit sich ... aber wenn ich hierbleibe, gefährde ich unsere Mission.«

»Die Vormachtstellung des Westens zu beenden.«

»Genau.« Cosa nippte an seinem Glas. »Ich will sichergehen, dass unsere jüngsten Probleme gelöst wurden, und deine neue Aufgabe besprechen.«

Grigor nickte und wartete.

»Reden wir zunächst über die Ilescus«, sagte Cosa. »Das sind zwar ein paar vertrottelte rumänische Hitzköpfe, aber ich brauchte sie, um letzten Sommer Zolcus Karten in Umlauf zu bringen. Ich wusste, dass sie das zügig erledigen können, dass sie Kontakte zu anderen Organisationen haben. Zur Bratwa, den Asiaten und den Macheteros. Zu den schwarzen Gangs und den wenigen noch verbliebenen Italienern.«

»Sie haben den Job erledigt«, sagte Grigor.

»Ja«, sagte Cosa. »Aber sie haben dabei ein heilloses Chaos angerichtet. Weil sie diesen beiden Brüdern ebenfalls eine Karte gegeben haben.«

»Den Waleks.«

»Ja.«

Grigor zuckte mit den Schultern. »Ich habe die Angelegenheit so gut wie möglich bereinigt – kurz nachdem in Manhattan der Strom ausgefallen war und es in der Stadt nur so von Ermittlern wimmelte. Ich konnte ihre Leichen nicht aus der Wohnung schaffen, ohne ein extremes Risiko einzugehen.«

»Schon klar«, sagte Cosa. »Aber ist dir aufgefallen, dass in der Presse kaum über die beiden berichtet wurde?«

»Das waren zwei Niemande. Zwei Clowns.«

»Aber es gab zwei Leichen. Irgendjemand muss die Angelegenheit unter Verschluss gehalten haben.«

»Glaubst du, das war die Polizei?«

»Die Polizei, das FBI, die Net Force … wahrscheinlich alle drei. Du hast es selbst gesagt: In der Stadt wimmelte es von Gesetzeshütern. Und wenn zu einem Verbrechen keine Informationen rausgegeben werden, bedeutet das, dass die Ermittlungen noch andauern. Verstehst du, Grigor? Es gibt zu viele Dinge, die Fragen aufwerfen. Nimm zum Beispiel die Explosion in One Liberty. Inzwischen muss den Ermittlern klar sein, dass Ciobanu die Bombe dort nicht deponiert haben kann. Es sei denn, er war an zwei Orten gleichzeitig. Habe ich recht?«

Grigor sah ihn an. »Ja.«

»Und dann ist da dieser Parkhausangestellte«, sagte Cosa. »Yalin. Ich habe ihm persönlich den USB-Stick übergeben, der den Computerwurm übertragen hat.«

»Du hättest einen Kurier damit beauftragen können.«

»Die Sache war zu wichtig, um sie zu delegieren. Außerdem lässt sich das jetzt sowieso nicht mehr ändern. Und in seinem Fall hatte deine Säuberungsaktion ungewollte Konsequenzen.«

»Ich habe dafür gesorgt, dass der Wagen und Yalins Leiche vernichtet wurden.«

»Aber bei deiner Aktion war der wichtigste Cyberermittler des New Yorker FBI zugegen. Der Mann, der die Präsidentin der Vereinigten Staaten gerettet hat. Der Direktor für Cyberermittlungen bei der Net Force.«

»Leo Harris.«

»Genau«, sagte Cosa. »Ich bringe das alles nicht zur Sprache, um deine Arbeit zu kritisieren. So war damals nun mal die Situation. Aber das Luxusleben hier im Westen, das du erwähnt hast … Jetzt verstehst du, warum es Zeit ist, das hier hinter sich zu lassen.« Er breitete die Arme aus und deutete auf den Raum. »So verlockend das alles auch sein mag.«

Grigor sah ihm in die Augen. »Du hast gesagt, dass du über meinen aktuellen Auftrag sprechen willst.«

»Ja, Grigor. Oder muss ich jetzt Mr. Gelfland sagen?«

»Wie du willst.«

Cosa grinste. »Es gibt hier in den USA wegen der Cloud-Cable-Initiative eine Menge Zoff. Zumindest in politischen

Kreisen. Was zu erwarten ist, wenn die CIA und die Behörde für geografische Aufklärung – zwei der wichtigsten amerikanischen Nachrichtendienste – eine Partnerschaft mit Olympia eingehen, dem größten Onlinehändler der Welt. Dessen Besitzer, der Billionär James Yates, außerdem mehrere Zeitungen, Fernsehsender und soziale Medien betreibt. Die Menschen hier misstrauen solchen Bündnissen. Ihrer Meinung nach werden damit die Grenzen zwischen staatlichen Aufgaben und Privatwirtschaft verwischt. Zwischen Überwachung und Bürgerrechten. Dieser ganze kindische Schwachsinn eben. In Wirklichkeit ist CloudCable amerikanischer Kapitalismus in Reinform und technisch auf dem allerneuesten Stand.« Er machte eine Pause. »Allerdings hat man verschwiegen, dass das ONI, das Office of Naval Intelligence, ebenfalls daran beteiligt ist. Es geht bei dem Deal nicht bloß um eine neue Computercloud.«

»Als ob das nicht schon aufwendig genug wäre.« Grigor kicherte. »Wie auch immer, ich habe verstanden. Das ONI ist dafür zuständig, die U-Boote im Auge zu behalten.«

»Zusammen mit weiteren ihm unterstellten Behörden«, sagte Cosa. »Aber sein aktuelles Überwachungssystem ist völlig veraltet und zusammengeschustert. Ein paar Glasfasernetze und mobile Sonar-Systeme sowie siebzig Jahre alte Hydrophonkabel, die nicht viel besser als ein Dosentelefon sind. Von einem echten Zusammenschluss der Behörden kann noch keine Rede sein.« Er machte erneut eine Pause. »CloudCable soll da unter anderem für Abhilfe sorgen, und das ONI hat den Ausbau von seinem Teil des Netzwerks inzwischen stärker vorangetrieben als die anderen Behörden. Es ist da schon ein gutes Stück weiter.«

»Ich weiß«, sagte Grigor. »Es wundert mich nicht, dass das ONI hinter den Kulissen die Fäden zieht.«

Cosa musterte ihn über den Rand seines Glases hinweg.

»Das ONI ist der Hauptgrund dafür, dass die Amerikaner ein Vermögen in die Seekabel investiert haben«, sagte er. »Aber sie sorgen sich weniger um uns als um China. Das heißt, um deren Pläne und Tarnkappen-U-Boote. Darum haben die Amerikaner es so eilig, das Projekt zu Ende zu bringen.« Er nahm einen weiteren Schluck. »Hast du dir je Gedanken über die entscheidende Bedeutung der Seestreitkräfte gemacht? Genauer gesagt, warum die mächtigsten Nationen der Welt stets um die *Vormachtstellung* auf See konkurrieren?«

Grigor sah ihn an und zuckte mit den Achseln. »Da gibt es Fische«, sagte er. »Und man kann beim Schwimmen ins Wasser pinkeln, ohne dass es jemand merkt.«

»Ha! Gutes Argument!« Cosa lachte und musterte ihn erneut. Dann wurde seine Miene wieder ernst. »Grigor, ich denke, du solltest jetzt erfahren, was deine Rolle in diesem Zusammenhang ist. Was der wahre Zweck von Operation Chimäre ist. Diese streng geheimen Informationen sind momentan nur den unmittelbar beteiligten Personen zugänglich. Aber da dein Schiff in ein paar Wochen in See sticht, musst du wissen, dass du Unterstützung bekommen wirst.«

»Heißt konkret?«

Cosa leerte sein Glas.

»Heißt konkret«, sagte er, »von einer Marine-Spezialeinheit mit den besten Männern der Speznas. Schwarze Barette. Mit so vielen tödlichen Waffen, wie sie tragen können.«

8

Kreis Satu Mare, Rumänien

Carmody tippte auf den mobilen Computer an seinem Unterarm, während Wheeler und Begai die arme, verwirrte Clinia aus Cluj im Auge behielten. Sie saß, bekleidet mit ihrem Pelzmantel, hinter ihm auf einem antiken Stuhl in der anderen Ecke des Zimmers.

Sie war, von ihrem Liebhaber sitzen gelassen, jetzt auf sich selbst gestellt. Achtlos weggeworfen wie ein Stück Müll. Sie hatte Angst und war völlig überfordert. Sie tat Carmody leid. Aber Clinia war jetzt nicht sein Problem. Er hatte schon genug andere Probleme. Etwa, wie er durch die Falltür gelangen sollte, durch die seine Zielperson entkommen war, damit er ihre Verfolgung aufnehmen konnte.

Aber selbst wenn ihm das gelang, konnte er sie nicht so einfach einholen. Ihr Mann hatte einen großen Vorsprung und bewegte sich auf heimischem Terrain. Er wusste, was ihn hinter jeder Ecke erwartete, während Carmody nicht mal wusste, wo die nächste Ecke war.

Das hatte er einkalkuliert, und mit Kalis Sniffing- und

Spoofing-Software auf dem drahtlosen Gerät konnte er diesen Nachteil am ehesten wettmachen. Andernfalls bliebe ihm nichts anderes übrig, als die Falltür in die Luft zu sprengen. Aber dabei könnte der ganze Boden fortgerissen werden. Das war also keine echte Alternative. Er war darauf angewiesen, dass ihre App funktionierte. Laut Kalis Berechnung brauchte sie für das Knacken der Zugangsdaten ein bis zwei Minuten, jedoch höchstens zwei Minuten, was nach allen Maßstäben unfassbar schnell war. Aber jetzt gerade kam es ihm wie eine Stunde vor.

Carmody wartete, während eine stumme Uhr in seinem Kopf die wertvollen Sekunden runterzählte. *Sechsundsechzig, fünfundsechzig … dreiundsechzig.* Über seinen Touchscreen schwirrten in Gruppen von Einsen und Nullen die Bitmuster der RFID-Tags, die der Computer zur Analyse aus der Luft aufschnappte. *Achtundvierzig, siebenundvierzig …*

Carmody konnte gut mit Technik umgehen. Er begriff, wie sie funktionierte, und nutzte sie auf unterschiedlichste Weise für seine Arbeit. Aber er war der typische Standardnutzer, und Kali, genannt Outlier, war das genaue Gegenteil. Da er von den Geheimgängen in der Burg und Drajan Petroviks kostspieligen Umbau- und Nachrüstungsmaßnahmen wusste, hatte er Kali gebeten, ihm dabei zu helfen, sich auf mögliche Überraschungen vorzubereiten. So wie die Flucht seiner Zielperson, die wie ein Geist in einem verwunschenen Haus durch die Falltür verschwunden war.

Kalis Software hatte zwei Funktionen. Zum einen durchsuchte sie jede ihnen bekannte drahtlose Plattform, die bei der Gebäudeautomation benutzt wurde. Die Netzwerke, die die Türen, Lampen, Klimaanlagen, Jalousien und andere

Geräte aus dem Internet der Dinge kontrollierten. Zum anderen schleuste sie in den Scanner einen selbstlernenden Algorithmus ein – eine KI, einen Geist in der Maschine –, der Millionen von Finger- und Handabdrücken und Netzhautmerkmalen generierte und auf diese Weise jedes biometrische Authentifizierungsgerät überlisten konnte.

»Zwar ist jeder Fingerabdruck einzigartig«, hatte Kali erklärt, »aber die in biometrischen Systemen gespeicherten Eigenschaften sind es nicht. Das ist nicht möglich. In jedem Fingerabdruck finden tagtäglich winzige Veränderungen statt. Kratzer, Verbrennungen, Schnittverletzungen. Deshalb reduzieren Scanner ihre Prüfgenauigkeit, weil sie sonst keine Übereinstimmung feststellen würden.«

Kali hatte ihre Software mittels Rückentwicklung geschrieben und aus Ersatzteilen, die sie auf dem Janus-Stützpunkt zusammengesucht hatte, ihr eigenes Lesegerät gebaut. Mit beidem hatte sie die biometrischen Daten und Verschlüsselungscodes von mehreren kontaktlosen Chipkarten analysiert. Es gebe zwar verschiedene RFID-Plattformen und Codierungsformate, hatte sie Carmody erklärt, aber die meisten benutzten für die Tags dieselben Standards.

Ab da hatte er ihr nicht mehr folgen können. Was okay war. Die ganzen technischen Einzelheiten hatten ihn nicht interessiert. Und das taten sie auch jetzt nicht. Er musste nur wissen, dass ihr Gerät funktionierte.

Er wartete weitere zehn Sekunden, die ihm allerdings sehr viel länger vorkamen.

»Amerikaner … was habt ihr mit mir vor?«

Das war Clinia aus Cluj hinter ihm. Carmody hielt die Augen weiter auf den Bildschirm gerichtet. Er konnte jetzt keine Ablenkung brauchen. Er durfte seine Zeit nicht damit verschwenden, ihr zu antworten.

»Amerikaner, bitte. Was habt ihr vor?«

Erneut nahm er sich vor, nicht zu antworten.

»Diese Frage hätten Sie wohl besser Ihrem Freund stellen sollen«, sagte er schließlich mit einem Blick über die Schulter.

Sie sah ihn mit verweinten Augen an. »Ich habe Angst.«

»Ich habe gesagt, dass wir Ihnen nichts tun werden.«

»Nein. Angst vor *denen*.«

Carmody erwiderte nichts. Er konnte ihre Angst verstehen. Sie würde Schwierigkeiten bekommen, wenn die Männer des Wolfs glaubten, dass sie mit seinem Team kooperiert hatte. Vielleicht hatte sie das Spiel mit der Gefahr gereizt, die von diesen Männern ausging. Vielleicht hatte das den Nervenkitzel für sie ausgemacht. Aber er wusste, was ihr die Männer antun würden, wenn sie sich hintergangen fühlten. Und sie wusste das auch. Zumindest hatte sie eine vage Vorstellung davon. Plötzlich war ihr Abenteuer kein Spaß mehr.

Carmody richtete seinen Blick auf den kaum sichtbaren Spalt, dort, wo die Falltür bündig mit dem Boden abschloss und fast vollständig mit ihm verschmolz. Es war bereits eine Minute her, seit die Software begonnen hatte, die ersten Binärsequenzen zu durchforsten. Es dauerte jetzt fast schon anderthalb Minuten. Und Warten gehörte nicht zu seinen Stärken.

Er wollte sich zum Öffnen der Falltür schon eine andere Möglichkeit überlegen, als das Gerät an seinem Arm ein Piepen von sich gab und im Display das Symbol eines codierten binären Tags grün aufleuchtete. Die Software hatte ein

Kommunikationsprotokoll für die nächstgelegene Quelle gewöhnlicher IoT-Funkwellen – die Falltür – identifiziert und dann die Datenbank des Geräts nach möglichen Tags für Zugangsdaten durchsucht, um die Steuereinheit der Tür zu aktivieren. Die App war jetzt wie eine Person, die mit einem großen Bund Schlüssel vor einer Tür stand und wusste, dass einer davon ins Schloss passte … nur nicht welcher. Aber während eine Person mit hundert physischen Schlüsseln wahrscheinlich genauso viele Minuten benötigte, um sie alle durchzuprobieren, konnte die Software, wie Kali behauptet hatte, in höchstens zwei Sekunden fünftausend digitale Schlüssel überprüfen.

Tatsächlich dauerte es nur eine Sekunde, die Hälfte der geschätzten Zeit, bis sie den passenden gefunden hatte. Carmody sah, wie sich eine rechteckige Platte an Scharnieren vom Boden hob und darunter eine Treppe zum Vorschein kam.

Er ging zur Öffnung hinüber und griff nach dem Geländer. Dann gab er Wheeler und Begai ein Zeichen und verständigte per RoIP Schultz und Sparrow im Vorzimmer. Die Männer stellten sich hinter ihm auf und warteten, während er sich in die Öffnung hinunterließ und mit den Stiefeln auf der Treppe Halt suchte. Nachdem er ein paar Stufen hinabgestiegen war, Kopf und Schultern waren jetzt knapp über dem Boden, schaute er sich zu Clinia um. Sie saß immer noch auf dem Stuhl. So als hätte eine plötzliche Trägheit von ihr Besitz ergriffen.

»Sind Sie durch den Rittersaal hierhergekommen?«, fragte er.

»Ja.«

»Warten Sie da unten, ich werde Sie dort abholen.«

Sie sah ihn an. Er wusste nicht, ob sich auf ihrem Gesicht Hoffnung oder Erleichterung spiegelte oder beides. Denn ihr Ausdruck verriet eine gewisse Skepsis, was nur allzu verständlich war. Sie hatte sich heute Nacht schon einmal die Finger verbrannt.

»Ich werde dort warten«, sagte sie.

Carmody nickte und klappte seine Brille herunter. Einen Moment später war er verschwunden und rannte die Treppe hinunter, während über ihm seine Männer durch die Falltür sprangen.

»Faye, aus dem Boden sind gerade drei Fahrzeuge hervorgeschossen.« Cobb vergrößerte einen Bereich der topografischen Karte auf dem Touchscreen des *Raven*. »Das kann doch wohl echt nicht wahr sein.«

Luna schaute vom Pilotensitz zu ihm herüber. Das Flugzeug schwebte in einer Höhe von sechstausend Fuß, was bei diesem schlechten Wetter ungefähr die maximale Flughöhe war. Es war ein ständiger Kampf, das Flugzeug trotz der starken Wechselwinde und des schwankenden Luftdrucks auf Idealposition zu halten.

Faye streckte ihren Hals, um eine Verspannung zu lösen. »Immer diese verdammten Möchtegern-James-Bonds«, sagte sie. »Zoom ganz dicht ran und lass die Koordinaten anzeigen.«

Cobb vergrößerte den Ausschnitt. Die intelligente, multispektrale Bildgebungssoftware lieferte durch den scheinbar undurchdringlichen Schneeschleier zwischen Flugzeug und Boden nicht nur gestochen scharfe Bilder, sondern gab sie auch in HD-Farben wieder, indem sie mittels der Wärmestrahlung der Objekte und des von ihnen reflektierten Lichts die visuellen Leerstellen ausfüllte, die durch den dichten Schneefall entstanden.

Das feuerrote Auto, das gerade aus der Wiese jenseits des Tors auf der Rückseite des Grundstücks aufgetaucht war, raste nach Nordosten, Richtung ukrainischer Grenze, hinter der die Quickdraw keine Einsatzerlaubnis hatte. Die zwei schwarzen Fahrzeuge – den großen, kastenförmigen Umrissen nach zu urteilen, handelte es sich um zwei SUVs – befanden sich noch auf dem Grundstück und fuhren in unterschiedliche Richtungen, eines nach Osten, eines nach Westen.

»Jetzt sieh dir mal diesen Wagen an«, sagte Cobb, den Blick auf seine digitale Geschwindigkeitsanzeige gerichtet. »Das Ding hat einen Affenzahn drauf.«

Luna nickte. Der Wagen hatte in weniger als sechs Sekunden von null auf hundert Meilen pro Stunde beschleunigt. Ihre Leute am Boden konnten ihn nicht einholen. Jedenfalls nicht ohne Unterstützung.

»Wir müssen Carmody informieren«, sagte er. »Stell eine Verbindung zu ihm her.«

Was bin ich nur für eine Trantüte, dachte Cobb.

»Wird erledigt«, sagte er.

Carmody hatte fast das untere Ende der Treppe erreicht, als er über die Kommunikationsverbindung Cobbs Stimme vernahm. »Preacher, können Sie mich hören?«

»Ja.«

»Wir haben hier drei Fahrzeuge, die sich mit hoher Geschwindigkeit bewegen.«

»Gibt es Bilder davon?«

»Bleiben Sie dran.«

Eine Sekunde später erschien in der oberen, rechten Ecke von Carmodys Brillen-Display ein winziger Videostream.

»Habt ihr eine Fahrzeugerkennung durchgeführt?«, fragte er.

»Positiv«, sagte Cobb. »Die schwarzen SUVs sind Rezvanis, der rote Wagen ist ein Koenigsegg Regera. Er geht ab wie eine Rakete. Der Wagen hat das Grundstück bereits verlassen und fährt Richtung Norden.«

»Ihr müsst ihn aufhalten«, sagte Carmody.

»Was?«

»Haltet den Wagen auf und zwingt ihn zum Umkehren. Ist das möglich?«

»Ich denke schon. Aber wir haben keine rechtlichen Befug…«

»Tut es einfach. Und informiert die Herzogin. Sie soll uns den Rücken frei halten.«

Während Carmody die letzten Stufen hinunterlief, sah er vor sich einen Gang oder Tunnel. Von seiner gewölbten Decke hingen an Drahtseilen mehrere LED-Leuchten, die ein kaltes weißes Licht verbreiteten, und die Wände bestanden aus altem Mauerwerk. Dicht gefolgt von seinen Männern eilte Carmody den Gang hinunter.

Nach ein paar Metern führte ein Torbogen in einen großen Raum mit dicken Backsteinwänden. Carmody gab Wheeler, Begai und Sparrow ein Zeichen, indem er mit Mittel- und Zeigefinger auf seine Augen und dann auf den Bogen deutete. Die drei Männer trennten sich von ihm und rannten in den Raum.

Erneut ertönte Cobbs Stimme in seinem Ohr. »Der Sportwagen bettelt förmlich darum, dass wir ihn verfolgen, Sir. Was, wenn das ein Täuschungsmanöver ist und sich die Zielperson in einem der Rezvanis befindet?«

Carmody zögerte einen Moment.

»Sie denken, dass wir das glauben«, sagte er. »Gehen Sie also vom Gegenteil aus. Die SUVs sind nur Ablenkung. Er ist im Regera. Jede Wette.«

Die Reifen des Regeras gruben sich tief in den Schnee und wirbelten weiße Brocken auf. Der Fahrer warf einen Blick in den Rückspiegel und sah, wie das Burggelände hinter einem Vorhang umherwehender Schneeflocken immer kleiner wurde und schließlich ganz verschwand. Als er die Geschwindigkeit von hundertachtzig Meilen pro Stunde überschritt, presste ein plötzlicher Anstieg der g-Kräfte die Luft aus seiner Lunge. Der Wagen brummte und pulsierte, die Turbolader beschleunigten, und der Fahrer hatte das Gefühl, er könnte jeden Moment die Kontrolle über das Auto verlieren.

Drei Meilen nördlich des Burggeländes kam er an eine Kreuzung. Die linke Abzweigung führte in die westlichen Ausläufer der Karpaten, die rechte zur Stadt Satu Mare, und die schneebedeckte Fahrbahn vor ihm erstreckte sich meilenweit durch gemähte Felder und vereinzelte Wälder Richtung Grenzgebiet.

Er raste auf der Hauptstraße weiter geradeaus und war zuversichtlich, dass er in einer Stunde die östliche Landesgrenze erreichen würde. Zumindest solange der Sturm nicht stärker wurde. In höchstens neunzig Minuten. Von dort aus würde er sich im verlassenen Grenzstreifen zur

Ukraine im Zickzack seinen Weg Richtung Süden bahnen und schließlich durch Moldawien zur Krim fahren. Selbst wenn er hin und wieder eine Pause einlegte und wegen des Wetters langsamer vorankam, würde er seiner Schätzung nach weniger als einen Tag brauchen, bis er die geheime Stadt erreichte.

In Okean-27 wäre er sicher. Unerreichbar. Wieder vereint mit Drajan Petrovik, dessen Rolle er in der Burg so überzeugend gespielt hatte. Sie hatten die Amerikaner, die für die Probleme der letzten vier Monate verantwortlich gewesen waren, durch ein perfekt geplantes und durchgeführtes Verwirrspiel dort hingelockt und ihnen weisgemacht, dass er der Wolf sei. Sie würden ihm dicht auf den Fersen bleiben. Aber sie würden es nicht wagen, ihm auf russisches Staatsgebiet zu folgen.

Außerdem hätten sie bald ganz andere Sorgen.

Während Gustav Zolcu weiterfuhr, kam es ihm wie eine Ewigkeit vor, dass er zusammen mit Drajan und ihrem Jugendfreund Emil die ersten Hacks durchgeführt hatte. Es waren nur kleinere Gaunereien gewesen – Identitätsdiebstahl, Überweisungsbetrug, Zugriffe auf Klausurantworten. Aber letztlich war ihre Gruppe der Ursprung der *technologie vampiri* gewesen. Der harte Kern einer inzwischen weltweit operierenden Organisation. Zolcu nahm an, dass Emils Schwester Stella auch dazugehörte. Zwar hatte sie in der Anfangszeit nur am Rand mit ihnen zu tun gehabt, aber bei dem Angriff auf die USA letzten Sommer hatte sie eine entscheidende Rolle gespielt.

Er drückte das Gaspedal noch etwas weiter durch, und der Wagen gab einen leisen, schnurrenden Seufzer von sich.

Aus irgendeinem Grund erinnerte ihn das Geräusch an Clinia. Er wünschte, er wäre nicht gezwungen gewesen, sie heute Nacht vorzeitig zu verlassen und so schnell zu verschwinden, doch er beklagte sich nicht. Alles war geplant gewesen. Teil der Inszenierung. Sein Aufenthalt in Rumänien war zu Ende. Auf ihn warteten jetzt neue Herausforderungen.

Er rauschte an einem verfallenen Bauernhof zu seiner Linken vorbei, während die Traktionskontrolle selbst bei dieser extrem hohen Geschwindigkeit dafür sorgte, dass der Wagen auf Kurs blieb. Weder in den Fenstern des Gebäudes noch sonst irgendwo brannte Licht. In der gesamten Gegend gab es immer noch keinen Strom, was unheimlich war. Beim Anblick der schneebedeckten Bäume ringsum und der stockfinsteren Straße, auf der nur sein Scheinwerferlicht zu sehen war, kam es ihm fast so vor, als würde er durch ein verlassenes Filmset rasen. Durch eine Landschaftskulisse, die sich zu beiden Seiten und hinter ihm erstreckte.

Vor ihm lag eine bessere Zukunft. Zeit, sich von der Vergangenheit zu verabschieden.

Wie zur Vergewisserung, dass all das jetzt hinter ihm lag, blickte Zolcu in den Rückspiegel, während er durch Kälte, Wind und Schnee Richtung Norden brauste.

Im Cockpit des *Raven* sahen Luna und Cobb auf den Bildern, die von der Sentinel-Drohne, die über die Kreuzung hinwegflog, auf ihre Head-up-Displays übertragen wurden, wie der Regera weiter geradeaus raste.

»Ich bin einsatzbereit«, sagte Cobb vom Schützensitz aus.

Er genoss diesen Moment. Er würde diesmal kein bewegliches Ziel bombardieren. Oder ein Gebäude in der Nähe anderer Gebäude und unschuldiger Zivilisten, sodass er Kollateralschäden vermeiden musste. Sein Ziel war der Abschnitt einer verlassenen Landstraße mitten im Nirgendwo. Im Umkreis von mehreren Meilen erstreckte sich nur leere Fläche. Es gab nichts weiter zu berücksichtigen. Nicht mal irgendwelche Schneepflüge.

Luna nickte ihm zu, während er mit dem Radar den Straßenabschnitt erfasste, den sie bombardieren wollten. Sie hatte ihr Ziel aufgrund von zwei Kriterien ausgewählt. Es musste zwischen dem Regera und der nächsten Straßenabzweigung liegen, um dem Wagen die Weiterfahrt zu erschweren, und es musste weit genug entfernt sein, um den Fahrer nicht zu verletzen. Es gab Fragen zu dem Anschlag in New York und zahlreiche weitere, die nur er beantworten konnte. Carmody wollte, dass er geschnappt und unversehrt außer Landes gebracht wurde.

»Und los!«, rief Luna vom Pilotensitz aus.

Cobb umklammerte den Griff mit dem Abzug. Das eingeblendete Radarbild in seinem Head-up-Display zeigte mehrere Zielkoordinaten, die von der KI in seinem Ohr wiederholt wurden. Er hätte die Hellfire III auch mit einer virtuellen Taste auf dem Touchscreen in der Kabine abfeuern können. Oder mit einem mündlichen Kommando, indem er der KI einen speziellen Startcode nannte. Aber als ausgebildeter Scharfschütze der Armee bevorzugte er die haptische Gewissheit eines Abzugs.

Er drückte den Knopf, um den Startvorgang auszulösen. Eine Millisekunde später wurde der Festbrennstoff-Treibsatz der Rakete gezündet, und die durch die rasche Verbrennung entstehenden Gase erzeugten eine Schubkraft von zweihundertzwanzig Kilopond.

Cobb und Luna spürten, wie der *Raven* vom Bug bis zum Heck vibrierte, als die Hellfire III mit einer Geschwindigkeit von Mach 1,3 auf das Ziel zuschoss und dabei in der Nacht eine Rauchwolke hinter sich herzog.

Bei Mach 1,3 bewegte sich eine Rakete dreißig Prozent schneller als der Schall, im supersonischen Bereich also, in diesem Fall etwa tausend Meilen pro Stunde. Der Straßenabschnitt, den Luna und Cobb als Ziel markiert hatten, lag eine halbe Meile nördlich von ihnen.

Die Hellfire III brauchte bis dorthin 1,8 Sekunden. Zwei Wimpernschläge.

Beim Start befand sich der Regera ziemlich genau zwischen Cobb und seinem Ziel, also zwischen der Hellfire und dem anvisierten Straßenabschnitt. Und obwohl der Wagen sich mit hundertdreißig Meilen pro Stunde fortbewegte, schien es, als würde er im Verhältnis zur Rakete auf der Stelle stehen.

Allerdings konnte Gustav Zolcu nicht hören, wie sie über ihn hinwegflog. Sie war so geformt, dass sie keinen Überschallknall erzeugte, und es dauerte einen Moment, bis das zischende Tosen ihres Triebwerks seine Ohren erreichte. Er sah nicht einmal, wie ihr heller Kondensstreifen die Wolken durchschnitt. Neun Zehntelsekunden nach ihrem Start sauste die Rakete über ihn hinweg und schlug eine Viertelmeile nördlich von ihm in die Straße ein.

Sie explodierte in einem runden Feuerball, der an einen

Kugelblitz erinnerte. Zolcu, der für einen Moment geblendet war, spürte, wie der ganze Wagen vibrierte. Die Feuersäule, die an der Einschlagstelle emporstieg, sah aus wie ein lodernder Arm, der den Boden durchbrach. Die Straße dort wurde bei der Detonation vollständig zerstört, und es blieb ein drei Meter tiefer Krater zurück, der von einer Böschung zur anderen reichte. Der Asphalt an den Rändern des Kraters zerbröselte zu knisternden schwarzen Teerbrocken, die gegen die Stämme und Äste der Bäume neben der Straße prasselten und als klebrige, glühende Masse an ihrer Rinde hängen blieben. Viele der Bäume wurden von der heißen Druckwelle, die über sie hinwegfegte, sofort in Asche verwandelt. Andere gingen nach und nach in Flammen auf, und aus ihren Stämmen traten knackend und zischend Bläschen siedenden Safts hervor, als die glühenden Asphaltklumpen sie wie Fackeln entzündeten.

Fassungslos machte Zolcu eine Vollbremsung. Fast jeder andere Wagen hätte sich bei dieser Geschwindigkeit durch das extrem hohe Drehmoment überschlagen, und das Fahrgestell wäre durch die Krafteinwirkung sofort auseinandergebrochen. Aber die automatischen Stabilisatoren sorgten dafür, dass der Wagen unversehrt blieb und alle vier Räder Bodenhaftung behielten.

Zwanzig Meter vor dem Explosionskrater kam Zolcu schließlich zum Stehen und starrte schweigend auf die massive, lodernde Feuerwand.

»*La naiba*«, fluchte er leise. »Verdammte Scheiße.«

Im Cockpit des *Raven* schaute Cobb zu Luna hinüber.

»Volltreffer«, sagte er.

Eine Minute nach der Explosion starrte Zolcu immer noch auf die Feuersbrunst. Obwohl der Schneefall inzwischen nachgelassen hatte, ließ er die Scheibenwischer weiter an, um die beständig umherwirbelnden Flocken zu vertreiben. Was war hier gerade passiert? Zunächst glaubte er, dass er eine Mine ausgelöst hatte. Doch dann hätte sie zehn Meter vor dem Wagen explodieren müssen. Man würde eine Mine nicht so weit vor dem Ziel platzieren.

Nein, diese Möglichkeit schloss er sofort aus. Das war keine Mine gewesen. Und ein Sprengsatz wäre direkt unter seinem Wagen explodiert. Vor allem, wie hätte jemand wissen sollen, dass er diese Straße nehmen würde? Das war kein Zufallstreffer gewesen.

Er holte tief Luft, während die Flammenwand vor ihm knisternd hin und her wogte. War das etwa ein Raketenangriff gewesen? Er hielt das nicht für so abwegig. Es war durchaus möglich, ja äußerst wahrscheinlich, dass man mit einem Raketenwerfer oder einer Drohne eine Rakete abgefeuert hatte, wenn er bedachte, wen er hinter dem Überfall heute Nacht vermutete. Die Amerikaner verfügten über die Mittel und die nötige Entschlossenheit. So etwas war schon öfter passiert. Da war zum Beispiel der Raketenangriff auf den iranischen General in Bagdad. Soleimani war nicht der Erste gewesen. Und er würde auch nicht der Letzte sein.

Während Zolcu ins Feuer starrte, dachte er eine Minute darüber nach. Und je länger er das tat, desto überzeugter war er, dass man eine Rakete abgefeuert hatte. In dem Fall hatte er großes Glück gehabt. Selbst die präzisesten Raketen konnten bei schlechtem Wetter ihr Ziel um ein paar Meter verfehlen, und womöglich war genau das passiert. Aber vielleicht hatte der Angriff ihn gar nicht töten sollen. Angenommen, es ging den Amerikanern in erster Linie darum, ihn zu schnappen, und sie hatten absichtlich den Straßenabschnitt vor ihm bombardiert. Wenn die Straße Richtung Norden unpassierbar war, musste er zur Burg umkehren. Oder den Wagen stehen lassen und seinen Weg zu Fuß fortsetzen. Allerdings würde er nicht weit kommen. Im Umkreis von mehreren Meilen gab es nichts als undurchdringliche Wälder und verlassene Felder. Er würde im Schnee und in der Dunkelheit erfrieren. Das war ihm klar. Und seinen Gegnern auch. Sie wussten, dass er den Wagen nicht verlassen würde.

Sie wollten, dass er umdrehte. Keine Frage. Dann würde er ihnen direkt entgegenfahren.

Es sei denn …

Er nahm den Fuß vom Gaspedal, schaltete in den Rückwärtsgang, riss das Lenkrad nach rechts, um auf den kiesbedeckten Randstreifen zurückzusetzen, und wirbelte den Wagen Richtung Kreuzung herum, die mehrere Meilen hinter ihm lag. Er musste sie vor seinen Verfolgern erreichen. Er hatte keine Ahnung, wie weit sie davon entfernt waren, aber das würde er bald herausfinden. Er hatte nur eine Chance, wenn er vor ihnen dort ankam.

Falls er sich mit ihnen ein Wettrennen liefern musste, hatte er den richtigen Wagen dafür, und er hatte nicht vor, als Verlierer daraus hervorzugehen.

Carmody stand mehrere Schritte vom Eingang entfernt in der Garage, während Schultz links neben ihm mit seiner Pistole im Anschlag die Tür sicherte. Dank Kalis Software hatten sie es problemlos hierher geschafft.

In der stillen Tiefgarage stand anscheinend nur noch die Hälfte der Fahrzeuge. Carmody sah einen G-Klasse-Mercedes, einen Rolls … und etwas abseits zwei Motorräder.

Er musterte durch seine Datenbrille ruhig die beiden Maschinen. Es handelte sich um zwei identische Kawasaki Ninja H2R. Schwarzmetallic lackiert. Angeblich die schnellsten Motorräder der Welt.

Er knirschte mit den Backenzähnen.

Für sie und ihn. Wie reizend.

»Pickles«, sagte er in sein Headset. »Ruf Rover One.«

Die KI stellte eine Verbindung zu Dixons BearCat her.

Kali hatte früher bereits Menschen eines gewaltsamen Todes sterben sehen und als neunjähriges Mädchen miterlebt, wie ihre Eltern ermordet worden waren. Darum wusste sie, dass Dixon recht hatte. Emerick würde es nicht mehr lange machen.

Während sie, den Blick in die Mannschaftskabine gerichtet, zwischen den beiden Vordersitzen hockte, sah sie, dass Emerick einen Krampfanfall hatte; er lag mit dem Rücken auf dem Metallboden und schlug mit dem rechten Arm und dem rechten Bein wild um sich, so als stünden sie unter Strom. Die Männer hatten ihm eine zusammengerollte Feldjacke unter die Füße gelegt und schienen sich zu fragen, ob sie ihn festhalten sollten oder nicht. Einerseits wollten sie ihm die Demütigung des Anfalls ersparen, andererseits aber auch seine Schmerzen nicht verschlimmern.

Kali schob sich auf den Fersen langsam zu ihm hinüber,

während sie durch die abrupten Bewegungen des Fahrzeugs hin und her geworfen wurde. Der Verband, den Jimmy Singh Emerick lose um Kopf und Kiefer gewickelt hatte, war inzwischen blutgetränkt, und sie konnte auf dem Boden darunter eine rote Lache sehen. An Emericks Hinterkopf war der Verband wie ein vollgesogenes Papierhandtuch nach innen gesaugt und zerknittert worden. Das erklärte, warum man ihn nicht auf eine der Tragen gehoben hatte, die flach an der Seitenwand befestigt waren. An der verbundenen Stelle war von Emericks Schädel nichts mehr übrig. Die Knochen dort waren vollständig fortgerissen worden. Wenn die Männer versucht hätten, ihn zu bewegen, wäre sein Gehirn aus der Wunde hervorgequollen.

Plötzlich neigte sich der BearCat nach rechts, und ein Gegenstand rollte gegen einen ihrer Stiefel – ein weggeworfener Autoinjektor. Kali überflog das Etikett und nickte. Ketamin. Gut. Besser als Morphium. Das Medikament war Broncholytikum und Schmerzmittel zugleich. Es erleichterte ihm das Atmen und würde seinen Schockzustand wahrscheinlich nicht verschlimmern.

Jimmy Singh kniete neben ihm und hielt mit den Händen vorsichtig seinen Kopf, um ihn gegen die ruckartigen Seitwärtsbewegungen des Fahrzeugs zu stabilisieren. Als er sah, wie Kali langsam näher kam, nickte er ihr zu, und sie erwiderte sein Nicken. Jimmy war einer der wenigen Menschen auf dem Stützpunkt, mit dem sie sich in den letzten vier Monaten angefreundet hatte. Auf einem ihrer Spaziergänge kurz vor Tagesanbruch hatte sie gesehen, wie er auf der Fläche hinter dem Hauptquartier seine Yogaübungen machte, das Gesicht, der Tradition entsprechend, nach Osten, Richtung Sonnenaufgang gewandt. Kurze Zeit später hatten sie dann gemeinsam ihre morgendlichen Übungen absolviert.

Jetzt warfen sich die beiden, über Emericks Körper hinweg, einen Blick zu. Seine Zuckungen waren schlimmer geworden, und seine Ferse hämmerte rhythmisch gegen den Fahrzeugboden.

»Ich helfe dir«, sagte sie.

Jimmy nickte, ohne zu zögern.

Kali trat näher zu Emerick. *Tock-tock tock tocktock.* Neben seinem Oberkörper kniete Spencer und umklammerte mit der Hand ein Medaillon. Jedes Mal wenn der Sterbende um sich trat, zuckte er leicht zusammen, so als wären sie durch eine Schnur miteinander verbunden.

»Du musst ihn festhalten«, sagte sie.

Spencer nickte, ließ sein Medaillon aufs Hemd fallen und legte beide Hände auf Emericks Fußgelenk. Er drückte es so sanft nach unten, wie er konnte, und schaffte es, ihn zu bändigen.

Kali schnürte Emericks Kampfstiefel auf, zog ihm erst den rechten, dann den linken aus. Dann holte sie aus ihrer Jacke ein Schweizer Taschenmesser hervor, schnitt das rechte Hosenbein an der Innennaht bis zum Oberschenkel auf und riss es ab. Über seinen Körper gebeugt drückte sie ihren linken Daumen auf einen Punkt unterhalb der Kniescheibe und platzierte Zeige- und Mittelfinger der rechten Hand zwei Zentimeter daneben auf der Außenseite des Oberschenkels.

Sein Bein zappelte und zuckte. Aber Spencer hielt es weiter nach unten. Kali nickte ihm aufmunternd zu und übte mit den Fingerspitzen einen gleichmäßigen Druck aus, den sie allmählich erhöhte, während sie ihr Augenmerk auf das schwache Pulsieren unter Emericks Haut richtete. Sie durfte sich von den schaukelnden Bewegungen des Fahrzeugs nicht aus der Ruhe bringen lassen. Sie musste konzentriert und gewissenhaft weitermachen.

Nach fünfzehn Sekunden spürte sie, wie sich das Bein schließlich entspannte. Es fühlte sich an, als würden sich unter ihren Fingern mehrere feste Knötchen nach und nach auflösen. Aber Emerick griff mit den Händen immer noch in die Luft, und sie konnte auf seinen Knien rötlich-blaue Flecken sehen. Sein Herz pumpte nicht mehr ausreichend Blut in seine Extremitäten. Sie musste etwas unternehmen und zwar schnell.

Sie sah zu Spencer.

»Du musst mich ablösen«, sagte sie.

Er starrte sie an. »Ich weiß nicht, ob ich das kann.«

»Das ist keine Zauberei. Ehrlich.«

Er schaute auf Emerick hinunter. Nach einem Moment des Schweigens blickte er wieder zu ihr hoch. »Okay«, sagte er. »Zeig es mir.«

Sie deutete mit dem Kinn nach unten. »Leg deine Hand neben meine. Und platziere die Finger so auf seinem Körper. Alles klar?«

»Ich denke schon … ja.«

»Gut. Jetzt machst du weiter. Wenn ich nicke.«

»Okay.«

Kali wartete eine Sekunde, dann nickte sie und sah dabei zu, wie Spencer ihre Finger auf Emericks Bein durch seine ersetzte.

»Drück mit deinen Fingern auf diese Punkte«, sagte sie. »Und beweg sie nicht. Zähl bis dreißig, während du den Druck erhöhst, und dann verringerst du ihn wieder. Anschließend wiederholst du das Ganze.«

Er schaute zu ihrem Gesicht hoch. »Alles klar.«

Kali ging langsam weiter Richtung Heckklappe. Emericks Blut war über den ganzen Boden und seine Uniform verteilt. Jimmy Singh, der immer noch über ihm kauerte, hielt weiter seinen Kopf zwischen den Händen. Sie waren blutverschmiert.

»Öffne seine Weste«, sagte Kali. »Und sein Hemd. Schnell.«

Singh nickte. Während er Emericks Kopf weiter stabilisierte, gab er einem der anderen Soldaten – einem E9 namens Jamal Carter – ein Zeichen, die Reißverschlüsse, Schnallen und Riemen an der Uniform des Sterbenden zu öffnen.

Kali beugte sich vor und legte Emerick unterhalb des Brustkorbs eine Hand auf den nackten Oberkörper. Sie spürte eine fiebrige, pulsierende Spannung. Trotz der Ketamin-Injektion hatte er Schmerzen.

In diesem Moment meldete sich Dixon über Funk zu Wort. »Kali, wir haben dafür jetzt keine Zeit mehr!«

Bevor sie antworten konnte, war draußen Maschinengewehrfeuer zu hören, worauf der BearCat einen Satz nach vorn machte und sein Motor wie ein Düsenjet aufheulte. Emerick stieß ein lang gezogenes, lautes Stöhnen aus, und seine Wirbelsäule hob sich vom Metallboden empor. Seine Lippen waren blau angelaufen, und er hatte den Mund weit aufgerissen. Er schnappte nach Luft. Mit flachen, hektischen Atemzügen. Das war keine normale Atmung. Sein vegetatives Nervensystem hatte die Kontrolle über seine

Vitalfunktionen übernommen, während diese langsam versagten.

Kali suchte nach Halt, während das Fahrzeug beschleunigte, und blickte in Emericks weit aufgerissene, glasige Augen, die sie fast ausdruckslos anstarrten. Dennoch konnte sie die Angst darin sehen. Obwohl er kaum noch bei Bewusstsein war, hatte er schreckliche Angst.

Sie konnte ihn nicht retten. Das wusste sie. Aber sie konnte ihm auf seinem Weg etwas Erleichterung verschaffen.

Kali spreizte ihre Finger und platzierte jeden davon auf einem von fünf Punkten, die auf einer senkrechten Linie zwischen Brustkorb und Nabel verliefen. Sie drückte sie nach unten und beugte sich zu ihm vor, während sie jene absolute Ruhe verspürte, die sie fast schon ihr ganzes Leben lang in bestimmten Situationen überkam. Diese Ruhe fand sie weder innerhalb noch außerhalb ihres Körpers, sondern an einem Ort, wo es weder außen noch innen gab.

Ein paar endlos lange Sekunden verstrichen. Dann hörte Emerick auf zu keuchen und machte einen langen, tiefen Atemzug. Kali nahm ihre linke Hand von seiner Stirn und griff nach seiner Hand. Seine Finger waren kalt, kraftlos und schlaff. Erneut schnappte er nach Luft. Kali beugte sich dicht zu dem blutgetränkten Verband an seinem Kopf hinunter und flüsterte ihm etwas zu.

Draußen waren weitere Schüsse zu hören. Doch Kali nahm sie nur entfernt wahr, während der BearCat mit hoher Geschwindigkeit die Straße entlangrumpelte. Sie hatte ihre Aufmerksamkeit weiter auf Emerick gerichtet, hielt flüsternd seine linke Hand und drückte mit den Fingern der anderen Hand auf die Punkte unter seinen Rippen. Er holte erneut Luft und hob den Kopf. Jimmy Singh hielt ihn mit den Händen vom Metallboden hoch, und über seine Finger ergossen sich Blut und blassgraues Hirngewebe, während er zu Kali hinüberschaute.

Schließlich stöhnte der Sterbende auf. Tief aus seinem Brustkorb entwich leise ein Schwall Luft. Dann zitterte er schwach, sein Kopf sank in Singhs Hände, und der Körper wurde leblos.

Kali warf Singh einen kurzen Blick zu, dann drehte sie sich zur Fahrerkabine um, nickte in Spencers Richtung und kletterte an ihm vorbei auf ihren Sitz zurück.

Der BearCat fuhr immer noch mit hoher Geschwindigkeit.

»Was ist mit Emerick?«, fragte Dixon hinter dem Steuer.

»Er ist tot.«

Er nickte, den Blick weiter geradeaus gerichtet. »Unser Plan hat sich geändert«, sagte er. »Die Zielperson ist entkommen.«

»Wo ist sie jetzt?«

»Sie ist mit einem Wagen Richtung Osten unterwegs. Das ist alles, was ich weiß. Das heißt, da ist noch was anderes.«

»Was?«

Schweigend lauschte sie seiner Antwort.

Matei konnte die Anspannung förmlich spüren, die von seinen Männern ausging, während er eilig seine Anweisungen gab. Es handelte sich um professionelle Sicherheitsleute, um fünfzehn seiner besten Männer, die vor ihrem Wechsel in die Privatwirtschaft für verschiedene Armeen als Elitesoldaten im Einsatz gewesen waren. Die hochmotivierten, bis an die

Zähne bewaffneten Männer wussten, was sie zu tun hatten. Sie waren einsatzbereit. Doch er trug die Verantwortung. Also hörten sie ihm zu. Oder taten jedenfalls so.

Er wusste genau, wie sie tickten, denn er war ihnen sehr ähnlich.

Die Überwachungsstation, in der er die Männer versammelt hatte, verfügte über zwei Zugänge. Von oben im Rittersaal war sie über eine Treppe hinter einer falschen Wandplatte zu erreichen. Ein zweiter, kurvenreicherer Zugang führte durch die Keller zu einer Tür, die als Teil einer normalen Mauer aus grauen Steinen getarnt war. Statt die ursprünglichen Mechanismen an beiden Eingängen gegen elektronische Vorrichtungen auszutauschen, hatte Drajan Petrovik sie instand setzen lassen, sodass sie wieder einwandfrei funktionierten. Aus Respekt vor der einfallsreichen Konstruktion, wie er behauptete, und vor ihrem gewieften Konstrukteur, Graguscu dem Giftmischer.

Matei vermutete allerdings, dass Drajan das aus einem anderen Grund getan hatte, den er für sich behalten hatte. Die Station war seine Operationszentrale. Zurzeit jedenfalls. Denn der Wolf besaß in Satu Mare zahlreiche Immobilien. Zahlreiche Verstecke. Der Respekt vor einem toten Grafen würde bei seinen Sicherheitsüberlegungen keine Rolle spielen. Wann hatte er je einem Angehörigen des Adels Respekt entgegengebracht? Als brillanter Hacker wusste er, dass jedes elektronische Sicherheitssystem von einem anderen System infiltriert werden konnte. So wie das peinliche Fiasko letzten Sommer in Bukarest gezeigt hatte. Matei vermutete, dass der Wolf den hoch entwickelten Werkzeugen seines Handwerks zunehmend misstraute und sich lieber auf knarrende Ausgleichsgewichte, Flaschenzüge und Scharniere verließ.

Aber für derartige Spekulationen hatte Matei jetzt keine Zeit. Während er seine Anweisungen gab, behielt er die Videowand zu seiner Linken genau im Auge und plante seine nächsten Schritte. Aufgrund seiner Größe hielten ihn die Leute für einfältig und dumm, für einen bulligen Schläger, und er hatte kein Problem damit. Sollten seine Feinde das ruhig glauben. Sollten sie ihn ruhig unterschätzen. Das verschaffte ihm einen taktischen Vorteil.

Die Videowand bestand aus sechzehn 60-Zoll-HD-Flachbildschirmen in vier Viererreihen, die vom Boden bis zur Decke reichten, sodass man die Bilder von jeder Ecke des Raumes aus problemlos sehen konnte, so auch von den momentan unbesetzten Computerstationen an den drei anderen Wänden. Auf jedem der Bildschirme ließen sich aus unterschiedlichen Perspektiven Bilder der Burg und des Grundstücks aufrufen. Die Videowand war wie ein riesiges Facettenauge.

Ein Bereich zeigte die Eindringlinge, die sich Zugang zur Garage verschafft hatten. Ein weiterer die Gruppe, die sich von ihnen getrennt hatte. Und die anderen Bildschirme lieferten Kamerabilder vom Rest des Grundstücks. Diese konnten entweder in einer programmierten Reihenfolge wiedergegeben oder von einem der Bedienfelder abgerufen werden.

Matei sah, wie die beiden Rezvanis die östliche und westliche Zufahrtsstraße entlangrasten. Er sah das Panzerfahrzeug, mit dem die Eindringlinge das Eingangstor durchbrochen hatten. Sah die Frau, die aus dem Turmzimmer nach unten gegangen war, und den Amerikaner, der vor den Überresten des Tors stand und dort mit seinem riesigen, struppigen Ungetüm von Hund Wache hielt. Mit ihren unzähligen Innen- und Außenansichten war die Videowand ein bewegliches Mosaik aus lauter Kamerabildern.

»Okay«, sagte er und schaute einen der Männer namens Krask an, einen ehemaligen Speznas-Agenten mit dichtem Bart und einem tätowierten Porträt von Wladimir Putin auf dem Hals. Im Schein der Monitore wirkte es fast phosphoreszierend. »Weißt du, was du zu tun hast?«

»Ja.«

Matei ließ seine Augen von einem Mann zum nächsten wandern.

»Und was ist mit euch?«

Alle Männer nickten eifrig mit den Köpfen. Wahrscheinlich waren sie einfach nur froh, dass er mit seiner Ansprache fertig war.

»Machen wir uns an die Arbeit«, sagte er.

Die Männer nahmen ihre Gewehre seitlich neben den Körper und reihten sich hinter ihm auf. Aber Matei hatte noch weitere Anweisungen. Während er die Gruppe durch den kurzen Gang zu der Wandplatte führte, funkte er über sein Headset den Rezvani auf der östlichen Zufahrtsstraße an. Er wusste, was die Mistkerle in der Garage vorhatten, und wollte dafür sorgen, dass sie eine kleine Überraschung erwartete.

An der falschen Wand drehte Matei sich um und griff nach einer von zwei Steinsäulen vor sich. Die Wand glitt auf unsichtbaren Schienen zur Seite, und dahinter kam ein Gang zum Vorschein, der im Halbdunkel mehrere Meter geradeaus verlief, bevor er sich wie die Zunge einer Schlange gabelte. An der Verzweigung teilte sich die Gruppe in zwei Teams auf; Krask rannte mit seinem nach links, Matei bog mit seinem nach rechts ab und stürmte mit ihm den Gang hinunter.

Was für eine Nacht, dachte er. Und sie war noch lange nicht vorbei.

Die riesige Folterkammer von Graf Granuscu roch nach Feuchtigkeit, Schimmel und mineralischen Ablagerungen. Die Brustreißer, der spanische Bock und die Judaswiege waren inzwischen längst verschwunden, Instrumente, mit denen der Graf einst Ehefrauen, Geliebten und vielen anderen Menschen, die er unzähliger Formen des Verrats bezichtigte, schreckliche Schmerzen zugefügt hatte. Verschwunden waren auch die Streckbank, das Richtrad und die Daumenschrauben, mit denen er von seinen Feinden Geständnisse erzwungen hatte. Aber von den hohen, gewölbten Decken hingen immer noch rostige Ketten unbestimmten Alters, und unter runden Eisengittern im Boden befanden sich die Öffnungen zu drei Kerkern, in denen die Gefangenen, die der argwöhnischen Willkür des Adligen zum Opfer gefallen waren, langsam verrottet waren. Die Wände der Kammer, die mit weißlichen Gesteinsablagerungen überzogen waren, bestanden ursprünglich aus grob behauenem Granit. Aber wenn Wheelers Informationen stimmten, handelte es sich nicht bei allen um Originalwände, und einige waren nicht mal richtige Wände.

Das Problem war nur, sie voneinander zu unterscheiden.

Er drückte seinen Wally-Wandscanner gegen die Steinwand der Folterkammer, wie ein Arzt, der ein Stethoskop an die Brust eines Patienten hielt. Er hatte sich zuerst die rechte

Wand vorgenommen, als er durch den Torbogen getreten war, denn irgendwo musste er schließlich anfangen. Genauso gut hätte er auch mit der linken anfangen können. Auf dem Janus-Stützpunkt hatte Carmody darauf bestanden, dass man das Innere ihres Burgmodells vor jeder Einsatzübung neu anordnete. Wände, Biegungen, Gänge und Treppen wurden immer wieder umgestellt. Da sie den Grundriss der echten Burg nicht kannten, drohten überall Gefahren, und er hatte vermeiden wollen, dass die Männer eine falsche Vorstellung von dem bekamen, was sie erwartete. Wenn einer von ihnen auch nur für einen Moment den Überblick verlor, konnten er und seine Teamkollegen aufgrund eines banalen Irrtums getötet werden.

Wheeler ging äußerst behutsam vor, denn er wusste, dass die kleinste unachtsame Handbewegung reichte, um die Messergebnisse zu verfälschen. Das Gerät, das an ein Tablet mit zwei Gummiantennen erinnerte, sendete und empfing einen weitflächigen Kegel aus Radarimpulsen in einem Frequenzbereich von einem bis zehn Gigahertz – ein Spektrum, das Holz, Glas und Beton durchdrang und auf der anderen Seite einer Mauer die geringste Bewegung oder den leisesten Atemzug registrierte, selbst einen Windhauch oder eine umherschwirrende Fliege. Allerdings wusste Wheeler, dass die Leistungsfähigkeit des Geräts begrenzt war. Seine Radarimpulse konnten keine Wände durchdringen, die dicker als dreißig Zentimeter waren. Und auch kein Blech. Aber für derart alte Wände hatte man keine Stahlkonstruktionen verwendet, und falls er auf so etwas stieß, wäre das ein verräterisches Zeichen, ein Hinweis auf spätere Umbaumaßnahmen.

Er warf einen Blick auf die Anzeige des Geräts, während er

seine aufkeimende Ungeduld unterdrückte. Die Überprüfung dauerte etwa eine Minute, und die Ergebnisse wurden dann als Zahlenwert und Radarbild wiedergegeben. Unterdessen konzentrierten sich die beiden anderen Männer der Quickdraw, die ihn in die Folterkammer begleitet hatten, auf ihre eigenen Aufgaben.

E4 Begai hatte den Auftrag, mögliche Sprengsätze aufzuspüren, was er fast genauso gut konnte, wie Dinge in die Luft zu jagen.

Er stand jetzt in der Mitte des höhlenartigen Raums und schwenkte einen Terahertz-Scanner hin und her, der wie einer der Handdetektoren bei der Sicherheitskontrolle am Flughafen aussah. Seine Terahertz-Strahlung lag im elektromagnetischen Spektrum zwischen Mikrowellen und Infrarotstrahlung. Während die Impulse eines Wandscanners hinter den meisten Wänden eine Distanz von fünfzehn oder zwanzig Metern zurücklegten, wurden die Strahlen des Terahertz-Scanners nach nur einem Bruchteil dieser Entfernung von Chemikalien und Gasen in unterschiedlichem Maße absorbiert, womit der Handdetektor für die Bombensuche aus nächster Nähe perfekt geeignet war.

Begai hatte vor Wheeler die Kammer betreten und ging mit dem Scanner voraus, während er nach versteckten Sprengsätzen suchte, die die Wände und Decken – echt oder falsch, original oder nicht – zum Einsturz bringen konnten. Aber der Raum hatte die Größe eines Hörsaals, und die Männer wussten nicht, wie viel Zeit sie hatten. Womöglich hatten die Sicherheitsleute des Wolfs inzwischen gemerkt, dass sie hier unten waren. Womöglich tauchten sie jeden Moment hier auf. Obwohl diese Ungewissheit Wheeler und Begai zur Eile zwang, achteten sie darauf, keine Fehler zu machen. Die Kunst bestand darin, sich auf seine Aufgabe zu konzentrieren.

Sparrows Job war es, seinen Teamkollegen Feuerschutz zu geben. Der Soldat, der eine Sturmhaube trug, die mit den Kriegsfarben seiner seminolischen Vorfahren bestickt war, stand mit dem Rücken zu den Männern vor dem Torbogen und hatte sein Gewehr auf den gewundenen Gang gerichtet, den sie gerade heruntergekommen waren. Sparrow, den Carmody für diesen Einsatz selbst ausgewählt hatte, war ein Spezialist für Schusswaffen aller Art, was nicht weiter verwunderlich war. Sein Vater betrieb im Big-Cypress-Reservat in der Nähe des Okeechobeesees einen Schießstand, und während andere Kinder in der Highschool Tore geschossen hatten, hatte Sparrow auf Pappkameraden geschossen und bei lokalen Wettkämpfen eine Reihe erfahrener Meisterschützen auf die Plätze verwiesen.

Außer der standardmäßigen MP7 der Quickdraw trug er noch zwei seiner persönlichen Waffen. An einem Trageriemen auf dem Rücken ein Mk-12-SPR-Selbstladegewehr und in einem Hüftholster eine Glock 34. Beides für den Kampfeinsatz umgebaute Modelle.

»Dieser Raum ist sauber«, hörte er Begai zu Wheeler sagen. »Keine Spuren von Sprengstoff.«

Wheeler knurrte zur Bestätigung. Es war ein ungemein beruhigendes Gefühl, dass der Boden unter ihren Füßen nicht explodieren würde. Aber er musste immer noch Hinweise dafür finden, dass die Felswände keine echten Wände waren und sich der Computerraum des Wolfs an der Stelle befand, die Carmodys streng geheime Informationsquelle ihnen genannt hatte.

Er ging weiter in die dunkle Kammer, blieb immer wieder stehen, um den Scanner an die Wand zu halten, und wartete jedes Mal die erforderlichen sechzig Sekunden ab, bevor er das Ergebnis ablas.

»Sparrow?«, sagte er und warf ihm über die Schulter einen Blick zu. »Wie sieht's im Gang aus?«

»Alles ruhig, Sir.«

Wheeler gab erneut ein Knurren von sich und scannte weiter. Die Wand war ziemlich gerade, der Raum mehr oder weniger rechteckig. *Alles verlassen und ruhig.* Zu schön, um wahr zu sein. Unwillkürlich fragte er sich, warum hier keine Wachen postiert waren.

Er gelangte an das Ende der Wand und nahm sich nun die Rückseite der Kammer vor. Eine Minute später kam Begai zu ihm herüber. Sie hatten die Rückwand etwa zur Hälfte abgelaufen, als Begai bemerkte, wie Wheeler mit lebhaftem Interesse auf die Anzeige des Scanners starrte.

»Irgendwas gefunden?«, fragte er.

Wheeler gab ihm mit seiner freien Hand ein Zeichen, einen Moment zu warten, und schaute von dem Bildschirm auf die Wand.

»Irgendwas ist da, ja«, erwiderte er abwesend und ließ seinen Blick über die Steine wandern. Das Radar hatte hinter der Wand keinerlei Objekte registriert. Auch keine Personen. Nur einen Hohlraum. Einen riesigen Hohlraum.

Und einen Luftzug, wie es schien.

»Das sind nicht die normalen Ausmaße eines Raums«, fuhr er fort. »Es ist, als ob ... keine Ahnung ... als wäre auf der anderen Seite irgendwas. Geräumig und *hohl.*«

Begai wusste nicht, was er damit meinen könnte. Er

beobachtete, wie Wheeler an den Knöpfen seines Geräts herumfummelte und zweimal die Messergebnisse überprüfte.

Nach einer endlos langen Minute steckte Wheeler den Scanner schließlich in seine Gurttasche und zog aus einem Halfter am Gürtel eine Stabtaschenlampe. Er richtete sie vor sich auf die Wand und ließ den Strahl über die Wölbungen und Risse gleiten, während er sie mit seinen behandschuhten Fingern abtastete. Seine Hand wanderte zu einem Spalt zwischen zwei großen unregelmäßigen Steinen. Dann zu den Steinen selbst.

Er drückte mit drei Fingern auf einen der Steine. Doch nichts passierte. Er ließ seine Hand zu dem Stein auf der anderen Seite des Spalts gleiten, und als er dagegendrückte, spürte er, wie er ein wenig nachgab.

»Was zum Henker passiert hier?«, fragte Begai, der neben ihm stand.

Doch Wheeler antwortete nicht und drückte fester auf den Stein, worauf er weiter nachgab. Einen Moment später ertönte ein Knirschen, etwas setzte sich in Bewegung, und die Wand rechts von ihm schwang nach außen.

Reflexartig trat Begai einen Schritt zurück. »Das ist eine Tür«, beantwortete er seine Frage selbst. »Eine gottverdammte Tür.«

Die beiden Männer sagten keinen Ton. Das Felsgestein, aus dem die bewegliche Wand bestand, drehte sich um die eigene Achse. Urplötzlich musste Begai an die *Hardy-Boys*-Krimis denken, die sein Großvater früher in einem staubigen Karton auf dem Dachboden aufbewahrt hatte.

Nach wenigen Sekunden hatte sich die Steinwand um neunzig Grad zum Rest der Wand gedreht, sodass links und rechts davon eine Öffnung entstanden war. Durch jede konnte jeweils eine Person treten.

Wheeler nahm sein Gewehr hoch, schob sich vorsichtig durch eine der Öffnungen und atmete einen Schwall feuchter Luft ein. Er hatte den Mund unter seiner Sturmhaube vor Erstaunen weit aufgerissen und warf Begai über die Schulter einen Blick zu.

»Das müssen Sie mit eigenen Augen gesehen haben«, sagte er.

Begai schob sich ebenfalls durch die Tür und blieb neben Wheeler wie angewurzelt stehen.

»Wow«, sagte er. »Was ist das?«

Wheeler schüttelte den Kopf. Er hatte nicht die geringste Ahnung. Sie standen auf dem kreisförmigen Rand von etwas, das wie ein riesiger Brunnenschacht aussah, mit einem Durchmesser von zehn bis zwölf Metern. Hoch über ihnen erhob sich die gewölbte Kellerdecke. Der Boden unter ihren Füßen war relativ eben und flach, und die Steine waren abgewetzt und glatt. Ein paar Meter rechts von ihnen führte eine gewundene Treppe, entlang der Schachtwand, durch mehrere Torbögen mit schmalen, verzierten Stützpfeilern in die Tiefe.

Wheeler richtete seine Taschenlampe in die Brunnenöffnung, stellte dann jedoch fest, dass das nicht nötig war. Unter den Bögen drang weiches, kühles Licht hervor. Elektrisches Licht. Offensichtlich von LED-Leuchten.

Er schätzte, dass der Schacht siebzig bis hundert Meter tief war, und die Treppe und der Bogengang reichten bis ganz nach unten. Die Wände bestanden aus mit Mörtel verputzten Steinen. Ebenso der Bogengang, die Stufen und die Treppenabsätze. Außer der Treppe waren sämtliche Oberflächen mit Moos bewachsen.

Wheeler hatte bemerkt, dass der Durchmesser des Schachts am Grund kleiner war als an der Öffnung. Es war, als würde man in das obere Ende eines Trichters blicken. Der Boden war gefliest, und in seiner Mitte prangte ein verblasstes rotes Symbol. Wheeler erkannte es sofort. Das konnte man von ihm als CIA-Mitarbeiter auch erwarten.

Es handelte sich um eine Windrose mit vier dreieckigen Pfeilen, die in die verschiedenen Himmelsrichtungen zeigten.

»Sehen Sie auch, was ich sehe?« Begai spähte in den Schacht. »Wir haben den Jackpot geknackt.«

Wheeler knurrte zustimmend. Der junge Soldat erinnerte ihn an die Männer aus seiner früheren Delta-Force-Einheit. Er war furchtlos und entschlossen und ein ziemlicher Draufgänger. Aber er hatte recht. Sie hatten gefunden, wonach sie gesucht hatten. Auf jedem Pfeil der Windrose befand sich ein Computerarbeitsplatz. In der Art, wie sie die Händler an der Börse benutzten. Oder professionelle Hacker. Dort standen hufeisenförmig angeordnete Schreibtische mit mehreren Terminals, Multi-Display-Flachbildschirmen und frei stehende Trennwände.

Die Plätze waren verlassen. Die Schreibtische leer. Die Monitore dunkel.

Am liebsten wäre Wheeler einfach runtergerannt, um möglichst viele Dateien von den Computern zu kopieren. Allerdings wollte er erst wissen, was ihn und Begai dort unten verdammt nochmal erwartete.

Plötzlich fiel ihm ein, wie Carmody vor dem Turmzimmer

Pickles aufgefordert hatte, das Drachenwappen über der Rüstung und den Waffen zu identifizieren. Während der Einsatzübungen in ihrem Geisterhaus auf dem Stützpunkt hatte der Chef immer wieder betont, dass sie die KI als vollwertigen Teamkollegen betrachten sollten. Obwohl es ihm selbst schwerfiel, mit seinen großen, klobigen Fingern auf einer Tastatur zu tippen, wusste er die neuen Technologien für seine Zwecke zu nutzen. Wheeler fand, dass es Zeit war, Carmodys Aufforderung zu befolgen.

Er schaute direkt in den Schacht hinunter.

»Pickles, erzähl mir, was ich da sehe«, sagte er, dann, indem er Begais Funkrufnamen benutzte: »Verbinde mich mit Four-Boxer, direkter Datenaustausch.«

Die KI synchronisierte ihre beiden Helmcomputer, rief die Daten von Wheelers Helmkamera ab und erfasste die Position seines Kopfes und seiner Augen, um seine Blickrichtung zu bestimmen. Es dauerte lediglich drei Sekunden, um eine erfolgreiche Bildanalyse durchzuführen und die Ergebnisse im Head-up-Display anzuzeigen.

Initiationsbrunnen. Circa 11. Jahrhundert. Querverweis: Umgekehrter Turm von Sintra auf dem Anwesen Quinta da Regaleira, Portugal. Erbaut vom Templerorden.

Wheeler stieß einen Schwall Luft aus. *Tempelritter.* Es war völlig bizarr.

Er stand einen Moment regungslos da und betrachtete den Grund des Brunnens. Rings um die Windrose befanden sich weitere Torbögen, in jede Himmelsrichtung einer.

»Pickles, zoom näher ran«, sagte er.

Die KI folgte seinem Blick und vergrößerte den Bildausschnitt. In jedem der Bögen befand sich eine Holztür mit

Stahlbändern, Nieten und Beschlägen, die genauso aussah wie die Tür, die Begai auf dem Bollwerk in die Luft gesprengt hatte.

»Kannst du mir sagen, was sich hinter den Türen befindet?«

Der Vergleich mit dem Brunnen in Sintra legt nahe, dass es sich höchstwahrscheinlich um sternförmig angeordnete Gänge handelt. Keine weiteren Informationen verfügbar.

Das war nicht gut. Sobald sie den Grund erreichten, wären er und Begai von diesen Türen und den Gängen dahinter umgeben und von den Personen, die in den Gängen womöglich auf der Lauer lagen.

Aber die Computer waren der Grund dafür, dass sie diesen langen Weg zurückgelegt hatten. Von ihrer aktuellen Position aus hatten sie darauf keinen Zugriff. Sie mussten da runter.

Er schaute zu Begai hinüber. »Warten Sie hier einen Moment.«

Er wandte sich zu der Drehtür um und lief in die Kammer, in der Sparrow Wache hielt. Eigentlich wollte er ihn nicht hier zurücklassen, aber er hatte keine andere Wahl.

»Bleiben Sie auf Ihrer Position«, sagte er und erklärte ihm in knappen Worten, was er auf der anderen Seite der Tür entdeckt hatte. »Halten Sie die Augen offen. Wir brauchen nicht lange. Und falls sich jemand nähert, sagen Sie Bescheid.«

Sparrow nickte.

»Noch Fragen?«, sagte Wheeler.

»Nur eine, Sir. Was, wenn man Sie nicht von oben angreift?« Er deutete mit dem Kinn auf die Türöffnung. »Was, wenn sie von unten kommen?«

»Dann befolgen Sie meine Befehle. Falls Sie nichts von mir hören, verschwinden Sie aus diesem Drecksloch.«

Sparrow erwiderte nichts.

»Spielen Sie nicht den Helden«, sagte Wheeler mit etwas mehr Nachdruck. »Okay?«

Sparrow schien zu zögern. Aber er war vor allem Soldat.

»Ja, Sir«, sagte er.

Wheeler klopfte ihm auf die Schulter. Dann drehte er sich um und eilte zum Brunnen zurück.

9

Băneasa, Rumänien
(Vorgeschobene Operationsbasis Janus)

Mario Perez kauerte mit Laura Cruz in der dunklen Enge der Tiefkühltruhe und lauschte mit dem Ohr an der Seitenwand aufmerksam, wie der Igel rasch näher kam. Der Roboter kehrte gerade von der hintersten Wellblechhütte zurück, und den Geräuschen nach zu urteilen, hatte er die Gasse neben Lauras Hütte fast erreicht.

Es war seine dritte Erkundungstour innerhalb von zwanzig Minuten. Mario hatte mit seiner Smartwatch die Dauer seiner Fahrten gestoppt. Zwar wusste er nicht genau, warum, aber er dachte, das könnte noch nützlich sein.

Er hörte, wie der Roboter in die Gasse bog. Dort gab es nicht viel zu inspizieren, nur das Fahrrad mit dem platten Reifen, den Mülleimer, die Küchenstühle und die ausrangierte Tiefkühltruhe, in der er und Laura sich versteckt hatten. Dennoch war der Roboter im Anschluss an seine Tour entlang der Hütten zweimal hierher zurückgekehrt.

Und hatte die Gegend abgesucht.

Nach *ihnen.*

Mario behielt den Blick auf seine Uhr gerichtet. Fünfzehn Sekunden verstrichen. Dann dreißig. Theoretisch sollte der Igel seine Überwachungsaufgaben völlig lautlos ausführen, doch in Wirklichkeit war er ein großer, schwerer Apparat mit vielen beweglichen Teilen, und die Gasse war ziemlich eng. Wenn man wusste, worauf man lauschen musste, konnte man sich ausmalen, was er dort draußen trieb.

Und Mario wusste es. Er hörte das metallische Klappern, als der Igel zum dritten Mal die Mülltonne inspizierte. Dann, wie er das Fahrrad an der Seitenwand der Hütte hochhob, um dahinter nachzuschauen. Das Klicken der Kugellager, das Summen der Servos und batteriebetriebenen Motoren, das hohe Quietschen der Drehmomentsteuerung, das leise Surren des Greifarms, der aus- und wieder eingefahren wurde, und das Knirschen der Räder, die über das gefrorene, schneebedeckte Erdreich rollten. Während Mario hörte, wie sich die verschiedenen mechanischen Teile im Einklang miteinander bewegten, sah er vor seinem geistigen Auge, wie der Igel die Gegenstände in seiner Umgebung untersuchte, überprüfte und identifizierte.

Ssst. Klick. Sssssst.

Mario blickte erneut auf seine Uhr. Inzwischen waren fast zwei Minuten vergangen. Neben ihm hockte Laura, die Hand schützend über das kleine Bündel unter ihrer Cabanjacke gelegt. Sie hatte Buttons, den Kater, unter die Brustklappe geschoben, damit er ruhig blieb, und bisher hatte das funktioniert. Der Kater war still und rührte sich nicht. Mario hoffte inständig, dass das auch so blieb.

Jetzt waren es zwei Minuten. Er hörte draußen lautes Geklapper. Der Igel bewegte erneut die Mülltonne hin und her.

Währenddessen wurde es in der Gefriertruhe sehr schnell ziemlich warm. Inzwischen fiel Laura das Atmen schwer. Das war nicht gut. Mario spürte ebenfalls, dass der Sauerstoff knapp wurde.

Er lauschte und wartete und dachte nach. Von seiner Stirn tropfte Schweiß. Unterdessen suchte der Igel weiter. Er blieb stehen und setzte sich wieder in Bewegung, rollte hierhin und dorthin, kurvte umher, fuhr ein Stück vor und wieder zurück, machte kehrt …

Plötzlich gab es an der Tiefkühltruhe einen lauten Schlag. Der Igel hatte mit voller Wucht, wahrscheinlich aus Versehen, die Außenseite der Metallwand gerammt, an der Mario lehnte. Er konnte die Vibration an seiner Wange spüren, konnte spüren, wie Laura sich gegen ihn drückte. Ohne den Kopf zu drehen, forderte er sie mit einem eindringlichen, kurzen Blick auf, sich nicht zu bewegen und kein Geräusch zu machen.

Sie erwiderte seinen Blick. Ihr Gesicht war nur etwa zwei Zentimeter von seinem entfernt, und im blauen Schein seiner Uhr wirkte es blass und geisterhaft. Er sah die Anspannung darin und die Angst. Aber er sah keine Panik.

Schweigend warteten die beiden ab, ohne dabei auch nur einen Muskel zu bewegen.

Klick, ssst, klick.

Zwanzig Sekunden verstrichen.

Sie warteten weiter.

Schließlich hörten sie, wie der Igel davonfuhr, und die mechanischen Geräusche wurden immer leiser, als er ein weiteres Mal die Gasse verließ, um erneut an den Hütten entlangzurollen. Fünf Sekunden später war nichts mehr von ihm zu hören.

Mario drehte den Hals hin und her und spürte, dass sein Kragen feucht und klebrig war. Er tippte auf das Display seiner Uhr, um das digitale Thermometer anzeigen zu lassen; es waren fast sechsundzwanzig Grad. Als sie sich hier versteckt hatten, war es im Innern der Truhe genauso kalt wie draußen gewesen, so kalt, dass er gezittert hatte.

Es würde nicht lange dauern, bis die Sensoren des Igels den Wärmeunterschied registrierten, und dann hätten sie ein ernsthaftes Problem. Allerdings galt seine momentane Sorge Lauras Atemgeräuschen. Sie bekam immer weniger Luft. Und nicht nur Laura. Er ebenfalls.

Nicht nur er und Laura.

Buttons auch.

Mario konnte hören, wie der Kater hechelte. Laura schlug die Jacke zurück, damit er etwas Luft bekam. Als Buttons den Kopf hervorstreckte, konnte Mario im Schein der Uhr erkennen, dass aus seinem geöffneten Maul die Zunge heraushing und zitterte.

»Ist das normal bei Katzen?«, fragte er.

»Ich weiß nicht.« Laura streichelte Buttons den Kopf. »Aber es sieht nicht so aus.«

Mario legte ihm die Hand auf die Brust und spürte, wie sie sich hob und senkte. Buttons' Atem ging sehr schnell, und Mario glaubte, dass das nicht nur an der Temperatur lag. Im Innern der Truhe war von Anfang an wahrscheinlich kaum Sauerstoff gewesen, und sie steckten jetzt seit fast dreißig Minuten hier drin.

Mario war klar, dass der Sauerstoff zur Neige ging, während der Kohlendioxidgehalt immer weiter anstieg. Fast so, als hockten sie in einer Garage in einem Auto mit eingeschaltetem Motor. Schließlich würden sie das Bewusstsein verlieren und ersticken.

»Wir können nicht hierbleiben«, sagte er. »Wir bekommen sonst eine Kohlendioxidvergiftung. Bevor wir den Sauerstoff überhaupt aufgebraucht haben.«

»Das hört sich nicht gut an.«

»Nein.«

»Wie lange haben wir noch?«

»Das weiß ich nicht genau«, sagte er. »Aber ich weiß, wie wir hier wegkommen.«

Laura streichelte dem Kater erneut den Kopf. *»Díme«,* flüsterte sie. »Sag's mir.«

»Der Igel sucht nach uns. Ich vermute, dass er bis zur letzten Hütte fährt und dann wieder kehrtmacht. Er braucht dafür jedes Mal ungefähr dieselbe Zeit.« Er schüttelte die Uhr. »Ich habe das gestoppt. Es sind fünf Hütten. Für jede braucht er drei Minuten. Das sind also insgesamt fünfzehn Minuten. Der Roboter folgt einem bestimmten Verhaltensmuster.«

»Das heißt … er leidet unter einer Zwangsstörung?«

Er lächelte müde.

»Sozusagen.« Er griff nach dem Zündschlüssel des JLTV in seiner Tasche, tastete nach Lauras Hand und gab ihn ihr. »Du fährst, okay?«

»Ja.«

»Gut. Wenn der Igel zurückkommt, lassen wir ihn hier herumschnüffeln, und sobald er wieder verschwindet, warten wir weitere fünfzehn Minuten. Bis er die letzte Hütte erreicht hat.«

»Aber was, wenn du dich irrst?«

»Inwiefern?«

»Was seine Route betrifft. Vielleicht fährt er gar nicht bis zur letzten Hütte und sucht nur die nähere Umgebung ab.«

»Ich irre mich nicht«, sagte er und spürte einen Druck auf der Brust. Das Reden verbrauchte zu viel wertvolle Luft. »Laura, bitte hör mir zu.«

Es entstand eine Pause. »Okay«, sagte sie. »Erzähl weiter.«

»Sobald der Igel die letzte Hütte erreicht hat, springe ich nach draußen und locke ihn von hier weg. Das verschafft dir genug Zeit, um zum Jolt zu gelangen und vom Stützpunkt zu fahren.«

»Moment mal. Und was ist mit dir?«

Er antwortete nicht.

Nach einem Augenblick sagte sie: »Mario, *que no!* Wir bleiben zusammen.«

»Wenn wir das tun, werden wir beide sterben.«

»Aber vielleicht kommt er nicht mehr zurück.«

»Das wird er. In siebzehn Sekunden.«

Er sah, wie sie den Kopf schüttelte. »Warum bist du dir da so sicher?«

»Das hab ich dir doch gesagt. Ich weiß es. Ich bin Roboterspezialist.«

»Ehrlich?«

»Ja. Systemarchitekt. Ich ...«

Er verstummte.

Ssst Klick. Sssssssst.

Die beiden blickten einander im schwachen Schein seiner Uhr in die Augen. Mario hörte, wie Laura Luft holte. Spürte, wie ihre Schulter und ihr Arm gegen seinen Körper drückten.

Die mechanischen Geräusche draußen wurden lauter.

Der Igel kehrte zurück. Pünktlich auf die Minute.

Die Panzerfahrzeuge fuhren mit ausgeschalteten Scheinwerfern in enger Keilformation direkt auf sie zu.

Colonel John Howard stand auf der freien Fläche und beobachtete, wie sie näher kamen, ein Transportpanzer Puma 6x6, flankiert von drei Spähpanzern Puma 4x4, den vierrädrigen Versionen, die ihn an muskelbepackte Bodyguards erinnerten.

Er schaute zu Fernandez und Wasserman hinüber.

»Vielleicht sind in der Baracke noch Leute«, sagte er. »Wenn ja, dann holen wir sie da raus.«

Fernandez blickte von seinem Tablet auf. Er vermutete, dass fast alle Gebäude des Stützpunkts auf den Fundamenten errichtet worden waren, die von den ursprünglich hier stationierten rumänischen Landstreitkräften stammten ... und die Truppenunterkunft war da keine Ausnahme. Ihr Keller war, wie das Untergeschoss des Hauptquartiers, eigentlich nichts weiter als ein Betonbunker, nur ohne die kosmetischen Umbaumaßnahmen und den technischen Schnickschnack. Wenn die Leute dort Schutz gesucht hatten, als die Igel das Gebäude bombardiert hatten, saßen sie jetzt womöglich in der Falle.

»Ich kann uns dort schnell hinbringen, Sir«, sagte er. »Aber wir sollten uns beeilen.«

Howard sah, wie die Schützenpanzer etwa zwei Meter vor ihm zum Stehen kamen. Eine große glückliche Familie.

Er marschierte mit knirschenden Schritten durch den frisch gefallenen Schnee zu dem Puma hinüber, öffnete die rechte Klappe und stieg ein. Während er sich langsam und ungelenk in einen der Mannschaftssitze zwängte, merkte er, dass Fernandez und Wasserman ihn von draußen anstarrten.

»Was schaut ihr beiden so?«, sagte er.

Fernandez schüttelte den Kopf. »Nichts, Sir.«

»Dann lasst uns fahren.«

Kurz bevor der Sergeant die Klappe schloss, glaubte Howard irgendwo in der Nacht ein schwaches Summen oder Brummen zu hören. Wie von einem Helikopter, hoch oben und weit entfernt, allerdings nah genug, um seine Neugier zu wecken. Helikopter flogen normalerweise nicht bei schlechtem Wetter.

Er wunderte sich immer noch darüber, als die Klappe von ihren Hydraulikmotoren sanft geschlossen wurde und das Geräusch verstummte.

Der vordere Teil des Kampfraums war eine kompakte, voll funktionsfähige Version des Einsatzzentrums, das bei der Explosion im Hauptquartier zerstört worden war. Im Grunde handelte es sich um eine mobile Kommandozentrale.

Sergeant Fernandez saß am Steuer, Wasserman auf dem Beifahrersitz. Howard versuchte, auf dem Klappsitz eine Position zu finden, in der Schultern, Arme, Rippen, Hintern und so ziemlich jedes andere Körperteil nicht wehtaten. Aber das ganze Herumgerutsche machte alles nur noch schlimmer, und schließlich saß er regungslos da und wartete ungeduldig, dass sie endlich losfuhren.

Es dauerte weniger als dreißig Sekunden. Das Authentifizierungssystem las den speziellen digitalen Token von Fernandez' Armband ab, forderte ihn auf, seinen ID-Code einzutippen, und dann leuchteten die Bedienfelder auf.

»Pickles«, sagte er. »Ist Argos eingeschaltet?«

»Ja. Das Satellitensignal ist bei neunzig Prozent.«

»Okay. Greif über die Backdoor auf die Igel zu. Zeig mir ihre Positionen.«

»Verbindung wird hergestellt.«

Howard sah, wie auf dem Deckenmonitor eine realistische 3-D-Darstellung der Basis aufleuchtete. Dann erschienen die vier Igel als Symbole auf dem Bildschirm. Zwei von ihnen befanden sich vor der Baracke. Die anderen bewegten sich aus dem nördlichen und südlichen Quadranten schnell darauf zu.

Der Puma fuhr abrupt an, und Howard zuckte zusammen.

»Ich dachte, die Peilsender der Roboter sind deaktiviert«, sagte er.

»Das sind sie auch, Sir.«

»Aber?«

»Ich habe vor einer Weile durch Argos geschützte Chips eingebaut«, sagte Fernandez. »Zur Absicherung.« Er schaute über die Schulter zum Colonel. »Bei der Gelegenheit habe ich ein paar weitere Vorsichtsmaßnahmen durchgeführt. Für den Fall, dass die Igel gehackt werden.«

»Und Sie haben mich nicht um Erlaubnis gefragt?«

»Doch, das habe ich, Sir.«

»Und was habe ich gesagt?«

»Dass ich aufhören soll, Fragen zu stellen, und es einfach tun soll«, sagte Fernandez. »Sie meinten, Sie hätten die Hälfte der Zeit sowieso keine Ahnung, wovon ich verdammt nochmal rede.«

Howard blickte finster drein, sagte jedoch nichts. Der Sergeant beschleunigte den Puma, während ihm die unbemannten Begleitfahrzeuge auf der linken und rechten Seite in kurzem Abstand folgten. Der kleine Dreieckskonvoi fuhr in hohem Tempo über die freie Fläche, bis er die asphaltierte Querstraße erreichte, die parallel zum südlichen Zaun verlief. Die zwei autonomen Fahrzeuge ließen sich hinter den Puma zurückfallen, und sie fuhren auf einer schnurgeraden Linie rumpelnd Richtung Westen, wobei sich ihre Räder tief in den Schnee gruben.

Fernandez hatte erst eine kurze Strecke zurückgelegt, als er plötzlich mit quietschenden Bremsen zum Stehen kam. Howard und Wasserman schauten auf die Bildschirme.

Auf dem Boden vor dem Begrenzungszaun lagen mindestens zehn Personen. Männer und Frauen in Trainingskleidung. Mit Pullovern, Schals, Leggings und Turnschuhen.

Ihre Körper waren voller Blut, und ihre Kleidung war damit durchtränkt.

»Das ist Doc Hughes«, sagte Fernandez mit zitternder Stimme. »Mit ihren Läufern.«

Howard öffnete seinen Sicherheitsgurt. »Ich werde mal aussteigen.«

Fernandez richtete seine Augen von der Windschutzscheibe auf die Karte des Stützpunkts. »Spree ... der Igel aus dem Süden, er ist noch in der Nähe.«

»Das ist mir verdammt nochmal egal.«

Fernandez warf Wasserman einen kurzen Blick zu und forderte ihn mit einem Nicken auf, das Steuer zu übernehmen, dann entriegelte er die Klappe. Als er sich von seinem Gurtzeug befreit hatte, war Howard bereits halb ausgestiegen.

Die beiden Männer liefen auf die reglosen Körper zu. Oder das, was von ihnen noch übrig war. Sie waren völlig zerfetzt, und alles war voller Blut. Es tropfte von dem Maschendrahtzaun, quoll in roten Rinnsalen aus ihren Wunden hervor, durchtränkte den Schnee und vermischte sich damit, sodass sich Lachen bildeten und der Boden ganz rutschig war.

Howard sah Dutzende Patronenhülsen, die wie Metallsamen rings um die Spuren des Igels verteilt waren. Er sah Andy Benslow zusammengesackt neben dem Zaun sitzen. Sah Doug Ryder auf dem Rücken liegen, dessen verzerrtes Gesicht mit der weißen, dünnen Schneeschicht wie eine Gipsmaske wirkte. Er sah Jason Pierce, der sich mit seinem durchsiebten Körper halb über Lavonne Hughes gebeugt hatte, als hätte er versucht, sie vor den Kugeln zu beschützen. Und er sah eine der Krankenschwestern. Sie hieß Donna Apple.

Mein Augapfel, hatte er sie bei seinen Vorsorgeuntersuchungen immer scherzhaft genannt, obwohl er wusste, dass sie diesen Spruch bestimmt schon unzählige Male gehört hatte. Außerdem lagen dort ein Soldat namens Jameson, der sich erst vor einem Monat freiwillig zur Quickdraw gemeldet hatte, und zwei zivile Angestellte namens Brennen und Tovias. Einige der Personen auf dem Boden waren von den Kugeln bis zur Unkenntlichkeit zerfetzt worden.

Der Wind frischte auf, und der Schnee wurde dichter. Aber Howard bekam davon kaum etwas mit. Irgendwann bemerkte er, dass Fernandez mit einer Taschenlampe in der Hand zu ihm trat.

»Sie wurden regelrecht abgeschlachtet«, sagte Howard. »Das war geplant. Das hier alles.«

Der Sergeant richtete die Taschenlampe auf die Kettenspuren. Sie führten in einer gerade Linie von Westen nach Osten und machten nach etwa drei Metern wieder kehrt. »Offensichtlich ist der Igel ihnen hierher gefolgt, hat das Feuer eröffnet und ist dann umgedreht«, sagte er. »Die Spur führt Richtung Baracke, Sir.«

Howard wandte sich zu ihm um und bleckte die Vorderzähne.

»Irgendjemand wird dafür bezahlen«, stieß er hervor. »Das schwöre ich Ihnen. *Ich werde dafür sorgen, dass jemand dafür bezahlt.*«

Fernandez überlief ein kalter Schauer. Er wusste nicht, ob es an dem grauenvollen Anblick lag, dem Ausdruck in Howards Augen oder an beidem.

»Warum glauben Sie, dass man die Nachrichten, die von diesen Argos-Satelliten übertragen werden, nicht abhören kann?«, fragte Howard.

»Aus mehreren Gründen«, sagte Fernandez. »Sie nutzen für die Signalübertragung gebündelte Strahlen – sogenannte Spot Beams. Von Satellit zu Satellit, zwischen Satellit und Erde, ohne Beteiligung einer Bodenstation. Außerdem sind da die Anti-Stör-Maßnahmen und Sotos Firewall. Es würde mich wundern, wenn man sie gehackt hätte.«

»Dann müssen wir der Herzogin Lagebericht erstatten«, sagte Howard und bewegte die Kiefermuskeln. »Hier können wir nichts mehr tun. Ich will schleunigst zur Baracke rüber. Wir kümmern uns später um diese Leute.«

Der Sergeant nickte zustimmend. Die Lebenden hatten Vorrang vor den Toten. Allerdings mussten sie sicherstellen, dass im Puma für die Personen, die sie evakuierten, genug Platz war.

Howard drehte sich zu ihrem Fahrzeug um, machte ein, zwei Schritte darauf zu und blieb dann stehen. Er lauschte, hob den Kopf und spähte in den umherwirbelnden Schnee.

Erneut war am Himmel das Brummen zu hören. Warum hatte er es nach dem Verlassen des Pumas nicht bemerkt?

»Hören Sie das auch?«, fragte er.

Fernandez nickte. Er lauschte ebenfalls angestrengt. »Ja«, sagte er. »Ich habe es vorhin auch schon gehört.«

»Drüben beim Hauptquartier?«

»Ja, Sir. Ich dachte, es sei ein Flugzeug.«

Howard hielt den Blick weiter nach oben gerichtet. Er hatte es für einen Helikopter gehalten. Aber jetzt hörte es sich wie keines von beidem an. Das Geräusch war irgendwie zu …

Ihm fiel kein passendes Wort ein. Zu *weiträumig* vielleicht.

Er hielt eine Hand über die Augen, um sie gegen den Schnee abzuschirmen, der inzwischen wieder dichter geworden war. Die Flocken wirbelten unter seiner Hand und zwischen seinen Fingern umher und prasselten eisig gegen seine Wangen. Während Howard in den Himmel starrte, schien das Geräusch zunächst lauter zu werden, bevor es allmählich nachließ, um dann wieder lauter zu werden, so als würde da oben irgendetwas im Kreis fliegen und der stürmische Wind jedes Mal das Geräusch übertönen, wenn es weiter entfernt war.

Das erklärte, warum er es nicht sofort gehört hatte, dachte er. Aber er konnte am Himmel immer noch nichts entdecken.

»Das gefällt mir nicht, Julio«, sagte er. »Ganz und gar nicht.«

Die beiden stapften zu ihrem Fahrzeug zurück, das mit laufendem Motor wartete. Howards ganzer Körper tat weh, und in der Brust verspürte er ein Druckgefühl, das seine Lunge zusammenquetschte. Er schaffte es kaum, sich zu setzen, und ließ sich keuchend und benommen auf seinen Sitz fallen. Er hoffte, dass die anderen es nicht bemerkten.

Doch Fernandez, der vorne wieder hinterm Steuer Platz genommen hatte, war das nicht entgangen.

10

Kreis Satu Mare, Rumänien

Dixon raste mit dem BearCat an den hohen, ausladenden Bäumen vorbei, die sich dicht gedrängt zu beiden Seiten erhoben. Sein GPS zeigte an, dass die Burg Graguscu mehrere Hundert Meter vor ihm lag, am Ende einer weitläufigen Kurve der Zufahrtsstraße.

Carmodys Plan kam ihm ziemlich verrückt vor. Wenn auch nur halb so verrückt wie die meisten seiner anderen Pläne.

»Wir sind fast da«, sagte er zu Kali. »Ist mit dir alles in Ordnung?«

»Ja. Warum?«

»Hör zu, ich habe dich zwar bereits in Aktion erlebt, und ich weiß, wozu du fähig bist. Aber gerade ist ein Mann in deinen Armen gestorben.«

Sie zog ihre Sturmhaube über den Kopf.

»Jeder Mensch muss sterben«, sagte sie. »Er ist jetzt an einem anderen Ort. Er hatte keine Angst.«

Dixon nickte. »Carmody hatte recht.«

»Womit?«

»Alle wollten dich wegsperren«, sagte Dixon. »Aber er wusste, dass du anders bist, als die Leute behaupten.«

Sie griff nach den Handschuhen in ihrer Jackentasche.

»Ich bin, wie ich bin«, erwiderte sie. »Was die Leute sagen, ist mir egal.«

Dixon verstand ihren kleinen Wink und hielt den Mund. Kali streifte die Handschuhe über, und als sie um die Kurve bogen, zeichneten sich in der Dunkelheit die Umrisse der Burg ab. Sie war nur noch fünfzig Meter entfernt, und ihre Türme, Rondelle und Mauerzinnen ragten hoch in den Himmel.

»Okay«, sagte er. »Sie sind unterwegs.«

Kali öffnete ihr Gurtzeug.

»Ich bin bereit«, sagte sie.

Die Aufzugplattform stieg gleichmäßig aus der unterirdischen Garage empor, während sich weiter oben eine Schiebetür öffnete.

Auf der Plattform standen Carmody und Schultz mit den zwei Ninja H2R. Als der Aufzug lautlos zum Stehen kam, stellten sie fest, dass sie sich in der Mitte eines künstlichen Teiches befanden, aus dem man – wahrscheinlich für die Wintermonate – das Wasser abgelassen hatte. Die Plattform bedeckte jetzt den gesamten Boden des Teiches und war auf gleicher Höhe mit der umliegenden Rasenfläche.

Die beiden Männer schauten sich um. Zwar hatte es inzwischen aufgehört zu schneien, aber seit sie sich vom *Raven* abgeseilt hatten, war die Temperatur bestimmt um fünf Grad gesunken, sodass die Feuchtigkeit in der Luft zu mikroskopisch winzigen Eisnadeln gefroren war. Die Partikelchen peitschten und wirbelten gegen die Gläser ihrer digitalen Nachtsichtgeräte und überzogen sie mit einer dünnen Kristallschicht.

Schultz schob mit seiner behandschuhten Hand die Brille über den Helm. Er blickte nach Süden zum Haupttor und hielt zwischen den Bäumen und Hecken Ausschau nach Dixons BearCat.

»Ich kann sie nirgends sehen«, sagte er durch die Sturmhaube hindurch. »Und du?«

Carmody hob eine Hand und zeigte nach rechts, Richtung Osten, wo die Mauern und Rondelle der Burg hoch über ihnen emporragten. Er hatte das lauter werdende Brummen eines Motors gehört.

Er schaute an der Vorderseite der Burg vorbei. Aus vielen der Flügelfenster drang Licht, und für einen Moment waren sie das Einzige, was in der tiefen Dunkelheit zu sehen war. Schließlich konnte er einen diffusen Lichtschein erkennen, der sich aus hundert Metern Entfernung der Burg näherte. Er wurde immer greller und dichter und teilte sich dann in zwei Lichtpunkte auf.

Scheinwerfer. Sie bewegten sich hoch über dem Boden, während ihre langen hellen Strahlen über den Schnee glitten. Hinter ihnen konnte Carmody die schemenhaften Umrisse eines großen Fahrzeugs ausmachen.

Es kam aus östlicher Richtung auf sie zugerast.

Die falsche Richtung.

Er warf Schultz einen Blick zu.

»Das ist nicht Dixon.«

Der Fahrer des Rezvanis, ein erfahrener Sicherheitsmann namens Lazlo, beugte sich über das Lenkrad und hielt auf die beiden Männer zu, die vor ihm in der Nähe der Ninjas standen. Neben ihm saß ein neues Mitglied seines Teams namens Bogdan kerzengerade auf dem Beifahrersitz.

»Die sind bewaffnet«, sagte er. Was zweifellos stimmte.

»Aber unser Wagen ist gepanzert«, sagte Lazlo. Was ebenfalls stimmte. Und das war entscheidend.

Es nervte ihn, dass er Bogdan jetzt an der Backe hatte. Sobald sich die Lage beruhigt hätte, würde er Matei vorschlagen, sich von Bogdan zu trennen oder ihn einem anderen Team zuzuteilen. Am besten irgendwo außerhalb des Anwesens. Lazlo hatte das Gefühl, dass Bogdan, wenn es darauf ankam, dem Druck nicht standhalten würde. Personenschutz war nichts für Weicheier.

Die beiden Männer auf der Rückbank, Andre und Khasan, hielt er für sehr viel zuverlässiger. Beide waren bei ihm gewesen, als er den Wolf vor einigen Monaten aus Bukarest herausgefahren hatte. Den Wolf und diese kühle Schönheit, seine Kryptobanker-Freundin Quintessa Leonides. Sie hatten es geschafft, die Stadt zu verlassen, obwohl man die Hälfte der Straßen und Boulevards abgeriegelt hatte, obwohl über ihnen Polizeihubschrauber gekreist waren und sich von allen Seiten Streifenwagen und Kampffahrzeuge genähert hatten.

Das war eine äußerst brenzlige Situation gewesen. Diese Sache hier kam dem nicht vergleichsweise nahe. Eigentlich hätte Lazlo längst über alle Berge sein können. Er hatte das östliche Tor bereits ein gutes Stück hinter sich gelassen, als Matei ihn per Funk verständigt hatte, und da man ihn auf das Anwesen zurückbeordert hatte, damit er sich um die

Eindringlinge kümmerte, war er wieder umgekehrt. So wie es der Job verlangte.

Mit eingeschaltetem Allradantrieb brauste er weiter, beide Hände am Lenkrad, seine SIG MCX Rattler neben sich auf der Mittelkonsole. Allerdings glaubte er nicht, dass er sie brauchen würde. Die Eindringlinge waren jetzt nicht mehr als hundert Meter entfernt; sie standen auf dem Kopfsteinpflaster hinter den Motorrädern auf dem breiten, halbkreisförmigen Hof, der als Parkplatz diente. Inzwischen hatten die beiden die Scheinwerfer seines Rezvani und das animalische Heulen seines V8-Motors bemerkt, während er sich ihnen wie ein Kampfpanzer näherte. Doch sie rührten sich nicht vom Fleck.

Die beiden hatten echt Nerven, dachte Lazlo. Nerven wie Drahtseile, sich ihm dort entgegenzustellen. Das musste man ihnen lassen. Aber sie hatten keine Chance. Seine Stoßstange, der Kühlergrill und der Motorblock bestanden zusammen aus über fünfhundert Kilo Metall. Die beiden konnten nicht viel länger dort stehen bleiben. Falls sie zu den Hecken rings um den Hof rannten, würde er von der Straße biegen und sie über den Haufen fahren, bevor sie auch nur drei Meter weit gekommen waren. Falls sie versuchten, durch die Windschutzscheibe zu schießen, würde das Panzerglas auf der Außenseite zwar splittern, aber ihre Kugeln trotzdem aufhalten. Und falls sie auf die Reifen zielten, könnte er mit dem Notlaufsystem noch meilenweit fahren. Doch das alles wussten sie bestimmt. Die Typen waren nicht blöd.

Der Hof war jetzt fünfzig oder sechzig Meter entfernt, und bis zu der Stelle, wo die Eindringlinge ihm trotzig die Stirn boten, war es etwa noch einmal so weit.

Er würde sie überfahren, sie auf dem Kopfsteinpflaster platt walzen.

Er biss die Zähne zusammen und machte sich bereit, als er sich dem Hof näherte. Der Hof, der vor einigen Jahrhunderten für die Kutschen angelegt worden war, lag ein paar Zentimeter höher als die Fahrbahndecke. Bei der Geschwindigkeit, die er draufhatte, würde es einen heftigen Schlag geben.

»Festhalten, jetzt wird's ungemütlich!«, rief er.

Er hoffte, dass Bogdan sich nicht in die Hose machte, umklammerte das Lenkrad, so als wollte er es mit seinen riesigen Händen zerquetschen, und trat aufs Gas.

Carmody und Schultz standen mit erhobenen Waffen regungslos da, während der Rezvani auf sie zugeschossen kam.

Er war jetzt fünfzig oder sechzig Meter vom Hof und von ihnen etwa achtzig Meter entfernt. Seine Scheinwerfer auf dem digital verstärkten Bild in ihren Quad-Eye-Nachtsichtgeräten machten sie fast blind.

Carmody hatte den Geschmack von Adrenalin auf der Zunge. Sein Reptilienhirn hatte in den Kampf-oder-Flucht-Modus geschaltet, aber er war kein Reptil. Er war in der Lage, rational zu denken, obwohl seine Nervenimpulse, Hormone und Reflexe ihn aufforderten, die Flucht zu ergreifen. *Denk nach.*

Es war zwecklos davonzulaufen. Selbst wenn er und Schultz es vom Hof schafften, würden sie nicht weit kommen, bevor der Fahrer sie umpflügte.

Der Rezvani kam näher und näher, strahlte mit seinem grellen Licht direkt in ihre Gesichter.

»Ziel nach oben und halte die Waffe ganz ruhig«, sagte er. »Über die Scheinwerfer. Auf mein Kommando.«

Schultz nickte. Er wusste genau, was Carmody vorhatte.

Die beiden standen breitbeinig da, ihre Sturmgewehre auf Schulterhöhe, und zielten auf das näher kommende Fahrzeug. Ihnen blieben etwa vier Sekunden, bevor der Rezvani den Hof erreichen würde. Ein oder zwei weitere, bis er bei ihnen wäre.

Sie hatten in ihren Gewehren frische 60-Schuss-Magazine, und bei einer Schussfrequenz von neunhundertfünfzig Kugeln pro Minute konnten sie die Magazine leeren, bevor der Rezvani sie über den Haufen fuhr. Doch seine Windschutzscheibe würde die Kugeln abwehren. Selbst eine breit gestreute Salve. Die äußere Schicht würde zwar bersten und abplatzen, aber sie würde die Energie so zerstreuen, dass die Kugeln nicht eindrangen. Allerdings benutzten Carmody und Schultz rückstoßarme, panzerbrechende Hochgeschwindigkeitsmunition. Wenn sie den Wagen unter Dauerbeschuss nahmen und aus kurzer Entfernung mehrfach dieselbe Stelle trafen, könnten die Kugeln die Schicht so stark schwächen, dass sie das Glas durchschlugen.

Die beiden warteten ab. Der Rezvani war inzwischen nur noch zwanzig Meter entfernt.

Carmody machte sich bereit, den Abzug zu drücken.

Plötzlich bemerkte er am Rand seines Sichtfelds, dass zu seiner Rechten ein zweites Scheinwerferpaar aus südlicher Richtung die Hauptzufahrtsstraße heraufgerast kam.

Ohne den Kopf zu drehen, warf er einen Blick in diese Richtung, um seine Vermutung zu bestätigen.

Diesmal war es tatsächlich Dixon.

Und er kam mit seinem BearCat immer näher.

Als Dixon um die Kurve fuhr, sah er vor sich den Rezvani. Der Wagen befand sich fünfzig Meter rechts von Carmody und Schultz, auf der westlichen Seite des Hofes, und steuerte direkt auf sie zu. Dixon näherte sich ebenfalls von rechts auf einer geraden Linie dem Hof, ziemlich genau zwischen den Motorrädern und dem Rezvani. Allerdings zwanzig Meter südlich des Hofes, sodass er eine längere Strecke zurückzulegen hatte. Er musste kräftig aufs Gas drücken.

Er deaktivierte per Hand die Airbags und warnte über Funk die Männer im Mannschaftsbereich. *»Macht euch für einen Zusammenstoß bereit! Sofort!«*

Neben ihm beugte sich Kali wortlos nach vorn und platzierte die Füße auf dem Boden. Sie spürte, wie die Vibration des beschleunigenden BearCats ihre Beine hinaufwanderte.

Dixon holte tief Luft und hielt den Atem an. Wie Carmody vermutete er, dass der Rezvani gepanzert war. Aber das war der BearCat auch. Außerdem war er für den Kampfeinsatz bestimmt, das andere Fahrzeug nicht, und im Gegensatz zu seinem Fahrer wusste Dixon genau, was er tat. Er hatte mit den CIA-Jungs in Blackstone ein Crash-Training absolviert. Und es war ihm scheißegal, ob der Mann im Rezvani so etwas auch getan hatte.

Der BearCat raste die letzten Meter der Straße zum Hof hinauf, und als sich das andere Fahrzeug von rechts näherte, trat Dixon das Gaspedal fast bis zum Anschlag durch, worauf der BearCat mit einem Satz auf den Hof krachte und mit hoher Geschwindigkeit über das Kopfsteinpflaster rumpelte. Der Rezvani kreuzte direkt vor ihm seinen Weg, Kühlergrill, Motorhaube, Windschutzscheibe und Beifahrertür wischten durch das helle Licht seiner Scheinwerfer.

Dixons Manöver war perfekt abgestimmt. Wenn man ein Fahrzeug rammen wollte, zielte man nicht auf die Mitte, auf den Schwerpunkt. Man raste nicht direkt in die Seite, sondern versuchte, mit voller Wucht das Heck zu treffen, sodass das Auto von einem selbst fortgeschleudert und herumgewirbelt wurde.

Dixon drückte das Gaspedal ganz durch und rammte den Rezvani wenige Zentimeter vor den Rücklichtern, dort, wo sich der Tankdeckel befand. Er hörte das Krachen von Metall auf Metall und wurde auf seinem Sitz erst nach hinten und dann nach vorne geworfen. Er handelte jetzt instinktiv und blitzschnell. Seine Synapsen jagten ein Trommelfeuer von Signalen durch seine Nervenbahnen, um sein Muskelgedächtnis zu aktivieren. Jene Reflexe, die er beim Kurs in Blackstone trainiert hatte.

Als der Rezvani gegen den Uhrzeigersinn nach rechts zur Burgtreppe geschleudert wurde, riss Dixon sein Lenkrad nach links, in die ursprüngliche Fahrtrichtung des anderen Wagens, weg von seiner Drehrichtung.

Dixon raste auf die Stelle zu, an der wenige Momente zuvor noch Carmody und Schultz gestanden hatten. Sie waren von dem Hof und den Motorrädern weg in die angrenzenden Hecken gerannt. Die Maschinen waren jetzt mehr oder weniger direkt vor ihm.

Dixon wusste, dass ihm kaum noch Zeit blieb. Doch er konnte das Lenkrad gerade noch rechtzeitig nach rechts reißen, bevor er frontal in die Motorräder krachte. Schaukelnd hüpfte das Fahrzeug über das Kopfsteinpflaster, während er den Fuß vom Gaspedal nahm und auf die Bremse trat, bis es nach ein paar Metern schließlich schwankend zum Stehen kam.

Einen Moment lang geschah nichts, und Dixon atmete langsam aus. Zu seiner Linken eilten Carmody und Schultz zurück zu den Motorrädern. Der BearCat stand, etwa fünf Meter vom westlichen Bollwerk zur Rechten entfernt, auf dem Hof, die Scheinwerfer auf die freie Fläche dahinter gerichtet. Noch einmal fünf Meter weiter befand sich der Haupteingang: ein riesiges gewölbtes Tor aus großen Holzbrettern am Ende eines verzierten Säulenvorbaus aus Stein. Von dem Tor führte eine breite und niedrige ovale Steintreppe hinunter zum Hof.

Der Rezvani lag mit der Seite auf der obersten Stufe. Obwohl jetzt nur noch ein paar vereinzelte Flocken fielen, war das Kopfsteinpflaster mit einer weißen Schneeschicht bedeckt. An der Stelle, wo der Wagen Richtung Burg geschleudert worden war, konnte Dixon ein wirres Muster aus kreisförmigen Rutschspuren erkennen. Der Rezvani war die Treppe hinaufgerast, gegen das gewölbte Eingangstor gekracht und davon zurückgeprallt, ehe er davor zum Stillstand gekommen war. Er hatte sich halb überschlagen und lag auf der Beifahrerseite, seine beiden linken Reifen hingen in der Luft, und die Motorhaube zeigte Richtung Osten. Wahrscheinlich hätte er sich vollständig überschlagen, wenn das große Holztor ihn nicht aufgehalten hätte.

Dixon inspizierte mit einem kurzen Blick die Lage und schaute dann zu Kali. »Jetzt bist du dran.«

Sie griff nach ihren Gurten und machte sie los. Nachdem sie Dixon kurz zugenickt hatte, zog sie ihre Sturmhaube halb nach oben und stürzte in die Dunkelheit hinaus, wobei sie die Tür weit offen ließ.

»Viel Glück«, sagte Dixon, während sie vom Wagen fortlief.

Kali und Schultz rannten in entgegengesetzten Richtungen aneinander vorbei; Schultz stürmte direkt auf die offene Tür des BearCats zu und Kali zu Carmody und den Motorrädern.

Carmody hatte das Nachtsichtgerät über den Helm geschoben und trug ein MK7-AI-Gewehr über der Schulter sowie ein weiteres vor der Brust. Hinter ihm, mit den Lenkern nach Süden, standen die beiden Motorräder mit laufendem Motor. Kali spürte, wie ihre Schultern verkrampften.

»Die sind für uns. Ein Geschenk für uns beide.«

»Nein. Das sind nur Spielzeuge für dein Ego.«

»Du irrst dich, Kali. Ich liebe dich.«

»O Mann. *Du kennst mich doch gar nicht.«*

Aber das war lange her. Sie hörte jetzt, wie Dixon hinter ihr den Motor aufheulen ließ, und wandte den Blick von den Motorrädern ab. Unterdessen lief Carmody auf sie zu.

»Bitte sehr«, sagte er und drückte ihr einen Zündschlüssel in die Hand. »Und nimm das hier.« Er streifte das Gewehr von seinem linken Arm. »Es gehört Schultz.«

»Ich will es nicht.«

»Nimm es trotzdem«, sagte er. »Wir haben keine Zeit zu verlieren. Ich will, dass du mit der Maschine wie in Deutschland fährst. Aber du brauchst eine Waffe. Du hast nicht ohne Grund mit dem Gewehr trainiert.«

Wortlos nahm Kali das Gewehr und schlang es um die Schulter. Carmody entfernte eine Tasche mit einem Ersatzmagazin von seiner Montur und gab es ihr.

»Das macht zweimal sechzig Schuss«, sagte er. »Okay?«

»Okay.«

Sie befestigte das Magazin an ihrem Gürtel, und die beiden bestiegen die Motorräder. Kali richtete ihre Maschine gerade auf, klappte den Ständer hoch und schaltete mit dem Fuß in den ersten Gang.

Ihre Scheinwerfer leuchteten auf und zerschnitten die Dunkelheit. Die nördliche Zufahrtsstraße lag direkt hinter dem Bollwerk. Sie konnten sehen, wie sie von der Burg zu den großen Bäumen dahinter führte.

»Auf geht's«, sagte Carmody.

Kali nickte.

Er brachte seine Maschine auf Touren und raste Richtung Zufahrtsstraße. Einen Moment später gab sie ebenfalls Gas und folgte ihm.

Dixon schaltete in den Rückwärtsgang, ließ den Motor aufheulen und setzte zurück, während Schultz auf Kalis leeren Sitz kletterte.

»Bist du drin?«, fragte Dixon.

Schultz griff nach den Gurten. »So gerade eben.«

»Na bestens«, sagte Dixon.

Er riss das Lenkrad nach rechts und machte eine Kehrtwende, sodass der BearCat zur Burg mit dem umgekippten Rezvani zeigte. Der Fahrer versuchte verzweifelt, nach draußen zu klettern, doch die Vorderseite des Wagens ragte hoch empor, sodass er Mühe hatte, in der Schräglage die Tür zu öffnen. In diesem Moment sah Dixon, wie ein anderer Mann die linke Hintertür aufdrückte.

Er trat aufs Gas und raste über das Kopfsteinpflaster. Der Mann auf der Rückbank des Rezvanis stürzte aus der Tür zu Boden und ließ dabei seine Waffe, eine halbautomatische SIG, fallen. Kniend tastete er danach.

Dixon fuhr direkt auf ihn zu. Der Mann starrte in seine

Scheinwerfer, mit den Händen die Waffe umklammernd. Aber der BearCat erreichte ihn, bevor er sie hochnehmen und abdrücken konnte. Dixon sah, wie die Pistole durch die Luft flog, dann, wie die Hände des Mannes in die Höhe gerissen wurden und unter der Motorhaube des BearCats verschwanden. Es gab einen dumpfen Schlag, gefolgt von einem heftigen Stoß und Schleifgeräuschen, als der Mann von den Reifen erfasst wurde.

Dixon setzte zwei oder drei Meter zurück und schlug das Lenkrad nach links ein, um den Kühlergrill in einen rechten Winkel zum Rezvani zu bringen. Dabei wurde der lädierte Körper des Mannes, den er überfahren hatte, mehrere Meter mitgezerrt, bis er von den rotierenden Reifen schließlich fortgeschleudert wurde. Er war nur noch ein zusammengestauchtes, zerschmettertes Häuflein und krabbelte auf dem Bauch über den Boden, wobei er im Schnee eine klebrig feuchte Spur hinter sich herzog.

»Haltet euch da hinten fest!«, rief Dixon über Funk. »Schließt den Geschützturm und die Schießscharten! Verstanden?«

»Ja, Sir!«, antwortete Carter.

Schultz holte tief Luft und sah, wie zwei weitere Männer den Rezvani verließen. Dixon brachte den Schalthebel in die Fahrposition, der BearCat machte einen Satz nach vorn und überrollte erneut den Mann am Boden, während er direkt auf das Auto auf der Treppe zufuhr.

»Dann wollen wir mal«, sagte er.

»Was macht der da?«, schrie Bogdan. Er hatte sich zur Hälfte durch die Fahrertür des Rezvanis gezogen und drückte sich mit den Händen auf der Karosserie nach oben.

Lazlo starrte zu dem BearCat hinüber, der sich aus kurzer Entfernung näherte. Er hatte den Wagen inzwischen verlassen und hockte mit seiner SIG Rattler in der Hand schwankend auf der linken Hintertür. Der dritte verbliebene Insasse, Khasan, lag mit blutverschmiertem Kopf bewusstlos auf der Rückbank. Er war heftig herumgeschleudert worden, als sich der Wagen überschlagen hatte und gegen das Burgtor geprallt war. Es war wirklich ein Jammer. Wie Lazlo war er Tschetschene und zäh wie Leder.

»Hilf mir mal einer hier raus«, sagte Bogdan. Er hatte den Oberkörper durch die Tür geschoben und versuchte verzweifelt, es ganz nach draußen zu schaffen. »Mein Bein hat sich irgendwo verhakt.«

Lazlo erwiderte nichts. Stattdessen blickte er über die Schulter zum Burgeingang und stellte fest, dass die Schlupfpforte im Tor durch den Aufprall des Rezvanis nach innen gedrückt worden war. Plötzlich hatte er eine Idee. Das war zwar ziemlich gewagt, aber wenn er es nicht darauf ankommen ließ, hatte er nur noch wenige Sekunden zu leben.

»Hörst du mich?«, keuchte Bogdan. Er drückte sich erneut nach oben. »Ich brauch verdammt nochmal *Hilfe.*«

Lazlo sprang auf die Füße und stellte sich breitbeinig auf das schwankende Auto.

»Sicher«, sagte er und versetzte ihm einen kräftigen Tritt ins Gesicht, um ihn zurück durch die Tür zu befördern. Er hatte genug von seinem verängstigten Gejammer, aber er würde keine einzige Kugel auf ihn verschwenden.

Während Bogdan unsanft im Wageninneren landete, stellte Lazlo sich wieder aufrecht hin und beobachtete, wie der massige BearCat geräuschvoll näher kam und die hellen Lichter seiner Scheinwerfer über den Hof fegten. Lazlo, dessen Pupillen durch die Ausschüttung von Adrenalin und Stresshormonen geweitet waren, sah so scharf wie ein Falke.

Er wartete bis zum letzten Moment, bevor er sich von den näher kommenden Lichtern abwandte, die Arme ausbreitete und auf das Burgtor zusprang.

Dixon sah, wie der Insasse, der aus dem Rezvani gestiegen war, dem Mann, der gerade durch die Tür kletterte, einen Tritt verpasste. Doch er hatte keine Zeit, sich zu fragen, was das verdammt nochmal zu bedeuten hatte.

»Sind wir hier fertig?«, fragte Schultz.

»Noch nicht ganz«, sagte Dixon.

Er wusste, dass die Panzerung im oberen Bereich eines gepanzerten Fahrzeugs am dünnsten war. Dass die Treppe vom Hof in einem Fünfunddreißig-Grad-Winkel nach oben führte. Es waren insgesamt sechs breite Stufen, die weder besonders hoch noch besonders tief waren.

Er war schon längere und größere Steigungen in Fahrzeugen mit niedrigerer Radaufhängung und sehr viel weniger PS hinaufgefahren.

Er forderte sein Team über Funk auf, ruhig sitzen zu bleiben, brachte den Schalthebel erneut in die Fahrposition und trat aufs Gas.

Der BearCat machte einen Satz nach vorn und rumpelte langsam, aber unaufhaltsam über das Kopfsteinpflaster. Schaukelnd hüpfte er die Treppe hinauf und rammte mit sechzig Meilen pro Stunde den umgekippten Wagen. Der Rezvani wurde in die Höhe geschleudert und landete erneut auf der Beifahrerseite. Für einen kurzen Moment schwankte er hin und her und krachte dann mit dem Dach auf die oberste Stufe.

Dixon setzte zurück und kam in der Mitte der Treppe zum Stehen. Der umgekippte Rezvani erinnerte ihn an eine auf dem Rücken liegende Schildkröte. Der Mann, dem sein Kollege einen Tritt verpasst hatte, lag im Innern und krümmte sich. Dixon konnte ihn durch das Beifahrerfenster sehen.

Er schaltete in den ersten Gang, beförderte den BearCat erneut die Treppe hinauf und rammte den Rezvani direkt hinter dem vorderen, linken Kotflügel. Der Wagen machte einen Satz, drehte sich um hundertachtzig Grad und krachte mit der Motorhaube gegen das geborstene Burgtor. Funken sprühten, während das Dach über die oberste Stufe schrammte und eingedrückt wurde. Die äußere Schicht der kugelsicheren Vorderfenster und der Windschutzscheibe bekam Risse, kräuselte sich und splitterte, und das zerbröselte Sicherheitsglas ergoss sich auf das Kopfsteinpflaster.

Dixon fuhr die Treppe rückwärts wieder hinunter und hielt an, die Scheinwerfer auf das umgekippte Autowrack gerichtet. Von den Personen im Innern ging jetzt keine Gefahr mehr aus.

»Alle okay?« Dixon blickte über die Schulter in den Mannschaftsbereich.

»Ja«, sagte Spencer. Singh und die anderen nickten.

Dixon drehte sich wieder nach vorne und spähte durch die Windschutzscheibe.

»Hast du gesehen, wo der Typ abgeblieben ist, der vom Wagen gesprungen ist?«, fragte Schultz.

»Nein«, sagte Dixon. »Aber er ist weder über den Platz noch in unsere Richtung gerannt.«

»Dann muss er in die Burg verschwunden sein.«

»Vergessen wir ihn und verschwinden wir von hier«, sagte Dixon. »Schließlich können wir nicht das Eingangstor platt walzen und da drinnen rumkurven, um nach ihm zu suchen.«

»Bist du sicher?«

Dixon schmunzelte. Carmodys Haltung färbte allmählich auf sie ab. Sie arbeiteten alle schon sehr lange zusammen.

Dixon saß einen Moment da und verschaffte sich einen Überblick über ihre Lage. Emerick war tot. Carmody und Kali machten in den Bergen Jagd auf die Zielperson, und Wheelers Team war irgendwo tief unter der Burg, wo es über Funk wahrscheinlich nicht zu erreichen war. Von Long im Rover Two hatte er ebenfalls nichts gehört, aber er würde sich melden, falls es an seinem Standort Probleme gab.

Solange Long keine anderen Befehle erhielt, sollte er Ausschau nach Feinden halten und, wenn es so weit war, Wheeler und seine Jungs aus der Burg holen.

Schweigend dachte Dixon für eine weitere Minute nach, während er von der Treppe zurücksetzte und das Fahrzeug ungefähr nach Osten ausrichtete. Zwar gehörte es zu ihrem Einsatzplan, mit unvorhergesehenen Ereignissen fertigzuwerden. Aber er hatte bereits den armen Jungen hinten im Wagen verloren, und es beunruhigte ihn, dass sich die Teams so sehr aufgeteilt hatten. Hoffentlich würde er Transsylvanien wieder verlassen, ohne dass es zu weiteren unerwarteten Zwischenfällen kam.

Doch seine Hoffnungen sollten sich nicht annähernd erfüllen.

Wenn das Herz einer mittelalterlichen Burg der Rittersaal war, dann war das Herz von Burg Graguscu ein freudloser Abgrund. Seine Wandgemälde zeugten von den über Generationen andauernden unerbittlichen, blutigen Stammeskriegen, und die Schwerter, Schilde und Lanzen an den Wänden unterstrichen auf nüchterne und anschauliche Weise diese drastischen Darstellungen von Belagerung und Eroberung. Die Steine in Form von grinsenden Menschenköpfen, die die gewaltigen Dachbalken stützten, schienen mit heimlicher Belustigung auf die Menschen im Saal hinunterzuschauen. Gegenüber dem Haupttor befand sich ein riesiger Kamin, dessen Flammen früher manchmal mit den Leichen der realen oder eingebildeten Feinde des verrückten Grafen befeuert worden waren. Selbst der Balkon mit Blick auf den Saal, wo bei Bällen und Festmahlen normalerweise die Musiker saßen, trug zu der unheimlichen Atmosphäre bei, wenn man wusste, dass Graguscu berüchtigt dafür war, die verängstigten Gäste zum Tanz zu bitten, während seine Opfer langsam verkohlten und verschmorten.

Aber diese trostlose Umgebung hatte Lazlo völlig kaltgelassen, als er kurz zuvor durch die zertrümmerte Schlupfpforte gerannt war. Die gewalttätigen Darstellungen an den Wänden waren harmlos im Vergleich zu dem, was er in seinem Job gesehen und getan hatte. Er war einfach nur froh, dass es im Saal nicht stockfinster war. Die verschiedenen Bereiche des Anwesens wurden während eines Stromausfalls in einer bestimmten Reihenfolge von den Notgeneratoren mit Strom versorgt. Oberste Priorität hatten die Überwachungsstationen und Computerräume, die Garage, die Torhäuser und natürlich die Wohnung im Turm. Erst danach wurden die anderen Räume und Säle sowie die Außenbeleuchtung in der Reihenfolge ihrer Wichtigkeit zugeschaltet.

Lazlo hatte keine Ahnung, an welcher Stelle auf dieser Liste der Rittersaal stand. Dafür war Matei verantwortlich und nicht er. Hauptsache, es gab Licht.

Er stand jetzt mit seiner SIG Rattler da, zwei Schritte hinter dem Bogengang und sah sich eine Minute lang um. Es schien, als würde das Licht im Saal lediglich von den Kristallleuchtern und elektrischen Wandleuchten kommen, aber er wusste, dass man unauffällig mehrere LED-Flächen installiert hatte. Zu seiner Linken führte eine schmale Treppe zum Balkon hinauf. Und zu seiner Rechten schlängelte sich eine kunstvolle Wendeltreppe hoch zur Burg empor. Was hatte er nochmal irgendwann gelesen? Ursprünglich hatten Wendeltreppen dazu gedient, Angreifer am Vorankommen zu hindern und den auf der Lauer liegenden Verteidigern hinter den Biegungen Schutz zu bieten.

Für ihn stellte sich jetzt die simple, aber keineswegs einfache Frage: Sollte er hierbleiben und das Anwesen verteidigen oder sich irgendwo in Sicherheit bringen? Mateis Männer räumten unten gerade die Computer leer oder hinderten die Eindringlinge daran, sich Zugang zu den Geräten zu verschaffen. Und der Rest des Grundstücks wurde evakuiert. Von hier aus konnten sowieso keine Operationen mehr durchgeführt werden. Das Gebäude war nicht mehr sicher. Für das Syndikat des Wolfs war hier auf Burg Graguscu in Rosalvea, und wahrscheinlich in ganz Rumänien, das Ende der Fahnenstange erreicht. Eigentlich war es schon vor Monaten aus und vorbei gewesen. Heute Nacht bat Drajan Petrovik zu einem letzten Tanz.

Wenn Lazlo die Lage gründlich und nüchtern betrachtete, kam er zu dem Schluss, dass ihm kaum eine Wahl blieb. Er musste von hier verschwinden.

Für eine Weile stand er regungslos da, dachte nach und lauschte. Draußen vor dem Tor war nichts zu hören. Nicht das geringste Geräusch. Das bedeutete, dass die Männer in dem Panzerfahrzeug verschwunden waren. Das war nur logisch. Die Amerikaner würden ihre Zeit und Ressourcen nicht auf ihn verschwenden. Sie würden sich nicht aufteilen, um Jagd auf ihn zu machen. Sie waren hier, um ihre Zielperson zu schnappen und möglichst viele Informationen und Daten von den Computern abzugreifen. Sie hatten es nicht auf ihn abgesehen. Ihr Hauptaugenmerk galt nicht ihm. Sie würden sich auf Zolcu konzentrieren, weil sie ihn für den Wolf hielten und nicht wussten, dass Drajan Petrovik das Anwesen schon vor Wochen verlassen hatte.

Trotzdem musste er ihnen aus dem Weg gehen, wenn er von hier entkommen wollte. Und das war ein Riesenproblem. Der Überfall heute Nacht war bestimmt gewissenhaft und gründlich vorbereitet worden. Eine derartige Aktion wurde nicht ohne Aufklärungsmaßnahmen und Unterstützung aus der Luft durchgeführt. Ohne ein wachsames Auge am Himmel. Oder gleich mehrere. Deshalb konnte er nicht einfach wie ein verängstigtes Kaninchen davonlaufen, in der Hoffnung, dass man ihn nicht schnappte. Obwohl er wusste, dass sie es nicht in erster Linie auf ihn abgesehen hatten, durfte er sich nicht zur Zielscheibe machen.

Nein, er …

Plötzlich wurde Lazlo aus seinen Gedanken gerissen und spürte, wie sich seine Bauchmuskeln verkrampften.

Er hatte etwas gehört. Nicht draußen vor der Burg. Hier drin. Bei ihm.

Er stand da und lauschte, das Gewehr seitlich gegen den Oberschenkel gepresst, während er so tat, als hätte er nichts gehört. Obwohl er sich sicher war, dass das Geräusch von der Wendeltreppe gekommen war, schaute er nicht zu ihr hinüber, sondern starrte weiter mit ausdruckslosem Gesicht zum Kamin auf der anderen Seite des Raums. Er ließ sich nichts anmerken und schien der Treppe nicht die geringste Beachtung zu schenken.

Doch aus den Augenwinkeln beobachtete er sie eingehend. Vor allem die oberste Windung der Treppe. In seinem Job entwickelte man automatisch eine Wachsamkeit gegenüber verdächtigen Geräuschen, und er hatte das Klappern eines Absatzes gehört.

Laut und deutlich, leicht dumpf.

Das war kein Herrenschuh, stellte er mit einem Anflug von Überraschung fest.

Er lauschte und blickte sich um … und kurz darauf sah er auf der Treppe, wonach er Ausschau gehalten hatte. Auf der obersten Stufe der Windung, die zum Stockwerk über ihm führte.

Er sah die Unterseite des Pelzmantels, der ihr fast bis auf die Knie reichte. Ihre Unterschenkel. Die spitzen Stöckelschuhe.

Lazlo vollführte mit seinem linken Fuß eine blitzschnelle Drehung und wirbelte mit einem ausladenden Schritt seine rechte Körperhälfte herum, während er die Waffe in seiner Hand nach oben riss.

»*Nu fungi … stai unde esti!*«, rief er auf Rumänisch. Er forderte sie auf, nicht wegzurennen und stehen zu bleiben, machte einen großen Schritt vorwärts, dann noch einen, und lief schließlich weiter auf die Treppe zu.

Sie wich keineswegs zurück. Rührte sich nicht von der Stelle. Sie war starr vor Angst.

Lazlo blickte die Treppe hinauf, die Mündung seiner SIG Rattler direkt auf die junge Frau über ihm gerichtet. Er hatte sie vorhin zur Burg gebracht. Hatte sie zusammen mit Zolcu von einem lauten Club in Cluj hergefahren. Sie wirkte erschöpft und müde, ihre Haare waren leicht zerzaust, die Augen …

Aber es war eine lange Nacht gewesen.

Er durchforstete sein Gedächtnis nach ihrem Namen.

»Clinia«, sagte er, »was machst du hier?«

Sie beantwortete seine Frage nicht. Momentan jedenfalls nicht. Aber das war in Ordnung.

Er hatte sie sich noch gar nicht richtig vorgenommen.

11

Langley, Virginia, USA/Băneasa, Rumänien
(Vorgeschobene Operationsbasis Janus)/New York City

The George Bush Center for Intelligence, Langley

Die CIA-Einsatzleiterin Carol Morse fuhr mit ihrem schwarzen Lexus RX gerade den Dolley Madison Boulevard entlang, als ihr Satellitentelefon klingelte. Es war sieben Uhr abends, und normalerweise war sie um diese Zeit nicht auf dem Weg zum Büro, schon gar nicht am Abend vor Thanksgiving. Aber da in Rumänien der Scalpel-Einsatz lief, hatte sie es für das Beste gehalten, vor Ort zu sein, falls es Schwierigkeiten gab. So kurz vor den Feiertagen wollte sie nicht auch noch ihre Kinder mit ihrer Nervosität anstecken. Es war besser, wenn Jackson und Tricia mit ihrem Vater alleine waren.

Sie warf einen Blick auf das Armaturenbrett und sah auf dem Display die Anruferkennung J2R JH. Das war Howard vom Janus-Stützpunkt. Das hatte nichts Gutes zu bedeuten. Sämtliche Beteiligte am Scalpel-Einsatz hatten strikten Befehl, während der Operation Funkstille zu wahren … es sei denn, es war etwas Gravierendes vorgefallen, das ihre sofortige Aufmerksamkeit erforderte.

»Colonel?«, meldete sie sich über die Freisprechanlage.

»Herzogin. Sind Sie zu Hause?«

»Ich bin auf dem Weg zum Campus«, sagte sie. »Was ist passiert?«

»Ich kann Sie nochmal anrufen, wenn Sie im Büro sind«, sagte er. »Ich möchte nicht, dass wir unterbrochen werden.«

»Nein, bleiben Sie dran. Ich muss nur noch durch die Sicherheitskontrolle.«

Morse erreichte den Kontrollpunkt und zeigte ihren Ausweis. Ihr Mobiltelefon war ein Cognizant Model 21, das sicherste Satellitentelefon der Welt. Aber wenn sie ihr Büro aufsuchte, musste sie das Gespräch vorübergehend beenden oder auf ihren Festnetzanschluss umleiten, was dazu führen konnte, dass die Verbindung unterbrochen wurde. Die CIA-Vorschriften erlaubten keine Mobilgeräte in den Gebäuden – um zu verhindern, dass ein abgefangenes GPS-Signal dazu benutzt wurde, die Einrichtung zu kartografieren, auch wenn das äußerst unwahrscheinlich war. Das Verbot galt sowohl für hochrangige Beamte als auch für Besucher. Jeder, der das Gelände betrat, musste sein Telefon im Wagen oder in einem Schließfach lassen.

Morse passierte den Kontrollpunkt und fuhr um den Mi-17-Hubschrauber herum, der neben dem Hauptquartier ausgestellt war. Zu dieser Zeit war der Parkplatz vor dem Gebäude fast leer, und sie stellte den Wagen auf den ersten in einer langen Reihe von Plätzen. Ihr Büro befand sich weiter hinten, in einem der neueren Gebäude aus Glas und Stahl. Aber sie wollte nicht warten, bis sie dort war. Howard hätte nicht angerufen, wenn es nicht dringend war.

»Colonel?«, sagte sie. »Sind Sie noch dran?«

»Ja.«

»Sagen Sie mir, was los ist.«

Janus-Stützpunkt

Fiep. Klick. Ssssst. Klick.

Mario warf erneut einen Blick auf seine Uhr. Der Igel durchsuchte jetzt seit fast drei Minuten die Gasse zwischen den Wellblechhütten.

Noch zwei Minuten, dachte er.

Er lauschte, während er immer noch in der Gefriertruhe hockte. An seinem Gesicht lief Schweiß herunter, und sein feuchtes Hemd klebte an seinem Oberkörper. Laut der digitalen Thermometer-App seiner Uhr betrug die Temperatur inzwischen achtundzwanzig Grad, sie war in den letzten fünf Minuten also um weitere zwei Grad gestiegen.

Das war nicht gut. Aber vor allem beunruhigte ihn Lauras angestrengter Atem. Er selbst bekam allerdings noch schlechter Luft, und Buttons' Keuchen unter der Cabanjacke war so flach und unregelmäßig, dass Mario es kaum noch hören konnte.

Mit einem Anflug von schlechtem Gewissen wurde ihm klar, dass er und Laura auch dank des geschwächten Zustands des Katers überhaupt noch am Leben waren. Wenn Buttons stark genug gewesen wäre, das zu tun, was Katzen in einer Stresssituation normalerweise taten, nämlich zu miauen, zu kratzen und zu strampeln, dann würde der Igel diese Geräusche registriert und in den Angriffsmodus geschaltet haben. Aber der Kater bewegte sich so gut wie gar nicht mehr und hatte fast aufgehört zu atmen. Das arme Ding wurde immer schwächer. Es starb an einer Mischung aus Überhitzung, Sauerstoffmangel und Kohlendioxidvergiftung, wie ein Kanarienvogel in einer Kohlengrube.

Und das bedeutete, dass es ihn und Laura als Nächste erwischen würde.

Surrr. Klick.

Mario behielt den Blick weiter auf seine Smartwatch gerichtet. Laura hatte gefragt, wie lange es dauern würde, bis sie das Bewusstsein verloren, und er hatte ihr erklärt, dass er das nicht wisse. Aber das war gelogen. Oder zumindest nur die halbe Wahrheit. Er konnte sehr gut mit Zahlen umgehen. Wenn er das Fassungsvermögen der Kühltruhe schätzte, konnte er problemlos berechnen, wie viel Luft sie im leeren Zustand enthielt und wie viel davon durch zwei durchschnittlich große Menschen verdrängt wurde, wie schnell sie den Sauerstoff verbrauchten und wie viel Kohlendioxid sie innerhalb eines bestimmten Zeitraums ausatmeten. Aber er hatte sich nicht die Mühe gemacht, diese Berechnungen anzustellen. Er hielt das für zwecklos. Denn er wusste, dass sie die Kühltruhe schleunigst verlassen mussten, sonst würden sie nie wieder hier rauskommen.

Er warf erneut einen Blick auf seine Uhr. Ihnen blieben noch anderthalb Minuten, bis der Igel wieder weiterfuhr. Vorausgesetzt, dass er nicht von seinem Suchmuster abwich und mit seinem Greifarm den Deckel der Truhe anhob, um hineinzuschauen. Dann wären er und Laura erledigt.

Doch das war bisher nicht geschehen. Das hatte Mario zunächst überrascht und verwirrt, aber gleichzeitig hatte es seine Aufmerksamkeit auf die Zwangsstörung des Roboters gelenkt, wie Laura es genannt hatte. Bevor Mario auf den Janus-Stützpunkt gekommen war, hatte er in der Aberdeen Proving Ground, einer Forschungseinrichtung für Kommunikations-, Computer- und Kampfsysteme, unter simulierten Einsatzbedingungen die Fähigkeiten von Robotern getestet. Er hatte dort mit allen möglichen Modellen gearbeitet, angefangen bei stupiden PackBots zur Aufklärung und Bombenentschärfung bis hin zu äußerst intelligenten Kampfrobotern, und hatte dabei geholfen, die riesige Flotte mechanischer Wachposten zu entwickeln, die auf dem fünfhundert Quadratkilometer großen Munitionslager der Armee im Wüstengebiet von Hawthorne, Nevada, patrouillierten. Ihre KI lag im mittleren Bereich, und sie folgten strikt einer Reihe von festgelegten Verhaltens- und Reaktionsmustern. In der Regel waren sie unbewaffnet und darauf programmiert, im Falle eines Sicherheitsverstoßes die menschlichen Wachposten zu alarmieren.

Die lernfähige KI der Igel hingegen war sehr viel weiter entwickelt, und das Leistungsvermögen ihrer elektronischen Sinne und Waffensysteme entsprach der Kapazität ihrer größeren Gehirne. Sie konnten aus der Ferne Personen aufspüren und ins Visier nehmen, zwischen einem Dutzend Tötungsarten auswählen, zielen, durchladen und feuern, ehe man überhaupt wusste, was passiert war. Trotzdem handelte es sich immer noch um Maschinen mit entsprechenden Eigenschaften. So fehlte es ihnen an Lebenserfahrung und gesundem Menschenverstand. Das stellte die größte Hürde für die Programmierer dar. Sie mussten spezielle Algorithmen schreiben, damit die Roboter die einfachsten Aufgaben ausführen konnten; man musste ihnen etwa aufwendig beibringen, wie sie jeweils ihre Greifer einsetzen mussten, um entweder einen geraden oder einen runden Gegenstand aufzuheben, etwas, was ein Baby bereits im ersten Lebensjahr auf ganz natürliche Weise lernte.

Ein Roboter jedoch wurde nicht geboren und in der realen Welt großgezogen. Er wuchs und reifte nicht über Jahre heran oder lernte durch Erfahrungen. Wenn man ihn nicht mit Algorithmen fütterte, damit er einen Stock als Stock und einen Ball als Ball identifizierte und wusste, wie man danach greifen und sie benutzen musste, dann bekam er ein Problem. Deshalb waren Roboter nur für monotone Tätigkeiten unter kontrollierten Bedingungen geeignet. In einer automatisierten Fabrik, mit ihren geregelten, vorhersehbaren Abläufen, funktionierte ein Roboter einwandfrei. Aber sobald man ihn aus diesem sterilen Umfeld herausholte, passierten merkwürdige Dinge. So etwa als die Roboterwachen, die Mario in Aberdeen zunächst in der Praxis getestet hatte, in dem Munitionslager in Nevada zum Einsatz kamen. Er hatte Monate damit verbracht, die Unzulänglichkeiten der Flotte zu beseitigen. In den ersten paar Wochen lief alles reibungslos. Die Roboter führten ihre Aufgaben aus wie bei den Tests auch. Bis einer von ihnen bei seiner Patrouille auf eine ganz gewöhnliche Wüstenschildkröte traf.

In seiner Referenzdatenbank gab es zwar haufenweise Informationen zu Tieren. Zu Vögeln, Nagetieren, Hirschen und Tausenden anderen Arten. Aber niemand in Maryland hatte Daten zu Wasser- und Landschildkröten eingegeben. Man hatte es schlicht und einfach versäumt, da es im Umkreis von Aberdeen kaum welche gab. Der Roboter identifizierte die Schildkröte also nicht als Schildkröte oder als

Reptil oder sonst irgendein Lebewesen. Aus einem unerfindlichen Grund hielt er die Schildkröte für ein Gewehr. Niemand wusste, warum. Vielleicht lag es an den Umrissen, aber das war eine ziemlich gewagte Vermutung. Der Roboter stand einfach bloß da und meldete seinen menschlichen Anwendern den Fund eines Gewehrs. Aber was ihn wirklich in Rage versetzte, war die Tatsache, dass das Gewehr keine Übereinstimmung mit den Marken oder Modellen in seiner Datenbank ergab. Es war völlig unbekannt, was Gewehre betraf. Eine Anomalie. Außerdem *bewegte* es sich über den Boden. Wozu keines der Gewehre in seiner Datenbank imstande war.

Der Roboter steckte in einem logischen Dilemma. Mario hatte ihn aus der Ferne stundenlang beobachtet. Nicht dass es viel zu sehen gegeben hätte. Der Roboter rührte sich nicht von der Stelle. Mehrere Stunden lang. Er konnte seine Patrouille erst wieder fortsetzen, wenn er den Widerspruch des umherlaufenden Gewehrs, das kein Gewehr sein konnte, gelöst hatte. Aber dafür fehlten ihm die nötigen Informationen. Trotz seiner Rechenleistung steckte er dort fest.

Der Igel war ein enger Verwandter dieses Wachroboters. Er verfügte zwar über eine höhere Rechen- und Cloud-Computing-Leistung, aber die KI der beiden Modelle wies mehr Gemeinsamkeiten als Unterschiede auf. Und Mario wurde klar, dass der Igel in demselben unlösbaren Dilemma gefangen war.

Der Roboter hatte gesehen, wie seine menschlichen Zielobjekte in den Durchgang gerannt waren, wo man sich kaum verstecken konnte, aber nicht, wie sie wieder daraus aufgetaucht waren. Dennoch konnte er in dem Durchgang nirgends ihre biologischen Daten registrieren. Und da er wahrscheinlich keine Vorstellung davon hatte, was eine Tiefkühltruhe war, kam er auch nicht zu dem Schluss, dass die Wärmestrahlung durch die isolierten Wände abgeschirmt wurde. Der Roboter war darauf programmiert, an der Grenze einer Militärbasis zu patrouillieren, zu deren Umfeld normalerweise keine Tiefkühltruhen gehörten. Wahrscheinlich gab es in seiner Datenbank keine Information dazu. Dieses schlichte, wenn auch verständliche Versäumnis hatte den Igel völlig aus der Bahn geworfen. Die Gefriertruhe war seine Schildkröte. Der Grund für sein zwanghaftes Verhalten.

Da er jedoch zwei Menschen identifiziert hatte und Menschen davonlaufen und sich verstecken konnten, war er im Gegensatz zu dem Wachroboter in Hawthorne nicht völlig zum Stillstand gekommen. Offensichtlich, dachte Mario, hatte sein Elektronengehirn die Möglichkeit in Betracht gezogen, dass sie in eine der benachbarten Wellblechhütten oder Gassen entkommen waren, weshalb er die Reihe der Hütten immer wieder rauf und runter fuhr. Aber er würde sich nicht davon entfernen. Denn er war zu der Erkenntnis gekommen, dass er die Personen erneut registriert hätte, wenn sie auf die freie Fläche hinter den Hütten gerannt wären oder auf den Parkplatz davor oder die asphaltierte Straße, die über die Basis führte. Dass sie sich irgendwo in der Nähe der Hütten oder in ihrem Innern aufhalten mussten.

Surrrrr. Surrrr … rrrrrr … rrrr …

Mario blickte auf seine Uhr und lauschte. Die mechanischen Geräusche wurden leiser. Er schaute Laura erneut in die Augen und hielt sich einen Finger an die Lippen. *Immer leiser.*

Fünf Sekunden später konnte er die Geräusche nicht mehr hören. Der Igel hatte den Durchgang zwischen Lauras Hütte und der Nachbarhütte verlassen.

Mario holte Luft, atmete wieder aus und streckte seinen Hals, um eine Verspannung zu lösen. Er wollte weitere zehn Sekunden abwarten, damit der Igel genug Zeit hatte, die Reihe der Hütten entlangzufahren.

Er streifte seine Uhr ab und hielt sie Laura entgegen.

»Hier«, sagte er. »Nimm sie.«

»Die brauche ich nicht.«

»Doch, das wirst du.« Er hob ihre Hand, mit der sie Bottoms festhielt, und schloss ihre Finger um die Uhr. »Wenn ich hier rausspringe, wartest du fünfzehn Sekunden. Dann rennst du zum Jolt. Er verfügt über ein Schutzsystem. Fahr einfach zum Südtor, ohne zwischendurch anzuhalten.«

»Mario …«

Er sah sie an, und sie erwiderte seinen Blick. Für einen kurzen Moment schauten sie einander in die Augen, und plötzlich beugte sie sich zu ihm vor und drückte ihre Lippen auf seinen Mund; sie gab ihm einen kräftigen, leidenschaftlichen Kuss, der gleichzeitig sanft und zärtlich war und ihn fast seiner letzten Atemluft beraubte.

»Wow«, sagte er, als sie schließlich von ihm abließ. »War das jetzt der richtige Zeitpunkt?«

»Für mich schon.« Sie warf ihm ein angespanntes Lächeln zu. »Sieh zu, dass dir nichts passiert.«

Mario nickte, ohne etwas zu erwidern.

Einen Moment später nahm er beide Arme hoch und drückte mit den flachen Händen gegen den Deckel, bis sich die Magnetdichtung löste, dann stieß er ihn ganz auf. Ein

Schwall kalter Luft strömte in die Truhe und verdrängte augenblicklich die stickige Wärme im Innern.

Nach einem letzten Blick zu Laura sprang Mario auf die Füße und hüpfte aus der Truhe. Während er mit knirschenden Schritten durch den Schnee davonrannte, erinnerte sie sich an seine Anweisungen, blickte auf die Uhr in ihrer Hand und begann, die Sekunden runterzuzählen.

Buttons, der durch die Kälte zu neuem Leben erwacht war, fing unter ihrer Jacke an, zu strampeln, zu kratzen und zu miauen.

Mario stürzte aus der Gasse zur Vorderseite von Lauras Hütte und rannte nach rechts an der Reihe leerer Hütten entlang. Es schneite zwar nur noch schwach, aber gleichmäßig. Aus seiner Nase und seinem Mund drangen kleine Dampfwolken. Vor ihm zu seiner Linken, Richtung Hauptquartier, färbte ein gespenstischer Lichtschein den Himmel an der Westgrenze rosarot.

Als er an der zweiten Hütte vorbeirannte, stellte er mit Bestürzung fest, dass anscheinend die ganze Basis in Flammen stand. Dann sah er vor der fünften Hütte den Igel stehen. Er hatte seine Sensoren auf die gewölbte Vorderwand gerichtet.

»Hey!«, brüllte Mario und fuchtelte mit den Armen. »Hier drüben!«

Sofort drehte sich der Roboter zu ihm um, und sein Maschinengewehr schwenkte ebenfalls in seine Richtung.

Mario sprang in die Gasse, als der Roboter das Feuer eröffnete. Die Kugeln schlugen hinter ihm in den Boden ein und spritzten weißes Pulver auf seine Fußabdrücke im Schnee.

Der Weg durch die Gasse war frei. Die Mülleimer waren

leer, und dort stand auch kein Gerümpel. Offensichtlich hatten die Zivilisten, die hier wohnten, noch aufgeräumt, bevor sie in die Feiertage aufgebrochen waren.

Mario drückte sich flach gegen die Seitenwand der dritten Hütte und spähte um die Ecke zu seiner Rechten. Der Igel hatte sich in Bewegung gesetzt und kam jetzt in seine Richtung.

»*Oye!*«, brüllte er. »*Aqui!*«

Der Igel feuerte erneut, eine dichte, nach oben gerichtete Salve, und die Kugeln prasselten etwa auf Höhe von Marios Kopf krachend gegen die geriffelte Vorderwand der Hütte. Mario vermutete, dass der Roboter für ein einzelnes menschliches Ziel keine seiner Raketen verschwenden würde. Bislang schien er recht behalten zu haben.

»Hey! Du Blechbüchse! Komm schon! *Aqui, aqui, aqui!*«

Er schrie aus vollem Hals, um die Aufmerksamkeit des Igels auf sich zu lenken, in der verzweifelten Hoffnung, Laura auf diese Weise etwas Zeit zu verschaffen.

Offensichtlich ging sein Plan auf. Der klobige, gedrungene Roboter kam dicht über dem Boden in gleichmäßigem Tempo auf ihn zugerollt. Er wirkte wie ein Käfer, während sein Auftreten und die geschmeidigen Bewegungen ihm fast menschliche Züge verliehen. Als wäre er ein Mischwesen, das sich in einer Höhle auf dem Jupiter entwickelt hatte. Zunächst folgte er den Spuren, die er bei seinen früheren drei Touren im Schnee hinterlassen hatte. Dann bog er scharf nach rechts in die Gasse, wobei seine Raupenketten zu beiden Seiten den Schnee aufwirbelten und zu losen, lockeren Haufen aufschütteten. Mario schätzte, dass er sich mit dreißig bis vierzig Meilen pro Stunde fortbewegte, was vermutlich etwa seine

Höchstgeschwindigkeit war. Gegen den Jolt hatte der Roboter keine Chance, doch er war immer noch schneller als Mario. Außerdem verfügte er über ein riesiges Arsenal an Waffen, mit denen er ihn töten konnte, egal wie groß der Abstand zwischen ihnen war.

Plötzlich kam Mario eine Idee. Das verzweifelte Ablenkungsmanöver würde ihm vielleicht nur ein paar zusätzliche Sekunden verschaffen, aber das war besser als nichts.

Er zog sein Telefon aus der Hosentasche. Der Sperrbildschirm zeigte immer noch die Wiedergabeliste seiner Podcast-App an. Er drückte auf Play und stellte den Schieberegler auf die maximale Lautstärke.

»… möchte mich bei meinem Freund und Kollegen Adrián Soto bedanken sowie bei Jim Yates von CloudCable, für die Darlegung ihrer unterschiedlichen Standpunkte zu dem umstrittenen Vorhaben …«

Mario wartete, bis der Igel fast bei ihm war, dann warf er das Telefon in die Mülltonne, drehte sich um und rannte weiter die Gasse hinunter.

Die Wellblechhütten hatten die für die Fertigbauweise typischen Maße von sieben mal fünfzehn Metern, und als Mario drei Sekunden später ihre Rückseite erreichte und einen Blick über die Schulter warf, sah er, dass sein Ablenkungsmanöver funktionierte. Der Igel hatte angehalten, um nach dem Ursprung der Stimmen zu suchen. Er kippte den Mülleimer um und zog mit seinem Greifer das Telefon heraus. Mario konnte hören, wie der Podcast immer noch aus dem Lautsprecher plärrte.

»… komme gerne wieder, während das Projekt weiter voranschreitet, Dr. Michaels. Wir erleben eine Umwälzung unserer …«

Der Igel hielt das Handy an seine optischen Linsen und

begutachtete es, wie ein Mensch, der einen merkwürdigen neuen Gegenstand musterte. Während Mario sich umblickte, wäre er beinahe gestolpert. Die fast menschliche Neugier des Roboters übte eine seltsame Faszination auf ihn aus.

Aber die Untersuchung des Handys dauerte nur eine Sekunde. Offensichtlich war der Igel zu dem Schluss gekommen, dass mit den Stimmen keinerlei unmittelbare Gefahr einherging, und damit war die Sache für ihn erledigt.

Mario hatte die Gasse schon verlassen, als der Roboter das Telefon in den Schnee warf und die Verfolgung wieder aufnahm. Doch durch die Aktion hatte Mario ein paar Sekunden gewonnen. Je länger er den Igel von Laura fernhielt, desto besser.

Hinter der vierten Hütte rannte er nach links, weiter auf die fünfte und letzte Hütte in der Reihe zu, um auf ihre Nordseite zu gelangen, sodass sie zwischen ihm und dem Roboter lag. Erst als er sich der Ecke näherte, riskierte er erneut einen Blick über die Schulter.

Der Roboter tauchte aus der Gasse zwischen der dritten und vierten Hütte auf und feuerte eine Maschinengewehrsalve ab, während Mario um die Ecke der fünften Hütte stürzte. Sie schützte ihn zwar vor den Kugeln, aber er hatte jetzt das Ende der Reihe erreicht. Die Hütten lagen hinter ihm, und in drei Richtungen erstreckte sich nichts als freie Fläche.

Er konnte sich nirgends mehr verstecken.

Mario rannte über den Schnee und das gefrorene Gras Richtung Westen. Die ganze Zeit hatte er auf ein bestimmtes Geräusch gewartet, und jetzt hörte er es endlich. Das Geräusch eines startenden Motors.

Als er nach links schaute, sah er, wie vor der ersten Hütte ein Paar Rücklichter aufleuchtete. Vor Lauras Hütte. Sie hatte den Jolt erreicht. In wenigen Sekunden wäre sie auf dem Weg zum Südtor – und dann hoffentlich bald draußen in Sicherheit.

Mario rannte weiter, um den Igel von ihr wegzulocken, und hoffte inständig, dass er ihr so die nötige Zeit verschaffen konnte.

Laura riss mit der einen Hand die Tür des JLTV auf und versuchte verzweifelt, mit der anderen Buttons gegen ihren Körper zu drücken, als der Kater von ihren Armen sprang.

Mit weit aufgerissenen Augen und verkrampftem Herz sah sie, wie er davonrannte. Sie konnte nichts tun. Sie hatte nicht mal Zeit nachzudenken. Eine Sekunde später war er verschwunden. Verschluckt von der Dunkelheit.

Völlig aufgewühlt öffnete Laura die Tür ganz, stieg ein und startete den Motor.

Ihre Hände, mit denen sie das Lenkrad festhielt, zitterten jetzt. Aber nicht vor Kälte. Die Kälte nahm sie kaum wahr.

Sie schaltete in die Fahrposition, trat aufs Gas und fuhr ruckartig an. Mario hatte den Wagen mit der Motorhaube Richtung Süden geparkt. Wenn sie vom Parkplatz zur Hauptstraße des Geländes raste, würde sie innerhalb weniger Minuten das Südtor erreichen und könnte dann nach Osten auf die Straße Richtung Bukarest abbiegen.

Aber das tat sie nicht. Stattdessen wendete sie und raste in nördlicher Richtung an der Vorderseite der Hütten entlang.

Fort vom Tor, dorthin, wo Mario den Igel hingelotst hatte.

Während sie Vollgas gab, murmelte Laura leise ein Gebet. Ein Gebet, das sie als kleines Mädchen von ihrer Großmutter gelernt und jedes Mal aufgesagt hatte, wenn sie mit ausgeschaltetem Licht alleine im Bett lag. *Ángel de mi guarda, dulce compañía, no mi desampares, ni de noche, ni de día.*

Schutzengel, teurer Gefährte, verlass mich nicht, weder bei Nacht noch bei Tag.

Sie würde nicht zulassen, dass dieses herzlose, seelenlose Blechding Mario etwas antat. Dass es ihr Mario wegnahm.

Ihre Hände am Lenkrad zitterten vor zorniger Entschlossenheit.

Mario sprintete über die schneebedeckte Fläche nördlich der fünften Hütte Richtung Westen, als er das leise Brummen des JLTV hörte, der von links auf ihn zugerast kam. Er blickte über die Schulter und sah, wie die hellen Kreise seiner Scheinwerfer immer größer wurden, und begriff mit fassungslosem Entsetzen, was Laura vorhatte.

Sie fuhr zurück, um ihn zu holen. Ihr musste doch klar sein, dass das reiner Selbstmord war. Trotzdem tat sie es.

Das Maschinengewehr des Igels begann hinter ihm erneut zu rattern. Mario hatte inzwischen etwa fünfundsiebzig Meter von den Hütten zurückgelegt, was für die Waffe nur eine kurze Distanz war, dennoch schlugen die Kugeln mit einem dumpfen Geräusch rechts von ihm in den Schnee ein. Der Roboter, der sich auf der holprigen, gefrorenen Rasenfläche nur schwankend fortbewegen konnte, hatte nicht richtig zielen können: fünf Zentimeter weiter in Marios Richtung, und die Salve hätte seinen Arm und die Hälfte seines Oberkörpers fortgerissen.

Er mobilisierte all seine Kräfte, während er durch den knöcheltiefen Schnee rannte.

Keuchend atmete er die kalte Luft ein und stürzte weiter vorwärts. Zehn Schritte. Zwanzig. Der Igel kam immer näher. Er wog um die dreihundertfünfzig Kilo. Mit seinem Gewicht walzte er den Schnee unter sich platt, die Raupenkette sorgte für eine stabile Bodenhaftung. Und er war eine Maschine. Mario spürte, wie er allmählich schlappmachte, Maschinen hingegen machten niemals schlapp. Sie hatten keine Muskeln, die verkrampften. Sie wurden niemals müde.

Seine Kehle schmerzte, und der Schnee zerrte an seinen Stiefeln. Seine Beine wurden kraftlos, und die Ellbogen waren von dem ständigen Auf und Ab ganz steif. Während der Igel immer näher kam, glaubte Mario hinter sich das leise Summen der Servomotoren zu hören.

Der Roboter war höchstens noch dreißig Meter entfernt, als Mario in das Licht der Scheinwerfer getaucht wurde; sie bewegten sich von links geradewegs auf ihn zu, bis sie ihn fast direkt anstrahlten. Für einen Moment wurde er geblendet, bevor sie plötzlich zur Seite schwenkten und er sah, wie Laura eine scharfe Linkskurve fuhr und zum Stehen kam. Die Motorhaube zeigte in seine Laufrichtung, nach Westen, und die rechte Hintertür stand weit offen.

»Glotz nicht so und steig ein!«, rief sie durch das heruntergelassene Fenster.

Mario sprang auf die Rückbank, Laura trat aufs Gas, und der JLTV raste mit geöffneter Tür los und wirbelte eine Wolke aus feinen weißen Schneekristallen auf.

»Schalt die Scheinwerfer aus und fahr Schlangenlinien!«, brüllte Mario auf dem Bauch liegend.

»Was?«

»Die Scheinwerfer! Schalt sie aus! Und fahr Schlangenlinien!«

Laura löschte die Lichter und fuhr im Zickzack weiter, wobei das Eis, die Erde und das gefrorene Gras pochend über das Fahrwerk kratzten. Mario drückte sich auf der Rückbank schwankend nach oben, suchte mit beiden Händen Halt und schaute gerade noch rechtzeitig durch die Heckscheibe, um die raketengetriebene Granate zu sehen, die zwischen dem aufgerichteten Granatwerfer des Igels und ihrem Fahrzeug in der Nacht eine orange Flamme hinter sich herzog. Das Geschoss schlug ein Stück rechts von ihnen in den Boden ein und detonierte mit lautem Dröhnen in einem lodernden Feuerball.

»Fahr weiter!«, rief Mario.

Laura scherte immer wieder nach links und nach rechts aus, während sie den Abstand zum Igel vergrößerte. Eine zweite Granate landete hinter ihnen und explodierte in einem hellen Lichtblitz; sie war noch weiter vorbeigeflogen als die erste. Die beiden machten sich schon auf eine dritte Granate gefasst, doch es kam nichts mehr. Der Roboter hatte das Feuer eingestellt. Er konnte sie nicht mehr präzise anvisieren.

»Und jetzt?«, fragte Laura.

»Keine Ahnung«, sagte Mario. »Wir werden sehen.«

»Wird er die Verfolgung aufnehmen?«

»Ich glaub nicht. Er ist zu langsam, um uns einzuholen. Das weiß er.«

Laura fuhr im Zickzack weiter durch die Dunkelheit, und Mario wurde erneut hin und her geworfen.

»Ich habe Buttons verloren«, sagte sie nach einer Minute. »Ich fühle mich schrecklich.«

Er nickte. »Das tut mir leid, Laura.«

»Beim Öffnen der Tür ist er von meinem Arm gesprungen.«

»Als ich gesehen habe, dass er nicht da ist, habe ich mir das schon gedacht. Aber ich bin mir ziemlich sicher, dass ihm nichts passieren wird.«

Sie schwieg einen Moment. »Glaubst du wirklich?«

»Ja«, sagte Mario. »Katzen können auf sich selbst aufpassen.«

Sie nickte.

»Ich hoffe nur …« Sie verstummte und neigte den Kopf zur Seite. »Mario, hörst du das auch?«

Er lauschte. »Ja. Ein Brummen … Meinst du das?«

Sie nickte. »Hört sich an wie ein Hubschrauber. Ich frage mich, ob Unterstützung unterwegs ist.«

Mario lauschte erneut, sagte jedoch nichts.

»Kann das sein?«, fragte Laura. »Ich meine, dass wir Unterstützung bekommen?«

Mario zögerte. Für ihn hörte sich das nicht gerade wie ein Hubschrauber an. Aber er wollte sie nicht beunruhigen. »Ich werde versuchen, das herauszufinden, sobald wir irgendwo halten können«, sagte er.

Laura fand Marios vage Antwort irgendwie merkwürdig. Als wollte er ihr keine Angst einjagen. Was ihr umso mehr Angst einjagte.

Doch sie gab ihr Bestes, sich nichts anmerken zu lassen, und fuhr weiter über die weitläufige, schneebedeckte Fläche, während sie sich an dem diffusen roten Lichtschein über dem westlichen Horizont orientierte.

Fünf Minuten zuvor war Sergeant Julio Fernandez mit dem Puma 6x6 wie der Jolt in westlicher Richtung über das schneebedeckte Feld gefahren. Jetzt stand er dreihundert Meter östlich der Fläche, die früher der Exerzierplatz der rumänischen Landstreitkräfte gewesen war. Er studierte aufmerksam seine Anzeigetafeln, während ein Sensormast auf dem Fahrzeugdach Multispektralbilder von der Baracke ins Innere übertrug.

Die gestochen scharfen Bilder boten einen furchterregenden Anblick.

Das längliche Gebäude mit Reihen rechteckiger Fenster in allen drei Stockwerken stand auf der zwei Quadratkilometer großen Fläche am Ende des Exerzierplatzes und hatte graue Betonwände und ein Flachdach aus Teerpappe. Aber der Igel hatte kaum etwas davon übrig gelassen. Die Seitenwände waren nach außen gesprengt worden, und das Dach war in sich zusammengestürzt. Fernandez konnte über den Trümmern lodernde Flammen sehen. Aus den geborstenen Vorderfenstern waberten schwarze, orangerot gesprenkelte Rauchwolken und stiegen als Rußsäulen zum Himmel empor.

Auf dem Hof befanden sich zwei Igel. Laut ihren RFID-Tags handelte es sich um Spree und Nash. Ein dritter Igel war auf der Rückseite außer Sicht und wurde nur als Icon angezeigt. Sie standen alle im Schein von Lichtmasten, die zu CIA-Zeiten mit LED-Strahlern nachgerüstet worden waren und ein diffuses weißes Licht verbreiteten.

»Ich überprüfe gerade die RFID-Tags der Igel«, sagte Fernandez und drehte sich zu Howard um. »Spree ist im Süden. Nash auf der Nordseite des Hofes. Und Walt auf dem Parkplatz hinter dem Gebäude.«

»Wo sich der Bunkerausgang befindet.«

Fernandez nickte. Die kleine Gerätehalle aus Beton am westlichen Ende der Fläche war ein Überbleibsel der rumänischen Armee. Sie war etwa hundert Meter vom Begrenzungszaun entfernt, und ihre Stahltür ließ sich mit einem einfachen Kartenschlüssel öffnen, den alle offiziellen Basismitarbeiter erhalten hatten. Fernandez hatte ihn nur aus Neugier einoder zweimal benutzt, und er schätzte, dass zehn bis fünfzehn Metallstufen zu dem unterirdischen Luftschutzbunker hinunterführten.

Normalerweise kam Walt auf seiner Runde mehrmals am Tag an der Halle vorbei. Darum war es durchaus verständlich, dass der Igel sie jetzt bewachte. Was Fernandez' Vermutung hinsichtlich der Verhaltensweise der Roboter bestätigte.

»Sie bleiben in ihren Quadranten«, sagte Fernandez. »Interessant.«

Howard sah ihn an. »Scheiße, wenn ich nur wüsste, wovon Sie reden, Julio.«

Fernandez hielt kurz inne. »Wenn Sie als Hacker ein System unter Ihre Kontrolle bringen, dann wollen Sie *absolute* Kontrolle. Sie wollen die Igel auf dem Schachbrett beliebig hin und her schieben können.« Er zuckte mit den Achseln. »Das wäre optimal.«

»Und?«

»Offensichtlich hält man sie an der kurzen Leine, auch wenn sie mehr Freiraum haben als bei uns.«

»Sie wollen also sagen, dass man sie irgendwie *ausgetrickst* hat?«

»Es ist eher so, als hätten sie Wahnvorstellungen«, sagte Fernandez. »Aber das erkläre ich Ihnen später. Offensichtlich glauben sie immer noch, dass sie den Begrenzungszaun bewachen.«

Howard holte tief Luft. »Okay. Und wie hilft uns das jetzt weiter?«

»Kurzfristig müssen wir uns wohl keine Sorgen machen, dass Earl sich uns von hinten nähert.« Er deutete auf die Anzeige. »Er ist bei den Wellblechhütten der Zivilisten am östlichen Ende. Mehr oder weniger dort, wo er hingehört.«

»Und was hat das langfristig zu bedeuten?«

»Es wird uns helfen herauszufinden, was heute Nacht passiert ist. Und wenn …«

»Sir?«

Das war Wasserman. Es klang dringend. Mit der Hand an seinem linken Ohrhörer drehte Wasserman sich zu ihm um.

Howard beugte sich mit verzerrtem Gesicht nach vorne. Seine Rippen fühlten sich wie gezackte Glasscherben an. »Was gibt's?«

»Ich habe Kontakt zum Bunker«, sagte Wasserman.

»Zu wem dort?«

»Zu Hauptmann Jeffries, Sir. Dort unten sind dreizehn Männer und Frauen. Und einige von ihnen sind in einem ziemlich schlimmen Zustand.«

Weiter im Osten der Fläche, vor den Wellblechhütten der Zivilisten, stand Earl regungslos im Schnee. Weiße Flocken wirbelten um ihn herum, bildeten auf seiner Metalloberfläche eine dünne weiße Schicht und bedeckten die Spuren, die er zwischen den Hütten wie eine Verbindungslinie hinterlassen hatte.

Der Roboter, der stumm und starr dastand, zeigte äußerlich keinerlei Anzeichen von Aktivität. Aber er funktionierte immer noch einwandfrei.

Als der JLTV mit den beiden menschlichen Gefahrenquellen davongerast war, hatte Earl von der Monarch-Drohne ein Datenpaket mit Algorithmen empfangen. Einen kleinen bösartigen Deep-Learning-Code, der sich nahtlos in das Framework seines ursprünglichen Programms einfügte.

Der Drohnenschwarm ging jetzt in den Sinkflug, um die Basis zu beschützen.

George Bush Center, Langley

Kurz nachdem Howard sein Telefonat mit ihr beendet hatte, saß Carol Morse fassungslos, mit blassem Gesicht in ihrem Büro und bereitete sich auf den heiklen Anruf vor, den sie jetzt tätigen musste. Sie hätte den Bericht des Colonels lieber erst einmal sacken lassen, aber diesen Luxus konnte sie sich nicht leisten. Der Anruf durfte nicht warten. Obwohl sie offiziell weiterhin eine CIA-Einsatzleiterin war, unterstand sie jetzt dem Direktor der Net Force, Alex Michaels. Seit den Anfängen der Cybersicherheitsbehörde auf Kabinettsebene hatte Präsidentin Fucillo klugerweise die Ansicht vertreten, dass die Net Force als abgeschottete Institution ihrem Auftrag nicht nachkommen konnte. Carol hatte bei der Gründung der Behörde eng mit der Präsidentin zusammengearbeitet und weitreichende Machtbefugnisse erhalten, um die operativen Tätigkeiten mit der CIA und allen anderen wichtigen Strafverfolgungs-, Geheimdienst- und Militärbehörden abzustimmen.

Morse holte tief Luft und sammelte ihre Gedanken. Der Stützpunkt wurde von seinen eigenen Robotern angegriffen, vom Flughafen Constanţa näherte sich ein Schwarm Kamikazedrohnen, und bislang gab es über ein Dutzend bestätigte Todesopfer. Offensichtlich hatte der Wolf sie erneut dort getroffen, wo es wehtat … und es war wohl auch kein Zufall, dass dies in derselben Nacht geschehen war, als man vom Janus-Stützpunkt aus ein Team zu seinem Versteck in Satu Mare entsandt hatte.

Bei Operation Scalpel handelte es sich um einen sogenannten Spezialeinsatz zur Informationsbeschaffung. Eine gegen die *technologie vampiri* gerichtete Geheimoperation, die gemäß der Executive Order 14301 von Präsidentin Fucillo genehmigt worden war. Es handelte sich dabei um eine Ergänzung zu Präsident George W. Bushs Executive Order 13470, die wiederum eine Ergänzung zu einer früheren, von Präsident Ronald Reagan erlassenen Verordnung aus dem Jahr 1981 war.

Reagans Executive Order bevollmächtigte die CIA dazu, die Kooperation mit anderen Bundesbehörden und die Weitergabe von Informationen zu veranlassen. Bushs Anordnung erweiterte die Befugnisse des Direktors der nationalen Nachrichtendienste, eines Kabinettsbeamten, Geheimdienstaktivitäten im In- und Ausland anzuordnen und zu bewilligen, sodass keine direkte Beteiligung oder Genehmigung des Präsidenten erforderlich war und dieser sich glaubhaft auf seine Unkenntnis berufen konnte, falls ein Einsatz gegen Gesetze verstieß … oder aus dem Ruder lief.

Fucillos kürzlich erlassene Verfügung bezog sich auf die Net Force. Sie stattete die Organisation wie die CIA mit der Befugnis aus, andere Behörden zur Zusammenarbeit zu verpflichten, und räumte ihrem Direktor bei der Planung und Anordnung von Geheimoperationen die gleiche Entscheidungsgewalt wie dem Direktor der nationalen Nachrichtendienste ein.

Michaels hatte der Operation Scalpel erst nach vorheriger Beratung mit Morse grünes Licht gegeben. Sie hatte ihn davon überzeugt, trotz seiner Vorbehalte die Operation durchzuführen.

Aber offensichtlich hatte der Wolf damit gerechnet und es zu seinem Vorteil genutzt, dass die Basis in der Nacht, als Carmody und sein Unterstützungsteam sich Hunderte Meilen entfernt im Westen Rumäniens aufhielten, besonders verwundbar war. Vielleicht stellte sich das auch als falsch heraus, und es zeigte sich, dass der Zeitpunkt reiner Zufall war. Aber Morse bezweifelte das. Was die äußerst beunruhigende Frage aufwarf, *wie* diese streng geheimen Informationen nach außen gedrungen waren … und Morse zu der Befürchtung veranlasste, dass Operation Scalpel eine Falle war.

Teile und herrsche. Wenn das die Strategie des Feindes war und ihre Leute ihr zum Opfer gefallen waren …

Sie musste die Präsidentin auf den neuesten Stand bringen. Die Net Force war eines ihrer zentralen Projekte, und sie hatte es gegen den erbitterten Widerstand von Politik und Verwaltung durchgesetzt. Sie musste über die Situation in Rumänien informiert werden, während die Ereignisse noch im Gange waren, noch bevor irgendetwas davon durchsickerte. Und das würde im Regierungsviertel unweigerlich passieren. Praktisch mit Lichtgeschwindigkeit. Das ließ sich trotz all der Sicherheitsmaßnahmen nicht vermeiden.

Morse griff nach dem Telefonhörer und drückte die Kurzwahltaste mit der Nummer von Fucillos abhörsicherem Handy.

Nach dem zweiten Klingeln nahm sie ab.

»Hallo, Carol.« Sie hörte sich an, als würde sie mit Ärger rechnen. Ein Anruf am Abend vor Thanksgiving war zwar nicht ganz so besorgniserregend wie ein Anruf um drei Uhr morgens, aber er brachte nur selten gute Neuigkeiten. »Alles in Ordnung?«

»Marie«, sagte Morse, »wir haben ein Problem …«

12

Kreis Satu Mare, Rumänien

Als Senior Sergeant (MOS) 09L Joe Banik ein Motorengeräusch und Schneeketten hörte, wandte er sich nach links und sah hinter einer Erhebung in der rissigen Landstraße einen blassen Lichtfleck. Zwei Minuten später erschien ein Lkw rumpelnd in seinem Blickfeld.

»*Hee'sha'er*«, sagte Banik und gab seinem Hund, Ellie, auf Hebräisch das Kommando, bei Fuß zu bleiben. Der Malinois war eines der wenigen Tiere, die Alex Michaels großgezogen und streng nach den israelischen Kriterien für Diensthunde abgerichtet hatte.

Banik stand auf seinem Posten neben dem gesprengten, schräg herabhängenden Zufahrtstor. Bei dem Fahrzeug handelte es sich um einen alten Dacia-Pritschenwagen mit Doppelkabine, und seine rostfleckige gelbe Lackierung erinnerte ihn an eine Bananenschale mit Druckstellen. Der Wagen fuhr klappernd den Hang hinunter und kam schließlich auf dem kiesbedeckten Randstreifen auf Baniks Straßenseite drei Meter von ihm entfernt zum Stehen.

Einen Moment später öffnete sich die Fahrertür, und die Innenbeleuchtung ging an. Durch die Windschutzscheibe erhaschte Banik einen flüchtigen Blick auf die Insassen, ein Paar in den Sechzigern oder Siebzigern, offensichtlich Mann und Frau. Die Frau auf dem Beifahrersitz war ausladend und voluminös und trug einen dicken Schal. Der Mann hinter dem Steuer war noch stärker beleibt und trug eine altmodische Schiebermütze und eine ebenso altmodische Autojacke. Dazu eine ausgebeulte braune Hose, die in kniehohen Winterstiefeln steckte. Mühsam zwängte er sich durch die Tür und kam mit schwerfälligen Schritten auf Banik zu.

Der Sergeant forderte ihn mit einer Handbewegung auf umzukehren. »*Margeti mai departe, bunicule*«, sagte er auf Rumänisch. »Fahren Sie nach Hause, Opa. Hier draußen ist es nicht sicher.«

Der Alte ignorierte ihn und näherte sich Banik bis auf etwa einen Meter. Er schaute argwöhnisch auf den Hund hinunter und dann in Baniks Gesicht. Sein verschlissener, abgewetzter Mantel war ihm ungefähr zwei Nummern zu groß.

Banik fand, dass der Mann wie der Wagen dringend eine Generalüberholung benötigte.

»Wir haben kein Licht«, sagte er und stieß dabei eine Dampfwolke hervor. »Es gibt keinen Strom und kein Telefon.«

»Noch ein Grund mehr, nicht durch die Gegend zu fahren.«

Der Blick des Mannes wanderte kurz zu der MP7 über Baniks Schulter, dann zu dem gesprengten Tor und zurück zu Baniks Gesicht.

»Was ist hier passiert?«, fragte er.

»Sie müssen sich keine Sorgen machen.«

»Wir wohnen ganz in der Nähe. Wir haben Schüsse gehört. Und Lärm. Wie sollen wir uns da keine Sorgen machen?«

Banik antwortete nicht. Kurz bevor er die Scheinwerfer des Pritschenwagens gesehen hatte, war auf dem Anwesen Maschinengewehrfeuer zu hören gewesen. Und ein lauter Knall. In den Bergen waren Geräusche auch noch auf große Entfernung zu hören.

Der Alte deutete mit dem Kopf auf das Grundstück. »Wer sind Sie?«, fragte er. »Gehören Sie zum Wolf?«

Banik erwiderte nichts.

Der Alte blickte ihm direkt in die Augen. »Ich glaube nicht«, sagte er. »*Si tu arata ca un Rus* … Ich glaube auch nicht, dass Sie ein Russe sind. Sie sehen nicht wie einer aus.«

Es entstand eine lange Pause. Banik wusste nicht, was für eine Rolle es spielte, ob er Russe war oder nicht. Aber darüber konnte er sich jetzt keine Gedanken machen.

»Opa, bitte …«

»Als die Lichter ausgegangen sind und wir die Schüsse gehört haben, meinte ich zu Lati: ›Ich frage mich, ob sie heute Nacht kommen.‹ Die Gendarmerie hat uns gesagt, dass wir darauf vorbereitet sein sollen.«

Banik stand schweigend im fallenden Schnee. Er hatte immer noch keine Ahnung, wovon der Mann redete. »Gehen Sie zurück zu Ihrer Frau«, sagte er. »Bringen Sie sie nach Hause.«

»Es gibt also keine Invasion?«

»Nicht heute Nacht.«

Der Alte schaute erneut auf den Hund hinunter, dann wieder zu Banik. »Wer sind Sie?«, wiederholte er.

Banik antwortete nicht. Erneut hörte er auf dem Grundstück Lärm. Das unverkennbare Rattern von Maschinengewehren und vermutlich Motorengeräusche. Der Alte lauschte mit wachsender Neugier, als fragte er sich, was das alles zu bedeuten hatte.

Das hatten sie gemeinsam, dachte Banik.

Ein paar Sekunden lang rührte sich der Mann nicht von der Stelle. Wenn er um die sechzig war, würde er sich noch an die kommunistische Herrschaft unter Diktator Ceauşescu erinnern. Damals hatte der Mann bestimmt vieles hingenommen und ignoriert, um keine Schwierigkeiten zu bekommen, und sich einer Menge Männer mit Macht und Waffen gefügt.

Schließlich senkte er wie ein müdes Maultier für einen langen Moment tief den Kopf. Angesichts seiner Unterwürfigkeit kam Banik sich ziemlich mies vor. Er war der Repräsentant einer weiteren fremden, einflussreichen Macht, die willkürlich Gewalt über das Leben dieses alten Mannes ausübte. Auch wenn Banik das missfiel, lief es letztlich darauf hinaus.

»*Noapte bună*«, sagte der Alte mit gesenktem Kopf und blickte Banik dabei in die Augen. Nach einem Moment sah er erneut zu dem Hund hinunter. »Ich wünsche dir ebenfalls eine gute, gefahrlose Nacht.«

Wortlos drehte sich der Mann zu dem Pritschenwagen um. Während Banik dem heftigen Lärm auf dem Grundstück lauschte, beobachtete er, wie der Mann zum Wagen zurücklief. Plötzlich drang ein weiteres Geräusch an sein Ohr. Deutlich von den anderen zu unterscheiden, hoch am Himmel. Der Alte hatte es ebenfalls gehört und war vor dem Wagen stehen geblieben. Er richtete den Blick nach oben und spähte suchend in den Schnee und in die Dunkelheit, während er durch die halb geöffnete Wagentür in das Kabinenlicht getaucht wurde und Schwaden feinen weißen Pulvers über seine Stiefel hinwegfegten. Seine Frau auf dem Beifahrersitz forderte ihn mit einem ungeduldigen Blick auf einzusteigen. Doch dann hörte sie es auch. Verwirrt und beunruhigt neigte sie den Kopf, um einen Blick durch die Windschutzscheibe zu werfen.

Es war ein lautes kollektives Brummen, wie von einem Wespenschwarm. Banik spürte, wie Ellie sich mit ihrem kurzen schwarzen Fell, das sich seidig wie Öl über ihre muskulösen Flanken und Schultern kräuselte, leicht gegen seinen Körper drückte, während sie die Nase in die Luft hielt.

Er schaute in die Richtung, aus der das Brummen kam, wurde jedoch von den funkelnden Schneeflocken am Himmel geblendet. Dann wurde die Tür des Pritschenwagens zugeschlagen. Der Mann, der jetzt wieder neben seiner Frau saß, wendete und trat den Heimweg an. Der Wagen fuhr mit röchelndem, pochendem Motor wieder den Hügel hinauf, und der Auspuff stieß dabei kleine Abgaswolken hervor.

Als die Klapperkiste schließlich außer Sichtweite war, richtete Banik den Blick erneut zum dunklen, flirrenden Himmel empor. Er konnte durch den Schnee jedoch immer noch nichts erkennen. Aber das Geräusch gefiel ihm ganz und gar nicht.

Was auch immer dort oben war, er musste die Zugriffsteams sofort darüber informieren.

Es war kurz vor zwei, als das PDAS-Radar-Infrarot-und-Laser-Erkennungssystem des *Raven* die Objekte erfasste. Sie näherten sich auf elf Uhr aus südsüdwestlicher Richtung und bewegten sich mit gut dreißig Meilen pro Stunde knapp unterhalb ihrer Schwebeflughöhe.

Cobb sah von seinem Co-Pilotensitz aus, wie Luna sich beunruhigt aufrichtete, als er die Bilder von seinem Head-up-Display auf ihr riesiges Multifunktionsdisplay übertrug.

»Scheiße«, sagte sie. »Ich glaube, das ist ein Drohnenschwarm.«

Cobb war zu demselben Schluss gekommen. »Ich werde Carmody verständigen«, sagte er.

Nördlich der Burg stand Ray Long vom Fox-Team mit Rover Two auf dem Seitenstreifen, eine Viertelmeile von der Kreuzung vor sich entfernt. Er hatte die Scheinwerfer ausgeschaltet, und der Motor lief leise im Leerlauf. Mittlerweile hatte es aufgehört zu schneien, die Temperatur war weiter gesunken, und der Wind hatte aufgefrischt. Zwischen den dünner werdenden Wolken in den höheren Schichten der Atmosphäre funkelten mit ihrem kalten blauen Licht die Sterne. Dichter am Boden, über den Bäumen und Feldern, hingen vereinzelt Nebelschleier.

Long, der über sich bisher keine ungewöhnlichen Geräusche gehört hatte, hielt dort auf Carmodys Anweisung hin die Stellung. Er warf einen Blick auf seine Anzeigen. Zwei davon waren Videospiel-Kram. Auf den Monitor in der Mitte des Armaturenbretts wurden über den *Raven* die HD-Luftaufnahmen der Sentinel-Drohne übertragen, sodass er wusste, was um ihn herum geschah und ob sich jemand näherte. In seinem digitalen Rückspiegel war der kurvige, schmale Straßenabschnitt zu sehen, den er vom Burggelände hergefahren war.

Und durch die Windschutzscheibe konnte er auf ganz altmodische Weise mit bloßem Auge die Kreuzung vor sich erkennen.

»Sie kommen«, sagte der große, dunkelhäutige E-3 namens Reggie Fults auf dem Beifahrersitz. Er war einer der vier Männer der Quickdraw, die mit Long im BearCat saßen. »Direkt hinter uns.«

Fults hatte den Blick auf den Bildschirm am Armaturenbrett gerichtet. Long schaute in den Rückspiegel und sah, wie sich fünfzehn Meter hinter ihnen auf der Straße ein weißer Lichtkegel näherte. Er glitt um eine Kurve und teilte sich in zwei helle Punkte. Dahinter war ein zweites Scheinwerferpaar zu sehen.

Die beiden Kompressor-Motorräder rasten hintereinander auf einer Linie die Straße entlang; ihre Scheinwerfer bildeten einen einzigen Lichtkegel. Kurz darauf schnurrten die windschnittigen, kompakten, schwarz verkleideten Maschinen rechts an Long vorbei, Carmody vorneweg, Kali direkt dahinter, ihre Köpfe und Oberkörper dicht hinter die gebogenen Windschutzscheiben gepresst.

Sie fuhren Richtung Kreuzung und dann auf der breiten Hauptstraße weiter geradeaus. Ihre Rücklichter sausten wie rote Sternschnuppen in die Dunkelheit.

Als Long die beiden nicht mehr sehen und hören konnte, blickte er auf den Bildschirm am Armaturenbrett mit der Luftaufnahme von der Straße vor und hinter sich. Er entdeckte die Motorräder sofort. Und da war auch der Regera, der aus nördlicher Richtung auf sie zusteuerte.

»Okay, auf geht's«, sagte er.

Er schaltete in die Fahrposition und rollte vom Randstreifen auf die schneebedeckte zweispurige Fahrbahn, überfuhr langsam die Kreuzung und stellte sich quer auf die Straße, um sie abzuriegeln.

Kaum hatte er angehalten, hörte er am Himmel ein Geräusch.

Er schaute zu Fults hinüber. »Hören Sie das auch?«

Fults nickte. »Es ist ganz nah. Was auch immer das ist.«

Schweigend lauschte Long dem Geräusch. Er fand, dass es so ähnlich wie eine Sentinel-Drohne klang. Nur lauter. Als wäre es nicht nur eine.

Er lauschte weiter. Das Geräusch wurde lauter. Es erinnerte ihn an die umherschwirrenden Heuschrecken, die er als Kind auf der Farm oft gehört hatte. Er war sich ziemlich sicher, dass es von mehreren Drohnen kam.

Sämtliche Insassen des BearCats saßen jetzt schweigend da und lauschten. Sie dachten ungefähr das Gleiche wie Long und vermuteten, dass das am Himmel Drohnen waren, sehr *viele* Drohnen.

Dann meldete sich Cobb über Funk und bestätigte ihre Vermutung.

Kali raste mit siebzig Meilen pro Stunde dicht hinter Carmody über die Kreuzung, während ihre Scheinwerfer die Dunkelheit zerschnitten.

Zu ihrer Rechten konnte sie die leeren Flächen gefrorener, weitläufiger Wiesen erahnen, und zu ihrer Linken bildeten die hoch aufragenden Bäume eine massive schwarze Wand, eine natürliche Barriere gegen die eiskalten Bergwinde. Wenn sie sich mit großer Geschwindigkeit bewegte, nahm sie alles um sich herum sehr viel langsamer wahr, und sie bewegte sich gerade ziemlich schnell.

Direkt auf die Stelle zu, wo zwei Straßen aufeinandertrafen.

»Hekate, die Dreigestaltige. Hüterin der Wegkreuzungen. Gebieterin über Himmel und Hölle.«

»Vergil. Die Aeneis.«

»Ich habe es auswendig gelernt. Für dich, Kali. Allerdings verstehe ich immer noch nicht, was dich an diesem Ort so fasziniert.«

Sie und Drajan. Vor langer Zeit, inmitten der Tempelruinen, in der frühen Abenddämmerung. Sie waren während der Ferien von Madrid in den Westen der Türkei gereist.

»Die alten Griechen waren die Ersten, die das Konzept des freien Willens entwickelten«, hatte sie gesagt. »Die Vorstellung, dass wir für unser Leben selbst die Verantwortung tragen. Dieser Tempel zeugt davon.«

»Aber trotzdem sind sie hierhergekommen und haben eine Göttin um ihre Gunst gebeten? Ich würde sagen, sie sind auf Nummer sicher gegangen.«

»Du verstehst das nicht. Hekate hält eine Fackel und einen Schlüssel in den Händen. Die Fackel leuchtet den Seelen beim Übergang in eine andere Welt den Weg, und der Schlüssel öffnet das Tor zur Unterwelt. Allerdings entscheidet Hekate nicht darüber, welchen Weg sie gehen. Sie beschützt sie vor den Gefahren auf ihrer Reise. Aber die eigentliche Entscheidung liegt bei den Menschen.«

Da war er wieder, dieser vertraute Gesichtsausdruck. Dieses unerbittliche Lächeln. »Eine tolle Frau«, sagte er und deutete mit dem Kopf Richtung Himmel. »Wenn mein Schicksal von den Sternen bestimmt wird, bin ich dem Untergang geweiht.«

Die Erinnerung zog an ihr vorbei, fegte wie der Wind über sie hinweg. Plötzlich bemerkte Kali, dass Carmody aus ihrem Blickfeld verschwand, als er vor ihr um eine Kurve fuhr. Drei

Sekunden später bog sie ebenfalls um die Kurve, und er tauchte in ihren Scheinwerfern wieder auf.

Die beiden erhöhten das Tempo. Zwar konnte Kali den Regera mit dem bloßen Auge nirgends sehen, aber die Bilder, die vom *Raven* auf ihr Head-up-Display übertragen wurden, zeigten ihr, dass er Richtung Süden raste.

Immer wieder machte die Straße eine Kurve, verlief ein Stück geradeaus, stieg kurz an und fiel dann wieder ab, ohne irgendeinen ersichtlichen Orientierungspunkt, an dem sie die verschiedenen Abschnitte unterscheiden konnte. Bei Tageslicht wäre das hier einfacher gewesen. Aber bei Nacht wirkte die Landschaft eintönig und unverändert – die gewundene Fahrbahn, die weitläufigen, nichts sagenden Felder, die dichten Reihen emporragender Kiefern und Laubbäume. Es gab nichts, was diese Ödnis, die sich meilenweit ringsum erstreckte, durchbrochen hätte.

Kein Regera.

Als sich die beiden drei oder vier Meilen nördlich der Burg befanden, stieg ihnen der Geruch von Rauch in die Nase. Von geschmolzenem Asphalt, verkohltem Holz und brodelndem Pflanzensaft, vermischt mit dem beißenden Gestank von brennendem Treibstoff.

Die beiden beschleunigten erneut. Der teergeschwängerte Rauch wurde dichter. Er brannte in den Augen und schnürte ihnen den Brustkorb zu. Nach ein paar weiteren Kurven und Erhebungen sah Kali vor sich am Himmel den orangen Schein von Flammen. Und weiter unten und näher ein entgegenkommendes Scheinwerferpaar. Es steuerte direkt auf sie zu.

In ihren Ohren hörte sie durch den tosenden Wind über das RoIP Carmodys Stimme.

»Das ist unser Mann«, sagte er.

»Ja«, erwiderte sie.

Ohne ein weiteres Wort erhöhte Carmody abermals das Tempo, und Kali gab ebenfalls Gas und folgte ihm.

Als Zolcu die beiden Ninjas sah, die von Süden auf ihn zugerast kamen, erkannte er sie sofort wieder. Der Plan, mit den Rezvanis seine Verfolger von ihm wegzulocken, hatte nicht funktioniert. Offensichtlich hatten sie sich sofort an seine Fersen geheftet. Auf den heiß geliebten Motorrädern des Wolfs.

Das überraschte ihn nicht. In dieser Nacht lief nichts wie geplant. Nicht für eine Minute.

Die Frage war nur, was er jetzt machen sollte.

Sein erster Impuls war, die beiden über den Haufen zu fahren. Sie zu rammen und zu töten. Aber das war ziemlich riskant. Alle drei Fahrzeuge bewegten sich mit hoher Geschwindigkeit, und sein Wagen bestand aus leichten Carbonfasern. Er musste damit noch Hunderte von Meilen fahren, bis er die Krim erreichte. Endlos lange Meilen durch verlassene Landschaften. Er wollte vermeiden, dass der Wagen stark beschädigt wurde und er dann nicht mehr in der Lage wäre, diese lange Strecke zurückzulegen. Wenn der Wagen ihn im Stich ließ, steckte er in ernsthaften Schwierigkeiten. Es war völlig ausgeschlossen, sich in der tiefen Dunkelheit zu Fuß auf den Weg zu machen. Draußen wurde es immer kälter. Und die Bauernhöfe und Dörfer hier lagen weit auseinander. Zwar konnte er sich mit der GPS-Funktion seines Handys orientieren, aber nach ein paar Stunden würde der Akku den Geist aufgeben. Womöglich würde er erfrieren, bevor er die Zivilisation erreichte.

Er musste es bis zur Kreuzung schaffen. Sonst würde er nirgendwo hinkommen. Und die Leute auf den Motorrädern versperrten ihm den Weg. Im Grunde blieb ihm keine Wahl.

Zolcu machte sich bereit, trat aufs Gas und raste auf das erste Motorrad zu.

Carmody forderte Kali über Funk auf, die Straße zu verlassen, und widersetzte sich dem Verlangen, dasselbe zu tun, als der Regera aus der Dunkelheit hervorgeschossen kam. Stattdessen raste er mit dröhnendem Motor zwischen den Scheinwerfern des Wagens direkt auf ihn zu und griff mit der linken Hand über seinen Körper nach der SIG. Das war zwar seine sehr viel schwächere Hand, aber mit der rechten hielt er den Gashebel fest, und wenn er dieses Risiko nicht einging, würde er als Matschhaufen auf dem vorderen Kotflügel des Wagens enden.

Ihm blieb weniger als eine Sekunde, sich für ein Ziel zu entscheiden. Er könnte auf die Windschutzscheibe schießen, aber sie bestand wahrscheinlich aus Panzerglas. Der Fahrer würde vielleicht ein wenig das Tempo drosseln, doch ein paar Schüsse im Vorbeifahren würden ihn kaum aufhalten.

Es war nicht möglich, ihn mit einer einzigen Aktion auszuschalten. Carmody musste mehrmals an ihm vorbeifahren.

Während er die SIG möglichst ruhig in der Hand hielt, schob er den Lauf über die Lenkstange, richtete ihn auf den linken Scheinwerfer des Wagens und zielte. Zwei Schüsse, direkt ins Ziel, und der Scheinwerfer explodierte in einem Schauer aus Glas. Doch der Regera raste weiter auf ihn zu, wobei er wie ein wütender Zyklop aufheulte.

Um ihm auszuweichen, scherte Carmody mit einer Hand am Lenker weit nach rechts aus und lehnte sich mit seinem ganzen Körpergewicht in diese Richtung. Der Wagen schoss links an ihm vorbei und verfehlte ihn nur um wenige Zentimeter, als seine Maschine an der Beifahrerseite entlangsauste. Carmody ging vom Gas und machte hinter ihm kehrt, sodass er jetzt auf die Rücklichter blickte, bereit für den zweiten Angriff.

Doch dann tat der Fahrer etwas Unerwartetes.

Da Zolcu kaum eine Wahl blieb, traf er erneut eine spontane Entscheidung. Es war dem Mann auf der Ninja wider Erwarten gelungen, zu zielen, abzudrücken und einen seiner Scheinwerfer zu zerschießen. Er hatte von einem rasenden Motorrad aus mit einer Hand zwei präzise Schüsse abgegeben, und jetzt saß er ihm mit seiner Pistole direkt im Nacken.

Aber Zolcu war ein geschickter Fahrer. Er würde den Motorradfahrer abschütteln und dafür sorgen, dass er ihn nicht wieder einholte.

Mit einer Hand drehte er das Lenkrad hart nach links, fuhr mit den rechten Rädern auf den kiesbedeckten Seitenstreifen, nahm den Fuß vom Gas und zog die Handbremse an, um die Hinterräder zu blockieren. Dann riss er das Steuer nach rechts, worauf der Regera durch das Gewicht des Motors wie ein Propeller im Uhrzeigersinn um die eigene Achse wirbelte und die Vorderreifen die Bodenhaftung verloren. Zolcu holte tief Luft, während das Fahrzeug eine kontrollierte Neunzig-Grad-Drehung vollführte, atmete aus und löste die Handbremse, sodass die Vorderreifen wieder Bodenkontakt bekamen. Ohne Gas zu geben, wartete er, bis er sich um volle hundertachtzig Grad gedreht hatte und, mit der Motorhaube Richtung Norden, auf der linken Spur stand.

Zolcus Wendemanöver hatte nicht mal drei Sekunden gedauert. Er konnte jetzt sehen, wie der Motorradfahrer aus dreißig Metern Entfernung direkt auf ihn zukam. Weniger als eine Meile hinter dem Motorrad wurde der Himmel von den Flammen, die entlang der gesprengten Straße emporloderten, in ein orangerotes Licht getaucht.

Zolcu starrte durch die Windschutzscheibe, während das Motorrad weiter auf ihn zugerast kam. Er konnte das Pochen seines Motors hören. Und sehen, wie der Fahrer sich über den Lenker beugte und mit der Hand, die in einem schwarzen Handschuh steckte, immer noch die Pistole umklammerte. Er legte erneut an.

Zolcu murmelte einen Fluch, trat aufs Gas und hielt direkt auf ihn zu.

Als die beiden nur noch sechs oder sieben Meter voneinander entfernt waren, gab Carmody Vollgas und schob die linke Hand mit der SIG über den Lenker, zielte und drückte ab.

Das hatte drei Dinge zur Folge.

Der rechte Scheinwerfer zersprang in tausend Teile, und die Splitter flogen in einem Schauer durch die Luft. Der Fahrer des Regeras, der von Süden kam, riss instinktiv das Steuer nach rechts, weg von den Schüssen, und schlingerte auf den unbefestigten Seitenstreifen. Und Carmody, der von Norden kam, scherte ebenfalls auf den Seitenstreifen aus.

Keines der beiden Fahrzeuge drosselte das Tempo. Sie rasten am äußersten Straßenrand, nur noch wenige Meter voneinander getrennt, weiter aufeinander zu.

Carmody wusste, dass er einen Frontalzusammenstoß nicht überleben würde. Aber wenn er versuchte, das Motorrad, fort vom Regera, auf die Fahrspur in südlicher Richtung zu steuern, würde er gegen seine gewölbte rechte Seite krachen und wahrscheinlich ebenfalls sterben.

Ihm blieb nur noch Zeit für ein einziges Manöver.

Als sich der Regera ihm auf wenige Zentimeter genähert hatte, riss er seinen Lenker unvermittelt nach rechts und bog von der Straße auf die angrenzende Wiese. Sein Vorderrad hüpfte, gefolgt vom Hinterrad, über den Rand der Grasfläche, und dann fuhr er auf holprigem Untergrund querfeldein Richtung Osten, während er heftig durchgeschüttelt wurde. Seine Scheinwerfer tauchten die schneebedeckte Fläche in einen silbrigen Schimmer und wurden von den riesigen Heuhaufen reflektiert, die sich direkt vor ihm und ringsum wie ein Dorf aus hohen weißen Iglus erhoben.

Als er das heftige Dröhnen eines Motors hörte, warf er einen Blick auf die Anzeige seiner Heckkamera. Der Regera. Er war etwa fünfzehn Meter hinter ihm und fuhr in der pechschwarzen Dunkelheit mit ausgeschalteten Scheinwerfern in einem spitzen Winkel hinter ihm her.

Carmody begriff sofort, dass der Fahrer nicht nur ihn, sondern auch die ganze Wiese sehen konnte. Allerdings nicht mit bloßem Auge. Der Regera kostete zwei Millionen Dollar und hatte bestimmt mehr zu bieten als die Heckkamera der Ninja. Wahrscheinlich verfügte er über Nachtsichtkameras mit großer Reichweite. Sowohl vorne als auch hinten.

Carmody schaute in den Seitenspiegel und sah, wie der Wagen näher kam. Ein Blick auf seinen Tacho verriet ihm, dass er fast achtzig Meilen pro Stunde draufhatte. Was im freien Gelände auf Schnee und Eis ziemlich schnell war. Zu schnell. Die Ninja war dafür nicht gedacht. Mit dem tief liegenden Fahrwerk und den breiten, glatten Reifen hatte man kaum Bodenhaftung und konnte keine schnellen Wendemanöver durchführen. Für eine Straßenmaschine war sie ziemlich leicht und hatte einen leistungsstarken Motor, mit wahrscheinlich über dreihundert PS, aber der Regera hatte die fünffache Leistung. Außerdem verfügte er im Gegensatz zum Motorrad dank seines Allradantriebs und der Radaufhängung über eine stabile Straßenlage und Bodenhaftung.

Carmody warf erneut einen Blick in den Spiegel. Der Regera kam immer näher. Er schätzte, dass man im Licht der Motorradscheinwerfer etwa hundertdreißig Meter weit sehen konnte. Doch die Kameraobjektive des Regeras hatten eine sehr viel größere Reichweite. Allerdings konnte der Fahrer seinen Blick nicht länger als ein paar Sekunden auf das Armaturenbrett richten. Autos waren keine Flugzeuge. Sie wurden nicht von Instrumenten gesteuert. Die Wiese war uneben. Es gab Streulicht und optische Verzerrungen. Und man musste sich erst an den Blickwinkel auf den Bildschirm gewöhnen. An die unbequeme Körperhaltung. So etwas übte niemand. Das würde die Reaktionszeit beeinträchtigen.

Carmody richtete den Blick wieder nach vorne. Die Heuhaufen, die er von der Straße aus gesehen hatte, standen ein Stück links von ihm, etwa sechzig Meter entfernt. In wenigen Sekunden würde er sie erreichen. Zeit, das Katz-und-Maus-Spiel zu beenden.

»Outlier, bist du auf Position?«

»Ja.«

Er knirschte mit den Backenzähnen.

»Gut«, sagte er. »Ich komme direkt auf dich zu.«

»Augen auf die Straße«, meldete sich die Sprachassistentin des Regeras zu Wort.

Zolcu stieß einen Fluch hervor, während er über die Wiese rumpelte. Der Aufmerksamkeitsassistent hatte seine geneigte Kopfhaltung registriert und war zu dem Schluss gekommen, dass er entweder eingenickt oder durch den Blick auf die Armaturenbrettanzeige abgelenkt war. Als wäre er ein bekiffter Teenager, der an seiner Stereoanlage herumfummelte.

Die Dummheit einer kommerziellen KI war schier grenzenlos. Es war schon schlimm genug, mit ausgeschalteten Scheinwerfern zu fahren, aber jetzt war da auch noch diese nervtötende, penetrante Stimme, die er nicht ausstehen konnte. Warum hatte Drajan sie nicht deaktiviert?

Während er auf die Anzeige schaute, gab er sein Bestes, die Warnhinweise zu ignorieren. Der Vorsprung des Motorrads war inzwischen auf wenige Meter geschmolzen. Direkt vor der Maschine erhoben sich drei Heuhaufen, die aus Dutzenden großer, gepresster Ballen bestanden. Zolcu, der auf dem Land aufgewachsen war, schätzte, dass jeder der Ballen zweihundertfünfzig Kilo wog. Bei diesen eiskalten Temperaturen waren sie bestimmt hart gefroren. Wenn das Motorrad mit seiner aktuellen Geschwindigkeit einen der Ballen rammte, wäre das, als würde es gegen eine massive Wand krachen.

Er trat aufs Gas, den Blick auf die Armaturenbrettanzeige gerichtet.

»Augen auf die Straße«, forderte ihn die KI erneut auf.

»Fick dich«, sagte Zolcu und raste weiter hinter dem Motorrad her.

Als der Regera hinter ihm beschleunigte, musste Carmody plötzlich an die Zeichentrickfilme denken, die er als Junge immer gesehen hatte. In denen eine Katze eine Maus durch ein Zimmer jagte, bis die Maus schließlich auf eine Wand zurannte und in ihr Mauseloch flitzte. Worauf die Katze gegen die Wand knallte und platt gedrückt wurde.

Die Maus hatte gewonnen.

Er betätigte den Gashebel. Die drei Heuhaufen waren jetzt genau vor ihm. Sie ragten wie drei kleine dunkle Hügel in der Nacht empor. Und der Wagen war direkt hinter ihm. Er konnte seine Masse und Energie geradezu körperlich spüren. Das Geräusch des beschleunigenden Motors hören.

Ihm blieben nur noch wenige Sekunden. Mehr nicht. Der Abstand zwischen den beiden vorderen Heuhaufen war groß genug, um mit dem Motorrad, aber nicht, um mit dem Auto hindurchzufahren. Bestimmt glaubte der Fahrer, Carmody würde versuchen, wie die Maus in ihr Versteck, zwischen ihnen hindurch zu entkommen, um anschließend den mittleren Haufen hinter den beiden anderen zu umkurven. Und bestimmt glaubte der Fahrer auch, dass er Carmody zuvorkommen konnte. Der Regera war größer und schneller und ein leistungsstarkes Fahrzeug mit allen Schikanen. Er könnte damit das Motorrad einholen, ehe es die beiden vorderen Heuhaufen erreichte, es dagegenschleudern und ihnen dann ausweichen.

Carmody wartete, bis er die Heuhaufen fast erreicht hatte

und im Strahl seiner Scheinwerfer sonst nichts anderes mehr sehen konnte. Bis die Motorhaube direkt hinter ihm war. Sie touchierte seinen hinteren Kotflügel, worauf er einen Satz nach vorne machte und einen Schlag in der Magengrube verspürte. Und genau in diesem Moment – denn beim nächsten Mal würde der Fahrer ihn mit voller Wucht gegen den mittleren Heuhaufen schleudern, sodass er sich sämtliche Knochen im Leib brach – trat Carmody kräftig auf die Hinterradbremse, um das Rad zu blockieren, und riss den Lenker nach rechts. Sobald die Ninja in diese Richtung ausscherte, betätigte er die Handbremse, um auch das andere Rad zu blockieren, während er sich weit nach links lehnte und die Maschine auf die Seite beförderte.

Er ließ den Lenker los, rollte sich vom Sattel und zog das linke Bein unter dem Motorrad hervor, bevor die Maschine es mit ihrem Gewicht von zweihundertfünfzig Kilo unter sich begrub. Während sie links von ihm flach über den Boden schlitterte, warf er sich nach rechts. Die angewinkelten Ellbogen in die Hüften gestemmt, die Hände zu lockeren Fäusten geballt, rutschte er ein Stück von dem Motorrad und den Heuhaufen fort.

Carmody lag immer noch ein paar Schritte von den beiden vorderen Heuhaufen entfernt auf dem Rücken im Schnee, als der Regera, einen Sekundenbruchteil bevor er einen der Haufen frontal gerammt hätte, die aufgeschichteten Bündel streifte und seine Scheinwerfer in Carmodys Richtung schwenkten; es war das Geräusch von knirschendem Metall und splitterndem Kunststoff zu hören. Durch den Aufprall wurden die unteren und mittleren Bündel nach hinten gedrückt, und der Haufen geriet ins Wanken. Er neigte sich zur Seite, schwankte hin und her und kippte dann zur Hälfte um. Mehrere Bündel stürzten auf den Wagen und daneben auf den Boden, prasselten wie eine kleine Lawine auf Motorhaube und Dach herab.

Als Carmody das laute Getöse hörte, stützte er sich auf die Ellbogen und sah, wie der Regera von dem Heuhaufen zurücksetzte. Der Wagen war jetzt nur noch ein zerbeultes Wrack; eines der Bündel hatte die linke Seite des Daches eingedrückt, der Kotflügel auf der rechten Vorderseite war zusammengequetscht und zertrümmert, und die Tür dort hing wie ein gebrochener, halb abgetrennter Flügel aus dem Rahmen. Der Fahrer hatte gerade noch rechtzeitig abgedreht, bevor er bei der Aktion draufgegangen wäre. Der Wagen fuhr ein paar Meter rückwärts und blieb dann mit der Motorhaube in Carmodys Richtung neben dem umgestürzten Heuhaufen stehen. Die Scheinwerfer waren jetzt nur noch zwei dunkle, leere Löcher. Der Ballen, der das Dach getroffen hatte, war auf der Beifahrerseite in die Kabine gekracht. Mit seinem Gewicht hatte er über der Windschutzscheibe die Querstrebe des Daches verbogen, die Scheibe war auf dieser Seite gesplittert und wölbte sich über die Motorhaube. Carmody starrte ins Wageninnere und sah einen diffusen blassblauen Lichtschein, der vermutlich vom Armaturenbrett kam. Der Fahrer war in diesem Licht deutlich zu sehen; er hatte seine Arme ungelenk nach vorne ausgestreckt und umklammerte immer noch das Lenkrad. Diese verkrampfte Haltung war nicht gerade ideal, um einen Wagen zu steuern. Offensichtlich hatte er den Sitz nach hinten geschoben, um den Bildschirm besser sehen zu können.

Carmody kniete sich in den kalten Schnee. Sein Körper fühlte sich wie eine einzige riesige Beule an, aber er hatte sich nichts gebrochen, Arme und Beine waren noch dran, und er war bestimmt in einem besseren Zustand als das Auto. Er sah, wie es leicht zu vibrieren begann, als der Fahrer in einen anderen Gang schaltete. Wahrscheinlich in den Vorwärtsgang. Wahrscheinlich, um ihn zu überfahren.

»Outlier«, sagte Carmody in sein Kehlkopfmikrofon. »Jetzt.«

Etwa zwanzig Meter zu seiner Linken blitzten ihre Scheinwerfer auf, grell und weiß, und leuchteten hinter dem mittleren Heuhaufen hervor. Mit einem lauten Dröhnen erwachte ihre Ninja aus dem Leerlauf zum Leben, schoss in sein Blickfeld und fuhr in einem weiten Bogen um sein umgekipptes Motorrad herum.

Carmody stand bereits wieder, als Kali wenige Zentimeter links von ihm zum Stehen kam. Er stieg hinter ihr auf den Sitz und umklammerte mit einer Hand ihre Hüfte. Mit der anderen griff er nach seinem Holster und zog die SIG heraus.

»Auf geht's«, sagte er.

Kali nickte, riss das Motorrad herum und raste auf den Regera zu, der jetzt auf sie zugebraust kam. Als sie sich auf zwei Meter genähert hatten, scherte sie plötzlich nach rechts aus und sauste an der linken Wagenseite vorbei.

Carmody schaltete hinter ihr auf dem Sitz die Waffenleuchte der SIG ein, und sie tauchte den Vorderreifen des Regeras in ein helles Licht. Er legte an und feuerte in kurzer Folge drei Schüsse auf die Seitenwand. Mit einem lauten Knall explodierte der Reifen, und von der Felge hingen nur noch Gummifetzen.

Kali fuhr noch ein oder zwei Meter geradeaus weiter, warf einen Blick über die Schulter, verlagerte ihr Gewicht auf die rechte Fußraste und neigte das Motorrad nach links. Dann gab sie leicht Gas und ließ die Kupplung schleifen, um das Tempo zu halten, während sie in einer engen Kehrtwende die Maschine herumwirbelte. Sie raste schräg hinter dem Regera vorbei, zu dessen rechter Seite und weiter in seiner Fahrtrichtung zur Motorhaube.

Carmody richtete die Pistole auf einen der Hinterreifen und gab erneut drei Schüsse ab. Der Reifen zerplatzte, doch der Wagen schlingerte weiter vorwärts. Das bestätigte Carmodys Vermutung, dass der Regera mit Notlaufreifen ausgestattet war. Damit konnte der Wagen noch ein gutes Stück weiterfahren. Aber auf den harten, glatten Notlauffelgen würde er nicht mehr als vierzig Meilen pro Stunde schaffen, vor allem auf Schnee und Eis.

Kali machte einen weiteren engen U-Turn, um an der linken Seite des Wagens vorbeizufahren, und Carmody schickte sich an, drei weitere Schüsse abzugeben. Als sie auf Höhe des Hecks waren, legte er an und feuerte auf den linken Hinterreifen. Er wurde in tausend Stücke gerissen, die in sämtliche Richtungen davonflogen.

Erneut wendete Kali das Motorrad, sodass es Richtung Heck zeigte. Unterdessen schlingerte der Wagen von ihnen fort. Der Fahrer hatte nicht mehr vor, sie zu überfahren, und trat jetzt wie ein verwundetes Tier den Rückzug an.

»Noch einmal«, sagte Carmody und gab ihr rasch ein paar Anweisungen.

Er steckte seine SIG wieder ins Holster und legte seine Hände auf Kalis Hüften, während sie an der Fahrerseite des ramponierten Regeras entlangraste und ihn zügig überholte. Nach fünfzehn oder zwanzig Metern betätigte sie die Vorderradbremse, sodass sich die Maschine vornüberneigte und das Hinterrad zwanzig Zentimeter vom Boden hob, und wirbelte sie auf dem Vorderrad herum. Das Hinterteil senkte sich wieder herab, und sie kam Richtung Wagen zum Stehen.

Carmody sprang vom Sattel, lief zur Vorderseite des Motorrads und stellte sich mit den Stiefeln breitbeinig in den Schnee. Er starrte zum Regera hinüber, während er vom Strahl der grellen Scheinwerfer wie ein Schauspieler auf der Bühne von hinten beleuchtet wurde. Diese Wirkung war durchaus beabsichtigt. Er wollte, dass der Fahrer diesen Augenblick lange im Gedächtnis behielt. Dass er sich später in einem Verhörzimmer daran erinnerte.

Der Wagen bog nach links, Richtung Straße. Ruckelnd rollte der verbeulte, ramponierte Regera über den kahlen, holprigen Boden. Wenn der Mann hinterm Steuer nicht von nackter Panik erfüllt war, musste ihm inzwischen klar sein, dass er keine Chance hatte.

Für den Fall, dass er das immer noch nicht begriffen hatte, nahm Carmody sein MK7 hoch und drückte den Feuerwahlhebel in die dritte Position: Vier panzerbrechende Kugeln in Folge, vollautomatisch abgefeuert.

Im Scheinwerferlicht der Ninja konnte Carmody alles deutlich erkennen. Als Erstes nahm er sich den tief liegenden Kühlergrill des Regeras vor; er neigte die Waffe und ließ einen Schauer panzerbrechender Stahlmantelgeschosse darauf niederprasseln. Dann richtete er die Waffe auf die Stoßstange und pumpte sie mit Kugeln voll, bis sie auseinanderbrach und in Einzelteilen zu Boden fiel. Als er sah, wie der Fahrer sich duckte und mit den Händen seinen Kopf bedeckte, hob er den Gewehrlauf und überzog die Fronthaube auf parallelen

Bahnen mit Kugeln, durchsiebte sie von vorne bis zur Unterseite der Windschutzscheibe.

Für einen Moment herrschte Stille, und er wechselte das leere Magazin gegen ein volles aus und trat mit zwei großen Schritten auf den Wagen zu. Der Fahrer hockte immer noch mit den Händen vorm Gesicht zusammengekauert auf seinem Sitz. Carmody zielte jetzt auf einen Punkt links von ihm und feuerte, die Waffe fest umklammert, um den Rückstoß abzufangen, auf die Windschutzscheibe. Das Panzerglas bekam Risse, und Hunderte körnige Partikel prasselten auf die zerschossene Fronthaube nieder. Carmody sah, wie sich in der Mitte der spinnennetzförmigen Risse ein Loch bildete, und jagte durch das Loch eine lang anhaltende Salve auf die Silhouette des Beifahrersitzes. Fetzen zerschossenen Leders und Schaumstoffs wirbelten wie Konfetti durch den Innenraum.

Carmody machte einen weiteren ausladenden Schritt auf den Wagen zu. Er war jetzt nur noch etwa einen Meter von dessen Bug entfernt, zielte durch das Loch in der Frontscheibe und durch den Beifahrersitz auf den Mittelmotor und ließ einen Kugelhagel auf ihn niederregnen. Der Motor knackte, zischte und röchelte, spritzte Flüssigkeit in den Schnee.

Carmody spähte durch das Fahrerfenster zu dem Mann, der seinen Kopf unter die Lenksäule geschoben hatte. Er befand sich direkt hinter der Tür.

Carmody richtete die Mündung seiner Waffe leicht nach oben und gab mehrere Feuerstöße auf das Fenster ab. Es zersprang in einem Schauer aus Glas, und die Kugeln sausten fünf Zentimeter über Rücken und Schultern des Fahrers hinweg, der mit dem Kopf immer noch unter dem Lenkrad kauerte.

Carmody trat an die Tür und richtete das Gewehr durch das zersplitterte Fenster auf seinen Rücken.

»Aufsetzen!«, sagte er.

Der Fahrer rührte sich nicht.

»Sofort«, sagte Carmody. »Ich sag's nicht noch einmal.«

Der Fahrer richtete sich auf. Er war groß und schlank, hatte dunkle Haare und trug eine extravagante Jacke, die, wie Carmody fand, auch dem Zauberer Merlin gut gestanden hätte. Diese Art von Stim-Club-Aufmachung hatte er schon mal gesehen. Genau an diesem Typen. Letzten Sommer, in Bukarest. Im Club Energie.

»Von deinem Zwei-Millionen-Dollar-Auto ist ja nicht mehr viel übrig«, sagte Carmody. »Beim Wiederverkauf wirst du dafür nicht viel bekommen.«

Die Lippe des Mannes begann zu zittern. »Sie wollten den Wolf schnappen, aber der ist längst über alle Berge«, sagte er. »Ihre Mühe war vergeblich. Ich bin nicht Ihr Mann.«

Carmody starrte ihn über den Lauf seines Gewehrs hinweg an.

»Zolcu«, sagte er. »Wenn du dich da mal nicht gewaltig irrst.«

Cobb und Luna befanden sich ungefähr über der Kreuzung, als Carmody sich per Funk bei ihnen meldete. Sie behielten im schwach beleuchteten Cockpit des *Raven* aufmerksam den Drohnenschwarm im Auge, der sich aus westlicher Richtung Burg Graguscu näherte.

»Wie schnell schafft ihr es hierher?«, fragte Carmody, nachdem er sein Anliegen vorgebracht hatte.

»In drei Minuten.« Luna griff nach dem Steuerknüppel. »Wir sind schon unterwegs.«

»Okay, wie viel Vorbereitungszeit braucht ihr?«

»Der Talon ist jederzeit startklar«, sagte Cobb. »Es kann sofort losgehen.«

»Okay.«

»Sir?«

»Ich höre.«

»Die geschätzte Ankunftszeit der Drohnen ist null zweihundert Uhr. Uns bleiben noch zehn Minuten, um das Burggelände zu evakuieren.«

»Haben Sie was vom Rest meines Teams gehört?«

»Negativ, Sir. Kein Wort. Und da ist noch was anderes.« Er machte eine Pause. »Wir können Janus nicht erreichen.«

»Was soll das heißen?«

»Genau, was ich sage, Sir. Wir haben den stündlichen Lagebericht angefordert, und es hat niemand geantwortet.«

»Haben Sie es auf allen verfügbaren Kanälen versucht?«

»Ja.«

»Auch über das Argos-Netz?«

»Mehrfach, Sir.«

Ganze zehn Sekunden lang sagte Carmody kein Wort.

»Vielleicht handelt es sich um eine technische Störung«, sagte er schließlich.

»Ja, Sir.«

»Aber das glauben wir beide eigentlich nicht.«

»Nein, Sir.«

»Und das macht mir Sorgen.«

»Mir auch. Aber wir werden es weiter versuchen.«

Erneutes Schweigen.

»Okay. Aber eins nach dem anderen«, sagte Carmody. »Ich warte hier auf euch.«

»Schauen Sie in etwa dreißig Sekunden zum Himmel und wedeln Sie mit den Armen«, sagte Luna.

»Haltet die Augen offen, dann könnt ihr mich winken sehen«, erwiderte Carmody.

13

Kreis Satu Mare, Rumänien/Halbinsel Krim

Der *Raven* traf sogar zehn Sekunden früher ein. Sein Schatten verschmolz fast nahtlos mit der Nacht, lediglich vor den winzigen Lichtpunkten der Sterne zeichneten sich schwach seine stromlinienförmigen schwarzen Umrisse ab.

Carmody hörte ein kaum wahrnehmbares Brummen, als das Flugzeug über die Bäume auf der anderen Straßenseite glitt und der Abwind der Rotorblätter ihre Wipfel hin und her peitschte, sodass von den obersten Ästen weiche Schneeklumpen herabfielen. Die Luft um Carmody herum wurde aufgewirbelt, als das Flugzeug über ihm seine Position hielt, und der Suchscheinwerfer flackerte auf und tauchte mit seinen 75 000 Lux das Feld in ein grelles Licht, hell wie die Mittagssonne.

»Was ist das?« Zolcu blinzelte durch die geborstene Fensterscheibe. »Ich kann nichts sehen.«

»Schön«, sagte Carmody. »Ist wahrscheinlich auch besser so.«

»Besser *inwiefern?*«

Carmody schaute ihn an. Er stand mit seinem MK7 in den Händen einen Meter rechts von Zolcu, während Kali immer noch ein paar Meter von der Fronthaube entfernt auf dem Motorrad saß.

»Halt einfach die Klappe«, sagte Carmody. »Und vielleicht solltest du dich am Sitz festhalten.«

»Warum? Was habt ihr vor?«

Das Flugzeug ging tiefer herunter, und die Rotoren wirbelten den Schnee rings um Carmodys Stiefel auf.

»Du wiederholst dich«, sagte er.

»Sie haben mir noch nicht geantwortet.«

»Ich habe dir auch noch nicht die Rübe weggeblasen. Kein Mensch weiß, wie schlecht er ist, ehe er sich nicht nach Kräften bemüht hat, gut zu sein.«

»Ich verstehe nicht.«

Carmody starrte ihn an und hob den Lauf seines Gewehrs ein wenig höher. »Ich will damit sagen, dass du mich nicht provozieren sollst.«

Das Flugzeug ging auf eine Höhe von etwa hundert Fuß herunter. Carmody hob den Kopf in das grelle Licht, schirmte mit der Hand seine Augen ab und sah, wie im Flugzeugbauch eine Luke aufglitt.

Bei dem Talon handelte es sich um einen fünfhundert Kilo schweren Schalengreifer, der aus zusammengeschweißten Rohrsegmenten mit jeweils acht Stahlzähnen bestand. Er wurde mit einer ferngesteuerten Winde aus dem Frachtraum des *Raven* sanft heruntergelassen, während sein zugfestes intelligentes Kabel Informationen und Befehle zwischen Greifer und Cockpit übertrug, wo Cobb an seiner Instrumententafel die telemetrischen Daten überwachte.

Carmody beobachtete, wie sich der Greifer über dem Auto herabsenkte. Er war nicht besonders schwer zu bedienen. Es war, als würde man einen Kran steuern, der einen ständig über die Windgeschwindigkeit, die Situation am Boden und die Objekte informierte, die er in die Luft hob.

Aus dem Augenwinkel sah Zolcu, wie der Talon im Scheinwerferlicht einen Schatten auf ihn warf, während die langen, flachen Zinken sich wie gigantische Saurierzähne öffneten. Seine Augen weiteten sich, als er begriff, was man mit ihm vorhatte.

»Nein«, sagte er. »*Bitte nicht.*«

Carmody erwiderte nichts. Stattdessen verschränkte er die Arme vor der Brust und sah dabei zu, wie sich der Talon mit weit geöffneten Kiefern unaufhaltsam herabsenkte. Mit einem lauten, dumpfen Schlag knallten sie auf den Boden und begannen augenblicklich, sich um den Wagen herum zu schließen, und kratzten dabei über die dünne Schneedecke. Nach einer Minute hatte der Greifer den Regera mitsamt Zolcu in seinen Fängen, die Zinken hatten sich unter den platten Reifen vollständig ineinandergeschoben. Cobb zog den Talon wieder nach oben, und die Winde im Frachtraum des *Raven* wickelte das Kabel rasch wieder auf. Während sich der Wagen in die Höhe hob, stürzten lose Teile von ihm herab.

Hoch in der Luft stieß Zolcu einen Schrei aus. Einen schrillen, heiseren Schrei, erfüllt von Angst und Entsetzen. Fünfzehn oder zwanzig Meter unterhalb des Flugzeugs kam der Greifer plötzlich zum Stillstand und baumelte im Wind, während Zolcu in seiner Umklammerung laut aufkreischte.

Carmody lief zu Kali hinüber. »Er hat Glück gehabt. Wenn

sich der Greifer ein Stück höher geschlossen hätte, könnte er jetzt nicht mehr zappeln und schreien.«

Sie sah ihn an. »Du brauchst ihn lebend.«

»Richtig. Das spricht ebenfalls zu seinen Gunsten.«

Die beiden beobachteten, wie der *Raven* in Richtung Westen abdrehte, während Zolcus Schreie nach und nach vom Wind verschluckt wurden. Carmody schätzte, dass die Strecke bis zum Flughafen Constanţa etwa sechshundert Meilen betrug. Zolcu würde also reichlich Zeit haben, die Reise zu genießen.

Carmody lief über das Feld zu seinem Motorrad, das mit verdrehtem Lenker auf der Seite lag. Er wandte ihm den Rücken zu, griff nach Lenker und Rückenlehne, ging in die Knie und hob es auf die Räder. Dann stellte er es auf den Ständer, wischte den Schnee ab und unterzog es einer kurzen Inspektion.

Die Motorabdeckung hatte an einigen Stellen Risse, war aber größtenteils unbeschädigt. Kabel, Rahmen und Reifen schienen intakt, und es war auch keine Flüssigkeit ausgelaufen.

Carmody bestieg das Motorrad und kontrollierte die Hebel. Sie ließen sich problemlos bewegen. Schließlich schaltete er in den Neutral-Gang, rollte es vor und zurück und startete den Motor.

Er lief einwandfrei hoch.

Carmody fuhr zu Kali hinüber. »Scheint alles okay zu sein«, sagte er.

Sie nickte, und er nahm über das RoIP Kontakt mit Rover Two auf.

»Wir treten den Rückzug an«, sagte er.

Das war zwar nicht direkt gelogen, aber keineswegs die Wahrheit.

Long ließ seine Fenster herunter, als Kali und Carmody mit ihren Motorrädern neben ihm zum Stehen kamen. Da sie ihre Zielperson inzwischen geschnappt hatten, war er mit dem BearCat auf den kiesbedeckten Seitenstreifen der zweispurigen Straße gefahren, um die Kreuzung wieder freizugeben.

Der Lärm über ihnen war durch das geschlossene Fenster gedämpft worden. Aber jetzt war er unerträglich laut und deutlich zu hören. Der Himmel brummte und vibrierte wie eine Snare Drum.

Long streckte einen Arm aus und deutete auf die Heckklappe.

»Steigt ein. Ich bringe uns von hier weg.«

Carmody schüttelte den Kopf. »Noch nicht«, sagte er. »Mich nicht.«

Long sah ihn durch das heruntergelassene Fenster an. »Habe ich irgendwas verpasst?«

»Ich fahre zur Burg zurück.«

»Chef, wir müssen verschwinden.« Long deutete mit dem Kinn Richtung Himmel. »Diese Drohnen fliegen zur Burg.«

»Ich höre das auch.« Carmody machte eine Pause. »Aber bei Zolcu war noch eine weitere Person.«

Long erwiderte nichts.

»Eine Frau«, sagte Carmody. »Sie heißt Clinia.«

Long sagte immer noch nichts.

»Ich habe versprochen, sie zu holen«, sagte Carmody.

Long starrte für ein oder zwei Sekunden aus dem Fenster. Dann kratzte er sich hinterm Ohr. »Anscheinend habe ich tatsächlich etwas verpasst.«

Kali, die immer noch auf ihrem Motorrad saß, wandte sich Carmody zu.

»Ich werde dich begleiten«, sagte sie.

Carmody sah sie an, und Kali erwiderte seinen Blick und richtete die Schultern auf.

Er atmete durch seine Sturmhaube aus. Nur ganz leicht, nicht sichtbar und vollkommen ruhig. Das dumpfe Geräusch am Himmel war jetzt laut und durchgängig zu hören und erinnerte an Meeresrauschen. Sie hatten keine Zeit zu verlieren.

»Okay«, sagte er. »Bleib dicht hinter mir.«

Sie nickte.

»Wartet hier auf meine Anweisungen«, sagte er zu Long. »Haltet euch bereit für den Fall, dass es brenzlig wird.«

»Geht klar.«

Carmody öffnete den Benzinhahn und rollte vor Kalis Maschine. Die beiden gaben Gas, und ihre Ninjas schossen vorwärts, vor Kraft bebend.

Einen Moment später brausten sie in südlicher Richtung die Straße zur Burg entlang.

Der Himmel war vom Brummen des näher kommenden Drohnenschwarms erfüllt, als Carmody und Kali auf ihren Motorrädern aus dem Wald hinter der Burg auftauchten. Sie bogen von der zweispurigen Fahrbahn rechts ab und fuhren dann links um das hoch aufragende westliche Bollwerk. Einzig die Schneemassen, die den Boden bedeckten, deuteten darauf hin, dass vorhin ein Sturm hier durchgezogen war.

An dem trockengelegten künstlichen Teich bogen sie erneut nach links und fuhren über die freie Fläche zwischen dem Teich und dem Kopfsteinpflaster. Direkt vor ihnen, auf den gewölbten Außenstufen der Burg, lag das Wrack des

Rezvanis mit dem Dach inmitten von Glasscherben. Im Schnee neben dem Wagen konnten sie Blut sehen.

Etwa zwei Meter vor dem kleinen Platz gab Carmody das Zeichen zum Halten.

Kali kam neben ihm zum Stehen. Das pulsierende, wabernde Geräusch in der Luft schien jetzt von allen Seiten zu kommen. Carmody musste seine Stimme erheben, damit Kali ihn hören konnte.

»Warte hier«, sagte er. »Einer muss Wache halten.«

»Ich werde vor dem Eingang warten.«

»Diese Stelle hier ist besser.«

Kali erwiderte nichts. Über sich konnte sie das Geräusch der umherschwirrenden Drohnen hören.

»Pass auf«, sagte er. »Ich werde meine KI-Verbindung ausschalten. Und das RoIP.«

»Dann haben wir keinen Kontakt mehr. Du weißt nicht, was dich in der Burg erwartet.«

»Clinia, hoffe ich.«

»Du weißt schon, was ich meine.«

Carmody sah sie an. »Wenn man unsere Verbindung hackt, kann man unsere Position bestimmen. Dann wissen sie, dass du hier draußen bist.«

»Ich komme schon klar.«

»Ich weiß«, sagte Carmody. »Aber wenn ich in fünf Minuten nicht zurück bin, musst du von hier verschwinden. Sicher ist sicher.«

Kali schwieg einen Moment. Der wolkenlose, sternenklare Himmel wirkte trügerisch ruhig und friedlich. Von den Drohnen war nichts zu sehen. Nur das Brummen kündigte ihre Ankunft an.

»Ich glaube, es wäre am klügsten, wenn wir zusammenbleiben, Mike«, sagte sie. »Aber das wird an deiner Entscheidung nichts ändern.«

Carmody gab leicht Gas.

»Diesmal nicht«, sagte er. »Sei auf der Hut.«

Er wandte den Blick von ihren Augen ab und fuhr Richtung Vorplatz, ohne sich noch einmal umzuschauen.

Halbinsel Krim

Drajan entdeckte sie auf dem Steinpier, der von der Hafenmauer in die aufgewühlte See hinausragte. Sie stand mit dem Rücken zum Ufer, während die schäumenden Wellen gegen die großen, mit Seetang bedeckten Felsen zu ihren Füßen krachten.

Er schaute von der Mauer hinunter. Etwas weiter unten, zwischen der Mauer und der gerade ins Meer ragenden Ansammlung von Felsen, erstreckte sich ein Strand aus Sand und feuchten, glatt geschliffenen Kieselsteinen. Er ging in die Hocke und hielt sich mit seiner behandschuhten Hand an der Mauer fest, ließ sich ein Stück hinunter und sprang auf den Strand.

Der Pier befand sich einige Meter zu seiner Linken. Mit flinken Schritten lief er über den Kiesstrand zur landeinwärts gelegenen Seite des Piers und kletterte auf die Felsen. Sie stand oberhalb einer seichten Stelle und hatte das Gesicht weiter dem Meer zugewandt. Über ihrem hellblonden Haar trug sie eine gefütterte Kapuze.

Drajan lief von hinten auf sie zu. Zu beiden Seiten schlug das Wasser schmatzend gegen die Felsen. Der Wind klang wie ein leiser Atemhauch. Als Drajan sich ihr so weit genähert hatte, dass er sie fast berühren konnte, drehte sie sich zu ihm um.

Wie immer hatte Quintessa Leonides den richtigen Moment abgewartet.

»Drajan«, sagte sie. »Was für eine Überraschung, dich hier draußen zu sehen.«

Er betrachtete ihr Gesicht. Es war wie fein geschliffener Kristall. Markant und wunderschön, mit ausdrucksvollen gletscherblauen Augen.

»Du bist schon seit einer Stunde unterwegs. Es ist kalt hier draußen.«

»Auch nicht kälter als drinnen«, sagte sie. »Wie läuft es in Rumänien?«

»Ich habe von Zolcu nichts mehr gehört. Er ist verschwunden. Mit meinem aufgemotzten Regera.«

Sie lächelte schmallippig.

»Natürlich«, sagte sie. »Glaubst du, dass sie ihn geschnappt haben?«

»Keine Ahnung. Noch mache ich mir allerdings keine allzu großen Sorgen.« Er hielt einen Moment inne. »Aber sonst läuft alles nach Plan.«

»In Băneasa auch?«

»Ja. Unsere Flieger sind in der Luft. Wir werden den Amerikanern einen vernichtenden Schlag versetzen. Selbst wenn sie alles wiederaufbauen, werden sie so lange damit beschäftigt sein, dass es danach zu spät sein wird, unsere Pläne noch zu durchkreuzen.«

Sie nickte und schaute Richtung Norden. Etwa eine Viertelmeile entfernt war dort ein heller Lichtfleck zu sehen. Er war von kleineren roten, blauen und weißen Lichtern umringt, die sich im Hafen auf dem dunklen Wasser spiegelten.

»Die Männer arbeiten rund um die Uhr an dem Boot, und die Amerikaner und ihre Verbündeten bekommen nichts davon mit«, sagte sie. »Trotz ihrer Satelliten, Drohnen und Spionageflugzeuge. Aber was noch unglaublicher ist, sie sehen Dinge, die gar nicht da sind. Ich habe keine Ahnung, wie du das alles anstellst. Das übersteigt mein Fassungsvermögen.«

»Koschei stellt die Mittel dafür bereit. Mittel, wie sie mir bisher nicht zur Verfügung standen.«

»Trotzdem. Das ist für mich reinste Hexerei.«

Er zuckte mit den Achseln.

»Ich manipuliere Daten, du manipulierst Währungen. Wir führen jeder auf seine Weise Ereignisse herbei und profitieren davon. Wir ergänzen uns gegenseitig.«

Sie sah ihm in die Augen und nickte. »Und jetzt hocken wir hier auf der Krim.«

»Du klingst unglücklich.«

»Ich mag keine abgeschiedenen Orte. Diese Halbinsel ist grau und trostlos. Aber wenn ich unglücklich wäre, wäre ich jetzt woanders.«

Drajan dachte nach. Der Wind zerrte an seinem Regenmantel und zerzauste sein Haar, und die Strähnen türmten sich über seinem schmalen, blassen Gesicht wie eine dunkle, wallende Krone.

»Was ist los, Quintessa?«, sagte er. »Rede mit mir.«

Sie wandte den Blick ab. Diesmal wanderten ihre Augen nicht zu den Lichtern, sondern zu den Felsen weiter unten. Nach einem Moment sah sie ihn erneut an.

»Mir ist was Blödes passiert«, sagte sie schließlich. »Ich bin zum Vergnügen mit dir ins Bett gegangen und habe mich verliebt.«

Drajan erwiderte nichts. Er wusste nicht, was er darauf antworten sollte.

»Du hast in letzter Zeit öfter geträumt«, sagte sie. »Wer ist Kali?«

Er sagte immer noch nichts.

Sie streckte eine Hand aus und berührte mit ihrem behandschuhten Finger das tätowierte Radsymbol an seinem Hals.

»Wer ist diese Frau?«, sagte sie. »Wenn du im Schlaf ihren Namen sagst, greifst du dir mit der Hand jedes Mal an diese Stelle.«

Sie schwiegen beide, während die Wellen zu ihren Füßen gluckernd gegen die Steine schlugen.

Schließlich nickte Quintessa und nahm die Hand langsam wieder herunter.

»Kümmer dich bitte wieder um deine Geschäfte«, sagte sie. »Ich versichere dir, dass ich mich nicht ins Meer stürzen werde.«

Drajan stand eine Weile da und betrachtete sie. Schließlich drehte er sich wortlos um und lief die kurze Strecke zum Strand oberhalb der Felsen zurück und weiter entlang der Hafenmauer zum Rand der geheimen Stadt.

TEIL ZWEI

TÖDLICHE INTELLIGENZ

14

Net Force Cybersecurity,
Ausbildungslager/East Harlem, New York

Sechs Minuten bevor Alex Michaels den Anruf bekam, stand er im gepflegten Vorgarten eines Landhauses in Sacramento, das mit gelbem Absperrband gesichert war und von uniformierten Polizeibeamten bewacht wurde. Aber er war mit seinen Gedanken ganz woanders, was ein ungewohntes, ja befremdliches Gefühl war. Als Forscher und Lehrer war er stets hundertprozentig konzentriert und ließ sich durch nichts ablenken. Er war ein echter Eierkopf. Der typische zerstreute Professor. Sicher, das waren Klischees. Aber er konnte diesen subjektiven Eindruck nachvollziehen, der objektiv betrachtet gar nicht so falsch war. Er war fest davon überzeugt, dass es für jedes Problem eine Lösung gab. Und wenn er sich mit einem Problem beschäftigte, war er stets in der Lage, sich voll und ganz darauf zu konzentrieren und alles andere auszublenden.

Aber das hatte sich inzwischen geändert. Zwar hatte er auch schon als Leiter der Fakultät für Informatik an der Columbia University große Verantwortung getragen, aber jetzt war er Direktor der Net Force. Er hatte diesen Posten angenommen, weil er wusste, dass er über die dafür notwendigen Fähigkeiten verfügte, weil Präsidentin Annemarie Fucillo ihn darum gebeten hatte … und weil er sie von Herzen liebte, auch wenn es Jahre her war, dass er mit ihr liiert gewesen war. Michaels hatte gehofft, er würde sich an die Doppelfunktion gewöhnen, aber nach drei Monaten fühlte er sich auf merkwürdige Weise zwischen diesen beiden Aufgaben hin- und hergerissen, ohne einer von ihnen wirklich gerecht zu werden. Besonders an diesem Morgen, während Operation Scalpel unter Einhaltung von Funkstille über die Bühne ging.

Aber diese Gedanken lenkten ihn nur zusätzlich ab, und Michaels versuchte, sie aus seinem Kopf zu verbannen. Er wollte jetzt wissen, wie die Neuen zurechtkamen.

Er drehte sich um und betrachtete das saftige Schwingelgras neben der Auffahrt, in der zwei Streifenwagen der Fair Oaks Police und der Transporter der Forensiker dicht hintereinander vor der Garage standen. Die schmale Landstraße, die am Grundstück vorbeiführte, wurde in beiden Richtungen von zwei weiteren Streifenwagen mit hell leuchtenden rot-weißen Blinklichtern abgeriegelt. Parallel zum Rasen stand ein langes, schnittiges Fahrzeug mit einer Schiebetür auf der Beifahrerseite. Die Tür zierte das Logo der Net Force aus dem stilisierten Kürzel *NF*, mit der Grafik eines Schaltkreises im *N* und den amerikanischen Sternen in den Querstrichen des *F*.

Der Transporter gehörte zu einer wachsenden Flotte sogenannter SEEKER – mobile Cyber-Triage-Labore, die die Net Force Cyber Investigations einsetzten, um die örtlichen Strafverfolgungsbehörden bei Ermittlungen zu unterstützen, in denen es um Fälle von schwerer Cyberkriminalität oder eine technologische Bedrohung der nationalen Sicherheit ging. Mit dem Labor konnten während eines laufenden Einsatzes vor Ort digitale Beweise gesichert, analysiert und archiviert werden. Auf diese Weise konnte man schneller auf eine Notlage reagieren und eher verhindern, dass wichtige Spuren und Beweise verloren gingen oder absichtlich von beschlagnahmten Geräten gelöscht wurden, bevor man sie in ein konventionelles Labor brachte.

Michaels beobachtete unauffällig, wie eine kleine Gruppe von fünf Ausbildern und Auszubildenden der Net Force aus dem Transporter auf den Rasen trat. Sie trugen alle schwarze Overalls mit den Schulterabzeichen der Organisation sowie schwarze Stiefel und sterile Latexhandschuhe. Die Chefausbilderin, Natasha Mori, war eine groß gewachsene, zierliche Frau von dreißig Jahren mit heller Haut und fransigem weißem Haar. Sie war ein Albino und Tetrachromat mit gesteigerter Farbwahrnehmung und trug eine dunkle Sonnenbrille, um ihre extrem empfindlichen Augen zu schützen.

Natasha, die während Alex' Anfangszeit an der Columbia seine aufgeweckteste Studentin gewesen war, hatte später in seinem Forschungslabor als Angestellte gearbeitet. Irgendwann hatte sie gekündigt, war dann wieder zurückgekehrt, um darauf erneut zu kündigen; die Gründe für dieses ständige Hin und Her kannte nur sie allein. Vor Kurzem hatte er sie vorläufig zur Rückkehr bewegen können und dazu überredet, bei der ersten landesweiten Rekrutierungskampagne an Hochschulen zu helfen. Ihr Spezialgebiet war die vorausschauende Analyse, ein innovativer Fachbereich, der auf der Basis umfangreicher Datensätze die Wahrscheinlichkeit für zukünftige Ereignisse berechnete.

Bryan Ferago, ihr Assistent, war das zweite Ausnahmetalent unter den Computerfreaks des Professors. Er trug sein sandbraunes Haar zu einem dichten Knäuel nach oben gesteckt und hatte die langen, sehnigen Muskeln eines Schwimmers oder Leichtathleten. Tatsächlich hatte er im Abschlussjahr am College in beiden Sportarten die Endrunde für die Olympiaqualifikation erreicht. Sein Fachgebiet war die forensische System- und Netzwerkanalyse.

Die Auszubildenden gehörten zur ersten von mehreren Gruppen, die Michaels heute beobachten wollte. Zwei von ihnen, Chris Way und Jase Hudson, waren Absolventen seines Programms für digitale Forensik an der Columbia University. Und Emily Sherron hatte an der Naval Postgraduate School in Monterey gerade erst ihren Master in Cyberabwehr gemacht.

Vor dem mobilen Labor richteten Natasha und Bryan kurz das Wort an die Auszubildenden und führten sie dann den Kiesweg zum Landhaus herauf. Als sie sich der Stelle näherten, wo Alex auf dem Rasen stand, begann er, in einem gleichmäßigen, lockeren Tempo neben ihnen herzulaufen.

Keiner aus der Gruppe warf ihm auch nur einen flüchtigen Blick zu. Niemand nahm seine Anwesenheit zur Kenntnis.

Schließlich kamen sie an die Haustür. Direkt rechts davon stand ein Cop. Vor einer Stunde hatte die Polizei von Fair Oaks im Haus eine Razzia bei einer iranischen Hackergruppe durchgeführt, die sich Zugang zum computerisierten Steuerungssystem der Shasta-Talsperre, der größten im ganzen Land, verschafft hatte. Man hatte die Hacker verhaftet, nur wenige Tage bevor sie die Kontrolle über die Wasserpegel, den Speicher und das Wasserkraftnetz von ganz Sacramento erlangt hätten, das insgesamt über drei Millionen Menschen versorgte.

Natasha war als Erste an der Tür. Der Beamte griff nach dem Knauf und öffnete sie.

»Sie können direkt durch«, sagte er.

Sie nickte und trat ein. Die Auszubildenden liefen ihr im Gänsemarsch hinterher, und Bryan Ferago ging als Letzter durch die Tür.

Unwillkürlich blieb Michaels ein paar Schritte zurück. Der Cop schenkte ihm keine Beachtung. Eine Sekunde später folgte er der Gruppe ins Haus.

In vier Minuten würde er den Anruf erhalten.

Das einstöckige Haus hatte einen offenen Grundriss – direkt hinter der Tür befand sich der Wohn- und Essbereich, außerdem gab es zwei Schlafzimmer, Küche, Bad und Toilette. Die Forensiker des Countys liefen mit Overalls und Handschuhen bekleidet durch die Räume und waren damit beschäftigt, Indizien zu etikettieren, zu sammeln, zu bestäuben und zu markieren und Fotos zu machen.

Auf dem Esstisch lagen etwa zwei Dutzend Tüten mit Beweisstücken. Jede war mit einer Nummer und dem Namen des Finders versehen. Außerdem mit einem Vermerk, wo das Beweisstück zur Analyse hingebracht werden sollte, sowie mit Fallnummer, Datum, Uhrzeit, Gegenstandsbeschreibung und Falltyp. Die Tüten waren nach Bestimmungsorten sortiert; auf denen rechts stand mit schwarzem Filzstift die Abkürzung *SFIU* – für Sacramento Forensics Identification Unit. Weniger als die Hälfte, auf der linken Seite, waren mit den Buchstaben *NF* beschriftet.

Natasha ging hinüber, um sie sich genauer anzusehen, und gab Sherron und Way ein Zeichen, ihr zu folgen, während Hudson mit Bryan im Wohnzimmer blieb.

»Was seht ihr dort?«, fragte sie die Auszubildenden.

Sie begutachteten einen Moment lang die Tüten. Über die Hälfte bestand aus durchsichtigem Plastik. Bei den anderen handelte es sich um blickundurchlässige Faraday-Taschen, Nylontaschen unterschiedlicher Größen, die mit einem Metallgewebe gefüttert waren und elektromagnetische Strahlung abschirmten, um zu verhindern, dass die sichergestellten elektronischen Geräte darin WLAN-, Bluetooth- oder Satellitensignale sendeten oder empfingen.

Sherron las die Beschriftung auf den Faraday-Taschen. »Das sind unsere«, sagte sie. »Zwei Telefone … ein Tablet … drei Laptops. Und ein paar USB-Sticks.«

»Das ging ja fix«, sagte Natasha. »Aber was sehen Sie?«

Sherron entging nicht ihr schroffer Tonfall. Sie richtete den Blick von den Faraday-Taschen auf die durchsichtigen Plastikbeutel, die für die *SFIU* bestimmt waren.

Schließlich zog sie die Augenbrauen hoch.

»*Igitt*«, sagte sie. »Das ist ja widerlich.«

Michaels, den niemand bemerkte, schmunzelte. Das digitale Beweisstück, das Emily gerade entdeckt hatte, war eines von mehreren, das Michaels in seinem Gutachten zur stümperhaften Strafverfolgung der Hacker aufgelistet hatte, weil die Ermittler es völlig übersehen hatten.

»Was sehen Sie?«

Sherrons Wangen erröteten. »Eine Gummivagina«, sagte sie. »Ein Sexspielzeug.«

»Nicht gerade wirklichkeitsgetreu«, murmelte Way.

Natasha warf ihm einen stechenden Blick zu. »Sind Sie sicher?«

Way räusperte sich.

Natasha sah ihn einen Moment lang an, dann wandte sie sich wieder Sherron zu. »Okay«, sagte sie. »Warum hat das Ding Ihre Aufmerksamkeit erregt? Mal abgesehen davon, dass es ziemlich gruselig ist?«

Sherron nahm den Beutel mit spitzen Fingern vom Tisch.

»Das Ding hat einen Strom- und einen WLAN-Schalter«, sagte sie. »Es handelt sich um ein intelligentes Gerät.«

»*Interaktiv* scheint mir der passendere Begriff. Aber Sie haben recht«, sagte Natasha und machte eine Pause. »Mr. Way … was verrät uns eine IoT-Muschi über ihren Benutzer?«

Er räusperte sich erneut. »Na ja, er hat sie bei Sexspielen mit einer Webcam benutzt.«

»Wie? Etwas konkreter.«

»Er hat sich in einen Chatroom eingeloggt – mit einem Live-Model – und der Frau sein Passwort gegeben. Damit sie während der Session, äh, die Vagina steuern kann. Während sie ihm irgendwelchen Schweinkram gesagt hat oder, äh, Sachen gemacht hat wie …«

»Ich weiß«, sagte Natasha. »Emily? Sonst noch was?«

»Die Sessions sind nicht kostenlos«, sagte sie. »Er hat mit einer Kreditkarte oder mit Kryptowährung dafür bezahlt. Beides lässt sich zurückverfolgen, selbst wenn er ein Pseudonym oder eine gefälschte Karte benutzt hat.«

»Außerdem können wir feststellen, *wann* er online war. Um wie viel Uhr. Und wie lange«, sagte Way. Es war offensichtlich, dass er seine Bemerkung von eben wiedergutmachen wollte. »Damit wissen wir, dass er zu einer bestimmten Zeit am Computer war, hier im Haus, was sich vielleicht mit anderen Informationen deckt, die wir über ihn haben.«

»Außerdem«, sagte Emily, »hat die Frau möglicherweise weitere Informationen für uns.«

»Das heißt *konkret?*«

»Angenommen, er redet viel. Vielleicht hat er etwas ausgeplaudert, während er eine virtuelle Num…«

Michaels kehrte dem Wohnzimmer den Rücken zu. Natashas Gruppe machte sich bestens. Er wollte sehen, wie es bei Bryans Auszubildendem lief.

Hudson war nach den meisten akademischen Kriterien keineswegs ein überdurchschnittlicher Student gewesen. Seine Intelligenz ließ sich kaum nach den üblichen Maßstäben beurteilen, und er schnitt bei den standardisierten Tests nicht besonders gut ab. Aber er gab sich große Mühe und zeichnete sich durch eine ausgeprägte Intuition und Hartnäckigkeit aus, was Michaels an Leo Harris erinnerte. Er drückte Hudson die Daumen, dass er die Ausbildung erfolgreich absolvierte.

Michaels schlenderte gerade in den Raum hinüber, als Bry und der junge Mann ihn durch einen Verbindungsflur betraten. Sie blieben in der Nähe der offenen Haustür stehen, durch die die Kriminaltechniker jetzt zu ihrem Transporter liefen. Michaels konnte hören, wie ihre Wägelchen mit Beweisstücken klappernd über den Weg im Vorgarten rollten.

»Die Techniker sind hier fertig«, sagte Bryan zu dem jungen Mann. »Sie fahren wieder. Und sie haben ein wichtiges Beweisstück übersehen.«

»Wissen wir, worum es sich handelt?«

Bryan zuckte mit den Schultern. »*Ich* weiß es«, sagte er. »Aber ich bin auch schon, keine Ahnung, zwölfmal an diesem Tatort gewesen. Es geht hier um Sie.«

Hudson schaute sich um. Der Raum war fast leer. Es gab lediglich ein Sofa, ein paar Stühle und einen Couchtisch. Er schien ratlos.

»Soll ich Ihnen einen Tipp geben?«, fragte Bryan.

»Da würde ich nicht Nein sagen.«

Bryan trat zu ihm. »Stellen Sie sich vor, Sie wären Gumby. Und nicht einer der Blockheads.«

Hudson machte ein verwirrtes Gesicht.

»Tut mir leid. Eine Anspielung auf eine obskure Zeichentrickserie«, sagte Bryan. »Es kommt darauf an, flexibel zu sein. Sie müssen das hier völlig unvoreingenommen angehen. Nehmen Sie einfach nur wahr, was Sie sehen.«

Hudson schaute sich erneut um und kratzte sich im Nacken, ließ seinen Blick weiter durch den Raum wandern. Nach einer Minute ging er auf die vordere Wand zu. Etwa anderthalb Meter neben der Tür befand sich ein intelligentes Thermostat. Es war klein und rund und hatte ein digitales LED-Display.

Michaels folgte ihm zum Thermostat. In zwei Minuten würde er den Anruf erhalten.

»Natürlich«, sagte Hudson. »Intelligente Thermostate sind adaptive Systeme. Sie verfügen über alle möglichen Sensoren, um die Umgebung zu erfassen. Ihre Nah- und Fernfeld-Bewegungsmelder etwa registrieren, wann jemand zu Hause ist und wann nicht.«

Bryan nickte. »Was noch?«

»Sie sind mit Umgebungslichtsensoren ausgestattet. Damit erfassen sie die eingeschalteten Lichtquellen im Haus und stimmen die Zimmertemperaturen mit dem Tagesablauf der Bewohner ab. Etwa mit ihren Schlafenszeiten.« Hudson dachte einen Moment nach. »Kommunizieren diese Thermostate nicht auch durch WLAN- und Handysignale mit den Geräten der Besitzer? Damit sie die Temperatur von unterwegs regulieren können?«

Bryan nickte erneut. »Sagen Sie mir, warum das so wichtig ist.«

»Wenn zwei Geräte miteinander kommunizieren, weiß man nie genau, welche Daten sie so nebenbei austauschen. Das ist, als würde ein Fluss etwas Sand fortspülen und irgendwo anders wieder anschwemmen. Auf dem Mikroprozessor des Thermostats befinden sich vielleicht nützliche Informationen.« Er machte eine Pause. »Den Hackern hat dieses Haus aber nicht gehört, oder?«

»Es wird von Airbnb vermietet«, sagte Bryan. »Inwiefern spielt das eine Rolle?«

Hudson zuckte mit den Schultern. »Ich kann mir nicht vorstellen, dass die Hacker eine Thermostat-App auf ihre Handys runtergeladen haben. Sie waren mit anderen Dingen beschäftigt.«

Bryan sah ihn an.

»Und?«, sagte er. »Denken Sie nach.«

Hudson dachte nach. Und Michaels wartete. Hudson war kurz davor, ein weiteres folgenschweres Versäumnis bei den ursprünglichen Ermittlungen in diesem Fall zu entdecken.

Er stand zehn Sekunden lang da und überlegte. Dann begannen seine Augen zu leuchten.

»IoT-Geräte haben versteckte Internet-Ports«, sagte er. »Sie senden Daten an den Hersteller, ohne dass die Nutzer etwas davon mitbekommen. Aus diesen Daten gewinnt der Hersteller dann *Metadaten,* die er für die Produktentwicklung nutzt, für Werbekampagnen …«

Plötzlich verstummte er.

»Hat irgendjemand auf Pause gedrückt?«, fragte Bryan.

Hudson runzelte die Stirn. »Mir ist gerade was eingefallen. Wenn ich das alles herausgefunden habe, hätten die Hacker dann nicht auch daran gedacht? Und die Ports deaktiviert?«

Bryan schüttelte ein wenig den Kopf. Eher skeptisch als verneinend.

»Es handelt sich um hartcodierte Ports«, sagte er. »Dafür hätten sie das ganze Betriebssystem neu programmieren müssen.«

»Hätten sie die Informationen nicht vom Computer des Herstellers löschen können?«

»Das ist gar nicht so leicht. Die meisten Firmen benutzen Cloudspeicher.«

Hudson zuckte erneut mit den Achseln.

»Sie haben sich immerhin Zugriff auf das Steuerungssystem eines der wichtigsten Staudämme des Landes verschafft.«

Bryan nickte. »Verstehen Sie mich nicht falsch. Die Hacker verfügen wahrscheinlich über die nötigen technischen Fähigkeiten. Aber es ist ziemlich kompliziert, eine Cloud zu hacken. Außerdem gingen sie davon aus, dass sie längst wieder im Flieger sitzen würden, bevor man ihnen auf die Schliche kommt und Sacramento sich in ein Katastrophengebiet verwandelt.«

Hudson machte ein fiebriges Gesicht. Michaels war aufgefallen, dass er mit Begeisterung bei der Sache war.

»Wir könnten den Hersteller unter Strafandrohung zur Herausgabe der Daten zwingen, oder?«, fragte er. »Vielleicht enthalten sie jede Menge Informationen zu den Internetaktivitäten und Log-ins der Hacker.«

Bravo. Michaels strich sich über seinen grau melierten, roten Bart. Die Übung war gut gelaufen. So gut, dass er für einen kurzen Moment nicht mal an Rumänien gedacht hatte.

In diesem Augenblick bemerkte er, dass Natasha und ihre Auszubildenden mit ihren Beweisstücken Richtung Tür gingen, darunter auch das vernetzte Sexspielzeug, und über den Rasen zum mobilen Labor hinüberliefen. Sie konnten jetzt direkt am Tatort die Daten von den digitalen Geräten herunterladen, den Inhalt der Telefone kopieren und die digitalen Spuren der Hacker erfassen und speichern. Wenn die mobile Technologie des SEEKER bereits 2021 zur Verfügung gestanden hätte, wäre die Jury am Ende des Prozesses gegen die Hacker zu einem Urteil gelangt, und die fünf staatlich unterstützten Cyberterroristen wären nicht ungeschoren davongekommen.

Michaels sah dabei zu, wie Natasha und ihre Leute den Transporter bestiegen. Eigentlich wollte er zu ihnen hinübergehen, um sie ein wenig zu beobachten, dann die Übung beenden und sich wegen Operation Scalpel bei Morse melden.

Doch als er nach draußen trat, erreichte ihn der Anruf. Er hörte das Klingeln nicht direkt in seinem Ohr, sondern über ein Schädeldeckenmikrofon.

»Professor Michaels, bitte entschuldigen Sie die Störung.« Es war kein Zufall, dass die Stimme der KI, Eve, fast genauso wie Audrey Hepburn klang; er hatte sie mithilfe einer Hörprobe aus *Frühstück bei Tiffany* gestaltet. »Eagle ruft an.«

Annemarie, dachte Michaels. Es musste dringend sein, wenn die Präsidentin jetzt anrief.

Er blieb neben dem Cop an der Tür stehen. Doch der Beamte konnte ihn nicht sehen. Michaels war unsichtbar. Ein digitales Phantom.

»Trenn mich von der Session«, sagte er zur KI. »Aber lass sie weiterlaufen.«

»Einen Moment. Trennung erfolgt in vier, drei, zwei …«

Das Häuschen in Fair Oaks, der Rasen, die Polizeibeamten und Forensiker, die Wägelchen für Beweismittel, die Streifenwagen, der Transporter der Spurensicherung und auch der SEEKER verschwanden alle gleichzeitig. Außerdem zwei der drei Auszubildenden – Sherron war zum Thanksgiving-Wochenende wieder zu Hause in Oregon und Way bei seiner Familie in Rhode Island. Sie hatten mit Headsets der Beta-Version von Michaels tragbarem, ortsunabhängigem HIVE, oder Highly Integrated Virtual Environment, an der Übungssession als virtuelle Avatare teilgenommen. Die kalifornischen Cops und Kriminaltechniker hingegen waren rechnergesteuerte Akteure. Interaktive Figuren des virtuellen Schulungsszenarios. Digitale Marionetten.

»Sichere Verbindung zu Eagle wird hergestellt«, sagte Eve. »Bleiben Sie dran.«

Michaels behielt für die Audioübertragung sein Headset auf. Zu seiner Rechten, auf der anderen Seite einer Art Theatergang, befanden sich Bryan, Natasha und Jase Hudson zusammen mit ihm im HIVE 1, einem großen, runden Raum im Laborgebäude der Columbia University. Sie trugen ebenfalls kabellose Headsets und waren immer noch von der Simulation umgeben. Aber für ihn waren die LED-Flächen, die die gesamte Wand bedeckten und virtuelle Welten erzeugten, jetzt dunkel.

»Alex?«, sagte Fucillo. »Bist du dran?«

»Ja«, sagte er und verzichtete wie Fucillo auf den Austausch von Höflichkeiten. »Was ist passiert?«

»Es gibt Neuigkeiten aus Rumänien.«

»Von Janus oder aus dem Norden?«

»Beides. Ich hoffe, du sitzt gerade. Wir haben einiges zu besprechen und ein paar Entscheidungen zu treffen. Es sind keine guten Neuigkeiten.«

Michaels nickte zur Bestätigung vor sich hin.

Das hatte er auch nicht erwartet.

East Harlem

Adrián Soto bekleidete gleich drei einflussreiche Ämter. Er war Chef von Cognizant Systems, dem innovativen Telekommunikationsunternehmen, das er nach mehreren Einsätzen mit dem Heereskommando für elektronische Kommunikation mitgegründet hatte; mit der Firma verdiente er seinen Lebensunterhalt. Die zweite Führungsposition, die Soto ausübte, war die des Cybersecurity Director der Net Force. Denn er hatte es als seine patriotische Pflicht betrachtet, die Berufung durch die Präsidentin zu akzeptieren. Aber die Funktion, die ihm am meisten am Herzen lag, war die als Gründer und Vorstandsvorsitzender des Unity Project, einer Wohltätigkeitsorganisation, die er zum Gedenken an seine verstorbene Verlobte Malika ins Leben gerufen hatte. Die Organisation hatte es sich zum Ziel gesetzt, Menschen verschiedener kultureller Herkunft für gemeinsame sozioökonomische Vorhaben zusammenzubringen und durch persönliches Engagement das kulturelle Verständnis und den gesellschaftlichen Zusammenhalt zu fördern.

Unity war seine *Leidenschaft*. Seine persönliche Motivation. Sein Grund weiterzumachen, nachdem ihm der Stammeshass im Irak Malika genommen hatte.

Der heutige Abend, unmittelbar vor Thanksgiving, war für Soto einer der schönsten Abende des Jahres bei Unity. Obwohl man ihn über Operation Scalpel umfassend ins Bild gesetzt hatte, galten seine Gedanken jetzt der Stiftung, wo sie von größtem Nutzen waren. Aufgrund seiner unterschiedlichen und vielfältigen Funktionen war er in der Lage, seine Aufmerksamkeit auf verschiedene Aufgabenbereiche aufzuteilen. Er konnte mühelos die Prioritäten wechseln, um seine jeweiligen Aufgaben zu erfüllen.

Gegen sieben Uhr fuhr sein Fahrer auf der Third Avenue rechts ran und setzte ihn vor der im Erdgeschoss gelegenen Hauptgeschäftsstelle von Unity ab. Soto stieg aus dem Wagen und überquerte mit beschwingten Schritten den Gehweg. Durch die Fenster konnte er die Angestellten und ehrenamtlichen Mitarbeiter sehen, die mit dem Schmücken der Räumlichkeiten und den Vorbereitungen für das jährliche All-you-can-eat-Feiertagsessen beschäftigt waren, das die Stiftung für bedürftige Familien aus der Gegend ausrichtete. Sie würden siebenhundert Portionen gebratenen Truthahn mit Füllung, Kartoffelpüree und Dessert servieren. Man hatte Busfahrten zu den Feierlichkeiten organisiert sowie eine Tombola, einen kostenlosen Fotoautomaten und einen DJ. Außerdem würde man jede Menge Behälter und Tüten verteilen, damit die Leute die Essensreste mit nach Hause nehmen konnten.

Soto trat durch die Tür. Man hatte die Möbel im Empfangsbereich weggeräumt, und mehrere seiner Mitarbeiter hantierten an der Essensausgabe mit Wärmebehältern und Brennspiritus herum. Andere verteilten auf den Cafeteria-Tischen Decken, Pappteller und Plastikbesteck. Gayle Robbins, seine stellvertretende Direktorin, stand auf einer Leiter und hängte an der Decke einen großen Papp-Truthahn auf. Sie war schlank, hatte braune Augen, dunkle Haut und dicht gekräuseltes Haar.

»Meldest du dich zum Dienst?«, sagte sie und schaute zu ihm herunter. »Dann komm mal her.«

Mit einem Nicken zeigte er lächelnd auf den herabbaumelnden Truthahn.

»Mein Gott«, sagte er, »der ist ja riesig.«

»Wart's ab, bist du die echten gesehen hast«, sagte sie.

»Wissen wir schon, wann sie geliefert werden?«

»Der Lkw soll morgen früh um Punkt sechs eintreffen«, sagte sie. »Ich werde hier übernachten.«

»Das werden wohl einige von uns tun müssen«, sagte Soto. Die Zahl der Teilnehmer hatte sich in den letzten Jahren fast verdoppelt, da sich die wirtschaftliche Situation im Viertel immer weiter verschlechtert hatte. Soto schätzte, dass sie fünfhundert Kilo Truthahn mit Beilagen hatten, hundert Kürbiskuchen …

In diesem Moment begann das Telefon in seiner Hosentasche zu vibrieren. Das Gerät war eine Kombination aus Handy und Satellitentelefon, aber nur für die Satellitenfunktion war der stumme Vibrationsmodus aktiviert. Das bedeutete, dass es sich um einen dienstlichen Anruf handelte.

Er griff nach dem Telefon und warf einen Blick auf die Rufnummernanzeige.

Eagle.

Seine Aufmerksamkeit richtete sich jetzt auf einen seiner anderen Aufgabenbereiche.

»Alles okay?«, fragte Gayle.

Soto hatte den Blick immer noch auf das Display gerichtet. »Ich hoffe es«, sagte er und entschuldigte sich.

»Mrs. President.« Soto eilte in den hinteren Bereich des Empfangsraums. »Gedulden Sie sich bitte einen Moment ... Ich muss einen Ort aufsuchen, an dem ich ungestört sprechen kann.«

Sein Büro war ein kleines Zimmer in einer abgelegenen Ecke des Gebäudes. Es war nur spärlich möbliert. Darin standen ein U-förmiger Holzschreibtisch sowie mehrere Stühle und Aktenschränke. Abgesehen von einem Computer und einem Bilderrahmen war der Schreibtisch leer. Im Rahmen steckte ein Foto von Malika.

Soto, der immer noch seinen Mantel trug, setzte sich.

»Tut mir leid«, sagte er. »Um mich herum war gerade eine Menge los.«

»Kein Problem«, sagte die Präsidentin. »Lassen Sie mich direkt zur Sache kommen. Alex Michaels ist ebenfalls zugeschaltet. Er wird Sie auf den neuesten Stand bringen.«

Damit war für Soto klar, dass es um Operation Scalpel ging.

»Alex«, sagte er. »Schießen Sie los.«

Soto lauschte seinen Worten mit fassungslosem Schweigen. Er hatte sich geirrt. Es ging nicht wirklich um Operation Scalpel. Oder um etwas, womit er auch nur im Entferntesten gerechnet hätte.

Der Janus-Stützpunkt war angegriffen worden. Von den

bewaffneten Wachrobotern, die ihn eigentlich beschützen sollten.

»Verdammt«, sagte Soto. »Wie ist Colonel Howards momentane Situation?«

»Er ist mit den autonomen Autos auf dem Weg zur Baracke. Möglicherweise halten sich in einem Bunker oder Schutzraum darunter noch Überlebende auf. Das war alles, was die Herzogin uns sagen konnte.«

Soto machte eine Pause, um seine Gedanken zu ordnen, und wechselte sofort seine Prioritäten.

»Das Puma-Kommandofahrzeug ist mit Argos ausgestattet«, sagte er nach einem Moment. »Ich habe selbst den Auftrag dafür erteilt. Howard müsste immer noch Kontakt mit uns aufnehmen können.«

»Haben Sie eine Ahnung, was mit den Igeln los ist?«, fragte Fucillo.

»Ich stelle normalerweise nur ungern Vermutungen an«, sagte Soto und atmete aus. »Die Roboter sind anfällig für Hackerangriffe, da ihre Betriebssysteme ziemlich veraltet sind. So viel kann ich jedenfalls sagen. Ich habe direkt im neuen Jahr eine Reise nach Rumänien geplant, um festzustellen, ob man die Roboter aufrüsten kann oder vollständig ersetzen muss. Aber jetzt wünschte ich, ich hätte diese Überprüfung schon früher durchgeführt.«

»Adrián, in der *Welt* ist eine Menge los, um Ihre eigenen Worte zu benutzen. Wir dürfen uns keine Vorwürfe machen«, sagte Fucillo. »Die Igel sind also veraltet und die Schutzmaßnahmen von Janus nicht mehr auf dem neuesten Stand. Die Finanzierung der Net Force war ein zäher Kampf, deswegen habe ich mein Augenmerk nicht vollends auf diese Probleme richten können. Ich hatte wahnsinnig viel um die Ohren. Wir erholen uns immer noch von dem Cyberangriff. Außerdem ist da die chaotische Lage in der Republik Birhan. Nachdem wir vor den Vereinten Nationen drei Monate lang unsere Zeit vertrödelt haben, besteht jetzt endlich die Chance, internationale Sanktionen durchzusetzen. Ich gebe wirklich mein Bestes und habe kein schlechtes Gewissen, wenn ich nicht alle Aufgaben gleichzeitig bewältigen kann.«

Soto dachte einen Moment nach. »Auf dem Flughafen Constanţa ist die Rotationstruppe des Schwarzen Meeres stationiert. Ich habe in Absprache mit ihnen meine Reise geplant. Können wir sie nicht entsenden, um bei der Evakuierung zu helfen?«

»Unsere Leute sind einsatzbereit«, sagte Fucillo. »Aber Colonel Howard will noch abwarten, bevor er sie mobilisiert.«

»Aus gutem Grund, denke ich«, fügte Michaels hinzu. »Eigentlich sind unsere Truppen dort stationiert, um die Rumänen bei ihren Operationen zu unterstützen. Nicht umgekehrt. Bevor sich die Truppe in Bewegung setzt, müssen wir erst unser Gastland informieren.«

»Das wegen der Operation in Bukarest letzten Sommer immer noch verärgert ist«, sagte Fucillo. »Sobald wir die Rumänen einbeziehen, werden sie Fragen stellen. Sie werden wissen wollen, warum so viele Leute den Janus-Stützpunkt verlassen haben. Und wo sie sich momentan aufhalten …«

»Wir versuchen, Operation Scalpel vor ihnen geheim zu halten, zumindest für die Dauer des Einsatzes«, sagte Michaels.

Soto erwiderte nichts. Draußen vor seinem Büro hörte er vergnügtes Lachen. Sein Team verwandelte die Vorbereitungen für die Feier jedes Mal in eine Art Party.

»Ich kann meine Reise nach Rumänien vorziehen«, sagte er. »Und gleich morgen früh aufbrechen. Was auch immer nötig ist.«

»Vielen Dank, Adrián. Ich weiß das wirklich zu schätzen. Aber momentan halte ich es für das Beste, Howard die Angelegenheit zu überlassen«, sagte Fucillo. »Er ist ein fähiger Mann. Geben wir ihm etwas Zeit. Solange bleiben wir in Kontakt.«

Soto hörte, wie sie seufzte.

»Wir haben alle eine lange Nacht vor uns«, sagte er.

»Jetzt verstehen Sie, warum ich erst gar nicht versuche zu schlafen«, entgegnete Fucillo.

15

Verschiedene Orte/Vorgeschobene Operationsbasis Janus

Die vier Pumas waren in Formation von Westen nach Osten über die freie Fläche gerollt und hatten etwa siebenhundert Meter entfernt von dem großen, mehr oder weniger rechteckigen Exerzierplatz angehalten. Dahinter erhoben sich die glühenden Trümmer, die vor wenigen Stunden noch die Unterkunft für die fünfzig Soldaten der Qickdraw gewesen waren.

Jedes der drei autonomen Allradfahrzeuge bestand aus acht Tonnen widerstandsfähiger Stahlpanzerung, technischer Ausrüstung und Waffensystemen. Eines bildete die Spitze der Keilformation, die beiden anderen standen links und rechts davon. Sie hatten mehr Muskeln als Hirn und waren nicht imstande, ohne menschliche Kontrolle und Aufsicht selbst ein Ziel auszuwählen oder an Kampfhandlungen teilzunehmen. Im Gegensatz zu den Igeln waren sie zwar nicht lernfähig, aber sie waren sehr viel größer und robuster.

Julio Fernandez setzte auf diesen entscheidenden Vorteil. Er saß in dem Dreiachser am Ende der Formation und hatte den Blick auf seine Monitore und Anzeigetafeln gerichtet, während Wasserman per Funk mit einem rumänischen Luftwaffensoldaten auf dem Flughafen Constanţa sprach. Er hatte mehrere Anläufe gebraucht, um eine Verbindung herzustellen, weshalb Colonel Howard sich schon gefragt hatte, ob dort überhaupt noch jemand wach war.

Im Moment wollte er allerdings einen Blick auf das werfen, was Fernandez auf den Displays sehen konnte. Doch als er sich auf seinem Klappsitz nach vorne beugte, verspürte er einen heftigen, stechenden Schmerz und ließ sich frustriert und verärgert wieder zurücksinken.

»Haben Sie Bilder von den Igeln?«, fragte er.

»Ja. Ich kann sie klar und deutlich sehen. Ihr Aktivitätsstatus ist unverändert.«

»Und das heißt?«

»Sie haben sich nicht von der Stelle bewegt. Ist zwar bloß eine Vermutung, aber ich schätze, das werden sie erst tun, wenn wir in ihre Reichweite kommen.«

Weil sich dann eine Lücke in ihrem Absperrriegel auftun würde, dachte Howard. Wenn es die Absicht der Roboter war, den Leuten im Bunker den Fluchtweg abzuschneiden, würden sie die ganze Zeit einen engen Kreis um den Ausgang bilden. Bis das nicht mehr möglich war. Das war wohl in etwa Julios Vermutung.

Howard schwieg für einen Moment. Sie wollten die Roboter dort weglotsen und zerstören. Ihr Plan war verdammt simpel, erfüllte jedoch seinen Zweck. Allerdings kalkulierte er nicht den Lärm am Himmel ein. Howard konnte das Brummen und Summen der Vibrationen durch die Panzerung des Pumas hören; es klang wie ein Transformatorhäuschen. Das

Geräusch kam auf keinen Fall von einem Flugzeug oder Helikopter. Das waren Drohnen, keine Frage. Aber was auch immer sie dort oben verloren hatten: Howards einziges Ziel war es jetzt, die Leute aus dem Bunker zu retten. Sie verdammt nochmal zu befreien, solange noch Zeit dazu war.

»Welche Informationen brauchen Sie noch, bevor wir losschlagen können?«, fragte er.

Fernandez schwieg einen Moment. »Ich wüsste wirklich gerne, welche schadhaften Lernprogramme man den Igeln in ihre Hirne eingepflanzt hat. Dann müsste ich keine Vermutungen anstellen, wie sie auf unseren Vorstoß reagieren werden.«

»Das werden Sie heute Nacht nicht mehr herausfinden«, sagte Howard.

»Nein.«

»Dann vergessen Sie's. Wir …«

»Colonel?« Wasserman nahm sein Headset ab und drehte sich zu ihm um. »Ich habe Neuigkeiten vom Flughafen. Damit wäre eine wichtige Frage geklärt.«

Howard bemerkte seinen beunruhigten Gesichtsausdruck. »Um was geht's?«

»Sie vermissen einen Drohnenschwarm. Über hundert Stück.«

»Wie ist das möglich?«

»Die Rumänen sind sich nicht sicher. Die Drohnen sind ganz von alleine gestartet.« Wasserman machte eine Pause. »Und es kommt noch schlimmer, Sir. Es handelt sich um Kampfdrohnen. Voller Sprengstoff.«

»Und das hat bis *gerade eben* niemand bemerkt?«

»Wegen der Truppenverlegung nach Câmpia Turzii arbeitet auf der Basis nur eine Notbesetzung.«

»Aber diese blöden Arschlöcher haben dort Kamikazedrohnen stationiert.« Er blickte finster drein. »Also gut. Was haben sie Ihnen noch gesagt?«

»Eine mobile Patrouille kontrolliert alle halbe Stunde das Flugfeld. Heute Morgen um ein Uhr waren die Drohnen noch am Boden. Aber um halb eins hat die Patrouille festgestellt, dass sie abgehoben sind.«

»Und es gab keinen Alarm? Keinen Warnhinweis auf ihren Computern?«

»Nein, Sir. Die Überwachungssysteme zeigen *immer noch* nicht an, dass sie gestartet sind. Aber inzwischen haben ihre GPS-Satelliten die Drohnen in der Luft geortet. Vor etwa zwanzig Minuten.«

Howard schaute zu Fernandez hinüber. »Halten Sie das für glaubwürdig?«

»Das kann schon sein.« Der Sergeant hatte den Blick weiter auf das Anzeigenfeld gerichtet. »Wir haben für die Igel ebenfalls ein Warnsystem. Und das hat auch nicht reagiert.«

Howard las auf seiner Uhr die Zeit ab – 0147 – und machte ein finsteres Gesicht.

»Was wir da draußen hören, sind die Drohnen«, sagte er. »Wenn die Rumänen seit fast einer halben Stunde wissen, dass die Drohnen zu uns unterwegs sind, warum haben sie uns dann nicht verständigt … oder hat man es nicht für nötig gehalten, Ihnen das zu erklären?«

»Da liegt genau das Problem, Sir«, sagte Wasserman. »Ihre GPS-Satelliten haben die Drohnen ein gutes Stück weiter nördlich geortet. Hunderte von Meilen weiter nördlich im ukrainischen Luftraum. Darum haben sie die Stellen in Kiew alarmiert. Aber dort konnte man sie nicht orten.«

»Also hat jemand ihre Satellitendaten manipuliert?«

»Sieht ganz so aus, Sir. Die Rumänen waren über Zielort und Flugroute der Drohnen nicht informiert, bevor ich sie darauf aufmerksam gemacht habe.«

Einen Moment lang herrschte Schweigen.

»Man hat uns eine Falle gestellt«, sagte Howard. »Wir hocken hier wie die Schießbudenfiguren.«

Weder Fernandez noch Wasserman sagten etwas. Der Colonel saugte Luft durch die Lücke zwischen seinen Vorderzähnen, sodass ein leises Pfeifen zu hören war.

»Okay«, sagte er schließlich. »Wass, ich brauche eine Verbindung zur Herzogin. Und zwar sofort.«

»Ja, Sir.«

»Julio?«

»Ja, Sir.«

»Machen Sie sich bereit. Sie haben Zeit, bis ich mein Gespräch beendet habe. Dann heißt es Showtime.«

Laura und Mario fuhren etwa hundert Meter von der Südgrenze der freien Fläche entfernt von links über das Grundstück der Kommandozentrale auf die zerstörte Baracke zu. Vor ihnen, am östlichen Ende des Exerzierplatzes, tauchten die hohen, gefräßigen Flammen, die von den Gebäuden emporloderten, die frühmorgendliche Dunkelheit in einen gespenstischen orangefarbenen Schimmer.

»Laura … halt mal an«, sagte Mario von der Rückbank aus.

Sie trat auf die Bremse, schaltete in die Parkposition und drehte sich auf ihrem Sitz zu ihm um. »*Que te pasa?*«

»Ich will mir mal was ansehen«, sagte er. »Im Handschuhfach liegt ein Fernglas.«

Sie öffnete das Fach, nahm das Fernglas heraus und reichte es ihm nach hinten.

Mario hob das Fernglas an die Augen. Das Brummen am Himmel kam eindeutig von Drohnen … von einer Menge Drohnen. Das Geräusch, das jetzt sehr viel tiefer und näher als noch vor ein paar Minuten zu hören war, erinnerte Mario an das rhythmische, pulsierende Brummen eines großen Transformators. Nur dass es lauter war. Sehr viel lauter.

Er spähte in östliche und südliche Richtung aus dem Fahrzeug. Die Wolkendecke hatte sich inzwischen gelichtet und war aufgerissen, jetzt, wo es aufgehört hatte zu schneien, und im Licht des Mondes, der Sterne und der Flammen konnte er den Exerzierplatz deutlich erkennen.

Es waren zwei Igel zu sehen, die sich nicht von der Stelle rührten, einer auf der Südseite des Gebäudes, der andere auf der Nordseite. Offensichtlich handelte es sich um Spree und Nash, die einer fehlerhaften Version ihrer Befehle folgten und in ihren Roboterhirnen weiterhin glaubten, sie würden ihre vorgeschriebenen Abschnitte beschützen. Wenn Mario richtiglag, dann verriet ihre Position etwas darüber, wie man ihre Programme manipuliert und verändert hatte. Earl befand sich wahrscheinlich außer Sichtweite hinter dem brennenden Gebäude.

Mario schaute immer noch durch das Fernglas, als er am Rand des Blickfelds, in östlicher Richtung, etwas bemerkte. Er schwenkte das Fernglas dorthin … und schnappte nach Luft.

»Mario … was ist los?«

Ihm wurde klar, dass er immer noch nicht Lauras erste Frage beantwortet hatte.

»Ich habe die Igel vor der Baracke beobachtet. Aber dann habe ich *sie* gesehen.« Er deutete in eine bestimmte Richtung und hielt ihr das Fernglas hin. »Hier. Nimm. Sie fahren Richtung Baracke. Siehst du?«

Sie hielt das Fernglas an die Augen.

»Ja«, sagte sie. »Sind das Panzer?«

»Das sind Pumas. Gepanzerte Kampffahrzeuge. Eine Art Mischung aus Panzer, Lkw und Mannschaftswagen. Die drei vorne sind Zweiachser. Sie fahren in Keilformation.«

»Wie ein Pfeil.«

»Genau. Das ist eine Angriffsformation.«

Sie schaute weiter durch das Fernglas. »Ich kann noch ein viertes Fahrzeug erkennen. Ein Stück dahinter. Es ist größer als die anderen.«

»Ja«, sagte Mario. »Ein Dreiachser. Das ist das Kommandofahrzeug.«

»Was glaubst du, wer da drin ist?«

Er schwieg einen Moment. Bei einem seiner ersten Jobs auf dem Stützpunkt hatte er Julio Fernandez geholfen, die Master-Minion-Konfiguration seiner autonomen und halbautonomen Fahrzeuge zu verbessern.

»Ich glaube, die ersten drei sind Roboter-Kampffahrzeuge. Das hinterste, das Kommandofahrzeug, ist wahrscheinlich bemannt. Vielleicht mit einer vollständigen Besatzung. Möglicherweise ist Colonel Howard an Bord. Und Sergeant Fernandez. Er hat die komplette Systemarchitektur dafür entwickelt. Er kennt das Fahrzeug besser als jeder andere.«

Sie nahm das Fernglas herunter.

»Mario, *hay algo no entiendo*. Warum stehen die Roboter einfach vor der Baracke herum?«

Er dachte eine Minute darüber nach. Das war eine gute Frage.

»Im Gebäude gibt es einen Keller mit verstärkten Wänden. Eine Notunterkunft. Vielleicht stehen die Igel dort, um sie zu bewachen. Falls sich Überlebende darin aufhalten.«

»Und diese Pumas … offensichtlich fahren sie dorthin, um die Leute da rauszuholen.«

»Ja«, sagte Mario. »Offensichtlich.«

Laura sah ihn an. »Wir müssen ihnen helfen«, sagte sie.

»Nein«, sagte er. »Ich bin mir ziemlich sicher, dass da oben in der Luft Drohnen sind … und ich glaube, dass die nicht von uns sind. Außerdem bist du Zivilistin, keine Soldatin. Du musst von hier verschwinden.«

»Mario, Mario … ese no es el punto«, sagte sie auf Spanisch. *»Este es nuestro deber como humanos. Pararse y ser valiente.«*

Er sah sie schweigend an.

Das ist nicht der Punkt, hatte sie gesagt.

Es ist unsere Pflicht als Menschen, zu handeln und Mut zu beweisen.

Mario sah sie immer noch an. Er hatte einen Kloß im Hals. In diesem Moment wusste er, dass sie alles war, was er sich vom Leben erhoffte. Laura Cruz und unzählige Nächte, in denen er sie fest in den Armen hielt. Zwei Kinder oder auch drei, vielleicht sogar mehr. Eine Familie. Jungen, die wie eine Mischung aus ihrer Mom und ihrem Dad aussahen, und kleine Mädchen, die eine Miniaturausgabe von Laura waren, mit ausdrucksvollen, wunderschönen braunen Augen genau wie sie.

Er seufzte und nickte.

»Also los.«

George Bush Center for Intelligence
Langley, Virginia

Carol Morse kehrte gerade zum zweiten Mal von der Kaffeemaschine zu ihrem Schreibtisch zurück, als das Telefon klingelte, diesmal das Festnetztelefon in ihrem Büro. Es war erneut Howard. Ohne den Kaffee abzusetzen, stürzte sie zum Telefon. Ein großer Fehler. Körperliche Koordinationsfähigkeit zählte nicht unbedingt zu ihren Stärken. Unter Stress erwies sie sich geradezu als ihre Schwachstelle. Der Kaffee schwappte über den Becherrand auf den Schreibtisch und verfehlte nur knapp ihren Blazer.

Sie stellte den Becher neben den verschütteten Kaffee und drückte die Lautsprechertaste.

»Ich bin dran«, sagte sie.

Howard gab ihr eine fünfundzwanzig Sekunden lange Zusammenfassung der aktuellen Ereignisse. Er erzählte ihr von dem Drohnenschwarm, der auf dem Flughafen Constanța gestartet war, und von den Drohnen aus Campia Turzii im Kreis Satu Mare. Dann erläuterte er seinen Plan, wie er die Mitarbeiter aus dem Bunker holen wollte.

Morse spürte, wie ihr Puls schneller wurde. Als sie bemerkte, dass Kaffee von ihrer Tischkante tropfte, zerrte sie mehrere Papiertaschentücher aus der Box auf der anderen Seite des Tisches und legte sie auf die Pfütze.

»Eins nach dem anderen«, sagte sie. »Ich kann mir nicht vorstellen, dass Sie ohne Unterstützung eine Rettungsaktion durchführen können.«

»Wir sind einsatzbereit«, sagte Howard. »Wir werden jetzt vorrücken.«

»Sie müssen die Aktion abbrechen und sich zurückziehen. Das ist glatter Selbstmord.«

»Soll ich etwa meine Leute im Stich lassen?«

»Der Bunker kann einem schweren Bombenangriff standhalten.«

»Wegen des Bunkers mache ich mir keine Sorgen. Aber ich habe dort unten verwundete Männer und Frauen.«

»Innerhalb einer Stunde können Luft- und Bodenunterstützung vor Ort sein. Die Präsidentin und Direktor Michaels haben aus dem Black-Sea-Area-Support-Team eine Spezialeinheit zusammengestellt. Auf dem Flughafen Constanţa ist eine Brigade der Marines stationiert. Und in Novo Selo in Bulgarien wartet eine Sondereinheit mit Panzerfahrzeugen auf ihren Einsatzbefehl. Sie verfügt über ein THOR-Drohnenabwehrsystem. Machen Sie keine Dummheiten, Colonel. Ziehen Sie Ihre Leute da ab.«

»Erst wenn wir den Bunker evakuiert haben, Herzogin.«

Eine Sekunde lang herrschte Schweigen.

»Verdammt nochmal«, sagte sie. »Ich kann meine Aufforderung auch in einen direkten Befehl umwandeln.«

Sie wussten beide, dass sie nicht bluffte. Aufgrund der schnellen Formierung der Net Force hatte man hinsichtlich der Befugnisse der verschiedenen Behörden, Geheimdienste und der Armee eine Vielzahl vorläufiger Vereinbarungen getroffen. Und Morse hatte über die Qickdraw die oberste Befehlsgewalt.

»Seit wann fluchen Sie?«, sagte Howard.

»Seit Sie sich in Mike Carmody verwandelt haben.«

»Das habe ich überhört.«

Nach einer kurzen Pause fragte sie: »Gibt es Neuigkeiten von ihm?«

»Nicht dass ich wüsste«, sagte Howard. »Herzogin … wie lauten Ihre Befehle?«

Morse antwortete nicht. Sie musste auf ihr Bauchgefühl hören.

»Viel Glück, Colonel«, sagte sie nach einem Moment. »Sie sind derjenige vor Ort, nicht ich. Ich werde Ihnen nicht in den Rücken fallen. Aber halten Sie mich auf dem Laufenden.«

Sie beendete das Gespräch, blieb einen Moment sitzen und dachte nach. Schließlich nahm sie die zusammengeknüllten und tropfenden Taschentücher von ihrem Schreibtisch und warf sie in den Papierkorb. Mit einem feuchten Klatschen landeten sie in dem Plastikbeutel.

Morse betrachtete ihren Schreibtisch. Es war immer noch eine kleine Kaffeepfütze da. Sie nahm ein paar frische Taschentücher, knüllte sie zusammen und begann, den restlichen Kaffee wegzuwischen. In kleinen Kreisen rieb sie über die Stelle und dachte erneut über die Lage in Rumänien nach.

Als der Schreibtisch schließlich trocken war und glänzte und sie gerade die Taschentücher entsorgen wollte, klingelte erneut ihr Telefon. Die Rufnummernanzeige verriet ihr, dass es Leo Harris war.

Sie vermutete, dass die Präsidentin Alex Michaels benachrichtigt und dieser ihren Ex angerufen hatte. Er war zwar bis vor Kurzem krankgeschrieben gewesen, aber er war der Direktor für Cyberermittlungen der Net Force.

Die Schreibtischuhr zeigte an, dass es zehn vor neun war. Obwohl es noch nicht drei Uhr nachts war, hatte selbst um diese Zeit ein Anruf selten etwas Gutes zu bedeuten. Wenn man zudem bedachte, dass es der Abend vor einem langen

Feiertagswochenende war, dann kam es einem Anruf in den frühen Morgenstunden gleich.

Doch Morse sagte sich, dass es für diese abgewandelte Regel – zumindest bislang – keine statistische Bestätigung gab; sie holte tief Luft und nahm ab.

Jersey City, New Jersey, USA

»Es ist mir vollkommen egal, was du mir zu sagen hast«, blaffte Harris ins Telefon. »Ich will es nicht hören!«

»Warum hast du dann angerufen?«

»Weil ich wissen will, warum du mich bei der Planung der Operation nicht hinzugezogen hast.«

»Leo, hör auf zu zetern.«

»Das tue ich nicht.«

»O doch«, sagte Morse am anderen Ende der Leitung. »Außerdem widersprichst du dir selbst. Entweder willst du mit mir reden oder nicht. Wenn du allerdings nur vorhast rumzumeckern, dann lege ich wieder auf.«

Er holte Luft. Atmete tief in den Bauch. Durch die Nase ein und durch den Mund wieder aus. Ganz langsam. Dabei hatte er eine Hand auf den Brustkorb gelegt, um sich zu vergewissern, dass dieser sich nicht bewegte. Er atmete mit dem Zwerchfell, nicht mit der Brustmuskulatur. Seine verletzte, zusammengeflickte Lunge musste möglichst geschont werden.

»Leo? Lebst du noch?«

Er drehte sich auf seinem Schreibtischstuhl herum. Er war von lauter Trainingsgeräten umgeben, teurer, überflüssiger Schrott, den er kaum benutzt hatte. Sein Wohnzimmer sah aus wie ein Rehazentrum. Es war zum Heulen.

»So halbwegs«, sagte er.

»Ich wäre dir dankbar, wenn du mit dem Scheiß jetzt aufhören würdest«, sagte Morse. »Warum beschimpfst du mich?«

»Der Prof hat mich gerade angerufen«, sagte er. »Wegen der Sache in Rumänien.«

»Bevor wir weiterreden ... ist dies eine sichere Verbindung?«

»Ich brauche zwar eine Krücke, um im Supermarkt Klopapier zu kaufen, aber mit meinem verdammten Gehirn ist noch alles in Ordnung.«

»Ich werte das als ein Ja«, sagte Morse. »Okay, Leo. Wenn Director Michaels dich informiert hat, dann weißt du wahrscheinlich, dass die Situation noch andauert.« Sie machte eine Pause. »Howard hat mich gerade auf den aktuellen Stand gebracht. Es hat auf Janus ein paar neue Entwicklungen gegeben. Und es sieht nicht gut aus.«

Harris hörte sich ihre kurze Zusammenfassung an. Von zwei rumänischen Flughäfen waren ohne das Wissen des militärischen Überwachungspersonals zwei Drohnenschwärme gestartet. Beladen mit Sprengstoff. Sie befanden sich jetzt über dem Stützpunkt und dem Unterschlupf des Wolfes.

Harris spürte, wie die Farbe aus seinem Gesicht wich.

»Verdammt nochmal«, sagte er. »So was hatte ich befürchtet.«

»Uns allen war das Risiko bewusst. Aber wir mussten etwas unternehmen.«

»Warum?«

»Da wären die russischen Aktivitäten in Rosalvea und Umgebung. Und Petroviks Täuschungsmanöver, mit dem er uns weisgemacht hat, dass er noch in seinem Versteck ist, inklusive der technisch ausgefeiltesten Deepfakes, die wir je gesehen haben, damit Zolcu auf unseren Überwachungsbildern aus der Luft wie *er* aussieht. Ist die Liste noch nicht lang genug? Sie hecken irgendetwas aus, Leo. Niemand verheimlicht dir etwas.«

»Oder will hören, was ich zu sagen habe.«

»Das ist absolut nicht wahr. Und nicht fair. Es hat zwar eine Weile gedauert, das alles zu planen, und der Einsatz musste gewissenhaft vorbereitet werden. Trotzdem durften wir keine Zeit verlieren, und du warst bis vor zwei Wochen krankgeschrieben. Vor nicht mal vier *Monaten* wärst du bei der Explosion der Autobombe fast gestorben.«

»Erzähl mir was Neues.« Der Sprengsatz war im Kofferraum eines Tesla deponiert gewesen, den er geöffnet hatte, und Sekunden vor der Explosion war er hinter der Fronthaube des Wagens in Deckung gegangen. Das Klicken des Zündmechanismus hatte ihn gewarnt, und der Frontmotor hatte ihm das Leben gerettet … aber er war schwer verletzt worden.

Verkrüppelt, dachte er.

Leo betrachtete die Aluminiumkrücke unter seinem Schreibtisch. Anfangs hatte er noch versucht, sich gegen die Seite des Tisches zu lehnen, wenn er sich setzte, um zu arbeiten. Aber er hatte sie immer wieder umgestoßen. Falls seine Schildkröte Mack sie auf dem Weg zur Salatschüssel nicht vor ihm umgeworfen hatte. Also hatte er die Krücke einfach auf den Boden gelegt, weil sie sowieso jedes Mal dort landete.

»Möglicherweise hätte ich gegen den Einsatz Widerspruch eingelegt, wenn man mich gefragt hätte«, sagte er nach einer Pause. »Und ich hätte auf keinen Fall mein Okay dazu gegeben, dass Outlier nach der Operation in Bukarest auf Janus bleibt. Sie sollte zur Befragung in die Staaten gebracht werden. Das war so vereinbart.«

»Leo, du kommst von einem Thema aufs andere. Warum erwähnst du das jetzt überhaupt?«

»Weil du diejenige warst, die mir das Angebot gemacht hat«, sagte er. »Wir hätten es niemals zulassen dürfen, dass sie ein Geheimflugzeug wie den *Raven* von innen sieht. Geschweige denn an der Operation teilnimmt.«

»Dieses Vertrauen hat sie sich verdient. Carmody wollte, dass sie ihn begleitet, und es war meine Entscheidung, das zu genehmigen oder nicht.«

»Schön, Carmody kann mich mal. Er ist derjenige, der uns in diese Lage gebracht hat.«

»Leo …«

»Nein, vergiss, was ich gesagt habe. *Du* bist das gewesen, weil du auf seine schwachsinnigen Vorschläge eingegangen bist.«

»Leo, hör sofort damit auf. Und reite nicht weiter darauf herum. Ich lasse mich nicht von dir beschimpfen, nur weil du dich aus irgendeinem idiotischen Grund für unzulänglich hältst. Das hatten wir alles schon mal, und das ist nicht gut ausgegangen.«

Harris umklammerte das Telefon fest mit der Hand und lauschte der tunnelartigen Stille der verschlüsselten Verbindung. »Was soll das heißen?«

»Ich habe es mit einer ernsten Notlage zu tun, Leo. Das ist momentan meine einzige Priorität. Und das sollte auch für dich gelten«, sagte sie. »Ich empfehle dir, meinen Rat zu befolgen und den Kopf aus dem Arsch zu ziehen.«

Klick.

»Carol? Hallo?«

Harris verstummte. Erneut hörte er diese merkwürdige, verrauschte digitale Stille. Obwohl sie aufgelegt hatte und die Verbindung unterbrochen war. Dennoch glaubte er, immer noch diese Stille zu hören.

Atme ein. Und wieder aus. Nase. Mund. Bauch.

Er saß, das Telefon zwischen Ohr und Schulter geklemmt, eine ganze Weile lang da und versuchte, genügend Luft einzuatmen, um sich wieder besser zu fühlen.

Aber er schaffte es nicht.

Es ging einfach nicht.

16

Kreis Satu Mare, Rumänien/Burg Graguscu

Carmody kam am Fuß der Treppe zum Stehen, stieg vom Motorrad und ließ seinen Blick über den Vorplatz wandern. Die Sterne und das Licht aus der Burg waren so hell, dass er sein digitales Nachtsichtgerät nicht herunterklappen musste.

Schultz und der BearCat hatten großen Schaden angerichtet. Der tote Mann auf dem Kopfsteinpflaster zu seiner Rechten erinnerte kaum noch an einen Menschen. Er sah eher aus wie ein zerfleischtes Tier. Sein Körper lag zerschmettert und blutverschmiert im Schnee.

Carmody drehte sich auf dem Absatz zur Burg um und ging die breite, niedrige Treppe zum Säulenvorbau hinauf. Seine Stiefel machten auf dem Granit ein knirschendes Geräusch, als er über die verstreuten Glasscherben hinwegstieg. Der Himmel über ihm heulte und pulsierte.

Am oberen Ende der Treppe angekommen blieb er stehen. Die gesplitterte Schlupfpforte hing lose von den Angeln, und aus dem Rittersaal fiel Licht auf den umgekippten Rezvani.

Carmody warf einen Blick durch die Heckscheibe und entdeckte im Innern zwei tote Männer, einen vorne, den anderen auf der Rückbank. Ihre Arme und Beine waren völlig verdreht, und der Innenraum war mit Blut vollgespritzt.

Mit seinem Gewehr im Anschlag lief Carmody um den Rezvani zum riesigen Eingangstor der Burg, drückte sich mit dem Rücken gegen den Riegel der zertrümmerten Schlupfpforte und schob seinen Kopf vor, um in den Saal zu spähen. Dort rührte sich nichts. Er holte tief Luft und trat ein, die Knie gebeugt, um seinen Körperschwerpunkt nach unten zu verlagern.

Er blieb stehen, sah nach links und nach rechts. Der Saal war einer der wenigen Bereiche der Burg, die er im Fotoarchiv von Satu Mare auf den Bildern vom Ende des Zweiten Weltkriegs gesehen hatte. Die vergilbten Schwarz-Weiß-Aufnahmen hatten einen heruntergekommenen, verwahrlosten Festsaal gezeigt, den man eilig in einen Kommandoposten der Wehrmacht umgewandelt hatte, vollgestopft mit Funkgeräten, Karten und Militärbannern. Außerdem waren darauf verblasste Wandgemälde zu sehen gewesen, von denen die Farbe abblätterte, und rissige, zerbrochene Bodenfliesen. Und die Stelle vor dem riesigen Kamin gegenüber dem Eingangstor war mit Kriegsbeute übersät. Mit Silber und Gold, Statuen und Gemälden.

Aber was Carmody jetzt vor sich erblickte, war ein kostspielig und aufwendig restaurierter Schrein, der der Kriegskunst, dem Tod und der Eroberung geweiht war. Es gab hier Säulen mit in Stein gemeißelten Totenschädeln, grausame Schlachtengemälde, Schwerter, Äxte und Lanzen …

Carmody wusste, dass zwischen der Regentschaft des

Giftmischers und der Besetzung durch die Nazis mehrere Jahrhunderte lagen. Aber es schien fast so, als wären sie durch eine fortlaufende Erblinie direkt miteinander verbunden.

Carmody ging weiter, blieb erneut stehen, ließ seine Augen durch den Raum wandern und lauschte. Er konnte Clinia aus Cluj nirgends entdecken und hörte nichts weiter als die näher kommenden Drohnen. Dieses laute, tiefe Geräusch, durchdringend und oszillierend. Eine pulsierende Vibration in der Luft draußen vor der Schlupfpforte. Er wusste nicht, wie schnell der Schwarm sich fortbewegen konnte. Jedenfalls kam er immer näher.

Schließlich verharrten Carmodys Augen für einen kurzen Moment auf der hohen Wendeltreppe vor ihm. Er fragte sich, ob sie bis zu dem Turm hinaufführte, in dem er Clinia zurückgelassen hatte.

Er schaute zur Treppe empor. Dort oben schien niemand zu sein. Er glaubte nicht, dass Clinia in ihrem Gefühlszustand im Turm geblieben war. Sie war verängstigt, wütend und verwirrt gewesen. Nein, sie war bestimmt nicht dortgeblieben. Allerdings hatte sie reichlich Zeit gehabt, hier herunterzukommen. Wo steckte sie also?

Carmody hatte das Gefühl, dass irgendetwas ganz und gar nicht stimmte.

Er ging weiter in den Saal. Der Boden bestand aus quadratischen schwarz-weißen Marmorfliesen, und seine Schritte machten ein leises, dumpfes Geräusch. Während er weiterlief, suchte er die Wände nach Geheimtüren ab, konnte jedoch nichts Ungewöhnliches entdecken. Das bedeutete allerdings nicht, dass es hier keine Geheimgänge gab, sondern nur, dass er sie nicht sehen konnte.

Als er sich der Mitte des Saals näherte, inspizierte er den Bereich vor sich und zu beiden Seiten. Über ihm, zu seiner Linken, ragte ein Balkon hervor. Die ovale Konstruktion befand sich in fünfzehn Meter Höhe und lag teilweise im Schatten. Auf den historischen Fotos hatte ein Hakenkreuzbanner davon herabgehangen.

Von seiner Position aus konnte Carmody den Balkon nicht einsehen. Er trat ein paar Schritte vor und streckte den Hals, um seine Sicht zu verbessern, bis er hinter der Steinbrüstung Clinia entdeckte.

Sie war nicht allein. Hinter ihr stand ein Mann und hielt ihr eine Pistole an den Kopf. Er war groß und schlank und hatte blondes, nach hinten gekämmtes Haar, und er trug die gleiche schwarze Uniform wie die Sicherheitsmänner oben im Gang.

»Bleib, wo du bist«, sagte er. »Keinen Schritt weiter, oder sie ist tot.«

Carmody erwiderte nichts. Rührte sich nicht von der Stelle. Clinia wirkte verstört, stand unter Schock. Ihr Gesicht war eine einzige blutige Masse.

Carmodys Hals spannte sich. Auf Clinias Stirn klaffte eine tiefe Wunde, eines ihrer Augen war zugeschwollen, und ihre rechte Wange war auf die doppelte Größe angewachsen. Sie bekam kaum noch Luft. Kein Wunder. Ihre Nase war gebrochen und hing zur Seite, und aus ihren Nasenlöchern tropfte reichlich Blut. Es rann an Lippen und Kinn herunter und war auf die Vorderseite ihres Kleids gespritzt.

»Sie hat mir gesagt, dass du zurückkommst«, sagte der blonde Mann. »Ihr edelmütiger Amerikaner.«

Carmody sagte immer noch nichts. Als er rechts von sich

ein Geräusch hörte, das wie eine sich öffnende Aufzugtür klang, sah er am Rand seines Blickfelds, wie hinter einer Schiebewand in einem der Wandgemälde drei Männer hervortraten. Der Mann ganz vorne war riesig, und sein kahler Schädel glich einer Kanonenkugel. Er war offensichtlich nicht bewaffnet, aber die beiden Männer hinter ihm trugen Kalaschnikow-AK-74-Gewehre, die ursprüngliche, besser austarierte Version mit laminiertem Schaft und Handschutz aus Holz. Der Hüne kam auf Carmody zu und blieb ein Stück rechts von ihm stehen, während seine Begleiter hinter ihn traten.

Carmody spürte, wie ein Gewehrlauf gegen seinen Rücken gedrückt wurde.

»Lass die Waffe fallen«, sagte der Hüne mit heiserer, kratziger Stimme. »Und nimm die Hände hoch.«

Carmody stand völlig regungslos da und hielt die Waffe immer noch in den Händen.

»Fallen lassen«, wiederholte der Hüne. »Oder sie ist tot.«

Carmody rührte sich nicht. Er war 1,85 Meter groß, und der Mann überragte ihn um ein gutes Stück. Carmody hatte ihn schon mal irgendwo gesehen; einen derartigen Koloss konnte man nicht so einfach vergessen.

Aber das spielte jetzt keine Rolle. Entscheidend war, dass er nicht bluffte. Der Mann auf dem Balkon hatte Clinia übel zugerichtet. Sie brutal verprügelt. Er würde sie bedenkenlos umbringen.

Carmody ließ sein Gewehr zu Boden fallen, und der Hüne trat es fort, worauf es scheppernd über die Fliesen wirbelte.

»Jetzt den Helm. Und die Brille.«

Carmody starrte weiter zu der Frau auf dem Balkon hinauf.

Er hatte sie aufgefordert, hier auf ihn zu warten, und sie hatte auf ihn gehört.

Er bewegte seine Lippen, und es schien, als würde er einen Fluch murmeln. Dann nahm er den Helm mitsamt Aufsatz ab und hielt ihn vor sich hin. Der Hüne griff mit der rechten Hand danach und gab ihn einem der Männer hinter sich, während er die andere Hand in seine Jackentasche steckte.

Carmody blieb kaum Zeit zu reagieren, er konnte gerade noch seinen Kopf nach links werfen, bevor der Hüne seine Hand wieder aus der Tasche zog und ihm mit einer Faust von der Größe eines Hackbratens seitlich gegen das Gesicht schlug.

Dann sah Carmody nur noch Sterne. Er hatte das Gefühl, als wäre er von einem Holzhammer getroffen worden. Hätte er den Kopf nicht zur Seite gerissen, wäre sein Kiefer zertrümmert worden. Er taumelte hin und her, blieb aber auf den Beinen.

Der Hüne holte erneut aus, um ihm einen rechten Haken zu verpassen, doch Carmody riss seinen Unterarm hoch und blockte ihn ab. Er hatte kräftige, starke Arme, muskulös und durchtrainiert. Aber der Schlag war heftiger als erwartet, und ein stechender Schmerz durchzuckte seinen Unterarm.

Ein flüchtiger Blick auf den Gegenstand in den dicken, klobigen Fingern des Hünen erklärte alles. Er hatte einen Schlagring aus der Tasche gezogen.

Carmody konnte ihn gerade noch sehen, bevor die riesige Faust erneut auf ihn zusauste. Er krümmte die Knie und tauchte darunter hinweg, richtete sich wieder auf und schleuderte dem Hünen, unter dessen Armen hindurch, die gefalteten Hände mit voller Wucht gegen die Kehle. Wenn Carmody sich richtig erinnerte, wo er den Mann schon mal gesehen hatte, dann war das sein wunder Punkt.

Der Hüne schwankte hin und her und stieß ein schmerzerfülltes, wütendes Knurren hervor, das klang, als rasselten Kieselsteine durch ein Metallrohr. Carmody stürzte auf ihn zu, um ihm seine gefalteten Hände erneut gegen die Kehle zu rammen, als einer der Wachmänner ihm von hinten mit dem Holzkolben seines Gewehrs einen Schlag gegen die Schläfe versetzte.

Diesmal sah Carmody keine Sterne. Diesmal explodierte vor seinen Augen eine gleißend helle Supernova, die in sämtliche Richtungen zerstob. Seine Knie gaben nach, aber er schaffte es herumzuwirbeln, dem Wachmann mit der rechten Hand einen Kinnhaken und mit der linken einen Schlag gegen die Wange zu verpassen. Der Mann ging zu Boden, was Carmody jedoch kaum mitbekam. Er blinzelte immer noch, um die umherschwirrenden Lichtpunkte vor seinen Augen zu vertreiben, als sich der Hüne wie ein wild gewordener Stier erneut auf ihn stürzte, schneller, als das mit seinen Körpermaßen eigentlich möglich war, und ihn mit der Kraft seines ganzen Gewichts gegen die Wand neben dem Torbogen stieß. Mit einem dumpfen Schlag prallte Carmody dagegen. Seine Wirbelsäule knackte, und seine Rippen ächzten. Er spürte, wie seine Knie weiter nachgaben, rutschte ein paar Zentimeter an der Wand herunter, blieb aber stehen. Der Hüne drückte ihn jetzt mit seiner breiten Brust gegen die Wand, während seine fleischige Faust mit dem Schlagring ein ums andere Mal auf Carmodys Schädel einschlug.

»*Runter mit dir!*«, krächzte der Hüne.

Doch Carmody hielt sich weiter auf den Beinen.

Und dann gingen alle drei Männer, die hinter der bemalten Schiebewand hervorgekommen waren, auf ihn los. Einer der Wachmänner trat von links gegen sein Knie, als wäre es ein Fußball. Der andere – wohl der, den er eben zu Boden geschickt hatte – rammte ihm erneut seinen Gewehrkolben gegen den Kopf.

Carmody verlor das Gleichgewicht und taumelte rückwärts gegen die Wand. Ihm lief Blut in die Augen, und es begann zu brennen und überzog sein Gesichtsfeld mit einem roten Schleier.

Der Hüne stürzte auf ihn zu, und die beiden Wachmänner drückten Carmody auf beiden Seiten gegen die Wand, stemmten sich mit ihrem ganzen Gewicht gegen seinen Körper, sodass er sich nicht mehr bewegen konnte. Der Hüne hob seinen Fuß und trat ihm mit einem Stiefel der Größe fünfzig in den Bauch. Carmody rutschte weiter an der Wand herunter, hielt sich aber immer noch aufrecht. Der Hüne trat ein zweites, drittes, viertes Mal zu, doch Carmody blieb stehen.

Es folgten weitere Tritte. In gleichmäßigem Rhythmus. Mit der mechanischen Präzision von Zylinderkolben.

Die Luft wich aus Carmodys Lunge. Seine Knie knickten ein. Schließlich ließen ihn die Wachmänner wieder los, und der Hüne trat ein, zwei Schritte zurück. Aber Carmody begriff, dass sie nur Platz gemacht hatten, damit er vornüberfallen konnte.

Aber er ging nicht zu Boden. Er fühlte sich zwar schwach und kraftlos. Aber er ging nicht zu Boden. Seine Beine krümmten sich, und seine Arme hingen schlaff an ihm herunter, doch er blieb stehen.

Das Gesicht des Hünen war jetzt direkt vor seinem. Brutal, monströs und angriffslustig.

»Fick dich, Amerikaner«, sagte er, packte ihn mit beiden Händen am Hemdkragen und schleuderte ihn wie eine Stoffpuppe zu Boden. Carmody landete auf dem Rücken, und der riesige Stiefel senkte sich herab und drückte auf sein Zwerchfell, bohrte sich mit dem Absatz in seinen Körper.

»Wie fühlt sich das an, Amerikaner? *Gefällt dir das?*«

Carmody holte röchelnd Luft, blinzelte das Blut aus seinen Augen und schaute dem Hünen ins Gesicht.

»Ich werde dich töten«, sagte er.

Einen Moment lang passierte nichts. Die Oberlippe des Hünen zuckte schwach. Dann würgte er einen Speichelklumpen hervor und spuckte Carmody ins Gesicht, beugte sich über ihn, zerrte seinen Kopf hoch und drehte ihn mit beiden Händen Richtung Balkon.

»Schau hin«, sagte er. Und dann mit lauter Stimme: *»Laso sa zboare.* Sehen wir mal, ob sie fliegen kann.«

Carmody hörte über sich einen Schuss. Während seine Schläfen wie von einem Schraubstock zusammengedrückt wurden, sah er aus Clinias Kopf Blut spritzen, dann wie ihr Körper über die Brüstung in die Tiefe fiel und etwa einen Meter rechts von ihm mit einem grauenvollen Geräusch auf den Boden klatschte.

Der Hüne riss Carmodys Kopf wieder zu sich herum und blickte ihm in die Augen, während die beiden anderen Sicherheitsmänner sich neben ihn stellten und Carmody ihre Gewehre an die Schläfen hielten.

»Keine Flügel«, sagte der Hüne. »Was für ein Jammer.«

Verschwinde von hier, hatte Carmody über das RoiP gesagt. Es hatte kein Bild dazu gegeben. Keine weiteren Informationen. Er hatte nur eine Verbindung hergestellt, um diese Worte zu sagen. Um ihr diese Botschaft zu übermitteln.

Dann kam nichts mehr.

Nur noch Schweigen.

Kali saß fröstelnd auf ihrem Motorrad. Die eisige Kälte hatte sie jetzt fest im Griff. Der wolkenverhangene Himmel über ihr war immer noch von dem pulsierenden Geräusch erfüllt.

Verschwinde von hier.

Der Zeitstempel im Head-up-Display verriet ihr, dass sie die Nachricht vor fünf Sekunden erhalten hatte. Inzwischen waren über sieben Minuten vergangen, seit Carmody die breite Burgtreppe hinaufgestiegen und durch den Torbogen verschwunden war.

Eigentlich mehr als genug Zeit. Dennoch würde sie einen klaren Kopf behalten.

»Cas«, sagte sie. Das war die Kurzform von Castor, ihrem Leitstern. Und von ihrem Namen für die Schläfer-KI, die sie auf ihrem Helmcomputer installiert hatte.

»*Somniator lucidus*«, sagte sie. Das war der lateinische Ausdruck für luzider Träumer und ihr Passwort zur Aktivierung der KI.

»Hallo, Outlier«, sagte eine sanfte, alterslose Männerstimme. Sie sprach mit einem leicht britischen Akzent, wie er im Südwesten Englands gesprochen wurde. »Wie kann ich dir helfen?«

»Bist du von allen externen Systemen abgeschirmt?«

»Ja.«

»Dann verschaff mir über die Backdoor Zugriff auf Sentinel,

Code H-9-6-4-0-3-A-1. Zeig mir den Livestream. Inklusive sämtlicher Positions-, Navigations- und Zeitdaten.«

»Einen Moment.«

Genau zwei Sekunden später erschien auf ihrem Head-up-Display der Drohnenschwarm; die Bilder kamen von der Aufklärungsdrohne des *Raven*, die über den Drohnen schwebte wie ein Falke über einem Spatzenschwarm. Es waren gut und gerne über hundert von ihnen. Kleine Modelle, die vermutlich zusammenklappbar waren und aus dem 3-D-Drucker stammten. Ihrer Anzahl nach zu urteilen, waren sie wahrscheinlich mit Sprengsätzen bestückt, denn man schickte für Überwachungszwecke keinen lärmenden Drohnenschwarm los. Sie flogen mit etwa fünfundvierzig Meilen pro Stunde, und der Höhenmesser der Aufklärungsdrohne zeigte an, dass sie sich auf einer Höhe von vierhundertzwanzig Fuß befanden und jetzt rasch hinuntergingen. Sie waren noch ungefähr zwei Meilen entfernt.

Damit blieben Kali bis zu ihrer Ankunft vier bis fünf Minuten.

Verschwinde von hier, hatte er gesagt.

Sie musste sich beeilen.

»Cas, exportiere sämtliche Dateien nach Access Mundi«, sagte sie. Das war der Web-Tresor, den sie sich nur mit einer einzigen Person auf diesem Planeten teilte. »Oarsman soll sofortige Benachrichtigung erhalten.«

»Exportiere Dateien.«

»Und aktiviere meine Helmkamera. Doppelte Verschlüsselung. Sollten meine Vitalfunktionen erlöschen, verlinke die Aufzeichnung mit meinen biografischen Daten und meinem Archiv.«

»Ich hoffe, das wird nicht nötig sein.«

»Ich auch.«

»Gibt es sonst noch etwas?«

Kali umklammerte den Lenker. *Göttin, steh mir bei.*

»Bleib auf Stand-by«, sagte sie und startete das Motorrad.

Rumpelnd fuhr Kali über den Vorplatz, vorbei an dem umgekippten Rezvani zur Ostseite der Treppe, und machte eine scharfe 180-Grad-Wende, sodass sich die Treppe mit dem Burgeingang in einer Entfernung von etwa zehn Metern schräg rechts von ihr befand.

Sie trat auf die Bremse und blieb einen Moment stehen. Im Torbogen ragte das Haupttor hoch empor. Seine Bretter waren offensichtlich aus ausgewachsenen Bäumen angefertigt worden, und es hatte keinen Zentimeter nachgegeben und würde das wohl auch nicht tun. Aber die Schlupfpforte darin war zertrümmert.

Kali schätzte, dass sie vier Meter hoch und zweieinhalb Meter breit war. Vermutlich hatte Carmody die Burg durch die Pforte betreten. Sie hatte ihn von der Westseite der Treppe aus nicht sehen können, der Rezvani hatte ihr die Sicht versperrt. Aber er musste durch die Pforte gegangen sein. Es gab sonst keinen anderen direkten Zugang.

Sie schaute die Treppe empor, um in den Rittersaal zu spähen. Aber von ihrem Blickwinkel aus konnte sie lediglich die Lichter im Innern sehen, eine weitläufige Bodenfläche mit Schachbrettmuster und einen Teil der Decke, deren Holzbögen groß wie die Spanten eines Schiffsrumpfs waren. Mit ihren gewaltigen Ausmaßen schien die Burg direkt einem Märchen entsprungen zu sein, irgendeiner nordischen Sage. Diese Heimstätte der Riesen.

Ich will, dass du mit der Maschine wie in Deutschland fährst.

Kali holte tief Luft, ließ die Kupplung kommen und gab Vollgas. Die Maschine schoss vorwärts, schräg nach rechts auf den Burgeingang zu, hüpfte mit dem Vorderrad auf die unterste Stufe der breiten Treppe und dann immer weiter empor, vorbei am zerbeulten vorderen Kotflügel des umgekippten Rezvani und schließlich die fünfte und letzte Stufe hinauf.

Der Torbogen war jetzt direkt vor ihr, und sie wurde in das Licht der Haupthalle getaucht. Mit angewinkelten Ellbogen beugte sie sich über den Lenker und brauste durch die Schlupfpforte in den Rittersaal von Burg Graguscu.

Es war genau 2.15 Uhr, als der Drohnenschwarm aus Câmpia Turzii sein Ziel erreichte, nachdem er von einer auf einem Dach gelegenen Startrampe über hundert Meilen zurückgelegt hatte.

Die Position ihres Ziels war durch simple GPS-Koordinaten festgelegt worden. Die Flugformation wurde durch einen bildverarbeitenden Schwarm-Algorithmus aufrechterhalten, der mithilfe der elektronischen Augen der Drohnen die Abstände zwischen ihnen so berechnete, dass sie nicht zusammenstießen.

Sie waren eine Gruppe Gleichgesinnter, die durch eine Reihe einfacher, grundlegender Befehle gesteuert wurden, und ihre gemeinsame Flugroute kannte nur ein einziges Ziel. Jede der fünfzig Drohnen hatte es in ihrem Gehirn abgespeichert.

Am kalten dunklen Himmel über Burg Graguscu stürzte der Schwarm jetzt, bereit zum Angriff, in die Tiefe hinab.

Die beiden Wachmänner, die Matei in den Rittersaal mitgenommen hatte, hießen Béla und Ágoston. Sie waren hartgesottene, kampferprobte Soldaten, die in Ungarn Mitglieder der Zweiten Spezialbrigade *Árpád Bertalan* gewesen waren und später ihre Dienste namhaften Privatfirmen und staatlichen Organisationen auf der ganzen Welt angeboten hatten. Beide hatten in zahlreichen bewaffneten Konflikten gekämpft, bei offiziellen oder verdeckten Einsätzen. Sie waren für angesehene und zwielichtige Persönlichkeiten als Bodyguards tätig gewesen und hatten an mehr gewalttätigen, blutigen Auseinandersetzungen teilgenommen, als sie zählen konnten. Deshalb wussten sie, wann sie es mit einem zähen Hund zu tun hatten.

Der Amerikaner, neben dem sie standen, war definitiv ein solcher Mann. Ein Soldat. Ein Krieger. Ein Überlebenskünstler. Sie konnten es sehen und riechen, es förmlich spüren. Matei hatte ihn auf eine Weise drangsaliert und zusammengeschlagen, wie sie das nie zuvor erlebt hatten. Es war ein Wunder, dass er immer noch bei Bewusstsein war und etwas mitbekam, erst recht, dass er noch aufrecht stand. Bei so jemandem gingen sie kein Risiko ein. Jede Faser seines Körpers verströmte Gefahr. Eine Aura der Brutalität. Sie drang ihm aus sämtlichen Poren. Wie bei einem eingesperrten Tiger.

Béla fand, dass er mit seinem merkwürdigen rechten Auge tatsächlich wie ein Tiger oder wie eine Raubkatze aussah. Er hatte an der Line of Control pakistanische Truppen ausgebildet und mehr als einmal gesehen, wie diese Tiere durch die unzugänglichen Bergregionen Kaschmirs gestreift waren, obwohl sie dort angeblich ausgestorben waren. Und er wusste, dass dieser Kerl eine eigene seltene und gefährliche

Spezies war. Man durfte ihn nicht für eine Minute aus dem Auge lassen.

Die beiden Wachmänner hatten ihn wieder auf die Beine gehievt und zerrten ihn in die Mitte des Rittersaals, bis er etwa einen halben Meter neben dem ausgestreckt daliegenden, blutigen Körper der Frau stand. Unterdessen hatte Lazlo wie ein Scharfschütze in einem Hochsitz auf dem Balkon die Stellung gehalten. Er war Tschetschene, und alle Tschetschenen waren ein bisschen durchgeknallt.

Selbst Béla und Ágoston hätten zugegeben, dass das, was Lazlo der Frau angetan hatte, unangemessen war. Übertrieben und absolut widerlich. Sie verstanden, warum er ihr eine Kugel in den Kopf gejagt hatte: Lebend nutzte sie ihnen nichts, und wer weiß, was sie in der Burg alles gesehen hatte … oder was der geschwätzige Lazlo ihr erzählt hatte. Und wenn man jemanden wie den Amerikaner zum Sprechen bringen wollte, musste man ihn aus der Fassung bringen, ihn dort treffen, wo es wehtat. Das war ihnen schon klar. Deswegen machten sie Lazlo keinen Vorwurf.

Aber dass er sie verprügelt und ihr all diese unnötigen Verletzungen zugefügt hatte, ging über jedes Maß hinaus. Sicher, sie war bloß eine von unzähligen hübschen Frauen aus Cluj mit Minirock und tollen Beinen, die scharf darauf waren, mit einem der Anführer der *technologie vampiri* in die Kiste zu springen, um auf diese Weise vielleicht ihrer eintönigen Durchschnittsexistenz zu entkommen. Aber den beiden Ungarn gefiel nicht, welches Licht Lazlos Vorgehen auf ihren Berufsstand warf. Sein Verhalten ließ sich nicht damit erklären, dass er ein tschetschenischer Hitzkopf war. Offensichtlich war er völlig ausgerastet.

Und was Matei betraf, waren die beiden sich in dieser Hinsicht auch nicht so sicher.

Sie standen jetzt hinter dem Amerikaner, während Béla dessen linken und Ágoston dessen rechten Arm festhielt. Matei, der mit seinem breiten, massigen Körper vor ihm emporragte, beugte sich dicht zu seinem Gesicht vor.

»In der Burg war ein halbes Dutzend eurer Leute«, sagte er. »Da draußen sind zwei Panzerwagen. Mit insgesamt zehn bis zwanzig Männern, richtig? Und ein Stealth-Transportflugzeug. Ich will wissen, warum ihr hier in Satu Mare seid.«

Carmody starrte ihn an. Er hatte den Geschmack von Kupfer und Salz auf der Zunge. Von den Innenseiten seiner Wangen strömte Blut in seinen Mund.

»Wir sind Talentsucher«, sagte er. »Wir suchen große, hässliche Typen mit Glatze.«

Matei stand bloß da und sah ihn drohend an.

»Sag schon«, sagte er. »Warum verdammt nochmal seid ihr hier?«

Carmody setzte ein Lächeln auf. Es tat höllisch weh. Seine Lippen waren von den Schlägen, die er eingesteckt hatte, aufgeplatzt und geschwollen.

»Jemand hat mir deinen Namen gegeben«, sagte er. »Kannst du singen oder tanzen?«

Matei holte mit dem Arm aus wie ein Speerwerfer und schlug ihm mit der flachen Hand kräftig ins Gesicht. Carmodys Kiefer schnellte zur Seite, und er spürte, wie seine Schädelknochen vibrierten und sich verschoben. Ihm drehte sich vor Übelkeit der Magen um. Er hatte das Gefühl, als hätte man ihm mit dem flachen Ende eines Ruders einen Schlag verpasst.

»*Arschloch*«, stieß der Hüne schroff hervor. »Ich schlag dir den Schädel ein und piss auf dein Hirn.«

Carmody hielt das keineswegs für eine leere Drohung. Matei war ein übler Schläger, nahm offensichtlich Anabolika und war rasend vor Wut.

Er ballte seine Hand zur Faust und holte erneut aus. Doch gerade als er zuschlagen wollte, kam ein Motorrad durch die Schlupfpforte geschossen.

Kali brauste mit fünfzig Meilen pro Stunde in die Burg – gerade so schnell, dass sie die Maschine rasch wieder unter Kontrolle bringen konnte.

Sie drosselte den Motor und erfasste mit einem einzigen Blick die Situation im Saal. Carmody stand ein paar Meter weiter links und hatte ihr mehr oder weniger den Rücken zugekehrt. Hinter ihm waren wie Buchstützen zwei uniformierte Wachmänner postiert, ebenfalls mit dem Rücken zu ihr, und hielten seine Arme. Vor Carmody ragte ein dritter Mann empor, er hatte ihm das Gesicht zugewandt und eine Hand zur Faust geballt, als wollte er ihm einen heftigen Schlag verpassen. Im rechten Winkel zu den Männern, auf einem vorstehenden Balkon, stand ein vierter Mann.

Auf dem Boden unter dem Balkon lag eine Frau, alle viere von sich gestreckt, in einer Blutlache. Kali ahnte, wer diese Frau war und was mit ihr passiert war.

Sie riss das Motorrad zu den Männern herum, die inzwischen das Dröhnen ihrer Maschine gehört hatten. Sie drehten alle ihre Köpfe in Kalis Richtung und sahen sie, auch Carmody, mehr oder weniger überrascht an.

Wie Carmody hatte Kali den Hünen sofort wiedererkannt.

Drajans Schläger. Sie hatte ihn auf der Straße vor dem Club Energie zu Boden geschickt.

Die zwei Wachmänner hinter Carmody hatten ihn jetzt losgelassen, um ihre Waffen hochzunehmen. Aber der kurze Moment, den sie brauchten, um zu reagieren, verschaffte Kali den entscheidenden Vorteil, und sie raste bereits auf sie zu, bevor sie die Gewehre vor den Körper gehoben hatten.

Ágoston eröffnete das Feuer, konnte jedoch nicht richtig zielen. Seine Kugeln zischten wirkungslos an Kalis Ohr vorbei, und sie raste weiter. Als der Wachmann sich umgedreht hatte, war er ein, zwei Schritte von Carmody weggetreten, und das war ihre Chance. Ohne zu zögern, hielt sie direkt auf ihn zu.

Zwar versuchte er im letzten Moment, noch zur Seite zu springen, doch es war zu spät. Der Aufprall beförderte ihn mehrere Meter durch die Luft, bevor er mit einem dumpfen Schlag auf den Marmorboden klatschte.

Erneut ertönten Schüsse. Diesmal über ihr. Der Mann auf dem Balkon hatte sein Gewehr über die Brüstung geneigt, um sie über den Haufen zu schießen.

Unterdessen war Carmody mit einem ausladenden Schritt dicht zu Béla getreten, als die beiden Wachleute ihn losgelassen hatten. Mit dem rechten Handballen drückte er jetzt das Ende von Bélas Gewehrlauf immer weiter nach oben.

Obwohl der Wachmann ein erfahrener Kämpfer war, hatte ihn das plötzliche Auftauchen des Motorrads so überrascht, dass er erst mit leichter Verzögerung reagierte, und die Hebelwirkung verschaffte Carmody einen Vorteil. Er trat noch etwas näher und streckte die linke Hand aus, um nach dem Gewehrkolben zu greifen, dann drehte er mit beiden Händen die Waffe herum und zerrte sie aus Bélas Umklammerung.

Und richtete sie auf seinen Körper.

Béla, der plötzlich mit leeren Händen dastand, war verwirrt. Das Gewehr war ihm so schnell und mühelos entrissen worden, als hätte es sich in Luft aufgelöst. Nur dass es nicht verschwunden war. Der Amerikaner zielte jetzt damit auf ihn. Innerhalb eines Sekundenbruchteils hatten sie die Rollen getauscht.

Er wusste, was als Nächstes passieren würde. Da er in seinem Leben eine Menge Männer getötet hatte, wusste er, dass er jetzt sterben würde, und er fragte sich, wie sich das wohl anfühlen würde.

Er starrte am Gewehrlauf entlang. Carmody, dessen Gesicht nur noch eine zerbeulte rote Fratze war, blickte ihm direkt in die Augen und jagte ihm drei Kugeln in den Körper. Der Ausdruck der Verwirrung im Gesicht des Söldners wurde noch größer, als aus seiner Brust Blut hervorquoll. Dann sank er tot zu Boden.

Noch ehe er aufschlug, zischte die Salve einer Halbautomatik an Carmodys Ohr vorbei. Sie war vom Balkon zu seiner Linken abgefeuert worden, während von rechts der Hüne auf ihn zugestürzt kam. Er hatte sich eine der primitiven Waffen geschnappt, die den Rittersaal säumten – einen Morgenstern, der aus einer dornenbesetzten Metallkugel und einem mit Rohleder umwickelten Holzgriff bestand. Er hob die Waffe über den Kopf und wirbelte sie wie ein mittelalterlicher Krieger herum.

Im selben Moment hörte Carmody vom hinteren Ende des Saals das laute Knattern von Kalis Motorrad und drehte sich in die Richtung des Geräusches. Auf der weitläufigen, leeren Fläche konnte sie sich mit der Maschine ungehindert bewegen, und sie war mit unverminderter Geschwindigkeit im Uhrzeigersinn einen großen Bogen gefahren.

Sie hielt jetzt direkt auf den Hünen zu, der sie seltsamerweise nicht wahrzunehmen schien. Aber vielleicht war das auch gar nicht so seltsam. Er hatte in seinem Blutrausch nur noch Augen für Carmody. Mit riesigen Schritten verkürzte er den Abstand zu ihm und ließ die Waffe mit einer weit ausholenden, ungestümen Bewegung über seine Schulter hinweg auf Carmodys Kopf herabsausen.

Carmody blieb nicht mal eine Sekunde, um zu reagieren. Er konnte seine Kalaschnikow auf den Hünen richten und ihn töten, bevor Kali ihn erreichte. Ihn von den Beinen holen, während sie auf ihn zuraste. Aber dann hätte der Mann auf dem Balkon genügend Zeit gehabt, auf ihn anzulegen. Er hatte freie Schussbahn nach unten, weshalb von ihm die größte Gefahr ausging.

Es kam allein auf Carmodys Reaktionszeit an, das, was Wissenschaftler die lokale Zuckungsreaktion nannten.

Carmody zeichnete sich durch eine außergewöhnliche Reaktionszeit aus. Als man ihn für die Eliteeinheit 6 der 22. Sondereinsatzstaffel rekrutiert hatte, hatte man seine Carnosin-Werte bestimmt, ein natürlicher Indikator für den Anteil schnell zuckender Muskelfasern. Bei Spitzensportlern findet man in den Muskeln häufig eine um dreißig Prozent erhöhte Carnosin-Konzentration. Aber ein um fünfzig Prozent erhöhter Wert ist so selten, dass er nur bei einem von hundert Millionen Menschen vorkommt. Und Carmodys Wert von siebzig Prozent über dem Normalwert war der einzige Fall, der den Ärzten bei der Air Force bekannt war.

Mit eingezogenem Kopf trat er auf den Hünen zu, riss die linke Hand hoch und umklammerte ein paar Zentimeter unterhalb der herabsausenden Kugel den Griff der Waffe. Gleichzeitig richtete er die Kalaschnikow in seiner rechten Hand auf die Balkontreppe und feuerte eine lang anhaltende Salve ab, indem er die Waffe auf Hüfthöhe hielt und aus dem Augenwinkel ungefähr in Richtung des Schützen zielte.

Die beiden Männer waren auf seine Aktion überhaupt nicht vorbereitet gewesen. Während sein Gewehr weiter auf den Balkon feuerte, stellte Carmody sich breitbeinig hin, packte den Griff des Morgensterns und zerrte ihn mit aller Kraft in seine Richtung, so wie er es auch schon mit Bélas Gewehr getan hatte, um ihn zu entwaffnen. Es hatte bereits einmal geklappt, und er hoffte, dass aller guten Dinge zwei waren. Er riss dem Hünen die Waffe aus der Hand und wirbelte herum, hob sie über den Kopf und schleuderte sie auf den Mann hoch oben auf dem Balkon.

Der Morgenstern traf Lazlo oberhalb des rechten Knies, und die Dornen bohrten sich wie Krokodilzähne in sein Fleisch, während sich sein Finger um den Abzug krampfte und er eine Salve abfeuerte, die ihr Ziel jedoch weit verfehlte. Die Kugeln sausten mehrere Zentimeter an Carmody vorbei. Lazlo taumelte gegen die Brüstung und ließ das Gewehr fallen, worauf es wie ein abgetrennter Flugzeugpropeller vom Balkon trudelte.

Carmody wandte sich wieder dem Hünen zu, der sich jetzt nicht länger auf ihn stürzte. Er hatte die heranrasende Maschine gehört und wirbelte blitzartig zu ihr herum.

Matei erkannte die Fahrerin sofort wieder. Dazu musste er nicht das Gesicht hinter dem Visier ihres Helms sehen. Er hatte es bei ihrem ersten Aufeinandertreffen vor vier Monaten auch nicht gesehen. Er erkannte sie an ihrer Statur und dank eines natürlichen Instinkts, der über jede visuelle Wahrnehmung hinausging.

Es war dieses bösartige Weibsstück. Sie hatte Matei fast zum Krüppel gemacht, ihn im Regen in dieser Seitenstraße übel zugerichtet.

»Du!«, brüllte er. Der Ausruf nackter, dumpfer Wut stieg mit einem heftigen Rasseln von seinen verletzten Stimmbändern empor. *»Du!«*

Kali richtete hinter dem Lenker der Ninja ihren Oberkörper auf.

Genau in dem Moment, als die erste Angriffswelle der Drohnen die Burgmauern bombardierte.

Ein paar Sekunden zuvor hatten zehn der Flügeldrohnen aus Câmpia Turzii ihr Flugziel erreicht und sich vom Rest des Schwarms getrennt. Sie bildeten eine spiralförmige Formation und rasten heulend und kreiselnd auf die östliche Festungsmauer hinab.

Rumms-rumms-rumms, rumms-rumms. In schneller Folge krachten sie gegen die Bollwerke. Mit einem lauten Knall explodierten ihre EPX-2R-Sprengsätze beim Aufprall, und unbehauene Gesteinsbrocken schossen wie Splitter geschuppter Zähne in die transsilvanische Nacht hinaus. Qualmend flogen sie über den Bergen kreuz und quer durch die Dunkelheit und regneten weit verstreut in glühenden Schauern auf die Erde herab.

Dann folgte eine zweite Angriffswelle und eine dritte und vierte. *Rumms-rumms-rumms, rumms-rumms.* Die Mauern platzten, barsten und zerbröselten. Eine Gruppe Drohnen schlug in den Hauptturm ein und sprengte ein klaffendes Loch hinein. Von seiner gewölbten Außenseite prasselten Trümmer herab, und aus den Fenstern kräuselte sich Rauch, als im Innern Holzmöbel, Wandverkleidung, Teppiche, Vorhänge und Gemälde in einem orangen Flammenmeer aufgingen.

Die Drohnen flogen in dichten, zielgerichteten Gruppen ihre Angriffe. Die Mauern erzitterten, und es bildeten sich lange Risse, während sie in sich zusammenfielen. Trümmer regneten auf die gewölbten Eingangsstufen herab, krachten auf den umgekippten Rezvani, prallten davon ab und kullerten über das Kopfsteinpflaster des Vorplatzes.

Als Kali im Rittersaal Matei fast erreicht hatte, wurde alles um sie herum von mehreren zeitgleichen Explosionen erschüttert. Ein lautes Dröhnen erfüllte die Luft. Der Boden unter ihren Rädern hob sich empor, und das Mauerwerk der gewölbten Decke ächzte und bog sich. Direkt vor ihr ging eine Lawine aus Backsteinen und Mörtel nieder und türmte sich zu einem riesigen Schutthaufen.

Plötzlich war Matei verschwunden.

Kali riss den Lenker nach links und legte sich schräg in die Kurve, wobei sie ihren Fuß über den Marmorboden gleiten ließ, damit das Motorrad nicht auf die Seite fiel. Hätte sie nur eine Millisekunde später reagiert, hätten die Schuttmassen sie erschlagen.

Sie fuhr in einem großen Bogen um den Haufen, bog scharf nach rechts, drosselte das Tempo und kam ein, zwei Meter vor der Balkontreppe zum Stehen. Wo war Carmody?

Sie schaute nach links und nach rechts. Dann geradeaus und nach oben. Und schließlich sah sie ihn.

Mit der Kalaschnikow über der Schulter lief er die Balkontreppe hinauf, indem er immer zwei Stufen auf einmal nahm. Der Söldner auf dem Balkon lehnte schlaff gegen die Brüstung und schaute zu ihm herunter, während aus seinem rechten Knie, von dem der Griff des Morgensterns waagerecht abstand, Blut hervorströmte. Sein Gewehr hatte er nicht mehr bei sich.

Es gab erneut mehrere gewaltige Explosionen. Der ganze Saal erzitterte, und Kali spürte, wie der Boden schwankte und bebte. Es war, als bewegte sich das Fundament der Burg unter ihren Füßen.

Trotzdem hielt sie den Blick weiter auf Carmody gerichtet, der über ihr gerade die letzten Stufen zum Balkon hinaufsprang.

Erneut erzitterte der Saal.

Mit einem Satz nahm Carmody die letzten zwei, drei Stufen. Dann war er auf dem Balkon und stand dem Söldner gegenüber, der die Frau getötet hatte.

Der Mann lehnte immer noch kraftlos an der Brüstung und hatte ihm das Gesicht zugewandt. Unter seinen Füßen bemerkte Carmody eine Blutlache. Der Morgenstern hatte die Arterien oberhalb der Kniescheibe zerfetzt.

»Wie heißt du?«, fragte der Söldner.

Carmody sah ihn an. In diesem Moment wurde die Burg von weiteren Explosionen erschüttert. Der Balkon schwankte hin und her, und Teile der Decke stürzten neben ihnen herab.

»Dein Name. Sag ihn mir. Ich will wissen, wer der Mann ist, der mich tötet.«

»Du zuerst«, sagte Carmody.

Weitere Trümmerteile krachten zu Boden. Der Mann nickte, die Lippen zu einer Grimasse verzogen. »Lazlo.« Er stieß den Namen wie einen Fluch hervor. Voller Abscheu und Feindseligkeit. »Und jetzt du. *Sag ihn mir.*«

Carmody nickte ebenfalls. »Ich werde dich nicht kaltblütig töten. So wie du die Frau. Ich werde dir eine Chance geben, Lazlo. Wir sind beide Soldaten.«

Auf dem Gesicht des Mannes blitzte ein Anflug verzweifelter Hoffnung auf. Er konnte es nicht verbergen.

Das hatte Carmody beabsichtigt. Genau das wollte er sehen. Bestimmt hatte sich Clinia aus Cluj an dieselbe Art von Hoffnung geklammert, als man sie zusammengeschlagen hatte. Bis zu jenem Moment, in dem Lazlo ihr eine Kugel in den Kopf gejagt hatte und sie in die Tiefe gestürzt war.

Carmody trat näher. Er lief mitten durch die Blutlache, blieb dann stehen und sah Lazlo an. Der konnte sich kaum noch aufrecht halten. Sein rechtes Bein und sein rechter Fuß wurden von Krämpfen geschüttelt und zitterten unkontrolliert.

Carmody musste sich beeilen. Um ihn herum stürzte alles in sich zusammen. Und Kali stand unten und wartete.

Mit beiden Händen packte er den Griff des Morgensterns und drückte die Waffe noch tiefer in den Oberschenkel, indem er sich mit seinem ganzen Gewicht dagegenstemmte. Lazlo schrie auf und schlug wild um sich, das Gesicht schmerzverzerrt. Aus seinen Augen liefen Tränen.

Carmody ließ den Griff wieder los und zog seine SIG aus dem Holster. Der Söldner krümmte sich und riss die Augen auf, als die Pistole drei präzise abgefeuerte Kugeln Kaliber .40

in sein unverletztes Bein pumpte. Sie zerfetzten seine Uniformhose und zertrümmerten in einem Schauer aus Blut und Knochensplittern seine linke Kniescheibe. Lazlo schrie erneut auf und sank entkräftet auf den Balkonboden, wo er an die Brüstung gelehnt mit ausgebreiteten Beinen in der größer werdenden Blutlache sitzen blieb.

Carmody drückte den Lauf der SIG gegen seine Schulter und gab eine weitere Salve ab. Schreiend und zappelnd bäumte Lazlo sich auf und schlug mit dem Hinterkopf gegen die Brüstung. Carmody ließ die Pistole zu seiner anderen Schulter wandern, bohrte sie in den Muskel und feuerte ein weiteres Mal. Drei Kugeln.

Mit verzerrtem Gesicht knallte Lazlo erneut gegen die Balkonbrüstung und röchelte und stöhnte vor Schmerzen. Links und rechts spritzte Blut aus seinem Oberkörper. Die Kugeln hatten beide Schulterblätter und Wadenbeine zertrümmert. Er hatte jetzt keine Kugelgelenke mehr. Seine Arme waren nur noch durch Muskeln und Knorpel mit dem Oberkörper verbunden. Außerdem hatte er sich in die Hose gepinkelt.

In der Nähe krachten erneut Trümmerteile herunter. Carmody richtete die Pistole auf Lazlos Bauch und feuerte drei Kugeln auf Magen und Dickdarm ab, indem er die anderen wichtigen Organe absichtlich verschonte. Die Bauchverletzung würde zwar höllisch brennen, aber Lazlo würde am Leben und bei Bewusstsein bleiben. Zumindest solange der Balkon nicht in die Tiefe stürzte oder die Decke auf ihn herabfiel.

Lazlo war inzwischen weiter an der Brüstung heruntergerutscht. Seine Arme baumelten nutzlos neben seinem Körper, und aus seinem Bauch tropfte und quoll Blut.

»Dnnammme«, lallte er. »Abmachnn.«

»Versuch's nochmal«, sagte Carmody. »Langsamer, sodass ich dich verstehen kann.«

Lazlo holte mit weit aufgerissenem Mund Luft und gab dabei ein schmatzendes Geräusch von sich, so als würde man durch einen Strohhalm Flüssigkeit saugen.

»Dein … N-name«, sagte er und hustete Blut. »Unsrr … *unsere* verdammte Abmachung.«

Carmody steckte die SIG wieder ins Holster und sah ihn an.

»Ich komme gleich wieder«, sagte er und drehte sich zur Treppe um.

Kali saß, dem Balkon zugewandt, auf ihrem Motorrad, als Carmody von oben heruntergerannt kam. Sie hatte ihr Visier hochgeschoben.

»Steig auf«, sagte sie mit stoischem Blick. »Wir müssen uns beeilen.«

Carmody sprang hinter ihr auf die Maschine. Die Burg wurde erneut von den Angriffen der Drohnen erschüttert. Steine und Mörtel prasselten von der Decke herab. Eines der Schlachtengemälde krachte auf die historischen Waffen, die unter ihm aufgereiht waren. Schwerter, Morgensterne, Schilde und Lanzen fielen scheppernd zu Boden. Die lauten Explosionen der angreifenden Drohnen waren durch die klaffenden Löcher in Mauern und Decke jetzt deutlich zu hören.

Rumms-rumms-rumms, rumms-rumms.

Während die Burg ein weiteres Mal erzitterte, warf Carmody einen Blick über die Schulter auf Clinias Körper. Er war teilweise von Trümmern und Staub bedeckt, und in dem Blut, das aus ihren Wunden geströmt war, lagen Gesteinsbrocken.

Sein Versprechen war vergeblich gewesen.

Kali ließ den Motor aufheulen.

»Festhalten«, sagte sie.

Während Carmody mit den Händen ihre Hüften umklammerte, betätigte sie den Gashebel, und sie schossen durch die Schlupfpforte auf den Vorplatz.

17

Burg Graguscu/Initiationsbrunnen

Wheeler hatte sich zusammen mit Begai, der dicht hinter ihm lief, auf der Treppe des Brunnens langsam einen Weg nach unten gebahnt. Die meiste Zeit hatten die Männer dabei geschwiegen. Es gab insgesamt neun Treppenabsätze, die durch jeweils fünfzehn Stufen miteinander verbunden waren. Die gewundenen, schmalen Stufen führten steil nach unten, und auf den Absätzen fanden die beiden Männer zu zweit kaum Platz. Neben jedem befand sich eine gut einen Meter tiefe Nische mit einer rechteckigen LED-Wandleuchte. Früher, so vermutete Wheeler, waren darin wahrscheinlich Fackeln oder Öllampen untergebracht gewesen.

Stumm zählte er die Stufen und Absätze, eine Angewohnheit aus der Zeit bei der Delta Force, die ihm in Fleisch und Blut übergegangen und durch die Übungseinheiten in Carmodys Spukhaus noch verstärkt worden war. Sie mussten imstande sein, auf demselben Weg, den sie gekommen waren, auch wieder nach draußen zu gelangen, falls das Licht ausfiel oder es Probleme mit dem Nachtsichtgerät gab. Sie hatten ihr Training mit und ohne Ausrüstung absolviert, um nicht auf sie angewiesen zu sein.

Fünfunddreißig, vierzig, fünfundvierzig. Dritter Absatz.

Zwar konnte man im diffusen Schein der Lampen genug erkennen, aber trotzdem kamen sie nur langsam und mühsam vorwärts. Wheeler fand die Abmessungen der Stufen ein wenig merkwürdig. Länge, Breite und Höhe entsprachen nicht den üblichen Maßen, als wären sie für kürzere Beine bestimmt und nicht für die Schrittlänge moderner Menschen … oder als sollten sie absichtlich das Vorankommen erschweren.

Fünfzig, fünfundfünfzig, sechzig. Vierter Absatz.

Der Brunnen erinnerte an den Schlund einer Schlange. Die mit Moos und Feuchtigkeit überzogenen Wände glänzten ölig und glitschig. Je tiefer die beiden Männer vordrangen, desto beengender und klaustrophobischer wirkte die Szenerie. Ihre Schritte machten ein rhythmisches, dumpfes Geräusch, das so plötzlich verhallte, als würden die Steinwände ringsum es sofort wieder verschlucken.

Es dauerte mehrere endlos lange Minuten, bis sie schließlich den neunten und letzten Absatz erreicht hatten. Wheeler stieg darauf hinunter und wartete, bis Begai neben ihn trat.

»Fällt Ihnen was auf?«, fragte er und holte tief Luft.

Zunächst konnte Begai nichts bemerken. Aber dann spürte er es plötzlich auch. »Hier unten ist mehr Luft. Und sie ist frischer.«

»Sauberer jedenfalls«, sagte Wheeler. »Es gibt hier ein Luftfiltersystem. Wie in Straßentunneln. Die Dinger kosten ein Vermögen.« Er betrachtete den Grund des Brunnens mit den merkwürdig deplatziert wirkenden Computerarbeitsplätzen. »Glauben Sie, dass der Wolf von der Burg aus diese Treppe benutzt?«

»Auf keinen Fall.« Begai deutete auf die Torbögen, die die Windrose umgaben. »Wahrscheinlich benutzt er diese Zugänge. Zumindest einige davon.«

Wheeler nickte. Dann zog er den Wandscanner aus der Tasche seiner Montur und hielt ihn Begai entgegen.

»Hier«, sagte er. »Überprüfen Sie, ob sich hinter den Toren jemand aufhält. Ich werde mir inzwischen die Laptops schnappen und möglichst viele Informationen von den Rechnern runterladen.«

Begai nahm das Gerät. »Viel Glück. Die hatten reichlich Zeit, alles zu löschen.«

Dem konnte Wheeler nicht widersprechen. Aber mit dieser Möglichkeit hatten sie gerechnet. Falls sie von den Computern irgendwelche Daten runterladen konnten, war das lediglich ein Bonus. Ihr Hauptziel war Zolcu. Auf ihn hatten sie es abgesehen. Ihn wollte Carmody heute Nacht schnappen. Jene Person, die man mittels Deepfakes wie Petrovik hatte aussehen lassen, um Carmody in die Irre zu führen.

»Es macht nichts, wenn sie die Festplatte überschrieben haben«, sagte er nach einem Moment. »Falls sie keinen Festplattenvernichter benutzt haben – vielleicht haben sie das auch, wer weiß? –, müsste es uns gelingen, ein paar Daten abzugreifen …« Wheeler verstummte. Er hatte ein leises Dröhnen gehört. So ähnlich wie Donnergrollen.

Er neigte den Kopf und lauschte.

Erneut war das Dröhnen zu hören und dann ein weiteres

Mal. Es kam in Schüben, offensichtlich von oben. In rhythmischen Schüben, unterbrochen von kurzen Pausen.

Rmm-mm-mm rmm-mm-mm-mm-mm rmm-mm …

Begai lauschte ebenfalls. »Was, glauben Sie, ist das?«

Wheeler runzelte die Stirn. *So ähnlich wie Donnergrollen.* Er wusste keine Antwort auf Begais Frage.

»Wir sollten zusehen, dass wir hier fertig werden, und dann von hier verschwinden«, sagte er und lief die letzten fünfzehn Stufen zum Grund des Brunnens hinunter.

Während Begai begann, mit dem Wandscanner die Torbögen zu überprüfen, eilte Wheeler zu den Computerarbeitsplätzen in der Mitte der Windrose. Das Dröhnen war immer noch zu hören. Inzwischen war es lauter und gleichmäßiger geworden.

Wheeler holte tief Luft, um seine Nerven zu beruhigen, dann wandte er sich den Computern zu. Die Laptops wanderten direkt in seinen Rucksack. Um an die Informationen auf den Rechnern zu kommen, war allerdings etwas mehr Aufwand erforderlich.

Wheeler holte aus einer seiner Taschen mehrere flache Cloud-Drive-Transmitter hervor, steckte sie einen nach dem anderen in die Rechner und ließ sie hochfahren. Innerhalb von nicht mal einer Minute würden die kleinen Geräte ihre Software zum Klonen von Festplatten installieren. Falls es hier unten Handysignalverstärker gab – und davon ging er aus, weil die Hacker einen Internetzugang benötigten –, würden die Transmitter den Inhalt der Computer klonen und die kopierten Daten an einen dafür bestimmten virtuellen Tresor im Cloud-Archiv der Net Force schicken. Vor vier Monaten hatte sich das Fox-Team bereits auf dieselbe Weise die Informationen beschafft, die sie zu dieser sonderbaren Burg mit ihren Geheimvorrichtungen geführt hatten.

Wheeler wartete ein paar Sekunden und überprüfte dann die Kontrolllämpchen der Transmitter. Sie blinkten jetzt alle grün. Die Geräte hatten eine Verbindung zu einem WLAN hergestellt und die Datenübertragung begonnen. Sobald der Upload beendet war, würden ihre grünen Lichter durchgehend leuchten.

Wheeler ließ seinen Blick durch den Raum wandern. Es schien, als hätte man das meiste hier weggeräumt, allerdings keineswegs planlos und überhastet. Dafür sah es zu sauber und ordentlich aus. Obwohl er das Gefühl hatte, dass sich eine Durchsuchung nicht lohnen würde, wollte er sich trotzdem mal umsehen.

Gerade als er damit anfangen wollte, hörte er erneut das Dröhnen. Diesmal war er sich sicher, dass es von hoch oben kam.

Er richtete den Blick auf den Bereich direkt über sich, konnte jedoch nichts entdecken. Da waren lediglich die alten mit mineralischen Ablagerungen und Moos bedeckten Wände und die Stufen und Rundbögen, die zur Brunnenöffnung in hundert Metern Höhe hinaufführten.

Nach einem Moment richtete er den Blick auf Begai, der vor dem Tor östlich der Windrose stand.

»Wie sieht's aus?«, fragte er.

»Alles bestens«, sagte Begai, der den Scanner an die Holzbretter hielt.

Rmmbrmmmbrmmmmbmmmmbrmmmmmmmmmmmmmmm mmmmm…

Die Männer wechselten Blicke und lauschten, keiner der beiden sagte etwas. Ihre angespannten Blicke verrieten mehr als tausend Worte. Das war bisher das lauteste und längste Grollen gewesen. Es klang wie Geschützfeuer.

Wir sind hier ganz allein, da ist nur dieser gottverdammte Lärm, dachte Wheeler. Er holte tief Luft, bedeutete Begai weiterzumachen und warf einen Blick auf die Computer. Die Lichter der Transmitter blinkten immer noch. Rasch setzte er seine Durchsuchung fort.

Die Schreibtische und die Schränke für die Medienspeicher waren leer. In den Abfalleimern steckten nur die Plastiktüten. Er ging in die Hocke und schaute unter den Schreibtischen nach. Dort lag nicht ein Blatt Papier. Keine einzige Kaugummipackung, kein einziger Brotkrümel.

Er richtete sich wieder auf und tastete mit den Händen die runden Wände nach eingebauten Schubfächern oder Platten ab. Doch ohne Ergebnis. Etwa drei Meter über seinem Kopf entdeckte er mehrere schmale Lüftungsschlitze, und er beschloss, sie sich mit seiner Taschenlampe mal genauer anzusehen. Ein kühler Schwall trockener gefilterter Luft blies ihm ins Gesicht, als er auf einen der Schreibtische stieg und mit der Lampe eines der Gitter anleuchtete. Aber er konnte in dem Metallrohr dahinter keinerlei versteckte Gegenstände entdecken.

Nirgends war etwas zu sehen.

Nicht das Geringste.

Er blieb eine Minute lang dort stehen und ließ seinen Blick über die Wände wandern. Wo hatte er noch nicht nachgeschaut? Was hatte er vielleicht übersehen? Ihm fiel nichts ein. Dieser Ort hier war wie ein Filmset. Eine bizarre, surreale

Kulisse mit ohrenbetäubenden Soundeffekten. *Die Burg der technologie vampiri.* Auf ihre eigene, merkwürdige Weise wirkte sie vollkommen authentisch. Aber nichts hier war funktionsfähig. Oder wenigstens einsatzbereit. Momentan jedenfalls nicht.

Wheeler wollte gerade vom Schreibtisch springen, als sein Blick auf ein dunkles, rundes Loch in der Wand rechts von ihm fiel, ungefähr zwischen seinem Tisch und demjenigen, der im nächsten dreieckigen Pfeil der Windrose stand. Das Loch war so groß wie ein Silberdollar und befand sich etwas unterhalb der Lüftungsschlitze. Wheeler bemerkte sofort, dass es mit entspiegeltem Glas bedeckt war.

Mist. Das hätte ich mir denken müssen.

Er schaute sich erneut um und entdeckte eine weitere runde Scheibe aus getöntem Glas. Sie befand sich auf derselben Höhe wie die erste, an der gegenüberliegenden Seite der Windrose.

Wheeler sprang auf den Boden und schob den Tisch unter das erste Loch, wobei er darauf achtete, den Stecker des Computers nicht aus der Wand zu ziehen. Dann kletterte er wieder hinauf, um das Loch genauer zu begutachten. Hinter dem getönten Glas befand sich eine Videokamera mit konkaver Linse, die von winzigen Infrarot-LEDs umgeben war. Die Kamera verfügte über eine Nachtsichtfunktion.

Ein paar Streifen Panzertape – der beste Freund eines Navy SEAL – würden für Abhilfe sorgen.

Er holte aus seiner Ausrüstungstasche eine Rolle Klebeband und griff nach dem KA-BAR-Klappmesser in seiner Hosentasche. Damit schnitt er einen zehn Zentimeter langen Streifen ab und klebte ihn senkrecht über die runde

Glasscheibe in der Wand. Dann schnitt er einen zweiten Streifen in derselben Länge von dem stabilen Klebeband ab und befestigte ihn quer über dem ersten. *Das reicht.* Die Scheibe war bedeckt. Die Kamera konnte nichts mehr sehen, ob es nun Tag oder Nacht war.

Wheeler schob den nächstgelegenen Tisch unter die andere Kamera, kletterte hinauf und überklebte sie ebenfalls. Als er wieder nach unten stieg, schnitt er vier weitere Streifen Klebeband zurecht und bedeckte damit sicherheitshalber die winzigen Kameraobjektive an allen vier Computermonitoren.

Schließlich kehrte er zu den Transmittern zurück. Der erste leuchtete jetzt durchgehend grün. Wheeler zog ihn heraus, steckte ihn in seine Schultertasche und wartete. Einen Moment später hörte das Lämpchen des zweiten Sticks auf zu blinken, und er zog ihn ebenfalls aus dem Schlitz.

»Sir?«

Das war Begai. Er hatte sich um den runden Raum herum zur östlichen Wand bewegt.

Wheeler drehte sich zu ihm um.

»Da kommt jemand«, sagte Begai mit weit aufgerissenen Augen.

Auf der anderen Seite rannte der russische Söldner namens Krask, fünf seiner Männer dicht hinter sich, durch einen unterirdischen Gang auf das Tor zu. Der Livestream aus dem Computerraum wurde nicht länger im Fadenkreuz seines Helms angezeigt, aber das war nicht der Grund für seine Besorgnis. Die amerikanische Spezialeinheit bestand zweifellos aus erstklassigen Leuten. Deswegen hatte Krask beinahe damit gerechnet, dass sie die Kameras entdecken würden.

Er rannte weiter. Auch ohne Videobilder hatte er immer noch das Überraschungsmoment auf seiner Seite. Denn im Gegensatz zu ihm kannten seine Gegner sich hier nicht aus. Damit war er klar im Vorteil.

Aber der Lärm ... das entfernte Donnergrollen, das er fast die ganze Zeit gehört hatte, seit er aus der Burg hier heruntergelaufen war ... Das bereitete ihm allerdings Sorgen. Es hörte sich wie ein Zugunglück an. Oder wie gewaltige Wassermassen, die einen Staudamm durchbrachen. So was in der Art. Keines der Bilder, die vor seinem geistigen Auge aufstiegen, war dazu angetan, ihn zu beruhigen. Ausgerechnet jetzt, wo er auf Zack sein musste, wurde seine Konzentration durch dieses Geräusch gestört.

Er spähte vor sich ins Halbdunkel, während er mit unverminderter Geschwindigkeit weiterlief. Der Gang war ein schmaler, zerklüfteter Tunnel mit rauen Wänden, den man hundert Meter unterhalb des Burgfundaments ins massive Felsgestein gehauen hatte. Die Leuchtleisten, die sich an Decke und Boden entlangschlängelten, waren hell genug, um vor sich im Gang etwas zu erkennen, und verliehen dem großen, fluoreszierenden Porträt Wladimir Putins, das auf seinen Hals tätowiert war, einen gespenstischen, leicht unheimlichen Schimmer – nicht dass er dafür jetzt Augen gehabt hätte. Das Grollen wurde stärker, und aufgrund der merkwürdigen Akustik in den Tunneln konnte man nicht sagen, aus welcher Richtung es kam. Was, wenn das ein Erdbeben war? Vielleicht lag das Epizentrum mehrere Meilen entfernt. Sodass er die Erschütterung zwar nicht spüren, aber hören konnte. Vielleicht waren die Geräusche nur eine Vorankündigung. Der Vorläufer eines heftigen Bebens. Woher sollte er das wissen? Er war Sicherheitsexperte, kein Seismologe.

Matei und seine Befehle sollte der Teufel holen, und vor allem den Wolf, mit seiner verrückten Obsession für diese unterirdischen Gänge. Krask hatte keine Ahnung, vor wie vielen Hundert oder Tausend Jahren sie ausgehoben worden waren. Oder von wem. Das war ihm auch scheißegal. Er wusste lediglich, dass er hier nicht festsitzen wollte, wenn die Tunnel einstürzten. Im Moment interessierte ihn nur, dass dieser Tunnel ihn zu dem Computerraum und den Amerikanern führen würde.

Er würde seinen Auftrag erledigen und dann verschwinden.

Allerdings hatte er nicht vor, einfach durch das Tor zu stürmen. Er war kein blutiger Amateur. Zwar kannte er nicht sämtliche Kurven und Windungen dieses Furcht einflößenden Maulwurfsbaus – er glaubte nicht, dass das überhaupt möglich war –, aber er hatte sich wohlweislich mit den Gängen vertraut gemacht, die zum Grund des Brunnens führten.

Krask rannte noch etwa zehn Meter weiter und gab dann mit erhobener Faust das Zeichen zum Stehenbleiben. Direkt vor ihm teilte sich der Gang in drei unterschiedliche Richtungen auf. Kurz hinter der Gabelung konnte er das große, gewölbte Holztor zum Computerraum erkennen. Die beiden Abzweigungen führten links und rechts, vorbei an den anderen Toren, im Kreis um den Grund des Brunnens mit der Windrose herum.

Krask wandte sich seinen Männern zu. Sie machten einen beunruhigten Eindruck, und wie sollte er es ihnen verdenken? Mit jeder Sekunde wurde das Grollen lauter.

»Also gut, hört zu«, sagte er und schickte jeweils zwei von ihnen, ausgestattet mit knappen Anweisungen, in die abzweigenden Gänge. Der fünfte Mann blieb bei ihm. Ein hartgesottener, schwarzhaariger Sibirier namens Ilja. Der Lärm schien ihm kaum etwas auszumachen.

Krask drehte sich wieder um und setzte sich erneut in Bewegung, während er Ilja das Zeichen gab, ihm zu folgen.

Dieses Dröhnen. Als würde auf einem riesigen Abrissgelände ein Satz TNT-Ladungen explodieren und mehrere Gebäude zum Einsturz bringen. Krask fühlte sich eingesperrt und ungewohnt schutzlos. Fast wie ein Gefangener. Je eher er die Amerikaner beseitigte, desto schneller konnte er aus diesen Tunneln verschwinden.

Für seinen Geschmack konnte das gar nicht schnell genug sein.

Tatsächlich ging alles blitzschnell.

Krask marschierte vorneweg, um vor Ilja in den Raum zu stürmen. Fast zeitgleich würden die übrigen Männer paarweise durch jeweils eines der anderen Tore treten.

Mit seiner Kalaschnikow in der rechten Hand, den linken Arm gegen das Tor gelehnt, nickte Krask in Iljas Richtung und drückte die Klinke herunter, stieß mit der Schulter das Tor auf und feuerte eine Salve ab. Dann stürmte er hindurch, drehte sich nach links und ließ seinen Blick rasch über den Grund des Brunnens wandern.

Er konnte die Amerikaner nirgends sehen.

Während er mit erhobenem Gewehr dastand, huschten seine Augen nach links und nach rechts, und Ilja folgte ihm und bezog auf der anderen Seite des Tors Position. Krask war völlig aufgedreht. Vollgepumpt mit Adrenalin. Plötzlich schien es ihm, als wäre das Grollen weit weg. Als käme es vom hinteren Ende des Tunnels und wäre kaum noch von Bedeutung. Jetzt zählte nur der Augenblick. Die unmittelbare Umgebung. Das, was sich innerhalb der Todeszone befand. Seine Augen erfassten die Arbeitsplätze und Trennwände, das ganze seltsame Nebeneinander von modernen Computern, mittelalterlichem Mauerwerk und geheimnisvollen Symbolen.

Dabei bemerkte er, dass zwei der Tische und eine Trennwand nicht an ihrem Platz standen. Er hatte sie eben mit seinen Kugeln durchsiebt. Wenn die Amerikaner dahinter in Deckung gegangen waren, wären sie zerfetzt worden.

Aber dort waren sie nicht.

Krask und Ilja verharrten beide einen Moment neben der Tür. Schauten sich um. Und blickten dann einander verwirrt an. Sie konnten die Amerikaner immer noch nicht sehen. Zwei weitere Tore zu dem runden Raum wurden aufgestoßen, und die anderen Männer stürmten paarweise herein, bereit, das Feuer zu eröffnen.

Dann blitzte ein Gedanke wie eine Leuchtpatrone in Krasks Gehirn auf, und er schaute zur Treppe hoch, die sich an den Brunnenwänden emporschlängelte. Dort sah er einen Gewehrlauf, der direkt auf seinen Körper gerichtet war. Und dahinter ein maskiertes Gesicht. Die Sturmhaube war mit grellbunten Flecken und Streifen bedeckt.

Im selben Moment sauste von oben ein 5,56-mm-NATO-Vollmantelgeschoss durch die Luft und traf Krask links am Hals, bohrte sich in das tätowierte Porträt von Wladimir Putin, direkt zwischen dessen Augen und Mund. Die Kugel zerfetzte eine seiner Halsvenen, streifte das Schlüsselbein und perforierte seine Lunge, bevor sie im siebten Halswirbel stecken blieb.

Als Krask mit dem Mund voller Blut zu Boden sank, war sein vorletzter Gedanke, dass er gerade ertrank. Und sein nächster und letzter Gedanke, bevor er starb, dass das nicht sein konnte.

In hundertdreißig Metern Höhe, auf dem dritten der neun Treppenabsätze, richtete Stafford Sparrow sein Mk-12-Gewehr nach rechts unten, ein Auge gegen das Zielfernrohr gepresst, den Vorderschaft auf die unebene Steinbrüstung gestützt. Er hatte einen seiner Handschuhe ausgezogen und zwischen Vorderschaft und Brüstung geschoben, damit das Gewehr nicht zurückprallte oder abrutschte.

Er hatte jetzt den schwarzhaarigen Mann, der als zweiter in den Raum gestürmt war, ins Visier genommen. Sparrow zielte auf eine Stelle knapp unterhalb der Mitte seines Brustkorbs, um den Rückstoß zu berücksichtigen, der die Waffe nach oben reißen würde, dann holte er tief Luft und feuerte beim Ausatmen einen Schuss ab. Es ertönte ein lauter Knall, der Mann taumelte nach hinten, und Blut breitete sich auf seiner Brust aus und spritzte aus seinem Rücken, als die Kugel glatt seinen Körper durchschlug. Er rutschte mit ausgestreckten Beinen an der Wand hinunter, hinterließ dabei auf den grauen Steinen einen breiten, senkrechten Blutstreifen und blieb zusammengesackt hocken.

Sparrows Schuss hallte immer noch durch die Luft, als Wheeler, direkt oberhalb der nördlichen Himmelsrichtung der Windrose, durch den Torbogen auf den achten Treppenabsatz trat. Gleichzeitig tauchte Begai vom neunten und untersten Absatz über der südlichen Himmelsrichtung auf.

Unter ihnen waren vier weitere Söldner in den runden Raum gestürmt, zwei durch das östliche und zwei durch das westliche Tor.

Sie waren mitten in ein mustergültiges Kreuzfeuer geraten.

Wheeler und Begai eröffneten mit ihren MP7 im vollautomatischen Modus das Feuer und tauchten den Grund des Brunnens in einen Kugelhagel. Alle vier Männer gingen zu Boden, ohne auch nur einen Schuss abgegeben zu haben oder zu wissen, wie ihnen geschah. Nach wenigen Sekunden war alles vorbei.

Wheeler betrachtete die ausgestreckt daliegenden Körper. Er hatte sein Magazin vollständig geleert. Sämtliche Kugeln verschossen. Begai ebenfalls. Es war alles andere als ein schöner Anblick.

Wheeler spürte, wie seine Beine zu zittern begannen. Das passierte jedem Soldaten nach einem Gefecht. Jedem Boxer nach einem Kampf. Sie bekamen weiche Knie, sobald sich der Herzschlag wieder normalisierte, der erhöhte Hormonspiegel und Blutdruck sanken und die Beine nicht mehr so stark durchblutet wurden.

Er ließ den Gewehrlauf sinken und lief die fünfzehn Stufen zum Grund des Brunnens hinunter. Und plötzlich merkte er, dass es nicht seine Beine waren, die zitterten – jedenfalls nicht nur.

Er spürte es, bevor er es überhaupt hören konnte. Das Dröhnen. Die pulsierende Erschütterung unter seinen Füßen.

Der ganze Brunnen bebte. Der ganze verdammte Brunnen.

Unten angelangt drehte er sich zu Begai und Sparrow um, die die letzten Stufen herunterkamen und zu ihm traten.

»Diese Gänge«, sagte er zu Begai. »Haben Sie mit dem Scanner etwas über ihre Beschaffenheit herausgefunden?«

Begai nickte. »Der, durch den die ersten beiden Männer gekommen sind ... das ist der Hauptgang.«

»Woher wissen Sie das?«

»Er ist lang und gerade. Ich vermute, dass er ziemlich weit reicht. Das Sonar konnte sein Ende nicht erfassen.«

»Und die anderen?«

»Sie zweigen nach etwa dreißig Metern davon ab.«

Wheeler schaute an den zwei Leichen vorbei zu dem offenen Tor. Er konnte nur ein paar Meter in den Gang dahinter blicken. Offensichtlich hatte man ihn mitten in das massive Felsgestein gehauen.

RMMMMMMMMMMMBMMMBBBBBMMM...

Die Erde begann erneut zu beben, sodass das Blut neben den Leichen erzitterte.

Wheeler drehte sich zu den Computern um und sah, dass die Lämpchen der drei Transmitter, die er noch nicht eingesammelt hatte, jetzt durchgängig grün leuchteten.

»Okay«, sagte er. »Lasst uns die Sache zu Ende bringen und von hier verschwinden.«

Die drei Männer stürzten den Gang hinunter, Wheeler vornweg, Begai ein, zwei Schritte hinter ihm, gefolgt von Sparrow. Die Wände vibrierten und bebten, als könnten sie jeden Moment um sie herum einstürzen.

Hundertfünfzig Meter vom Brunnen entfernt stießen sie schließlich auf einen Aufzug mit einer Edelstahltür, neben der an der Steinwand ein biometrisches RFID-Lesegerät angebracht war.

Wheeler nahm seinen Snoofer aus dem Etui und hielt ihn mit ausgestrecktem Arm vor sich hin, als wollte er ein Selfie machen. Der Snoofer schleuste sein Programm ins Lesegerät und ließ Zugriffscodes und biometrische Erkennungsmerkmale durchlaufen.

Während die drei Männer angespannt warteten, begannen Wände und Boden erneut zu wackeln. So als würden sich unter ihren Füßen gleich mehrere Risse auftun und ausbreiten.

Wheeler schaute über die Schulter zu Sparrow. Der junge Soldat hatte den Blick auf seine Smartwatch gerichtet. Er hatte die Ortungsfunktion vom GPS aufs IPS umgeschaltet. Das IPS, oder Indoor Positioning System, nutzte eine Ultra-Breitband-Technologie. In geschlossenen, unterirdischen Räumen war es schneller und präziser als das GPS.

»Wo befinden wir uns?«

»Unter der Burg«, sagte Sparrow und sah ihn an. »*Direkt* darunter. Sie stürzt praktisch auf uns herab.«

Das war nur wenig überraschend und gar nicht gut, falls der Aufzug sie direkt in die Burg befördern würde.

Wheeler wollte Sparrow gerade auffordern, Rover Two anzufunken, als sich die Stahltür öffnete. Sie hatten keine Zeit zu verlieren.

»Was machen wir jetzt?«, fragte Begai.

Wheeler blickte in die Aufzugkabine.

»Wir steigen ein, drücken den Knopf und machen uns dann Gedanken«, sagte er.

Hinter der Burg, in der Fahrerkabine von Rover Two, hatte Ray Long sich einen ungefähren Überblick über ihre Situation verschafft.

Sein IPS-Empfänger hatte Wheeler und seine Männer auf drei Meter genau geortet. Er konnte auf seiner Videospiel-Simulation der Burg mit ihren Avataren sehen, dass sie direkt darunter emporstiegen. Da es keine Anhaltspunkte gab, um die unterirdischen Gänge zu kartieren, bewegten sich die Männer auf seiner Armaturenbrettanzeige vor einem leeren Hintergrund. Das war die Schwachstelle der Simulation.

Andererseits hatte Long ein paar äußerst nützliche Koordinaten eingeben können, und zwar dank der Daten, die die Sentinel-Drohne und der *Raven* vor ihrem Rückflug gesammelt und übermittelt hatten.

Darunter waren die genauen Positionen des Aufzugs, mit dem Carmody und Schultz die Garage verlassen hatten, und desjenigen, mit dem Gustav Zolcu entkommen war, sowie der zwei separaten Aufzüge, die die zwei Rezvanis benutzt hatten.

Es gab also insgesamt vier Ausgänge aus dem unterirdischen Labyrinth, die sich außerhalb der Burg befanden, und er konnte Wheelers Team ihre exakten Koordinaten senden.

Long wandte sich Reggie Fults auf dem Beifahrersitz zu. Die Explosionen der Drohnen, die in die Burg einschlugen, waren so laut, dass er seine Stimme erheben musste.

»Die Burg wird in Schutt und Asche gebombt«, sagte er. »Wir müssen verhindern, dass die Männer direkt da hochfahren.«

Fults sah ihn an. »Und wie genau haben Sie sich das vorgestellt?«

Long hatte inzwischen die Koordinaten der Fahrstuhlausgänge aufgerufen. Er deutete auf die Anzeige. »Ich glaube, wir können sie zu einem der Ausgänge lotsen, sie da rausholen und dann verschwinden.«

Fults starrte einen Moment auf das Display.

»Ich werde mit ihnen Kontakt aufnehmen«, sagte er.

Wheeler betrat, gefolgt von Begai und Sparrow, gerade den Aufzug, als er über das RoIP Fults' Stimme vernahm: »Whiskey, hier Rover Two. Hören Sie mich?«

»Laut und deutlich.«

»Können Sie mir sagen, wo Sie sind?«

Wheeler gab ihre Position durch, während sich die Aufzugtüren schlossen.

»Perfekt«, sagte Fults. »Was sehen Sie auf dem Tastenfeld?«

Wheeler sagte es ihm. Auf dem LED-Display waren vier Tasten mit Nummern. Sein Team war auf Ebene eins, der untersten Ebene, eingestiegen.

»Die Burg hat zwei Stockwerke, richtig? Den Keller nicht mitgezählt.«

»Und das Turmzimmer auch nicht«, sagte Wheeler. »Richtig.«

»Okay, verstanden.«

RMMMMMMMMMMBBBBBBBBBRRRRRMMM...

Wheeler holte tief Luft. Der Aufzug verstärkte das Geräusch wie eine Blechdose. Er spürte, wie die Kabine vibrierte und schaukelte.

»Rover Two, wir müssen ...«

»Fahren Sie zur nächsten Ebene und steigen Sie dort aus. Das müsste der Keller sein – wo Sie sich vorhin von Preacher getrennt haben. Von dort dirigieren wir Sie weiter.«

Wheeler und seine Männer liefen zum Fahrzeuglift am unteren Ende der Y-förmigen Tiefgarage, der sich außerhalb des rückwärtigen Tors befand.

Long beschrieb ihnen den Weg mithilfe der Daten, die er vorhin bei der Überwachung von Carmodys Team gesammelt hatte. Der Ausgang war von den drei Garagenausgängen am weitesten von der Burg entfernt und würde deshalb am ehesten von den Drohnen und herabstürzenden Trümmern verschont bleiben. Außerdem konnte Long ihn von seinem Standort an der Straßengabelung am schnellsten erreichen.

Die Männer stürzten in den Aufzug und spürten, wie er sich mit einem Ruck in Bewegung setzte, während die Schachtwände ringsum erzitterten und die Plattform schwankte und bebte. Um nicht das Gleichgewicht zu verlieren, hielten sie sich aneinander fest und starrten dabei zu der getarnten Aufzugtür über ihnen empor. Als sie sich schließlich öffnete und die kalte Nachtluft in den Schacht strömte, stießen sie einen kollektiven Seufzer der Erleichterung aus.

Oben wartete schon der BearCat mit geöffneter Klappe und heruntergelassener Rampe auf sie.

Als sie zu den anderen Männern in die Mannschaftskabine kletterten, stießen sie ein lautes Jauchzen aus.

»Und was habt ihr drei heute Abend so gemacht?«, fragte Long, der ihnen vom Vordersitz einen Blick zuwarf.

Wheeler sah ihn an. »Sehr witzig.«

Long grinste und ließ die Klappe herunter. »Schnallt euch an«, sagte er. »Als Nächstes holen wir Banik und seinen pelzigen Freund ab.«

Er trat aufs Gas, und der BearCat machte einen Satz nach vorne.

Als Joe Banik hörte, wie ein Fahrzeug vom Burggelände heruntergerast kam, vermutete er, dass es sich um Rover Two handelte. Long hatte gerade per Funk durchgegeben, dass er Wheelers Team eingesammelt hatte und zum Tor unterwegs war. In schätzungsweise drei bis vier Minuten würde er dort eintreffen.

Banik hielt sich bereit. Das Schlimmste, während er hier draußen Wache gehalten hatte, waren weder der Schnee noch die Kälte gewesen, auch nicht die Geräusche am Himmel oder das dumpfe Grollen der Explosionen, das in den letzten Minuten zu hören gewesen war. Erst recht nicht, dass er einen alten Mann und seine Frau hatte abwimmeln müssen, die mit einem klapprigen, rumpelnden Pritschenwagen hier herumspioniert hatten. Und Ellie war schon mal gar kein Problem. Sie war ein braves Mädchen. Malinois waren Hütehunde, und es lag ihnen im Blut, die Herde zusammenzuhalten. Es war eher so, dass sie ihm die Befehle gab.

Wie hieß es doch gleich in der Bibel? *Gesegnet sei der, der Wache hält*. Schöne Worte, aber davon wollte er nichts wissen. Er glaubte nicht, dass er auserwählt war. Irgendjemand musste den Job schließlich machen. Hier stehen. Augen und Ohren offen halten. Das verwaiste Tor bewachen. Das hatte er sich immer wieder in Erinnerung gerufen, während er hier draußen gewartet hatte und seine Kollegen auf dem Grundstück ihr Leben riskierten. Dennoch war er sich überflüssig, einsam und nutzlos vorgekommen, als er auf dem Burggelände die dröhnenden Explosionen gehört hatte.

Das war für Banik das Schlimmste. Die Warterei. Wie in dem alten Tom-Petty-Song. *Just the waiting.*

Aber er kam damit schon klar.

Er bewachte das Tor. Banik konnte jetzt hören, wie sich das Fahrzeug vom Burggelände dem Tor näherte. Seine Scheinwerfer leuchteten durch die Hecken, die die Zufahrtsstraße säumten, und die Strahlen wurden von den niedrigen Zweigen in schmale Streifen zerschnitten. Schließlich erreichte der Wagen das Tor, und die Scheinwerfer erhellten die schneebedeckte zweispurige Fahrbahn.

Banik streckte die Hand aus und streichelte den kräftigen Nacken des Hundes.

»Wir werden abgeholt«, sagte er.

Aber das stimmte nicht.

Seine Hand auf dem Fell des Malinois verkrampfte.

Das war nicht der BearCat.

Banik beobachtete, wie das Fahrzeug in seine Richtung schwenkte. Es war nicht mehr als zwanzig Meter entfernt. Hätte er direkt davorgestanden, wäre er von den Scheinwerfern geblendet worden. Aber sie streiften ihn nur, weil er auf dem Kies neben der Straße stand.

Es war ein dunkles Fahrzeug. Ein riesiger SUV.

Man hatte Banik mitgeteilt, dass es zwei Rezvanis gab. Einer davon war Schrott.

Der andere stand jetzt vor ihm.

»Baschim lol«, befahl er und verlangte von Ellie höchste Wachsamkeit.

Banik blieb auf dem Randstreifen stehen und ließ seine Hand zu der MP7 hinunterwandern, die an seiner Seite hing. Allerdings würde sie ihm nichts nutzen, wenn man das Feuer eröffnete oder versuchte, ihn zu überfahren. Aber er wollte keine leichte Beute abgeben.

Er nahm die Maschinenpistole in Anschlag. Ellie, die vor ihm die Wachhaltung eingenommen hatte, war ebenfalls bereit. Sie stand mit geradem Rücken und leicht erhobenem

Kopf aufrecht und breitbeinig da, hatte die Ohren gespitzt und stieß ein tiefes, drohendes Knurren hervor.

Dann kam der Rezvani auf sie zugerast.

Der Wagen schoss durch das gesprengte, schräg herabhängende Tor und bog auf der zweispurigen Straße nach links. Während der Rezvani an dem Amerikaner mit dem riesigen Hund vorbeiraste, spähte Matei aus dem Fenster und sah, wie das Tier eine Angriffshaltung einnahm.

Hinter Matei auf der Rückbank hatte einer der Männer seine Kalaschnikow durch die Schießscharte geschoben.

»*Comenzile tale?*«

Er wartete auf seine Anweisungen. Schießen oder ignorieren.

Plötzlich verspürte Matei das glühende Verlangen, die beiden im Vorbeifahren mit einer Salve niederzumähen. So wie er es früher vielleicht getan hätte, als er in der *Obschtschina* Karriere gemacht hatte.

Aber wie lautete noch das alte Sprichwort? *Igra ne stoit svech.* Die Sache lohnt die Mühe nicht.

Er hatte es nur einem äußerst glücklichen Zufall zu verdanken, dass er in der Burg von dieser bösartigen Schlampe verschont geblieben war. Dem Umstand, dass im richtigen Augenblick ein paar Gesteinsbrocken zwischen ihnen auf den Boden gestürzt waren. Andernfalls hätte sie ihn mit ihrem Motorrad zu Klump gefahren und getötet.

Hätte Matei daran geglaubt, dass einem das Universum manchmal ein Zeichen gab, dann wären diese Teile der herabfallenden Decke die unüberhörbare, krachende Aufforderung gewesen, den Rückzug anzutreten. Aber drauf geschissen.

Die Kriegsgötter gaben keine Zeichen. Er verließ sich auf seinen Instinkt, und der sagte ihm dasselbe.

Die Burg stand in Flammen und stürzte in sich zusammen. Sie war ein gewaltiges, loderndes Opfer für die Zukunft.

Seine Zeit würde noch kommen.

»*Treceti-le pe langa*«, sagte er. »Ignorier sie.«

Eine Sekunde später waren der Mann mit dem Hund und die Burg hinter ihm und verschwanden schließlich aus seinem Blickfeld, als der Fahrer des Rezvanis in eine Kurve bog und mit über fünfundsiebzig Meilen pro Stunde Richtung Osten fuhr. Die Straße vor ihnen war dunkel. Bäume, Zäune, Bauernhöfe, Häuser und Landschaft … alles war dunkel. Als wären sie verschluckt worden.

Es gab hier nichts mehr zu tun, aber an einem anderen Ort wurde bereits die nächste Phase eingeleitet. Die Russen waren *brillante* Strategen, und Koschei war der brillanteste von allen. Sie hielten den Schlüssel für die Zukunft in der Hand; es war schlau von Drajan Petrovik gewesen, sich mit ihnen zusammenzutun.

Matei würde sich in Okean-27, der geheimen Stadt, mit ihm treffen und ihren nächsten Schritt vorbereiten. Und was die Amerikaner betraf, vor allem diese bösartige Schlampe …

Wenn man sein Blatt ausgespielt hatte, bedeutete das nicht, dass das Spiel schon vorbei war.

Er würde sie wiedersehen. Und dafür sorgen, dass sie bekam, was sie verdiente.

Kali hielt mit dem Motorrad auf der Zufahrtsstraße, die zum Vordertor führte. Vor ihnen, quer auf der Straße, stand Rover One. Kali und Carmody stiegen ab und liefen auf den Wagen zu, wobei ihre Füße in der dünnen Schneedecke ein paar undeutliche, flache Spuren hinterließen.

Hinter ihnen ertönte eine Reihe weiterer Explosionen, und beide drehten sich um.

Einige Hundert Meter in nördlicher Richtung wurde Burg Graguscu von den Flammen verschlungen. Die Drohnen stießen immer noch in Gruppen auf die zerstörten Mauern herab und explodierten in hellen Lichtblitzen. Funken und glühende Asche wirbelten wie Feuerwerkskörper über den Himmel. Beißender Rauch waberte empor und wurde von einer südwestlichen Brise in ihre Richtung geweht.

Die beiden wandten sich wieder dem BearCat zu. Neben dessen Klappe stand Max Spencer und ließ die Rampe herunter, um sie hereinzulassen.

Beim Einsteigen fiel Carmodys Blick sofort auf die Leiche. Sie lag auf einer am Boden festgeschnallten Trage, die mit einem weißen Laken bedeckt war.

»Auf der Fahrt hierher hat es Emerick erwischt. Wir haben getan, was wir konnten«, sagte Singh, der Sanitäter. Er deutete mit dem Kopf auf Kali. »Sie hat ihm Beistand geleistet.«

Mit einem Ruck setzte das Fahrzeug von der Straße zurück und wendete, bis die Motorhaube Richtung Süden zeigte. Carmody kniete sich neben den Toten und betrachtete ihn eine ganze Weile lang mit gesenktem Kopf, dann drehte er sich zur Fahrerkabine um. Dixon saß hinterm Steuer und Schultz auf dem Beifahrersitz.

»Wheelers Team«, sagte er. »Wo befindet es sich jetzt?«

»Sie sind draußen«, sagte Dixon. »Bei Long.«

»Und Banik und der Hund?«

»Ebenfalls.«

Carmody nickte wortlos, und der BearCat fuhr los.

»Nichts für ungut, Chef«, sagte Schultz, den Blick auf den digitalen Rückspiegel gerichtet. »Aber du siehst beschissen aus.«

Carmody blieb noch einen kurzen Moment hocken, dann setzte er sich auf den Metallboden des Fahrzeugs, drückte sich mit den Füßen nach hinten gegen die Seitenwand und zog die Knie an den Körper. Als er sich mit dem Handrücken über die Lippen wischte und die Hand wieder runternahm, war sie voller Blut.

»Sieht ganz so aus«, sagte er so leise, dass niemand es hören konnte.

18

Băneasa, Rumänien
(Vorgeschobene Operationsbasis Janus)

Es war genau 2.40 Uhr, als Fernandez die Kampffahrzeuge in dichter Keilformation wieder in Bewegung setzte. Er saß alleine in der Fahrerkabine, und Howard hockte hinter ihm auf dem Klappsitz. Wasserman hatte seinen Gurt losgeschnallt und kletterte nach hinten in den Mannschaftsbereich.

»Wir sind fast in Position«, sagte Fernandez zu Howard.

Der Colonel hatte einen HK-M320-Granatwerfer auf dem Schoß liegen und trug vor der Brust über Kreuz zwei Patronengurte mit jeweils acht 40×46-mm-Patronen.

»Wie lange wird es dauern, bis die Igel angreifen?«, fragte er.

»Die optimale Entfernung für die Zielverfolgung ihrer RPG-Granatwerfer liegt schätzungsweise bei zwölfhundert Metern. Aber ich will noch näher ran.«

»Wie *lange* es dauert, habe ich gefragt.«

Fernandez runzelte die Stirn und stellte eine ungefähre Berechnung an, während sie über die gefrorene Fläche aus Gras und Erdreich auf den Exerzierplatz zurollten. »Drei Minuten«, sagte er. »Mehr oder weniger.«

»Mehr oder weniger, scheiße«, murmelte Howard. Er neigte den Granatwerfer nach unten, öffnete das Verschlussgehäuse und schob eines der riesigen Projektile hinein, klappte das Gehäuse wieder zu und drückte den Wahlhebel nach vorne. Dann drückte er die Kolbenplatte gegen die Schulter, nahm die Waffe in Anschlag und hielt das Auge ans Klappvisier, als wollte er einen Schuss abgeben.

Schließlich senkte er die Waffe wieder und drehte den Kopf zu Wasserman herum.

»Wo ist der Rest meiner Munition?«, fragte er.

Der E4 kletterte aus dem hinteren Bereich zu ihm herüber und gab ihm einen weiteren Patronengurt. »Hier, Sir. Soll ich Ihnen helfen, ihn …«

»Scheiße, nein.« Mit verzerrtem Gesicht streifte Howard den Patronengurt über einen der anderen Gurte. »*Wie lange noch*, Julio?«

»Noch etwa neunzig Sekunden«, sagte Fernandez.

Er warf einen Blick auf sein Bedienfeld. Das FOG-Softkill-Schutzsystem der Pumas würde die panzerbrechenden Raketen des Igels, zumindest theoretisch, neutralisieren. Allerdings hatte er das System noch nie im Kampfeinsatz erprobt und verließ sich nur ungern darauf. Aber das musste er, denn wenn es nicht funktionierte, würden sie wahrscheinlich alle sterben. Die thermobaren Granaten der Igel hatten eine verheerende Wirkung. Kurz vor dem Aufprall beschossen sie die Panzerung mit glühend heißem, flüssigem Metall, das sie durchbohrte wie eine Nadel ein Stück Wachs, worauf der Sprengkopf ins Fahrzeug eindrang und dort alles in die Luft jagte.

Fernandez fuhr weiter. In dreißig Sekunden würde der holprige Untergrund einem flachen Asphaltbelag weichen. Doch er war überzeugt, dass die Igel bereits eine Verteidigungsposition einnehmen würden, bevor sie überhaupt so weit kamen. Die Roboter verfügten über ein eigenes System von Gegenmaßnahmen. Ihre Entfernungsmesser registrierten die Signatur einer sich nähernden Rakete und übermittelten ihre Position sofort an die Computereinheit, die darauf Geschwindigkeit und Flugbahn der Rakete berechnete und vorhersagte, wann und wo sie einschlagen würde.

Das System war darauf ausgerichtet, einer Gefahr auszuweichen, statt sie abzuwehren. Es diente zwar demselben Zweck wie die FOG-Einheit, ging aber von anderen Voraussetzungen aus. Und das aus gutem Grund. Im Gegensatz zu den langsamen, schwerfälligen Pumas waren die Igel leicht, schnell und beweglich. Ihre Reaktionszeit hing lediglich davon ab, wie lange die elektrischen Signale von ihren Computern zu den mechanischen Antriebselementen brauchten. Das Ganze dauerte vielleicht eine Milliardstelsekunde. Oder auch weniger. Die Roboter konnten zur Seite springen, Schlangenlinien fahren oder andere Manöver durchführen, um den Raketen auszuweichen. Ihr System war perfekt auf ihre Fähigkeiten abgestimmt.

Deshalb stellte sich für Fernandez auch nicht die Frage, wie lange es dauern würde, bis die Igel angriffen, sondern ob er schnell genug nahe genug an sie heranfahren konnte, um ihnen zuvorzukommen.

Aber wie viele Roboter würden sich ihnen entgegenstellen? Einer? Zwei? Wahrscheinlich nicht alle vier. Wahrscheinlich würde mindestens einer von ihnen den Bunker bewachen, damit niemand daraus entkommen konnte.

Wahrscheinlichkeit hin oder her.

Fernandez wusste, dass die Roboter entsprechend ihrer maschinellen Intelligenz über ein komplexes Netz aus Entscheidungskriterien verfügten und nach eigenem Ermessen handeln konnten. Aber man hatte ihr Urteilsvermögen manipuliert. Infiziert. Gekapert. Ein fremder Algorithmus hatte sich wie ein Virus in ihren Gehirnen eingenistet. Was zu immer neuen Unwägbarkeiten führte, und das gefiel Fernandez ganz und gar nicht. Er mochte keine Unwägbarkeiten.

Er schaute erneut auf sein Bedienfeld. Die Pumas hatten die Fläche inzwischen fast überquert.

»Wie *lange* noch?«, fragte Howard zum vierten Mal.

Bevor Fernandez etwas erwidern konnte, wandten sich zwei der Igel von den lodernden Flammen ab und rollten auf die Pumas zu. Laut seiner Anzeige war das vordere Fahrzeug jetzt vierzehnhundert Meter von ihnen entfernt.

Das bedeutete, dass Fernandez fast eine Minute zu viel veranschlagt hatte. Statt auf die Pumas zu warten, rasten die Igel ihnen entgegen.

»Colonel, Wasserman«, sagte er, »es geht los.«

Wasserman kletterte aus dem hinteren Bereich auf seinen Sitz. Über der Schulter trug er ein leichtes M27-IAR-Maschinengewehr, an dessen Unterlauf ein M320-Granatwerfer-Aufsatz befestigt war. Einmal Marine, immer Marine. Diese Ausrüstung war bei ihnen Standard.

Fernandez blickte erneut auf seine Monitore. Die Igel, die in ihre Richtung kamen, waren Spree und Nash. Während Spree schnurstracks auf sie zuraste, bewegte sich Nash leicht diagonal in südsüdwestlicher Richtung. Beide steuerten auf die Grenze zwischen dem Exerzierplatz und der freien Fläche zu.

»Aktiviere FOG«, sagte Fernandez und drückte eine Taste. »Wir …«

Fernandez hielt inne. Als das System hochgefahren war, hatte er im Wageninneren ein kaum wahrnehmbares Brummen gehört. Aber da war noch ein anderes Geräusch. Draußen. Ein lautes, lang gezogenes schrilles Pfeifen.

»Was zum Teufel ist das für ein Geräusch?«, fragte Howard.

Fernandez hob eine Hand in die Höhe, ohne sich von dem Bedienfeld abzuwenden. Howard starrte seinen Hinterkopf an. Julio war zwar ein nervtötender Hipster, aber er war wahrscheinlich auch ein gottverdammtes Genie … und ein guter Soldat. Eigentlich war es nicht seine Art, einen befehlshabenden Offizier zu unterbrechen.

Also wartete Howard ab. Schließlich deutete Fernandez mit dem Kopf auf die Anzeige vor sich.

»Das sind die Drohnen«, sagte er.

Die Drohnen vom Flughafen Constanţa erreichten ihr genaues Ziel um 2.30 Uhr, nachdem sie von dem überwucherten Grundstück neben dem kaum genutzten militärischen Rollfeld fast zweihundert Meilen zurückgelegt hatten. Bis zu diesem Zeitpunkt hatten sie sich wie eine Gruppe Gleichgesinnter mit gleichförmiger Eintönigkeit fortbewegt.

Das technisch höher entwickelte Gehirn der Monarch-Drohne bestand allerdings aus einer Reihe sehr viel komplexerer *lernfähiger* Algorithmen, und am kalten dunklen Himmel über dem Janus-Stützpunkt wurden diese Daten jetzt dekomprimiert und über eine gemeinsame Funkverbindung an das kollektive Gehirn des Schwarms übermittelt.

Der Schwarm von einhundert Drohnen aus dem 3-D-Drucker teilte sich sofort in vier kleinere Geschwader auf, die in unterschiedliche Richtungen davonflogen. Jedes Geschwader hatte im Rahmen einer übergeordneten Mission eine ganz bestimmte Aufgabe zu erfüllen. Und jede Drohne eines Geschwaders war imstande, die aktuelle Situation immer wieder neu zu bewerten, mögliche Bedrohungen und Ziele am Boden zu identifizieren und ihre Einschätzung dem Rest des Geschwaders mitzuteilen, damit er darauf entsprechend reagieren konnte. Gemeinsam verschafften sich die Drohnen mit tödlicher Autonomie einen Überblick über die Situation und teilten sich in Untergruppen auf, wenn das für die Durchführung eines Auftrags nötig war.

Um 2.41 Uhr sendete die Monarch-Drohne ein Paket spezieller Algorithmen an Earl, jenen Igel, der dem Schwarm am östlichen Ende der Basis als eine Art Leuchtturm gedient hatte. Diese geringfügige Änderung seines Programms würde ihn wie die Drohnen in eine Waffe auf Abruf verwandeln, in eine Kamikaze-Drohne.

Innerhalb von dreißig Sekunden erwachte Earl aus seinem scheinbaren Ruhezustand und rollte durch die Außenbereiche zur westlichen Seite der Basis.

Und um genau 2.43 Uhr starteten die Drohnen ihren Angriff.

Das Fahrzeugdepot der Basis an der Südgrenze war eine acht Quadratkilometer große, rechteckige Fläche, die in drei unterschiedliche Bereiche unterteilt war.

Der größte war ein Parkplatz, auf dem in langen, geraden Reihen JLTVs, Lkws, Panzerfahrzeuge, Sattelschlepper und Gabelstapler standen sowie insgesamt dreißig Begleitfahrzeuge, Geländewagen und Truppentransporter. Daneben erstreckte sich der zweitgrößte Bereich mit Metallgaragen in Fertigbauweise, Werkstätten und Lagerschuppen. Dort wurden an der gesamten Fahrzeugflotte Reparaturen, Umrüstungs- und Wartungsmaßnahmen durchgeführt. Der kleinste Bereich war die angrenzende Tankanlage mit zwei oberirdischen 40 000-Liter-Dieseltanks, einem halb unterirdischen 80 000-Liter-Lagertank für Heizöl und einem großen Schuppen, in dem ein Dutzend 4 000-Liter-Plastikfässer mit Altöl darauf warteten, recycelt oder entsorgt zu werden. Durch eine kurze, gerade Zufahrtsstraße mit dem Depot verbunden war der erst kürzlich fertiggestellte Vertiport für den *Raven* und andere Rotorflugzeuge. An seinem westlichen Ende, hinter zwei Wartungshangars, erhob sich ein großer zylinderförmiger 60 000-Liter-Tank mit Jet-A-1-Treibstoff.

Auf dem Depot befanden sich insgesamt über hundertfünfzig Fahrzeuge und fast dreihunderttausend Liter leicht entflammbare raffinierte Erdölprodukte.

Um genau 2.45 Uhr entfernten sich dreißig mit Sprengsätzen bestückte Starrflügler-Drohnen von ihrem Schwarm und sausten kreiselnd auf das Depot herab, nachdem die vier Igel ihnen die aktuellen Daten zur Position der Fahrzeuge und Lagerbehälter übermittelt hatten. Die Drohnen folgten jetzt einem gemeinsamen Angriffsplan und nahmen ihre verschiedenen Ziele ins Visier.

Die erste Gruppe schlug in die zwei oberirdischen Dieseltanks ein und brachte sie mit lautem Getöse zur Explosion, so laut, dass selbst noch im sechzig Meilen entfernten Bukarest die Menschen aus ihren Betten aufschreckten. Das nächste Ziel war der unterirdische Heizöltank, zehn Drohnen stürzten sich trudelnd in die Tiefe, worauf er tosend in Flammen aufging. Wenige Minuten später wurden die Benzintanks, Altölfässer, Garagen, Hangars, Schuppen und Fahrzeuge von einer gewaltigen, lodernden Feuersbrunst verschluckt. Die Glasscheiben der brennenden Gebäude begannen zu schmelzen, und das Wasser aus den Sprinkleranlagen verdampfte.

Auf der anderen Seite der Basis krachte eine weitere Gruppe Drohnen in den Wohnwagen, der das Ladengeschäft beherbergte. Er wurde durch die Detonationen in die Luft gehoben, seine Fenster splitterten, die Wände brachen auseinander, und Lebensmittel, Kleidungsstücke und diverse andere Waren wurden über den schneebedeckten Asphalt verstreut.

Die alte Baracke in Modulbauweise gegenüber der rauchenden Ruine des Hauptquartiers wurde durch eine Explosion in einen Klumpen Altmetall verwandelt. An der Ostgrenze gingen die Wellblechhütten der zivilen Mitarbeiter eine nach der anderen in einem leuchtenden Feuerball auf. Laura Cruz' Zehngang-Fahrrad mit dem platten Reifen und die Tiefkühltruhe, in der sie sich mit Mario versteckt hatte, wurden beide zu einem unkenntlichen, verbogenen Stück Schrott zusammengedrückt. Sie flogen hoch in die Luft und fielen rot glühend zu Boden, so als hätte man sie mit einer Lötlampe bearbeitet.

Irgendwo in der Nähe stieß eine Katze einen klagenden, verängstigten Schrei aus.

Die Drohnen bombardierten die Zäune und Wachhäuschen und die riesigen Dieselgeneratoren, die die Basis mit

Energie versorgten, falls die Stromzufuhr aus einer nahe gelegenen Gemeinde Băneasas unterbrochen wurde.

Die zerstörte neue Baracke an der Westgrenze sah so aus, als hätten die Drohnen dort ihren Auftrag erledigt, aber die vier gepanzerten Kampffahrzeuge, die auf den Exerzierplatz zufuhren, erregten die Aufmerksamkeit des Schwarms … sowie der JLTV mit zwei Insassen, der aus nordwestlicher Richtung darauf zuraste. Außerdem hatten die Igel den Drohnen mitgeteilt, dass sich im Bunker unter dem eingestürzten Gebäude weitere Personen befanden.

Fünfzig Drohnen, die größte Gruppe, die sich vom Schwarm trennte, jagten jetzt auf die Baracke zu, um die Leute dort aufzuhalten. Ihre Hauptaufgabe war es, den Janus-Stützpunkt zu beschützen. Und dazu mussten sie alle menschlichen Eindringlinge eliminieren.

Laura Cruz bog gerade nach Richtung Süden, auf die Straße zwischen den beiden Freiflächen, als die Drohnen auf die neue Baracke zusausten.

Ihr lief ein kalter Schauer über den Rücken. Als kleines Mädchen hatte sie in Caracas auf den steilen Hügeln rings um das Stadtzentrum gewohnt und dort häufig die Fledermäuse beobachtet, die bei Sonnenuntergang zu Hunderten aus den Höhlen flatterten. Die Tiere strömten zusammen und schwärmten wieder auseinander, um sich dann wie Tintenflecke in Öl erneut zusammenzuballen und den Himmel zu verdunkeln.

Beim Anblick der Fledermäuse hatte sich ihr jedes Mal der Magen umgedreht. Und das, was sie jetzt durch die Windschutzscheibe sah, erinnerte sie daran.

»Mario«, sagte sie. »Ich habe Angst.«

Er schaute sie an. »Nur fürs Protokoll, ich auch«, sagte er. »Aber nur ein bisschen.«

Sie lächelte zaghaft.

»Halt mal kurz an«, sagte er. »Ich will nochmal einen Blick riskieren.«

Laura kam mit dem Wagen zum Stehen. In sämtlichen Richtungen schimmerte der Nachthimmel in einem unnatürlichen orangen Licht. Hinter ihnen wurde die ursprüngliche Baracke von einer Wand aus Feuer verdeckt, und die Wellblechhütten weit zu ihrer Linken, in denen Laura die letzten Monate gewohnt hatte, standen in Flammen. Aber der schlimmste Anblick bot sich direkt vor ihnen, wo auf der gesamten Fläche, bis hin zum Fahrzeugdepot und dem Vertiport am Rand der Basis, mehrere Feuer unkontrolliert emporloderten.

»Hast du eine Ahnung, was hier los ist?«, fragte sie.

Mario spähte durch das Fernglas. Zunächst auf den Drohnenschwarm am orange leuchtenden Himmel, dann auf die Igel und die Panzerfahrzeuge darunter. Sie waren alle in Bewegung. Wie auf einem Spielbrett. Jeder einzelne Spielstein.

Eine Vernichtungsschlacht, dachte er. Wo hatte er diesen Ausdruck schon mal gehört? Vielleicht in einem Buch oder Videospiel? Er war sich nicht sicher. Aber er wusste, dass das den totalen Krieg bedeutete. Bei dem eine Armee für einen einzigen Angriff alles auf eine Karte setzte, um den Feind und seine Ressourcen vollständig zu vernichten.

»Ich glaube, die Roboter wollen hier alles zerstören«, sagte er. »Uns alle töten. Jede Person auf der Basis.«

Laura schwieg einen Moment. Dann nahm sie seine Hand. »Mario«, sagte sie, »wir sollten beten.«

Er zögerte.

»Ich schätze, du hast recht«, sagte er. »Aber ich kenne kein passendes Gebet.«

Sie neigte ein wenig den Kopf und hob ihn dann wieder. *Ángel de mi guarda, dulce compañía.*

»Ich schon«, sagte sie.

Die Pumas fuhren rumpelnd auf den Exerzierplatz. Da das harte, klumpige Gras und Erdreich höher waren als der Rand der viereckigen Asphaltfläche, wurden die Männer im Fahrzeug am hinteren Ende der Keilformation beim Überqueren kräftig durchgeschüttelt.

Fernandez warf einen Blick auf seine Monitore. Sie zeigten die Drohnen, die wie eine Trichterwolke über den dunklen Himmel wirbelten.

Wasserman wurde bleich im Gesicht.

»Sarge«, sagte er, »sehen Sie, was die da machen?«

Fernandez nickte wortlos. Etwa fünfzig Meter vor ihnen hatten sich mehrere Drohnen senkrecht in die Tiefe gestürzt, zwei Meter über dem Boden abrupt die Richtung gewechselt und kamen jetzt direkt auf die Fahrzeuge zugeschossen. Einen Sekundenbruchteil später teilten sie sich in drei Gruppen auf; einige der Drohnen scherten nach links, einige nach rechts aus, während die meisten weiter auf die gepanzerten Fahrzeuge zuflogen, um sie aufzuhalten. Das Geräusch, das draußen zu hören war, klang wie ein Güterzug, der mit Höchstgeschwindigkeit in einen Bahnhof raste.

Howard beugte sich auf dem Klappsitz nach vorne und klopfte Wasserman auf die Schulter.

»Das sind nur ein paar Spielzeugbienen, Junge«, sagte er. »Julio passt schon auf uns auf.«

Fernandez' Mund verzog sich zu einem schwachen, grimmigen Lächeln. Er hoffte, er würde das hier überleben, um sich später an diesen Moment zu erinnern.

Plötzlich drang ein weiteres Geräusch durch die Fahrzeugpanzerung. Ein zischendes, schrilles Pfeifen. Spree, der hinter der mittleren Drohnenkolonne stand, hatte wie ein Quarterback, der einen langen Pass warf, eine raketengetriebene Granate auf den vordersten Puma abgefeuert.

Fernandez richtete sich in seinem Sitz gerade auf. Seine Displays zeigten den wabernden Treibgasschweif des näher kommenden Projektils in verschiedenen Farbabstufungen als Wärmebildgrafik – von außen ganz blau über Grün, Violett, Rot und Orange bis zu Hellgelb.

Fernandez holte tief Luft, während die Rakete immer näher kam, bevor sie im letzten Augenblick vor dem Puma abdrehte, als wäre sie auf eine unsichtbare Wand getroffen, gegen eine Glasscheibe geprallt oder wie in einem Comic von einem Kraftfeld abgelenkt worden. Sie wirbelte, wie ein Fisch am Haken, zappelnd durch die Luft und explodierte einen Moment später weit rechts von ihnen.

»Wuuuu!«, brüllte Fernandez und ballte die Hände zu Fäusten. »Wuuu-*huuu!*«

Ihm blieb gerade noch Zeit, einen dritten Triumphschrei auszustoßen, bevor die Drohnen das Panzerfahrzeug von drei Seiten in die Zange nahmen.

Sein Herz machte einen Satz.

Komm schon, Foggy, dachte er. *Zeig's ihnen.*

Und genau das tat das FOG-Softkill-Schutzsystem, das in allen vier Pumas installiert war; es erzeugte um sie herum buchstäblich einen elektronischen Nebel, während sein Punktlaser das Steuerungssystem der Drohnen röstete und ihre Infrarotsensoren dazu brachte, vermeintliche Ziele anzuvisieren. Die Drohnen kamen nicht weiter als die umgeleitete Rakete des Igels, bevor sie zu beiden Seiten in die Dunkelheit schossen.

Mit einer Mischung aus überschwänglicher Erleichterung und Frohlocken stieß Wasserman jetzt ebenfalls einen Schrei aus und ballte die Fäuste.

»Wow!«, brüllte er. »Sarge, Sie sind ein Genie!«

Die Fahrzeuge rollten weiter und pflügten sich durch mehrere Angriffswellen geblendeter, ausscherender Drohnen. Wie in einer Art absurdem Luftballett kurvten, kreisten und flogen sie um die Pumas herum und krachten explodierend zu Boden. Die Detonationen ließen die Karosserie der Panzerfahrzeuge erzittern, aber sie blieben unbeschädigt.

Fernandez spürte, wie er mit Adrenalin vollgepumpt wurde. Er hatte das Gefühl, als würde er außerhalb seines Körpers schweben. Erneut holte er tief Luft, um wieder zu Sinnen zu kommen.

In diesem Moment beugte Howard sich nach vorne, schob seinen Arm zwischen den Vordersitzen hindurch und deutete mit dem Zeigefinger auf das Hauptdisplay des Armaturenbretts.

Es zeigte Spree, der zwischen den Drohnen weiter auf sie zurollte.

»Töten Sie ihn, Sie Genie«, sagt er. »Jagen Sie ihn in die Luft.«

Fernandez nickte.

»Pickles«, sagte er, »aktiviere Percy One. Den Auslöser für den Striker. Sichern und laden.«

»Ja, Jules.«

Die ferngesteuerte Waffenstation des autonomen Fahrzeugs befand sich auf dem Dach, an der Stelle, wo bei Fernandez' Puma der Geschützturm war. Die Station, die für ein breit gefächertes Arsenal mittelschwerer und schwerer Waffen gedacht war, verfügte über einen automatischen Mk-47-Striker-Granatwerfer, der ein Dutzend rückstoßarme, intelligente 40-mm-Projektile abfeuern konnte, die mit denen der Igel fast identisch waren.

Kaum hatte Fernandez von seinem Bedienfeld aus den Granatwerfer abgefeuert, schoss Spree einc weitere raketengetriebene Granate ab. Die beiden Projektile flogen in entgegengesetzter Richtung aneinander vorbei; ihre Rauchfahnen schlängelten sich umeinander wie qualmende Aale. Sprees Granate, die durch die elektronischen Gegenmaßnahmen des FOG geblendet und umgelenkt wurde, sauste weit am Ziel vorbei.

Die Granate des autonomen Fahrzeugs jedoch schlug mitten in das kompakte, entfernt menschenähnliche Gehäuse des Roboters ein. Spree schwankte und taumelte auf seinen Raupenketten nach hinten, und die Vorderseite seines Sockels hob sich fünfzehn Zentimeter vom Schnee empor.

Eine Tausendstelsekunde bevor das Geschoss explodierte, bemerkte Spree, dass man ihn ausgetrickst hatte. Dass man ihn so dicht an die Fahrzeuge gelockt hatte, dass er kein Ausweichmanöver mehr durchführen konnte, während das ihm unbekannte Abwehrsystem des Pumas gleichzeitig seine Rakete vom Kurs abgebracht hatte.

Eine Millionstelsekunde später übermittelte er an die anderen drei Igel über ihr neurales Netzwerk seine Daten. Das war eine Art Warnschrei der Roboter, der die anderen über eine drahtlose Infrarotverbindung mit Lichtgeschwindigkeit erreichte.

Und dann wurde der Igel von der Granate in tausend Stücke gerissen und in einen riesigen Feuerball gehüllt. Teile seines Metallgehäuses segelten durch die Luft und knallten scheppernd gegen die Panzerung des Pumas.

Fernandez schaute auf sein Display und drehte sich dann halb zu Howard um.

»Das Scheißding ist nur noch ein Haufen Schrott«, sagte er.

Der Colonel, der ebenfalls auf die Anzeigen starrte, gab ein Knurren von sich.

»Drücken Sie aufs Gas, Julio. Wir holen unsere Leute jetzt da raus.«

Mit knapp siebzig Meilen pro Stunde fuhren die Pumas quer über den Exerzierplatz und bogen mehrere Hundert Meter vor der Baracke nach rechts. Die etwa zwanzig noch verbliebenen Drohnen, die ihre Angriffe vorläufig eingestellt hatten, stiegen in die Dunkelheit empor und belauerten die Fahrzeuge wie Raubvögel.

Fernandez kam das hier alles völlig irrsinnig vor. Aber er hatte bereits in mehreren Kriegen gekämpft. Hatte das Töten, die Bombardierungen, das Blut und all die schrecklichen Verluste akzeptiert. Darum kam er mit dem Irrsinn um sich herum ziemlich gut zurecht.

Während er ruhig hinter seinem Steuerpult saß, fuhren sie an der zerbombten Baracke vorbei. An einigen Stellen brannte es immer noch, aus den Fenstern schlugen Flammen hervor und flackerten im Wind. Die Gerätehalle befand sich jetzt direkt vor ihm, am nördlichen Ende der Baracke.

»Kennen Sie die Position der anderen Igel?«, fragte Howard.

Fernandez schaute auf seine Monitore. »Nash ist ziemlich weit im Norden«, sagte er. »Walt ebenfalls. Er hat auf der Westseite der Halle Position bezogen ... direkt an der Grundstücksgrenze.«

»Und Earl?«

»Er kommt von den Unterkünften der Zivilisten auf uns zu. Oder was davon noch übrig ist. Die Igel sind zwar keine Rennautos, aber es wird nicht lange dauern, bis sie hier sind.«

Howard atmete langsam und stoßweise aus. Selbst das Reden bereitete ihm höllische Schmerzen. Aber er hatte Fernandez und Wasserman seinen Plan bereits erklärt. Auf der Armor School in Georgia hieß dieses Manöver Einsatz von einer stehenden Kreisformation aus. In einem Western bezeichnete man es weniger offiziell als Wagenburg.

»Diese fahrenden Transistorradios sind nicht so blöd, wie sie aussehen«, sagte er. »Sie halten genug Abstand, um unseren Raketen auszuweichen.«

Fernandez nickte. »Offensichtlich hat Spree gemerkt, dass wir ihn überlistet haben. Bestimmt hat er die anderen Roboter vor dem FOG gewarnt.«

»Glauben Sie, die Roboter wissen, dass wir wegen der Leute im Bunker hier sind?«

Fernandez nickte. »Sie sind in der Lage, eine Rettungsaktion zu erkennen und darauf zu reagieren. Das heißt, sie können verstehen und einordnen, was wir hier tun.«

»War das ein *Ja?*«

»Ja.«

»Dann warten sie also den richtigen Moment ab, um weiter vorzurücken.«

Der Sergeant nickte. »Wahrscheinlich bis sie glauben, dass wir verwundbar sind.«

Howard warf ihm einen entschlossenen Blick zu und hob seinen Granatwerfer an die Brust.

»Wollen wir doch mal sehen, ob ihr Plan funktioniert«, sagte er.

Das Gebäude, das von außen wie eine ganz normale Halle wirkte, stand achtzig Meter von der Westgrenze entfernt auf dem asphaltierten Parkplatz und genauso weit entfernt von den glühenden Trümmern, die bis vor einer Stunde noch die Hauptbaracke der Basis gewesen waren. Die Halle war ziemlich groß und bot Platz für einen Bagger, mehrere Schneefräsen und anderes Gerät sowie für fünfzehn bis zwanzig Personen. Sie hatte ein Betonfundament, Wände aus Blech, und ihr Dach war mit Teerpappe beschichtet. Die Tür auf der Westseite ging auf eine Brachfläche zwischen Zaun und Parkplatz hinaus, und dahinter erstreckten sich meilenweit dichte dunkle Kiefernwälder.

Die Pumas fuhren schnell über den Parkplatz zu der Halle und bildeten eine stehende Kreisformation um das Gebäude. Sie setzten von verschiedenen Seiten zurück und ließen dabei einen Abstand von vier Metern. Das vordere Fahrzeug – Percy One – stand mit der Schnauze Richtung Norden. Percy Two zeigte Richtung Osten zur Rückseite der Baracke und Percy Three Richtung Süden. Fernandez blieb mit der Heckklappe des Kommandofahrzeugs direkt vor der Hallentür stehen, sodass die Scheinwerfer den westlichen Zaun anstrahlten.

Howard, der sich bereits von seinen Gurten befreit hatte, beugte sich jetzt vor und tätschelte Wasserman am Arm.

»Sind Sie bereit?«

»Ich bin gleich so weit, Sir.« Wasserman tippte gegen seinen Ohrstöpsel. »Ich gehe nur sicher, dass sich die zu evakuierenden Personen bereithalten.«

»Julio?«

»Alles klar.«

Howard nahm seinen Granatwerfer von der Schulter und wartete, bis Wasserman sein Headset abgenommen hatte.

»Öffnen Sie die verdammte Klappe«, sagte er dann.

Wasserman sprang aus dem Fahrzeug, und Howard zwängte sich hinter ihm unter Schmerzen durch die Klappe. Sie befanden sich nur ein paar Schritte von der Hallentür entfernt.

Kaum hatten sie einen Fuß in den Schnee gesetzt, starteten die Drohnen erneut einen Angriff und stürzten sich pfeifend und brummend vom rot gefärbten Himmel herab.

Wasserman zuckte leicht zusammen. Im Innern des Pumas hatte er in das FOG mit seinen Lasern und elektronischen Impulsen mehr Vertrauen gehabt. Jetzt fühlte er sich wehrlos und ausgeliefert. Doch der Schutzschild hielt stand. Die abgewehrten Drohnen hüpften wie Steine auf einem See davon und vollführten in der Luft wilde Sprünge und Schlenker, bevor sie in hellen Lichtblitzen explodierten.

Howard deutete mit dem Kinn auf die Halle. *»Vorwärts!«*, brüllte er.

Die beiden Männer eilten hinüber. Wasserman holte seinen

Kartenschlüssel hervor, zog ihn über das Lesegerät, und mit einem leisen Klicken öffnete sich die Tür. Als sie eintraten, schaltete ein Bewegungssensor automatisch das Licht an.

Die Halle war sauber und leer. Es gab hier nur ein Fenster, das nach Osten hinausging, und im Betonboden befanden sich zwei Lüftungsgitter. Dazwischen, in der Mitte des Bodens, war eine ein mal ein Meter große Schutzluke aus Stahl in einen Stahlrahmen eingelassen. Als die Männer darauf zugingen, aktivierte ein zweiter Bewegungssensor die pneumatische Hebevorrichtung der Luke.

Howard warf einen Blick in den Schacht. Ein Dutzend Stufen führte zu einem Vorraum mit Betonwänden hinunter. Die raue Oberfläche der Stufen sorgte für Trittsicherheit. In einem Stahlrahmen an der Wand gegenüber der Treppe befand sich eine graue Stahltür mit Kompressionsverschlüssen aus Stahl.

Howard gab Wasserman mit seinen Augen ein Zeichen und ging voran.

Nachdem er drei Stufen hinabgestiegen war, wurde die Tür unten geöffnet. Im Licht, das nach draußen fiel, erschien ein Mann. In einer Gesichtshälfte hatte er schwere Verbrennungen. Sie sahen aus wie geschmolzenes Wachs. Das Auge auf dieser Seite wurde von einem Verband bedeckt, der von Flüssigkeit durchtränkt war.

»Jeffries«, sagte Howard. »Wir sind hier. Wir holen euch alle da raus.«

Der Hauptmann spähte mit seinem unverletzten Auge die Treppe herauf.

»Gott sei Dank«, sagte er.

Im Kommandofahrzeug ging Fernandez unterdessen im Geiste die technischen Daten verschiedener Waffen durch, stellte ein paar einfache Berechnungen an und kam zu einer Reihe beunruhigender Schlussfolgerungen.

Vor ihm auf der Anzeige war Walt zu sehen, der sich etwa dreihundert Meter entfernt am Rand des Parkplatzes aufhielt. Argos' Ortungsfunktion zeigte klar und deutlich das Icon des Roboters, der mit den Kameras lediglich als kleiner, kompakter Umriss und mit bloßem Auge nur als winziger Punkt zu erkennen war. Er bewegte sich nicht von der Stelle. Er hielt bloß Wache …

»Nein, falsch«, sagte Fernandez laut zu sich selbst. »Er hält nicht *bloß* Wache …«

Walt kommunizierte garantiert mit den anderen Robotern. Mit Nash und Earl. Er übermittelte ihnen seine Daten und gewann neue Erkenntnisse. Alle drei kamen zu neuen Erkenntnissen und heckten zusammen einen Plan aus.

Fernandez hatte versucht, ihre Gedanken nachzuvollziehen – *wie* sie zu denken –, und konnte sich ziemlich genau vorstellen, was sie im Schilde führten. Aufgrund der technischen Daten der Waffen und seiner Berechnungen.

Während er vor seinen Displays und Bedienfeldern saß und die Positionen der Drohnen überwachte, behielt er gleichzeitig die Halle hinter der geöffneten Heckklappe im Auge.

Dreihundert Meter waren keine große Entfernung, dachte er, wenn man berücksichtigte, dass der Striker-Granatwerfer sein Ziel auf eine Distanz von zweitausend Metern präzise anvisieren konnte. Das war ein Vielfaches der Strecke. Aber die Igel waren immer noch weit genug entfernt, um einer von Fernandez' Raketen auszuweichen. Die Softkill-Gegenmaßnahmen hatten Spree zwar ausgetrickst, aber das würde den anderen Robotern nicht passieren. Sie waren wie Krähen. Wenn einer von ihnen getötet wurde, kamen die anderen zusammen, um herauszufinden, was passiert, was der Grund für seinen Tod war, und sie nutzten ihre Erkenntnisse, um zukünftigen Gefahren für ihr Leben aus dem Weg zu gehen. *Soziales Lernen.*

In gewisser Weise war die Zerstörung von Spree für die anderen Roboter durchaus nützlich gewesen. Jedenfalls aufschlussreich. Sie hatten daraus ihre Lehren gezogen. Sie kannten jetzt das FOG-System und würden ihre Vorgehensweise ändern. Was erklärte, warum Nash sich zurückgezogen hatte. *Und* Earl im Westen auf Abstand blieb.

Sie wollten der Kreisformation der Pumas nicht zu nahe kommen. Das war auch nicht nötig. Sie brauchten ihre panzerbrechenden Raketen gar nicht, um ihren Job zu erledigen. Falls sie vorhatten, die Menschen, die den Bunker verließen, zu eliminieren.

Dafür reichten ihre M2 Kaliber .50. Die Ma Deuces. Die altmodischen, technisch anspruchslosen schweren Maschinengewehre mit Gurtzugführung, die schon Doc Hughes und ihre Jogger niedergemetzelt hatten. Dieselbe Waffe, mit der Audie Murphy im Zweiten Weltkrieg ein halbes Dutzend deutsche Panzer und über zweihundert Infanteristen aufgehalten hatte. Wenn sie von einem Menschen bedient wurde, hatte sie eine effektive Reichweite von zweitausend Metern, also mehr als eine Meile. Weit genug, um taktisch wirkungsvoll zu sein. Wenn man sie allerdings auf einen Roboter wie die Igel montierte, mit ihrem hoch entwickelten Zielsystem, dann lag die effektive Reichweite bei *vier Meilen.*

Es war eine unfassbar schlagkräftige Waffe, wenn man es recht überlegte. Jede Patrone war 13,84 Zentimeter lang, etwa so groß wie ein Dartpfeil oder Bleistift und zehnmal schwerer als die 5,56-mm-Patronen, die von den meisten halbautomatischen Waffen abgefeuert wurden. Normalerweise reichte ein einziges Geschoss, um eine Person zu töten. Selbst wenn sie eine Meile entfernt war. Beim Eintritt erzeugte das Geschoss eine Wunde, die größer als ein menschlicher Kopf war. Allein die Wucht des Einschlags tötete die Person bereits, zerfetzte das Gewebe auf Zellebene und sandte eine Druckwelle an das Gehirn aus. Und das aus einer Entfernung von einer Meile. Aus kurzer Distanz jedoch – zum Beispiel die Distanz zwischen Walt und den Personen, die den Bunker verlassen würden – würde ein menschlicher Körper buchstäblich explodieren.

Durch eine einzige Kugel.

Das M2 feuerte allerdings hundert Kugeln pro Minute ab. Und jeder Igel war mit drei speziell angefertigten Zerfallgurten ausgerüstet, die jeweils tausend Patronen enthielten.

Fernandez holte tief Luft, bis sich seine breite Brust weitete. Die Spuren der Roboter im Schnee und die Patronenhülsen neben den toten Joggern hatten ihm verraten, was mit diesen Menschen geschehen war. Bestimmt hatten sie gesehen, wie der Igel auf sie zugerollt war, und sich nichts dabei gedacht. Bestimmt hatten sie angenommen, dass er seine übliche Runde machte. Sein Angriff hatte sie völlig unvorbereitet getroffen.

Fernandez spitzte die Lippen, plusterte die Wangen auf und stieß einen langen Schwall Luft aus. Die Igel hatten ihre kollektive Lektion gelernt. Sie würden sich nicht in Gefahr bringen, indem sie weiter vorrückten. Sie würden keine Munition auf autonome Fahrzeuge verschwenden, schon gar nicht auf sein bemanntes Kampffahrzeug. Ihr Ziel war es, in der aktuellen Situation, möglichst viele Menschen zu töten. Das hieß, die Menschen, die den Bunker verließen.

Unter ihnen würden Personen mit leichten Verletzungen sein und Männer und Frauen auf Tragen. Die Leute in die Fahrzeuge zu bringen würde ein mühsames Unterfangen werden. Sie konnten sich innerhalb der Kreisformation der Pumas nicht frei bewegen. Die Igel außerhalb der Formation hatten dieses Problem nicht. Sie konnten in sicherem Abstand zu den Raketen der Fahrzeuge abwarten und, sobald die Leute auftauchten, ungehindert herumfahren, um durch die Lücken zwischen den Fahrzeugen – durch die sie freie Schussbahn hatten – das Feuer zu eröffnen. Dabei war es für die Roboter von Vorteil, dass die Kugeln von den elektronischen Gegenmaßnahmen nicht umgelenkt wurden. Kugeln benötigten keine hochmodernen Leitsysteme. Die simpelsten aller Geschosse flogen mit einer Geschwindigkeit von tausend Metern pro Sekunde einfach auf das anvisierte Ziel zu.

Fernandez starrte auf seine Bildschirme. Bisher gab es in der Halle keine Anzeichen von Bewegung. Und bei den Igeln auch nicht. *Natürlich*, dachte er. *Warum sollten sie sich auch von der Stelle rühren?* Ihre Ziele waren genau dort, wo die Igel sie haben wollten.

Sie konnten es sich erlauben zu warten.

Howard wusste, dass es ein gewagtes Vorhaben war, alle Leute hier rauszuschaffen.

Die zu evakuierenden Personen ließen sich in drei Gruppen unterteilen. Diejenigen, die selbstständig gehen konnten, diejenigen, die dabei Hilfe brauchten, und diejenigen, die dazu nicht mehr in der Lage waren.

Die erste Gruppe bestand aus fünf Männern. Die zweite aus zwei Frauen und vier Männern mit Verbrennungen, Schnittverletzungen und Platzwunden, die von Glasscherben und herabstürzenden Trümmern stammten. Und auf zwei Tragen am Boden lagen ein Mann und eine Frau. Sie waren beide in einem schlechten Zustand. Der Mann hatte ein zertrümmertes Schlüsselbein und ein zerfetztes Bein, und die Frau hatte an der Seite eine tiefe Wunde, aus der Blut hervorquoll. Aufgrund ihres benommenen, starren Blicks vermutete Howard, dass sie einen Schock erlitten hatte.

Von den dreizehn Leuten waren also acht auf Hilfe angewiesen. Da zum Transport einer Trage zwei Personen nötig waren, mussten er und Wasserman mitanpacken, was sie jedoch behindern würde, falls sie von ihren Waffen Gebrauch machen mussten. Aber sie hatten keine Wahl.

Durchhalten und weitermachen, dachte Howard. Er wollte niemanden hierlassen, damit sie nicht noch einmal zurückkehren mussten. Er wusste nicht mal, ob ihnen überhaupt genug Zeit blieb, es einmal zu den Fahrzeugen zu schaffen.

»Sie wissen von den Drohnen?«, fragte er Jeffries.

»Ja, Sir.« Der Hauptmann deutete auf Wasserman. »Er hat uns über sie informiert. Außerdem haben wir die Explosionen gehört.«

Howard gab ein Knurren von sich.

»Diese Drohnen machen zwar eine Menge Lärm, aber ich glaube, wir haben sie abgewehrt«, sagte er. »Die Igel sind allerdings ein Problem. Sie sind immer noch da oben. Und sobald wir das Gebäude verlassen, werden sie das Feuer auf uns eröffnen.«

Jeffries nickte.

»Verstehe«, sagte er und hielt einen Moment inne. »Danke, dass Sie zurückgekommen sind, Sir.«

Howard sah ihn ruhig an und dachte, dass der Mann sich einem plastischen Eingriff unterziehen musste, um sein Gesicht wiederherstellen zu lassen. Schließlich wandte er sich den anderen Personen zu.

»Nehmt gleich die Köpfe runter«, sagte er. »Sobald ihr die Halle verlasst, denkt einfach an gar nichts mehr. Und bleibt nicht stehen. Steigt einfach in die Fahrzeuge. Wenn wir zusammenbleiben, wird uns nichts passieren, okay?«

Diejenigen, die dazu in der Lage waren, nickten.

»Also, hört zu«, sagte Howard. »Ich werde euch jetzt erklären, wie das abläuft. Und dann verschwinden wir aus diesem Loch.«

Howard, der voranging, half einem jungen E3 namens Larocca die Treppe hinauf, der sich mehrfach den Knöchel gebrochen hatte. Es sah aus, als hätten sich die Knochensplitter durch die Haut gebohrt. Howard, der einen Arm um den Rücken des Gefreiten gelegt und den Granatwerfer um den Körper geschlungen hatte, versuchte, seine heftigen Schmerzen zu ignorieren. Im Bunker hatte er für einen Moment daran gedacht, sich eine Morphiumspritze aus einem Erste-Hilfe-Koffer zu verabreichen. Aber er wollte einen klaren Kopf behalten.

Larocca schaffte es fast, aus eigener Kraft nach oben zu

humpeln. Als Nächstes kamen die Männer mit den Verwundeten auf den Tragen, dann Jeffries und eine der Frauen, gefolgt vom Rest der Personen, die selbstständig oder mit Hilfe gehen konnten. Schließlich stieg der letzte Soldat zusammen mit Wasserman, der die Nachhut bildete, die Treppe empor.

Dicht zusammengedrängt warteten die Leute in der Halle ungeduldig auf Howards Anweisungen, während er, Larocca auf seinen Körper gestützt, an den Rand der Tür trat.

Draußen war es inzwischen ruhig geworden. Das heißt, *etwas* ruhiger. Zwar konnte Howard keine Explosionen mehr hören, aber da war immer noch das Brummen der Drohnen.

»Wir können die beiden Tragen im Kommandofahrzeug unterbringen«, sagte er zu Jeffries. »Vielleicht auch noch ein paar weitere Personen, wenn sie sich eng zusammenquetschen. Die anderen müssen in eines der autonomen Fahrzeuge. *Welches,* hängt von der Situation ab. Haltet euch also bereit.«

Der Hauptmann nickte, und Howard wandte sich Larocca zu.

»Bleiben Sie bei mir, mein Sohn?«, fragte er.

»Ich weiche Ihnen nicht von der Seite.«

»Als hätten Sie mit Ihrem kaputten Knöchel eine Wahl.«

Larocca lächelte schwach.

Howard ließ seine Augen durch die Halle wandern und wechselte mit Wasserman Blicke.

»Macht euch bereit, Leute«, rief er und griff nach der Türklinke. »Raus hier! Und zwar schnell!«

Howard stieß die Tür auf und spürte, wie ihm ein Schwall kalter Luft ins Gesicht schlug. Draußen sah er die Pumas, die mit geöffneten Klappen im Kreis um ihn herum standen.

Nach einem Moment nickte er Larocca kurz zu und stürzte los.

Auf der anderen Seite der Pumas eröffneten Walt und Nash sofort das Feuer.

Fernandez beugte sich im Fahrzeug zu den Multi-Panel-Displays vor. Er konnte das laute, abgehackte Maschinengewehrfeuer der Igel hören, als Howard mit den Leuten aus der Halle gestürmt kam.

»Pickles … feuere Striker ab«, wies er die KI an. »*Sofort.*«

Augenblicklich schossen zwei der autonomen Fahrzeuge mehrere Granaten ab. Das Turmgeschütz von Percy Three zielte auf Nash und Percy One auf Walt. Fast im selben Moment orteten und erfassten die Lenkgeschosse ihre Ziele.

Aber die Igel reagierten genauso schnell. Sie berechneten die Flugbahn der RPGs und gingen unmittelbar vor dem Aufprall wie ein Boxer in Deckung, indem sie ihre Gelenkaufhängung zusammenklappten.

Fernandez sah, wie die Raketen ihre Ziele verfehlten und direkt über sie hinwegsausten. Einige krachten in den westlichen Zaun und detonierten mit einem grellen Lichtblitz. Andere explodierten in nördlicher Richtung mitten in der Luft, hell wie der Tag.

Das überraschte ihn nicht. Damit hatte er gerechnet. Der Versuch, die Roboter zu treffen, war ein aussichtsloses Unterfangen. Sie waren äußerst beweglich, und er konnte seinen Standort nicht verlassen, solange die evakuierten Personen nicht im Fahrzeug waren. Aber vielleicht, *vielleicht* konnte er das Zielerfassungssystem der Roboter austricksen.

Er drehte sich um und spähte durch die offene Klappe.

Mehrere Personen rannten unter Dauerbeschuss mit den Schwerverwundeten auf Tragen darauf zu. Eine davon, Sergeant Linda Marley, schoben sie jetzt durch die offene Klappe. Als Nächstes wurde eine zweite Person, E4 Corey Ambler, rasch herübergebracht. Hinter ihnen im Gedränge rief Howard: »Beeilung! Los, Beeilung!«

Fernandez beobachtete, wie Ambler in das Fahrzeug gehoben wurde. Bislang hatte ihre Verteidigungsformation verhindert, dass eine der Personen in Stücke gerissen worden war, aber er konnte sehen, wie sich die Igel jetzt in Bewegung setzten, um in eine bessere Position zu kommen; sie hüpften und kurvten umher und flitzten wie Krabben seitwärts, während ihre Gewehre sich ständig neu ausrichteten und weitere Salven abfeuerten.

Fernandez biss die Zähne zusammen. Das hier waren seine Leute. Seine Freunde. Soldaten. Ihr Leben hing von ihm ab. Er würde ihnen etwas Zeit verschaffen. Das war alles, was er tun konnte. Das *Einzige*. Mit etwas Glück würden sie alle in ein paar Minuten von hier wegfahren.

»Komm schon, Julio«, flüsterte er sich zu. »Streng dich an.«

Er schoss von den autonomen Fahrzeugen weitere Granaten ab und sah, wie die Igel sich duckten, zur Seite sprangen und umherflitzten, um den Geschossen auszuweichen, während ihre Kugeln vorne und seitlich gegen das Fahrzeug prasselten. In der Mannschaftskabine hatten sich die Leute, die die Schwerverletzten transportiert hatten, jetzt über die Tragen gebeugt und schnallten sie fest.

An Bord waren jetzt sechs der evakuierten Personen, dachte Fernandez. Fast die Hälfte. Er warf einen Blick auf seine Bildschirme und beobachtete, wie weitere Personen, mehr oder weniger zügig, Percy Two bestiegen. Sobald alle im Fahrzeug in Sicherheit waren, wollten sie zum Haupttor in südlicher Richtung fahren und dann weiter zur Straße nach Bukarest. Da Spree nicht mehr mit von der Partie war, würden sie dort auf den geringsten Widerstand treffen und konnten auf diesem Weg am gefahrlosesten die Basis verlassen.

Die autonomen Fahrzeuge spuckten auf seinen Befehl hin weitere Granaten aus. Aber das schien die Roboter nicht abzuschrecken. Ihre Maschinengewehre ratterten unablässig weiter, während sie erneut ausscherten und sich zur Seite warfen. Fernandez schätzte, dass es nicht mehr lange dauern würde, bis sie die Situation überblickten und geballte Salven zwischen den Fahrzeugen hindurch abgaben.

Angespannt wartete Fernandez ab. Zehn endlose Sekunden lang. Fünfzehn, dreißig. Ein erneuter Kugelhagel prasselte auf sein Fahrzeug nieder. Aber glücklicherweise hatten die meisten Leute Percy Two inzwischen bestiegen. Es fehlten vielleicht noch zwei Personen sowie Howard und Wasserman.

»Los, kommt schon«, murmelte er.

Erneut feuerte er mehrere Granaten auf die Igel ab. Und erneut ließen sie ihre Kugeln auf seinen Puma niederregnen. Er blickte auf seine Entfernungsanzeige … und machte eine finstere Miene. *Ach du Scheiße.*

Das war Earl. Fernandez hatte nicht mitbekommen, dass der Roboter von den Unterkünften der Zivilisten durch die Außenbereiche gefahren war. Dass er ihnen so nahe gekommen war. Viel zu nahe. Da draußen waren immer noch Leute. Er konnte hören, wie Howard ihnen im Durcheinander seine Anweisungen zubrüllte.

Dann sah Fernandez etwas völlig Unerwartetes. Ein unbekanntes Fahrzeug raste auf der Querstraße, die das Hauptquartier mit den Außenbereichen verband, nördlich von Earls Position Richtung Süden.

Ungläubig blinzelnd starrte Fernandez auf den Bildschirm. Sein System identifizierte den Wagen als Jolt.

Mit wachsender Verwirrung schüttelte er den Kopf.

»Wer bist du … und was zum Henker hast du hier verloren?«, fragte er sich und erntete als Antwort nichts als Schweigen.

Laura war gerade von der Querstraße in die Außenbereiche abgebogen und raste jetzt auf die viereckige Fläche zu, als Mario sich mit dem Nachtsicht-Fernglas an den Augen aufrichtete. Er schaute ziemlich genau Richtung Süden.

Sie warf ihm einen Blick zu. »Was siehst du?«

Gebannt starrte er durch das Fernglas. Er sah einen Igel, der sich fast parallel zu ihnen von Westen nach Osten über die Fläche bewegte.

»Mario?«

»Das ist Earl«, sagte er.

»*Was?*«

»Earl.«

»Ich hab dich schon verstanden!« Sie fuhr weiter über die gefrorene Grasfläche. »Ich meine, wie ist das möglich? *Cómo es posible?* Wie hat er es geschafft, uns zu überholen?«

Mario begriff, was sie meinte. Sie hatten den Roboter erst vor einigen Minuten hinter sich gelassen.

»Wir sind im Norden von der Straße abgebogen und haben ein paarmal angehalten«, sagte er. »Er ist leicht und schnell.

Und wahrscheinlich ist er direkt über die freie Fläche gefahren. Die kürzeste Verbindung zwischen zwei Punkten ist eine gerade Linie.«

Laura dachte darüber nach, während die Strahlen der Scheinwerfer weiter über den Schnee glitten. Zwar wusste sie aufgrund ihrer jüngsten Erfahrung, dass der Igel eine ernste Gefahr darstellte. Und ihr war klar, dass er sich jetzt mehr oder weniger zwischen ihnen und der Baracke befand. Dennoch fand sie Marios Entdeckung auf merkwürdige Weise … *unerschreckend,* dachte sie und fragte sich, ob das überhaupt ein richtiges Wort war.

Sie hatten gesehen, wie sich die Drohnen auf die Panzerfahrzeuge herabgestürzt hatten und dann wie verscheuchte Fliegen auseinandergestoben und weitab ihres Ziels explodiert waren. Wie einer der Pumas einen der Igel zerstört hatte und auf die neue Baracke zugefahren war, gefolgt von dem Lärm und den Lichtern am Himmel *hinter* der Baracke.

All das war nur innerhalb der letzten paar Minuten passiert. Nach dieser verrückten Nacht voller Chaos und Zerstörung konnte sie kaum noch etwas erschüttern.

»Hast du eine Ahnung, was er vorhat?«, fragte sie.

Mario schaute eine Minute lang durch das Fernglas. »Die Trümmer der Baracke versperren mir zwar die Sicht … und der Rauch … aber ich kann auf der Rückseite die Pumas erkennen. Auf der Nordseite, bei der Liebeshöhle.«

»Der *was?*«

Er räusperte sich und nahm das Fernglas herunter.

»Ich meine, die *Gerätehalle*«, sagte er. »Offensichtlich sind sie dort stehen geblieben und haben einen Kreis gebildet.«

»Warum?«

»Nach dem Abzug der Rumänen wurde die Halle umfunktioniert«, sagte er. »Im Innern befindet sich der Ausgang eines versteckten Bunkers.«

»Glaubst du, die holen da irgendwelche Leute raus?«

Er nickte. »Wenn jemand da unten im Bunker ist, würde er ihn an dieser Stelle verlassen.«

Plötzlich trafen sich im Rückspiegel ihre Blicke. »Der Roboter … Earl … er will sie aufhalten.«

Mario antwortete zunächst nicht. Als ausgebildeter Roboterspezialist fand er es ziemlich abwegig, Vermutungen über die Absichten einer künstlichen Intelligenz anzustellen oder ihr wie einem Menschen eine Absicht *zuzuschreiben*. Aber er konnte Lauras grundlegender Schlussfolgerung nicht widersprechen.

»Ich schätze, du hast recht«, sagte er. »Earl hat es definitiv eilig.«

»Wie können wir ihnen helfen?«

Er dachte eine Minute lang nach. Dann hatte er eine Idee. Es war vielleicht verrückt. Aber …

»Gib Gas«, sagte er. »Wir müssen den Igel überholen. Außerdem brauche ich was von hinten aus dem Wagen.«

Ohne eine weitere Frage zu stellen, fuhr Laura weiter.

Und beschleunigte.

Howard sah, wie sich die Klappe des Kommandofahrzeugs schloss. Die Schwerverletzten und die Leute, die sie getragen hatten, saßen dicht zusammengepfercht im Innern, sodass im Mannschaftsbereich kein Platz mehr war. Er musste sich mit Larocca zu Wassermans Gruppe im Percy Three hineinzwängen.

»Bereit?«, fragte er.

Larocca nickte. »Ja.«

Howard wollte es hoffen. Denn sein Körper fühlte sich schwer wie Blei an. Allerdings waren sie nur fünf oder sechs Schritte von der geöffneten Klappe des autonomen Fahrzeugs entfernt.

Er drehte sich in seine Richtung und trat in die Lücke zwischen den Fahrzeugen. Erst einen, dann noch einen Schritt, Larocca direkt neben sich.

In diesem Moment rollte auf der westlichen Brachfläche Walt in ihr Blickfeld, und als er sie entdeckte, feuerte sein Maschinengewehr mehrere Kugeln Kaliber .50 durch die Lücke. Sie zischten durch die Luft und trafen in einem schrägen Winkel die gepanzerte Vorderseite des Kommandofahrzeugs, prallten scheppernd davon ab und sausten zwischen den beiden Fahrzeugen wild hin und her.

Howard stieß einen Fluch hervor und drehte sich zum Kommandofahrzeug um. Zu ihm war es immer noch näher als zu Percy Three. Er deutete auf das Kommandofahrzeug, schlang seinen Arm um Larocca und machte kehrt.

Der Igel folgte ihnen mit seinem Gewehrlauf und feuerte direkt in die Mitte der Lücke.

Howard sollte nie erfahren, ob sie es aus eigener Kraft geschafft hätten, sich in Sicherheit zu bringen. Allerdings hätte er Mühe gehabt, weiter Laroccas Gewicht zu tragen. Aber dieser Gedanke wurde plötzlich bedeutungslos.

Sie waren immer noch ein Stück vom Kommandofahrzeug entfernt, als Fernandez vom Geschützturm mehrere Granaten auf den Igel abfeuerte, worauf dieser sich duckte, in die Höhe sprang und von der Lücke wegraste, während die RPGs im Wald hinter dem Zaun wirkungslos explodierten.

Larocca warf Howard einen Blick zu. »Beinahe hätte dieses Ding Glück gehabt, Sir.«

Howard antwortete nicht. Es hatte nicht viel gefehlt, dann hätte das Maschinengewehr sie niedergemäht. Aber er glaubte nicht, dass das etwas mit Glück zu tun hatte. Die Igel verkürzten den Abstand, um ihre Ziele zu treffen, während sie dabei ihre Ausweichmanöver durchführten. *Sie lernen, während sie in Aktion sind.*

Er holte tief Luft. Seine Rippen knackten und bohrten sich unter den eng sitzenden Munitionsgurten in seinen Körper. Er schätzte, dass die Hälfte davon gebrochen war und sich davon wiederum die Hälfte verschoben hatte und sein Lunge zusammenquetschte. Aber er war immer noch in einer besseren Verfassung als Larocca. Die Unterseite von dessen Hosenbein war mit Blut durchtränkt, und es tropfte von seinem Stiefel in den Schnee. Howard war erstaunt, dass er sich überhaupt noch aufrecht halten konnte.

Er musste ihn in den Percy Three verfrachten.

Hinter dem Fahrzeug half Wasserman jetzt den letzten beiden Personen seiner Gruppe durch die Klappe. Sie bewegten sich nur mühsam vorwärts. Als Wasserman sah, dass Howard Laroccas Gewicht kaum noch tragen konnte, begann er in seine Richtung zu laufen.

»Sir, ich werde Ihnen helf…«

Kaum hatte er einen ersten Schritt gemacht, fing das Maschinengewehr des Igels erneut an zu rattern. Dann hörte Howard ein lautes, fleischiges *Klatschen.*

»O Gott«, stieß Larocca hervor. »Ich bin getroffen.«

Mit weit aufgerissenen Augen glitt er aus Howards Arm, und als dieser nach unten schaute, sah er, dass die untere Körperhälfte des jungen Mannes nicht mehr da war. Sein rechtes Bein lag auf dem Boden, und die linke Hüfte mitsamt dem linken Bein hing wie ein blutiges Stück Fleisch von seinem Oberkörper herab. Das war's. Unterhalb der Taille war nichts mehr von ihm übrig. Howard konnte sehen, wie Laroccas Eingeweide unter seinem Körper in den Schnee quollen.

Mit verdrehten Augen sank er weiter zu Boden, das Gesicht zu einer seltsamen Fratze aus Schmerz und Verwirrung verzerrt. Drei Sekunden nachdem die Kugel seinen Körper zerfetzt hatte, gab er eine Art Husten von sich, dann begann er zu zittern und starb, während Howard den Arm immer noch um seine Schultern geschlungen hatte.

Er war fort. Einfach so.

Tot.

Für einen kurzen Moment schaute Howard Wasserman in die Augen und tauschte mit ihm einen fassungslosen, entsetzten Blick aus. Dann ließ er Laroccas Körper los. Das Maschinengewehr des Igels feuerte immer noch. Doch einer der Pumas hatte eine Granate auf ihn abgeschossen und zwang ihn erneut zu einem Ausweichmanöver, sodass seine Kugeln weit von Howard entfernt in den Boden einschlugen. Er stürzte hinter das Kommandofahrzeug, zu der Stelle, wo er noch wenige Momente zuvor mit Larocca gestanden hatte.

Dann hörte das Maschinengewehr auf zu feuern.

Auf dem Boden hockend beugte Howard sich ein Stück hinter der Klappe hervor, um durch die Lücke zwischen den beiden Fahrzeugen zu spähen. Walt stand immer noch auf der Brachfläche. Er hatte sich nicht von der Stelle gerührt. Aber sein Gewehr blieb stumm. Er wartete. *Doch worauf?*

Zur Antwort wurde eine weitere schwere Salve abgefeuert. Aber nicht von Walt. Sie kam von links, von der Nordseite des Parkplatzes. Durch die Lücke zwischen Percy One und Percy Two.

Howard blickte in diese Richtung.

Nash.

Die beiden Igel waren hinter der Kreisformation auf etwa neun und zwölf Uhr gefahren. Sie hatten Howard durch die Lücken zwischen den Fahrzeugen hindurch in die Zange genommen. Ihn hier festgenagelt. Und nicht nur ihn.

Hinter Percy Three kauerte Wasserman mit den zwei anderen Personen. Sie hatten vor der offenen Klappe gestanden, als Walts Maschinengewehr das Feuer eröffnet hatte. Und jetzt saßen sie dort in der Falle. Sie konnten dort nicht weg. Wenn sie sich auch nur einen Zentimeter vom Fahrzeug fortbewegten, wären sie tot.

Wie Larocca.

Howard betrachtete seine sterblichen Überreste im Schnee. Mit den M2-Maschinengewehren konnte man ein Flugzeug vom Himmel holen, und die Roboter hatten den Körper des Gefreiten weiter mit ihren Kugeln durchsiebt. Er hatte kaum noch Ähnlichkeit mit einem Menschen.

Howard war klar, dass er nicht hierbleiben durfte. Irgendwann würden die Igel trotz der Salven der Pumas eine Möglichkeit finden, ihn dort zu erschießen, wo er gerade war. Oder er würde im falschen Moment eine winzige Bewegung machen, und das wär's dann gewesen. So oder so würden sie ihm eine Kugel verpassen.

Wie zur Bestätigung seiner Überlegungen eröffneten die beiden Igel gleichzeitig das Feuer. Von zwei Seiten prasselten Kugeln in den Schnee. Diesmal näher.

Howard wusste, dass er schnell eine Entscheidung treffen musste, als sich die Klappe des Kommandofahrzeugs erneut öffnete und dabei seinen rechten Arm streifte.

»Steigen Sie ein, Sir!«, rief Fernandez.

Howard blickte ins Innere. Der Sergeant hatte sich in der Fahrerkabine hinter dem überfüllten Mannschaftsbereich umgedreht und den Kopf zwischen den Sitzen durchgesteckt.

»Schließen Sie die Klappe!«, rief Howard.

»Sir …«

»Schließen Sie die Klappe, hab ich gesagt!«, brüllte Howard. *»Scheuchen Sie diese Arschlöcher weiter durch die Gegend. Und zielen Sie nach oben!«*

Howard ging in die Hocke, während zu seiner Linken weitere Geschosse Kaliber .50 den Schnee umpflügten. Fernandez sah ihn noch einen kurzen Moment lang an, dann drehte er sich wieder um.

Lautlos senkte sich die Klappe auf dem pneumatischen Schließmechanismus nach unten.

Howard spähte durch die Lücke zwischen dem Kommandofahrzeug und Percy Three, während die nach oben gerichteten Striker eine Granate nach der anderen abfeuerten. Walt hüpfte und duckte sich, um ihnen auszuweichen, und links von ihm vollführte Nash dasselbe Tänzchen.

Gut gemacht, Julio, dachte Howard.

Dicht am Boden kauernd griff er nach seinem Granatwerfer und drückte ihn gegen die Schulter. Der Vorderschaft war unten und das Visier hochgeklappt.

In diesem Moment sah Howard, wie sich Walts Gewehr in seine Richtung drehte. Der Igel legte auf ihn an, während er weiter den Geschossen des Pumas auswich. Sein Gewehr feuerte eine Salve ab, aber die Kugeln prasselten gegen die Klappe des Kommandofahrzeugs.

Inzwischen war er noch näher gekommen. Aber nicht nah genug. Er hatte das Gleichgewicht verloren und sein Ziel verfehlt.

Howard presste sein Auge gegen das Visier, nahm Maß und wartete einen kurzen Moment, als der Igel sich duckte, um einer weiteren Granate auszuweichen.

»Julio, Sie oben, ich unten«, knurrte er.

Er zielte auf den tiefsten Punkt des Roboters und drückte den Abzug des Granatwerfers. Die Waffe schlug mit voller Wucht gegen seinen Körper, und er spürte in der Brust einen heftigen stechenden Schmerz. Wie von einem glühend heißen Messer.

Aber das war Howard egal. Er sah, wie das 40x46-mm-Projektil aus dem Lauf zischte und eine Rauchwolke ausstoßend geradewegs durch die Lücke schoss. Das Projektil sauste auf den Igel zu, der jetzt unter Julios Granate abtauchte, und traf ihn knapp oberhalb der Radaufhängung. Beide Geschosse explodierten mit einem ohrenbetäubenden Knall.

Walt wurde wie ein Kreisel herumgewirbelt. Sein Gehäuse beulte sich aus, Flammen und Rauch quollen daraus hervor. Der Igel brummte, piepte und knackte, während er vor und zurück, nach links und nach rechts taumelte, bevor er schließlich seitlich zu Boden fiel.

Wasserman, der neben Howard kauerte, hatte eine Patrone aus seinem Gürtel gezogen, sie in seine Waffe geschoben und ebenfalls auf Walt angelegt. Wenn man aus dieser Distanz mit einer Fernwaffe wie dem M320 einen Schuss abgab, war das, als würde man aus kürzester Entfernung auf sein Ziel feuern.

Die Explosion riss den Igel in Stücke. Sein Greifarm und die Sensoren flogen umher. Metallteile sausten durch die Luft, stoben auseinander und regneten, klirrend und scheppernd wie Kirchenglocken, auf die Panzerung der Pumas nieder.

Howard schaute nach links. Nash feuerte immer noch mit seinem Maschinengewehr und wich dabei den Geschossen der Pumas aus.

Howard wirbelte, auf eines seiner Knie gestützt, zu dem Igel herum und steckte ein weiteres Projektil in den Granatwerfer.

»Wasserman!«, brüllte er, ohne sich umzudrehen. *»Zielen Sie nach unten!«*

Howard drückte den Abzug und hörte, wie Wassermans Granatwerfer hinter ihm ebenfalls einen Schuss abfeuerte. Die Projektile sausten auf Nash zu und schlugen mit einem dumpfen Knall in sein Gehäuse ein. Die Wucht der Explosionen hob den Igel in die Höhe und schleuderte ihn, in einen orange-blauen Mantel aus lodernden Flammen gehüllt, mehrere Meter nach hinten.

Als der Roboter im Schnee landete, wurde er von den Männern ein weiteres Mal getroffen; ihre Projektile durchschlugen seinen Panzer und zerteilten ihn fast in zwei Hälften. Rauch und Flammen schossen aus dem Innern empor. Die rechte Kette des Igels war von den Zahnrädern gerissen worden und hing für einen Moment wie eine zerfetzte Gummiflagge davon herab, bevor sie zu schmelzen begann.

Ein paar Sekunden lang passierte nichts. Dann drückte Howard sich, ohne seinen Schmerzen Beachtung zu schenken, mit dem Knie langsam nach oben. Als er schließlich wieder aufrecht stand, hielt er inne und begutachtete die Überreste des Roboters.

»Mach's gut, du beschissene Blechbüchse«, murmelte er und drehte sich zu Wasserman um.

Dem E3 brannte sich Howards breites Grinsen mit der Lücke zwischen den strahlend weißen Zähnen ins Gedächtnis. Für den Rest seines Lebens sollte dieses Bild in den überraschendsten Situationen immer wieder vor ihm auftauchen. Es hatte beinahe etwas Furchterregendes. Allerdings hätte Wasserman nicht sagen können, woran das lag. Er wusste nur, wie er sich dabei fühlte. Als hätte er etwas gesehen, was er besser nicht gesehen hätte.

Schließlich machte Howard einen Schritt auf ihn zu.

Und blieb dann plötzlich stehen.

Er griff sich mit der Hand an die Brust, während die andere den Granatwerfer losließ, sodass die Waffe von den Gurten herabbaumelte. Das irre Grinsen war verschwunden. Stattdessen hatte sich Howards Gesicht zu einer Grimasse verzerrt.

»Sir … alles in Ordnung?«, fragte Wasserman.

Howard antwortete nicht. Er öffnete den Mund und holte Luft. Wasserman fand, dass das gar nicht gut aussah. Howards Atem war flach und stockend.

»Sir?«

Der Colonel schnappte erneut nach Luft, während er sich immer noch die Brust hielt. Dann verdrehte er die Augen und begann wie ein wurzelloser Baum hin und her zu schwanken und zu Boden zu sinken.

Er hatte das Bewusstsein verloren.

Wasserman stürzte los und konnte ihn gerade noch auffangen, bevor er unsanft auf dem Schnee gelandet wäre. Dabei hätte ihn der taumelnde Howard beinahe mit zu Boden gerissen. Mit gekrümmten Knien versuchte Wasserman, ihn wieder aufzurichten, doch er geriet ins Straucheln, und ihm wurde klar, dass er es alleine nicht schaffen würde, Howard zum Kommandofahrzeug zu bringen.

Aber das musste er nicht.

Er sah, wie sich die Klappe des Kampffahrzeugs wieder öffnete und Fernandez nach draußen sprang, um ihm zu Hilfe zu eilen.

»Los, Wasserman«, rief er. »Schaffen wir ihn rein!«

Der Sergeant schob seinen Rücken unter Howards Körper, und mit vereinten Kräften brachten sie ihn zum Fahrzeug. Als sie die offene Klappe erreichten, hörte Wasserman erneut das Rattern eines Maschinengewehrs und warf dem Sergeant einen nervösen Blick zu. Das Geräusch kam von rechts, von der Ostseite des Parkplatzes. Ganz aus der Nähe.

Die beiden blieben mit Howard zwischen sich stehen und schauten in diese Richtung. Doch bevor sie sich überhaupt umgedreht hatten, wussten sie bereits, was sie dort sehen würden.

Der letzte verbliebene Roboter, Earl, raste auf die Fahrzeuge zu.

Genau drei Minuten zuvor war Mario in den Laderaum des Jolts geklettert, hatte aus einem Staufach den Gegenstand geholt, den er benötigte, und ihn auf seinen Schoß gelegt.

»Okay«, sagte Laura, während sie mit dröhnendem Motor über das harte Gras rasten. Sie hatte es geschafft, Earl zu überholen, und gab jetzt erneut Gas. »Ich werde dich nicht fragen, was du mit dem Wagenheber vorhast.«

Sorgsam klappte Mario das zusammengefaltete, sechzig Zentimeter lange Gestänge auf seine volle Länge von 1,20 Metern aus und vergewisserte sich, dass es eingerastet war.

Laura warf ihm im Rückspiegel einen ungeduldigen Blick zu.

»*Por favor, Mario!*«, sagte sie. »Was hast du mit dem Wagenheber vor?«

Erneut überprüfte er das Gerät.

»Wir müssen den Wagen verlassen«, sagte er plötzlich.

Sie warf ihm im Spiegel einen weiteren Blick zu. »Ist das dein *Ernst?*«

»Absolut«, sagte er und machte eine Pause. »Vertraust du mir?«

»Natürlich.«

»Dann hör jetzt gut zu ...«

Rasch erklärte er ihr seinen Plan, und sie hielten an und stürzten aus dem Wagen. Mario trug das Fernglas um den Hals und hielt in der rechten Hand den Wagenheber.

Er rannte zu Lauras weit geöffneter Tür und schaute durch das Fernglas Richtung Süden. Sie befanden sich direkt oberhalb des vor der Baracke gelegenen Parkplatzes, etwa zweihundert Meter nördlich der Halle. Er konnte jetzt die vier Fahrzeuge sehen, die in einer Kreisformation um das Gebäude herum standen. Jedes zeigte in eine andere Richtung, und zwischen ihnen klaffte jeweils eine große Lücke. Laura hatte den Jolt ziemlich genau auf einer geraden Linie zu den beiden Pumas zum Stehen gebracht, die nach Norden und Westen zeigten.

Zwischen den Fahrzeugen, am Ende der Lücke, konnte Mario drei Männer erkennen. Sergeant Fernandez und Glenn Wasserman, einen Gefreiten aus Colonel Howards Mitarbeiterstab im Hauptquartier. Und als die dritte Person konnte er den Colonel selbst ausmachen … er war in einem schlechten Zustand. Mario sah, dass Fernandez und Wasserman ihn zu einem der Fahrzeuge brachten.

Wenn der Igel möglichst großen Schaden anrichten wollte, würde ihm das durch die Lücke hindurch am ehesten gelingen.

Mario runzelte die Stirn und schwenkte das Fernglas nach links. Earl befand sich etwa eine Viertelmeile östlich und ungefähr hundert Meter nördlich der Halle, und sie standen noch einmal hundert Meter weiter nördlich von ihm.

Marios Aktion musste zeitlich genau abgestimmt sein.

Eine Viertelmeile östlich, dachte er. *Vierhundert Meter. Okay, also …*

Er schätzte, dass der Igel nicht mehr als sechzig Meilen pro Stunde zurücklegen konnte. Der Jolt maximal achtzig. Wenn Earl Vollgas gab, würde er in fünfzehn Sekunden zwischen ihm und den Pumas hindurchfahren und nach links, Richtung Lücke, abbiegen.

Sobald er das tat …

Sechzig Meilen pro Stunde. Auf einer Strecke von hundert Metern. Das macht knapp dreißig Meter pro Sekunde.

Das hieß, der Igel würde in etwa drei Sekunden die Lücke erreichen.

»Laura, du solltest besser zur Seite gehen«, sagte er und sah sie an. »Falls die Reifen wegrutschen.«

Sie nickte besorgt und trat, ohne weiter nachzufragen, ein paar Schritte zurück.

Rasch warf Mario den Wagenheber durch die Fahrertür, sprang hinterher und wendete den Wagen, sodass die Motorhaube nach Süden, Richtung Fahrzeuglücke zeigte. Dann schaltete er in den Leerlauf, schob den Sitz ganz nach vorne und griff nach dem Wagenheber neben sich.

Mario hatte seine Länge auf 1,20 Meter geschätzt, und offensichtlich hatte er damit richtiggelegen. Schnell zwängte er den Wagenheber in den Fußbereich; die schwere Eisenplatte stellte er aufs Gaspedal, und das Ende des Griffs klemmte er unter seinen Sitz. Der große, laute 500-PS-Motor heulte kurz auf, als Mario überprüfte, ob der Wagenheber auch fest eingekeilt war.

Einen Moment später hüpfte er aus dem Jolt und spähte erneut durchs Fernglas. Earl, der sich jetzt etwa dreihundert Meter links und hundert Meter unterhalb von ihnen befand, raste weiter geradeaus.

Mario wusste, dass der Igel normalerweise alles um sich herum in einem 360-Grad-Winkel wahrnahm. *Normalerweise* würde er ihn lokalisieren, als Gefahr identifizieren und angreifen. Aber Mario ging jede Wette ein, dass das nicht passieren würde. Denn der Roboter verhielt sich alles andere als normal. Er war verwirrt. Abgelenkt. Besessen.

Zwanghaft.

Mario glaubte, dass dies seine Chance war.

Er schaute weiter durchs Fernglas und wartete ab. Mit jedem seiner Herzschläge kam Earl von links – aus östlicher Richtung – näher. Er war jetzt nur noch zweihundert Meter entfernt. Hundertfünfzig. Fünfundsiebzig …

Mario sah zu Laura hinüber, und sie erwiderte seinen Blick mit einem aufmunternden Lächeln. Noch fünfzehn Meter, dann befand sich der Igel direkt zwischen der Motorhaube des JLTV und der Lücke.

Noch zehn Meter …

Mario hoffte nur, dass seine Berechnungen stimmten.

Er holte tief Luft, beugte sich ins Wageninnere zum Lenkrad hinunter, schob den Schalthebel in die Fahrposition und warf den elektronischen Schlüssel auf den Vordersitz, damit sich die Zündanlage nicht ausschaltete. Dann ließ er den führerlosen Wagen losfahren.

Der Jolt schoss wie ein freigelassener Hengst vorwärts und hätte Mario beinahe den Arm abgerissen, bevor der ihn aus der Tür gezogen hatte.

Und das war's. Er hatte getan, was er konnte. Bald würde er wissen, ob das reichte.

Mario betete zu Gott und den Engeln, so wie Laura es ihm beigebracht hatte.

Bei der Malware handelte es sich um ein winziges Programm, um einen Computerwurm mit einem einzigen Zweck: Earl gleichzeitig in einen Selbstmordattentäter und die Sprengladung zu verwandeln.

Das Prinzip dahinter war einfach und genial.

Der Start- und Zündmechanismus der raketengetriebenen Granaten war bereits mehrere Jahrzehnte alt und technisch äußerst primitiv. Der Raketenmotor der Granate wurde von einer Treibladung angetrieben, die durch eine mit Nitroglyzerin gefüllte Sprengkapsel gezündet wurde, die beim Abschuss der Rakete wiederum von einem Zündhütchen mit Schwarzpulver gezündet wurde.

Das Schwarzpulver zündete also die Sprengkapsel, die

Kapsel die Treibladung, und die Treibladung beförderte die Granate durch das angestaute Gas aus dem Abschussrohr.

Ganz einfach.

Der Sprengkopf der Granate war so konstruiert, dass er normalerweise beim Aufprall explodierte. Aber die meisten Granaten verfügten zusätzlich über einen piezoelektrischen Zünder, der den Sprengkopf bereits viereinhalb Sekunden nach dem Start zur Explosion bringen konnte.

Piezoelektrische Bauteile waren nichts Ungewöhnliches. Mithilfe von Materialien wie Quarz oder bestimmten Keramiksorten erzeugten sie eine kleine Menge Elektrizität. Einen Funken. Sie fanden überall Verwendung, angefangen von elektrischen Grillanzündern bis hin zu Handys. Ein technischer Mechanismus – zum Beispiel ein Hämmerchen oder irgendetwas anderes, das Reibung verursachte – schlug gegen das piezoelektrische Material und erzeugte so einen Funken. Und dieser Funke konnte ein Feuer entzünden.

In einer raketengetriebenen Granate wurde die Reibung, die den Funken erzeugte, durch Bewegung hervorgerufen. Genauer gesagt durch die Rotation des Sprengkopfs. Beim Abschuss begann er sich zu drehen und aktivierte nach viereinhalb Sekunden den piezoelektrischen Zünder. Und dann explodierte die Granate.

An dieser Stelle kam der Computerwurm ins Spiel. Er brachte die mit Strom betriebenen Roboter dazu, eine Ladungsdifferenz zu erzeugen, die der des piezoelektrischen Zünders entsprach. Dieser kurze Impuls wurde dann an die Sprengköpfe des Roboters weitergeleitet. Und erzeugte dort mehrere Funken.

Ohne einen Abschuss.

Ohne Bewegungsenergie.

Ohne Rotation.

Acht winzige Funken. In acht Sprengköpfen, die jeweils mit gut einem Kilo hochexplosivem Plastiksprengstoff bestückt waren und acht Zentimeter dicken, massiven Stahl durchschlagen konnten. Und die alle auf Earls Befehl hin explodieren würden, sobald er die Lücke erreichte.

Einfach und genial.

Fernandez war überzeugt, dass Howard, wenn er bei Bewusstsein gewesen wäre, ihm einen gehörigen Anschiss verpasst hätte.

Und das wahrscheinlich zu Recht.

Der Sergeant konnte jetzt sehen, wie Earl auf ihn zugerast kam und direkt auf die Lücke zwischen Percy Two und Percy Three zusteuerte.

Fernandez hatte einen dummen Fehler gemacht. Außerhalb des Fahrzeugs konnte er nichts tun, um den Igel aufzuhalten. Ohne seinen direkten Befehl würden die autonomen Fahrzeuge nicht das Feuer eröffnen. Im Gegensatz zu den Igeln waren sie nicht in der Lage, zu lernen und selbstständig Entscheidungen zu treffen. In Wirklichkeit handelte es sich nur um *halb*autonome Fahrzeuge, die darauf programmiert waren, bestimmte Aufgaben auszuführen, die ihnen von Menschen übertragen wurden.

Und er hatte das Steuerpult verlassen.

War durch die Klappe des Fahrzeugs gesprungen.

Wie dumm.

Der Igel kam immer näher, doch das Maschinengewehr

blieb stumm. Das beunruhigte Fernandez mehr, als wenn es auf ihn gefeuert hätte, obwohl er nicht sagen konnte, warum.

Er und Wasserman drückten sich mit dem zusammengesunkenen Colonel in ihrer Mitte gegen den hinteren Kotflügel des Fahrzeugs. In diesem Moment bemerkte er, dass die vier Evakuierten, die die Verletzten transportiert hatten, ihre Hände zur Heckklappe herausstreckten, um ihnen zu helfen.

Fernandez sah zu dem Gefreiten hinüber.

»Wir werden ihn jetzt da reinheben!«, brüllte er. »Okay?«

Wasserman nickte. »Sagen Sie, wann.«

Fernandez holte tief Luft. Er wollte Howard nicht einfach durch die Klappe wuchten. Er wusste nicht, wie schwer verwundet er war, und hatte Angst, dass er ihm innere Verletzungen zufügen könnte. Allerdings hatten sie keine Zeit, ihn behutsam hineinzuheben.

»Okay«, sagte er. *»Jetzt!«*

Die beiden hievten Howard in die Höhe, und die Leute im Innern packten ihn am Ärmel, an der Rückseite seines Hemds, seinem Gürtel, was auch immer sie zu fassen bekamen, und zogen und zerrten ihn von den Schultern der Männer. Fernandez stemmte sich gegen Howards Körper, bis dieser im Fahrzeug war, dann wandte er sich Wasserman zu.

»Auf geht's«, sagte er und begann, zur Vorderklappe zu laufen.

Wasserman nickte und eilte ihm hinterher, während er durch die Lücke einen kurzen Blick Richtung Igel warf.

Plötzlich blieb er wie angewurzelt stehen.

»Sarge«, sagte er, »was macht der da?«

Fernandez blieb vor ihm ebenfalls stehen und drehte sich halb um.

Der Igel, der immer noch auf die Lücke zuraste, bewegte sich so schnell, wie Fernandez es bisher bei keinem der Roboter gesehen hatte. Er schätzte, dass er noch etwa hundertzwanzig Meter entfernt war. Bei der Geschwindigkeit würde er sie innerhalb weniger Sekunden erreichen. Noch ehe sie die Fahrzeugkabine bestiegen hatten oder gar losgefahren waren.

Was macht der da? Fernandez wusste es immer noch nicht. Aber er vermutete, dass es nichts Gutes zu bedeuten hatte.

Sein Herz begann zu hämmern, während der Roboter immer näher kam. Plötzlich musste er an die Kamikaze-Drohnen am Himmel denken. Plötzlich wurde ihm klar, dass Earl, der mit Vollgas direkt auf sie zusteuerte, ihn an die motorisierten Selbstmordkommandos in Afghanistan erinnerte. Als sich diese beiden Gedanken zusammenfügten, begriff er, dass der Igel sich selbst in die Luft sprengen wollte und sie mit in den Tod reißen würde.

Dann hörte er weiter hinten in der Dunkelheit ein Geräusch, und als er an dem Roboter vorbeischaute, weiteten sich seine Augen.

»Ohhh Mann, das schießt doch den Vogel ab«, platzte es aus ihm hervor.

Sergeant Julio Victor Fernandez hatte keine Ahnung, wo der Jolt plötzlich hergekommen war. Aber das war momentan nicht seine größte Sorge.

Er sah jetzt alles nur noch bruchstückhaft und gleichzeitig wie in Zeitlupe. Der JLTV, der scheinbar aus dem *Nichts* aufgetaucht und auf direktem Kollisionskurs mit dem Roboter war, kam näher und näher, machte auf den letzten Metern einen

Satz nach vorne und krachte zehn Meter vor der Lücke mit Earl zusammen.

Es ertönte ein lautes Knirschen wie von einer gigantischen Metallpresse, als die beiden mit voller Wucht zusammenstießen. Der Kühlergrill des Jolts wurde verbogen und eingedrückt und der Igel verbeult und zusammengequetscht, worauf seine Sprengköpfe in einer plötzlichen Eruption aus Licht und Hitze mit einem ohrenbetäubenden Knall explodierten. Die Druckwelle zerfetzte Fernandez beide Trommelfelle, und das Licht blendete ihn, sodass er einen Moment lang nichts sehen konnte, während die glühende Hitze seine Stirn und seine Wangen versengte.

Earl, der von Todeszuckungen geschüttelt wild um sich schlug, wurde von einem orangen Feuerball einen Meter in die Höhe gehoben, knallte auf die zerbeulte Motorhaube des Wagens und krachte halb durch die Windschutzscheibe, bevor er zwischen den beiden brennenden Vordersitzen stecken blieb.

Wasserman stand für einen Moment fassungslos da. Durch die Lücke waberte ihm schwarzer Rauch entgegen, er brannte in Augen und Nase und drang tief in seinen Rachen.

»Heilige Scheiße, Sarge!«, rief er. »Was ist da gerade passiert?«

Fernandez schaute durch die dichten Rauchschwaden zu dem Gefreiten hinüber und las ihm seine Worte von den Lippen ab, da er ihn kaum hören konnte. Seine Ohren schmerzten und waren von einem lauten Pfeifen erfüllt.

»Das können wir im Wagen herausfinden«, sagte er und deutete mit dem Kopf auf das Kommandofahrzeug.

Einen Moment lang starrte Mario auf die zuckenden, lodernden Flammen. Er konnte nicht glauben, was er gerade mit eigenen Augen gesehen hatte, und stellte sich mehr oder weniger dieselbe Frage, die Wasserman gerade an Fernandez gerichtet hatte. Ihm war zwar klar, dass der Igel auf die Pumas zugerast war, um Schaden anzurichten, dass in seinem Roboterhirn eine Sicherung durchgebrannt war und man ihn manipuliert hatte, damit er sich gegen die Menschen richtete, die er eigentlich beschützen sollte …

Aber er hatte nicht erwartet, dass er sich bei dem Zusammenstoß mit dem Jolt in die Luft sprengen würde. Sicher, er hatte damit gerechnet, dass er vom Kurs abkam. Vielleicht sogar gehofft, dass er bei der Kollision zerstört wurde. Aber eine derartig gewaltige *Explosion* …

Er fragte sich, warum das passiert war, als Laura zu ihm herübergeeilt kam.

»Mario!«, sagte sie. »Du hast es geschafft!«

»Sieht wohl so aus«, sagte er, obwohl er nicht genau wusste, was er geschafft hatte.

»Was soll das heißen?« Sie deutete mit dem Kopf auf das Feuer, während sein rötlicher Schein über ihre Gesichtszüge zuckte. »*Eres fantastico!* Du bist mein Held!«

Er sah sie an. »Ehrlich?«

»Dass du ein Held bist?«

»Nein, du hast nicht gesagt *ein*, sondern *mein*.«

»Wovon redest du?«

»Du hast gesagt: ›Du bist *mein* H…‹«

Mario verstummte. Er hatte am Himmel ein Geräusch vernommen – und er bemerkte, dass Laura es auch hörte. Gleichzeitig schauten sie beide nach oben.

Über ihnen strömten die Drohnen zusammen. Die wenigen, die noch übrig geblieben waren. Insgesamt zehn oder fünfzehn von ihnen.

Marios Herz begann zu rasen. Er blickte Laura in die Augen, und als er ihren entsetzten Gesichtsausdruck sah, nahm er sie in die Arme, zog sie dicht zu sich heran und drückte sie fest gegen seine Brust.

Es gab kein Entkommen. Keine Möglichkeit, sich zu verstecken. Sie saßen hier draußen auf der freien Fläche in der Falle.

»Laura, ich will dich heiraten«, sagte er.

Dann stürzten die Drohnen in die Tiefe.

Fernandez starrte konzentriert auf sein Head-up-Display, während die Pumas über den Parkplatz rasten und auf dem Weg zum westlichen Rand der Außenbereiche erneut eine Keilformation bildeten. Er identifizierte den uniformierten Mann vor sich als einen 24 Delta namens Mario Perez. Die Frau, die er in den Armen hielt, kannte er ebenfalls von irgendwoher … aus dem Ladengeschäft, glaubte er. Warum die beiden mit dem Jolt hier rausgefahren waren, wie sie ihn in ein Stockcar-Fahrzeug verwandelt hatten und seit wann die beiden sich so nahestanden – all diese Fragen mussten erst einmal warten.

Er konzentrierte sich jetzt ganz darauf, sie in den Wirkungsbereich seines FOG-Schutzschilds zu bringen, bevor die herabstoßenden Drohnen sie ins Jenseits beförderten.

»Wasserman«, sagte er, »sind die beiden schon unter dem Schutzschild?«

Wasserman schaute auf seine Instrumentenkonsole. »Noch nicht«, sagte er. »Wir müssen noch näher ran …«

»Pickles, *beschleunige!* Gib Stoff!«

»Geht klar, Kumpel!«

Fernandez richtete seinen Blick auf die Bildschirme. Die Drohnen stürzten sich jetzt dicht gedrängt kreiselnd in die Tiefe. Den beiden dort draußen auf der freien Fläche blieben höchstens noch ein paar Sekunden.

Fernandez wurde auf seinem Sitz hin und her geworfen, als die vier Pumas plötzlich beschleunigten und vorwärtsschossen. Die KI fuhr die Motoren auf volle Leistungsstärke hoch, versorgte sie aus den Reservebatterien und unwichtigen Systemen zusätzlich mit Strom.

Nachdem die Pumas eine kurze Strecke zurückgelegt hatten, kamen sie schaukelnd zum Stehen. Ein paar Meter vor sich sah der Sergeant jetzt Perez und die Frau in inniger Umarmung, während der Drohnenschwarm nur noch drei Meter von ihren Köpfen entfernt war.

Er schnappte nervös nach Luft und hielt den Atem an …

Doch einen Moment später stieß er einen hörbaren Seufzer der Erleichterung aus.

Die Drohnen zerstreuten sich wie ein Schwarm panisch gewordener Vögel, trudelten und wirbelten kreuz und quer durch die Dunkelheit und stoben wild und unkontrolliert auseinander. Fernandez sah auf seinem Display helle Blitze aufzucken, als sie auf die freie Fläche stürzten und explodierten.

Eine Minute lang beobachtete er das Geschehen, dann wandte er sich Wasserman zu.

»Scheiße, Wasserman«, sagte er. »Wir sind verdammt cool.«

»Saucool«, sagte der Gefreite und verzog seine Lippen zu einem Lächeln.

Plötzlich merkte Fernandez, dass er ebenfalls grinste. Ein breites, albernes Grinsen.

»Cool wie ein Eiszapfen in der Antarktis«, sagte er, obwohl er selbst nicht wusste, was das bedeuten sollte.

»Cool wie ein Kühlschrank!«

»Cool wie Hundeschnauze!«

»Arschcool!«

Überwältigt von Erleichterung saßen die beiden einen Moment da und lachten wie die Irren. Schließlich riss Fernandez sich wieder zusammen und deutete mit dem Kopf auf das Display. Die beiden Turteltäubchen dort draußen schauten sich um, als könnten sie nicht glauben, dass sie noch am Leben waren. Fernandez konnte es ihnen kaum verdenken.

»Wir sollten sie reinlassen, bevor sie sich noch eine Erkältung holen«, sagte er und schaltete die Lautsprecheranlage ein.

Mario schob Laura, mit beiden Händen fest ihre Taille umklammernd, durch die Klappe und folgte ihr ins Fahrzeug. Sergeant Fernandez hatte die beiden aufgefordert, das autonome Fahrzeug mit dem Schriftzug Percy Two auf dem Raketenrohr zu besteigen, und per Fernsteuerung die Heckklappe geöffnet.

Mario klappte für Laura einen der Sitze an der Seitenwand herunter, und sie nahm darauf Platz. Als er nach dem Sitz neben ihr griff, bemerkte er, dass sie zu ihm hochschaute.

»Mario«, sagte sie.

»Ja?«

»Ich muss dich was fragen …«

Für einen Moment stand er schweigend neben dem halb

heruntergeklappten Sitz, während sich das Fahrzeug mit einem Ruckler in Bewegung setzte, um Richtung Südtor zu fahren.

»Äh … ja?«

»Draußen, als es so aussah, als würden die Drohnen … na ja …«

Er nickte.

»Ich dachte, wir würden sterben«, sagte er.

»Ich weiß.«

Die beiden sagten keinen Ton mehr, während das Fahrzeug rumpelnd weiterfuhr. Der Monitor an der Wand zeigte an, dass sie inzwischen aus den Außenbereichen auf die Straße an der Südgrenze abgebogen waren.

»Was ich zu dir gesagt habe«, sagte Mario. »Da *draußen*. Also …«

»Ja?«

»Ich dachte *wirklich*, wir würden sterben.«

Laura sah ihn an. »Das hast du bereits gesagt.«

»Ja, sicher. Tut mir leid …«

»Mario?«

»Ja?«

»Was du gesagt hast …«

»Ich weiß, das hat sich bestimmt verrückt angehört. Ich meine, wir hatten nicht mal ein *Date*.«

»Mein Gott, das hätte ich fast vergessen. Bukarest, Samstagabend …«

»Der Band-Wettbewerb«, sagte er. »Ich glaube allerdings, dass wir das vergessen können, nach allem, was heute Nacht passiert ist …«

»Ich würde trotzdem noch mit dir da hingehen. Wenn das möglich ist.«

»Wirklich?«

»*Erst recht* nach heute Nacht«, sagte sie. »Das Leben geht weiter, weißt du?«

Er sah sie an und nickte zaghaft. Sie erwiderte seinen Blick und lächelte.

Ohne zu zögern, sank er vor ihr auf sein Knie und nahm ihre Hand, während er im schaukelnden Mannschaftsbereich das Gleichgewicht hielt. Aus irgendeinem Grund musste er plötzlich an die Schneeflocke denken, die vor dem Ladengeschäft auf ihrer Nase gelandet war und dort einen Moment verharrt hatte, bevor Laura sie fortgewischt hatte.

Erst jetzt fiel ihm auf, dass ihre Nägel rosa lackiert waren. In einem hellen Rosa. Ihre kleinen, zarten Hände mit den kurzen, sauber manikürten Nägeln.

»Ich liebe dich, Laura«, sagte er und hielt jetzt ihre beiden Hände.

Ihr Lächeln wurde noch breiter.

»Ich liebe dich auch, Mario«, sagte sie.

»Du bist die Liebe meines Lebens«, sagte er.

»*Sí, y mi corazón es tuyo*«, sagte sie.

Die beiden sahen einander in die Augen.

»Laura Cruz«, sagte er, »willst du mich heiraten?«

Sie schluckte.

»Mario Perez«, sagte sie, »alles schön der Reihe nach.«

»*Was?*«

»Weißt du noch, was ich dir gesagt habe? Vorhin im Laden?«

»Woher ich weiß, wann ich dich küssen darf?«

»Genau.«

»Du weißt also, dass ich der Richtige bin?«

»Ja.«

»Aber wir haben uns doch schon …«

»Ich habe *dich* geküsst«, sagte sie. »Das zählt nicht.«

Die beiden sahen einander erneut in die Augen. Dann begannen sie zu grinsen und fielen sich in die Arme.

Die Pumas rollten jetzt durch das Südtor auf die Straße, die in östlicher Richtung nach Bukarest führte. Fünf Minuten später schlossen sie sich einem rumänischen Militärkonvoi an, der sie zu seinem Stützpunkt bringen würde.

Mario und Laura indes, die in einem innigen Kuss vereint die Augen geschlossen hatten, bekamen davon kaum etwas mit.

TEIL DREI

ANGRIFFSVEKTOR

27.–28. JANUAR 2024

19

Verschiedene Schauplätze

Bereits beim ersten Klingeln griff Leo Harris nach dem Handy, das auf dem Esstisch lag. Es war 19.30 Uhr, und er hockte dort, bekleidet mit einem blauen Paisley-Hemd und einem braun karierten Sakko, das ihn in einem Geschäft für Vintage-Klamotten in Hoboken ein Vermögen gekostet hatte.

»Carol«, sagte er.

»Leo.«

»Bist du noch am Flughafen?«

»Ich bin bereits auf dem Weg nach Manhattan«, sagte sie.

»Vom JFK?«

»Aus White Plains. Ich habe ein Lufttaxi genommen. Der Gefangene ist sicher und wohlbehalten im *Terminal* angekommen.«

»Wann?«

»Vor etwa einer Stunde. Mit dem Hubschrauber vom 84VA.«

84VA war die Bezeichnung der Luftfahrtbehörde für einen

eigentlich namenlosen Hubschrauberlandeplatz der CIA am südöstlichen Ende des Campus.

Leo griff nach seinem Kaffee und nahm einen hastigen Schluck.

»Ich komme direkt rüber«, sagte er.

»Nur wenn du dich dazu in der Lage fühlst«, sagte Morse. »Ich habe dir die Wahl gelassen. Die Entscheidung liegt ganz allein bei dir.«

Leo machte ein finsteres Gesicht.

»Das ist mein Job. Was habe ich da für eine Wahl?«

»Leo, bitte. Nicht jetzt.«

»Ich will damit nur sagen ...«

»Ist schon klar. Wenn ich nicht wollte, dass du an der Befragung teilnimmst, hätte ich dich über die Auslieferung nicht informiert. Aber das habe ich, sobald dem Antrag stattgegeben wurde.«

Er trank erneut von seinem Kaffee. *Teilnehmen.* Das Wort gefiel ihm nicht, ganz und gar nicht, doch er wollte es fürs Erste dabei bewenden lassen.

»Wo treffen wir uns?«

»Im Fusion Center. Auf einer Seite davon befindet sich ein kleines Büro.«

»Das kenne ich.«

»Gut. Auf dem Hutch ist kaum Verkehr. Wenn es so bleibt, bin ich in zwanzig Minuten da.«

Harris gab ein Knurren von sich.

»Bis später«, sagte er. Aber Carol hatte bereits aufgelegt.

Er runzelte die Stirn. Momentan herrschte zwischen ihnen eine feindselige Atmosphäre. Na ja, *feindselig* war vielleicht übertrieben. Jedenfalls angespannt.

Harris erhob sich langsam von seinem Stuhl, um seinen Becher zur Spüle zu bringen. Manchmal wünschte er, sie beide würden sich wieder so gut verstehen wie vor seiner Verletzung. Allerdings hätte das auf Dauer sowieso nicht funktioniert. Es war zu mühselig, mit seiner Ex einen freundschaftlichen Umgang zu pflegen. Das beschwor nur alte Erinnerungen herauf. Und tat zu sehr weh.

Es war besser, auf rein geschäftlicher Ebene mit ihr zu verkehren.

Die Zentrale der Net Force für New York und die Ostküste befand sich in einem festungsartigen Gebäude aus dem neunzehnten Jahrhundert, in der Gegend zwischen der Eighth Avenue und dem Hudson River, die unter dem Namen Hell's Kitchen bekannt war. Das ehemals größte Lagerhaus der Stadt, das *Terminal*, war ein rotes Backsteingebäude mit Fensterstürzen aus Eisen und großen Flügelfenstern, durch das ein Tunnel für die Güterzüge führte, die früher auf den Gleisen vom geschäftigen Hafen auf der West Side dort eingetroffen waren. In jüngerer Vergangenheit war darin die regionale Außenstelle der Homeland Security untergebracht gewesen, aber dank Präsidentin Fucillos unermüdlicher politischer Überzeugungsarbeit hatte die Homeland Security, wenn auch widerwillig, ihre Büros an einen Standort etwa eine Meile weiter südlich verlegt. Die Präsidentin war der Auffassung gewesen, dass die Net Force das Gebäude für ihre erweiterten Operationen, die Rekrutierungskampagne und das Ausbildungsprogramm benötigte.

Fünfundzwanzig Minuten nachdem Leo Harris mit seinem dunkelgrauen Jeep Compass vor seiner Eigentumswohnung in Jersey City losgefahren war, rollte er holpernd über die alten Gleise vor dem *Terminal* zum Kontrollpunkt für Kraftfahrzeuge. Neben ihm lag sein Sauerstoffgerät, das von der Autobatterie aufgeladen wurde. Obwohl es in der schwarzen Umhängetasche ziemlich unscheinbar wirkte, hatte er es mit einer aufgeschlagenen Ausgabe der *New York Times* bedeckt, damit die Sicherheitsleute es nicht bemerkten.

»Frohes neues Jahr, Sir!«, sagte der Mann im Häuschen und lächelte. »Wie geht es Ihnen?«

Harris zuckte mit den Schultern und zeigte seinen Ausweis, während er weiter geradeaus schaute. Dies war erst sein dritter Besuch in den neuen Büros, seit sie vor zwei Monaten eröffnet worden waren; das letzte Mal war er Ende Oktober, vor den Feiertagen, hier gewesen. Inzwischen waren die Kürbislaternen Kompost, und die Weihnachtsbäume lagen draußen auf den Gehwegen. Was zum Henker glaubte dieser Typ wohl, wie es ihm ging?

Er fuhr durch den gewölbten Tunnel ins Parkhaus und stellte seinen Wagen ab. Als Abteilungsleiter hatte er einen Platz in der Nähe des Aufzugs, und das war auch gut so. Sonst hätte er zehn Minuten gebraucht, um zu Fuß die zwei relativ schmalen Fahrbahnen in der Tiefgarage zu überqueren. Es kostete ihn schon unendliche Mühe, um es nur von seinem Schlafzimmer ins Wohnzimmer zu schaffen. Und er benötigte eine Stunde, um, auf einer Plastikbank sitzend, zu duschen.

Er nahm die Zeitung von seiner Tragetasche und legte sie langsam beiseite. Die Anzeige verriet ihm, dass das Gerät voll aufgeladen war, und er wusste, dass der Akku den ganzen Tag halten würde. Er hätte das tragbare Sauerstoffgerät im Schlaf bedienen können.

Er zog den Stecker des Ladegeräts aus dem Zigarettenanzünder und stopfte es in eines der Außenfächer der Tasche. Aus einem anderen Fach nahm er die Nasenkanüle und befestigte sie an der Sauerstoffdüse. Dann steckte er die beiden Stifte der Kanüle in die Nase und schaltete das Gerät an.

Atemluft aus der Konserve. Sauerstoff für unterwegs.

Er atmete durch die Nase ein. Einen langen, tiefen Atemzug, um seine Lunge mit gereinigter Luft zu füllen. Der Verkäufer im Sanitätshaus hatte ihm versichert, dass sein Gerät das kleinste und leiseste auf dem Markt sei. Ein Spitzenprodukt, das allerdings dreimal so viel kostete wie ein normales Gerät. Der Verkäufer hatte ihm auf einer Grafik gezeigt, dass das Betriebsgeräusch mit seinen siebenunddreißig Dezibel so laut wie Vogelgezwitscher und leises Flüstern war oder wie Regen und raschelndes Laub. Der Verkäufer kannte sich offensichtlich aus. Aber vielleicht hatte er es auch nur auf eine fette Provision abgesehen. Vielleicht hatte er nicht die geringste Ahnung.

Harris fand nicht, dass sich das Gerät wie Regen anhörte. Wenn überhaupt, dann wie Regen, der auf ein Blechdach prasselte. Und garantiert nicht wie Vogelgezwitscher, Flüstern oder Blätterrascheln. Für ihn klang das rhythmische Gerassel eher wie ein nerviger Beatboxer auf einem verlassenen U-Bahnsteig.

Leo saß etwa fünf Minuten lang da, dann schaltete er das Gerät aus und zog die Kanüle heraus. Nachdem er sie in einem Fach der Tasche verstaut hatte, blieb er noch eine Weile hinter dem Lenkrad sitzen und machte seine Atemübungen. Anschließend kämmte er sich die Haare, strich seinen Mantel glatt, schlang das Sauerstoffgerät um die Schulter und verließ den Wagen. Seine Krücke ließ er im Fußraum liegen. Er würde für einige Zeit auch ohne das verdammte Ding auskommen. Und das musste er. Er wollte nicht, dass man ihn damit sah.

Nachdem er seine Handfläche vor einen biometrischen Scanner gehalten hatte, öffneten sich die Aufzugtüren, und er fuhr in den zweiten Stock zum Fusion Center. Dort hatte man die großflächigen Lagerräume aus dem Industriezeitalter entkernt, neu verputzt und in ähnlich großflächige, aber freundlichere moderne Räumlichkeiten umgewandelt, die ungefähr die Größe zweier Basketballfelder hatten. Überall standen Computerarbeitsplätze mit großen Flachbildschirmen.

Harris sah im Raum verteilt fünfzehn bis zwanzig Frauen und Männer mit den Uniformen oder Dienstabzeichen verschiedener Strafverfolgungs- und Ermittlungsbehörden. Es waren die gedämpften Geräusche emsiger Betriebsamkeit zu hören, Stimmengewirr, Stühlerücken und Tastaturgeklapper. Zu einer späteren Uhrzeit hielten sich hier vielleicht drei- oder viermal so viele Leute auf, die zusammen verschiedene Fälle bearbeiteten. Vom NYPD, dem FBI, der CIA, der Homeland Security, der Net Force …

Es war Leos Idee gewesen, das Konzept eines behördenübergreifenden, gemeinsamen Informations- und Mitarbeiter-Pools von der CIA zu übernehmen. Wenn man drei Jahrzehnte in der Federal Plaza Nummer 26 am anderen Ende der Stadt gearbeitet hatte, konnte man auf gewisse Erfahrungen zurückgreifen.

Er ging durch einen breiten Gang zu einem Büro am hinteren Ende des Raums. Er hatte das Gefühl, als würden die Leute, die ihn erkannten, versuchen, nicht auf das Sauerstoffgerät an seiner Schulter zu starren. Es dauerte eine Ewigkeit, bis er den Weg zurückgelegt hatte.

An der Bürotür stand kein Namensschild. Was nur konsequent war, da es sich nicht um das Büro einer bestimmten Person handelte. Obwohl es den Führungskräften vorbehalten war, wurde es wie alles andere auf der Etage gemeinsam genutzt.

Harris holte ein paarmal tief Luft und zückte seinen biometrischen Kartenschlüssel. Mit einem Klicken wurde die Tür entriegelt, und er trat ein.

Das rechteckige Büro war sauber und schlicht. Es gab hier weder Uhren noch Bilder an den Wänden noch Fotos auf dem Schreibtisch. Das einzige richtige Möbelstück war ein behördengrauer Metalltisch mit einem Computer. Neben der Tastatur lag eine Aktenmappe. Auf beiden Seiten des Schreibtisches stand jeweils ein Stuhl, und an der Wand waren ein paar weitere aufgereiht. Durch das hohe Flügelfenster hatte man einen weitläufigen, aber unspektakulären Blick auf die Tenth Avenue zwei Stockwerke weiter unten.

Carol Morse stand mit dem Rücken zur Tür und schaute aus dem Fenster. Sie trug einen offenen Nadelstreifenblazer über einem hellbraunen Pullover, und ihr Mantel hing ordentlich an einer Hakenleiste. Mit einem Starbucks-Kaffeebecher in der Hand drehte sie sich zu Leo um.

»Hallo, Leo.«

»Carol.«

»Du siehst besser aus.«

Leo zuckte mit den Achseln. Ihm fiel auf, dass sie ihr Haar etwas dunkler gefärbt hatte. Dass sie viel Zeit im Fitnessstudio verbrachte. Ihr Parfüm duftete nach Blumen.

»Wo ist Zolcu?«, fragte er.

Sie sah ihn einen Moment lang an.

»Wird das jetzt immer so weitergehen?«, sagte sie. »Diese ständigen Streitereien?«

Sie schwiegen beide, und Carol atmete aus.

»Ich bring dich gleich rüber«, sagte sie. »Aber vorher sollten wir miteinander reden.«

Harris zuckte erneut mit den Achseln, nahm das Sauerstoffgerät von seiner Schulter und stellte es auf einem leeren Stuhl an der Wand ab. Er knöpfte seinen Mantel auf, behielt ihn jedoch an und wartete, bis sie hinter dem Schreibtisch Platz genommen hatte. Dann setzte er sich auf den Stuhl gegenüber.

Carol öffnete die Aktenmappe, die zwischen ihnen auf dem Tisch lag. »Ich habe zwei Kopien seiner Akte aus Washington mitgebracht. Ich weiß, dass du sie kennst. Aber ich dachte, dass wir sie uns zusammen nochmal kurz durchsehen sollten.«

Harris griff in die Innentasche seines Mantels und zog ein Tablet heraus. »Ich habe alles hier drauf. Digitalisiert.«

Sie sah ihn an. »Du? Ein Tablet?«

»Sicher. Oder dachtest du etwa, ich lebe noch in der Steinzeit?«

Morse erwiderte nichts. Der Leo, den sie kannte, war ein absoluter Technikfeind. Vielleicht bestand doch noch Hoffnung, dass sich tatsächlich alles ändern konnte.

Sie nahm einen Ausdruck der Akte aus der Mappe, zehn zusammengeheftete Blätter, und schlug die erste Seite auf. »Unsere Informationen über Zolco stammen aus unterschiedlichen Quellen. Vom rumänischen Geheimdienst, Interpol und aus den Daten, die die Quickdraw und Mike Carmodys Team für uns sichergestellt haben.«

Er nickte. »Fahr fort.«

»Wenn du die Akte gelesen hast, weißt du, dass Drajan Petrovik und Zolcu die Nummer eins und zwei in der Hierarchie der *technologie vampiri* sind.« Morse nahm ihren Kaffee vom Tisch und nippte daran. »Allerdings ist Petrovik von einem ganz anderen Kaliber. Er ist intelligenter und ehrgeiziger als die anderen. Als er seine Studienstipendien für London und Madrid erhielt, wurde er im Darknet zu einer Art Legende.«

»Zum Wolf.«

Sie nickte. »Niemand kann ihm das Wasser reichen.«

»Außer Kali Alcazar. Sie ist eine der Besten. Scheiße, sie ist *die* Beste. Diese *vampiri*-Arschlöcher, Petrovik eingeschlossen, versuchen immer noch, mit ihr gleichzuziehen.«

»Und glücklicherweise arbeitet sie für uns«, sagte Morse.

Harris gab nur ein Knurren von sich und blickte auf sein Tablet.

»Zolcu ist bloß ein Mitläufer«, sagte er. »Er ist auf einem Bauernhof aufgewachsen. Im selben Ort wie Petrovik und ihr Partner Emil Vasile. Er hat ein paar Jahre lang mit ihnen zusammen die Hochschule besucht …«

»In Satu Mare«, sagte Morse. »Und nach Petroviks Weggang haben er und Vasile die Stellung gehalten und immer raffiniertere Computerverbrechen begangen. Später hat Zolcu dann weitere kriminelle Geschäfte aufgezogen. Fälschung, Prostitution, Drogen … Handel mit verbotenen Nootropika und Biohacks.«

»Der Typ ist ein elender Schmarotzer«, sagte Harris. »Ein

herumhurender, spielsüchtiger Widerling. Er bleibt in seinem gewohnten Umfeld, so wie die Mafiabosse in den alten Zeiten, die ihr Viertel nicht verlassen haben. Nur dass seine Leute auf schicke, maßgeschneiderte Anzüge stehen und Zolcu diese albernen, bescheuerten Piratenkostüme trägt.«

»Das nennt sich Cosplay«, sagte sie, »und ist gerade ziemlich angesagt.«

»Alles ist irgendwann angesagt«, sagte er. »Die Welt ist voller Arschlöcher.«

Morse sah ihn an.

»Wir müssen die Sache mit ihm behutsam angehen, Leo«, sagte sie. »Zolcu hat die Aktion mit den gefälschten Bankkarten durchgeführt, die den Hekate-Bug verbreitet haben. Nachdem der Wolf abgetaucht war, hat Zolcu bis zu seiner eigenen Ergreifung die Leitung des Syndikats übernommen und für mehrere Monate sämtliche Aktionen überwacht. Aber vor allem ist Zolcu unsere beste Verbindung zu Petrovik, jetzt, wo Emil Vasile tot und seine Schwester auf der Flucht ist. Wahrscheinlich weiß er, wo Petrovik sich aufhält. Wenn auch nicht den genauen Ort, so doch ungefähr in welcher Gegend.«

Harris schaute von seinem Tablet auf. Irgendeine ihrer Bemerkungen hatte bei ihm die Alarmglocken schrillen lassen. So wie vorhin auch schon am Telefon.

»Warum reden wir jetzt eigentlich darüber?«

»Weil Zolcu kein Trottel ist. Er ist clever und selbstbewusst. Ich will nur sichergehen, dass wir ihn nicht unterschätzen.«

»Glaubst du etwa, dass ich das tue?«

Morse schüttelte den Kopf.

»Nein«, sagte sie. »Das glaube ich nicht.«

»Worauf willst du hinaus?«

Sie saß einen Moment schweigend da.

»Nach den Ereignissen von letztem November musste ich mit mir selbst hart ins Gericht gehen«, sagte sie. »Wir waren noch nicht bereit, den Unterschlupf des Wolfs auszuheben, obwohl wir wussten, dass er sich dort nicht mehr aufhält. Die Net Force verfügte noch nicht über die geballte Schlagkraft der verschiedenen Behörden. Sie waren noch nicht unter einem Dach vereint. Wir waren noch nicht richtig organisiert und haben überstürzt gehandelt. Die Operation war ein Fehler, und wir haben teuer dafür bezahlt.«

Harris holte Luft. Er konnte kaum atmen, so als wäre er gerade eine Treppe hochgestiegen. Er hätte jetzt durchaus ein wenig Sauerstoff vertragen können.

»Du glaubst, dass ich nicht in der Lage bin, die Befragung alleine durchzuführen«, sagte er. »Darauf wolltest du vorhin hinaus. ›Teilnehmen‹, dass ich nicht lache. Kaum bin ich für ein paar Monate nicht da, schon bin ich für dich abgeschrieben.«

»Du nimmst das alles persönlich, Leo. Das solltest du nicht tun.«

»Blödsinn.«

Sie erwiderte nichts, und Harris schaute ihr direkt in die Augen. Sie zuckte nicht mal mit der Wimper.

»Tut mir leid, wenn ich dich verletzt habe«, sagte sie. »Ehrlich. Ich hatte gehofft, du würdest das verstehen. Aber du wirst heute Morgen im Verhörzimmer jemanden an deiner Seite haben. Ich denke, eure Fähigkeiten können sich ergänzen. Die unterschiedlichen Informationen, die ihr habt. Vor allem bezüglich Zolcu.«

Für dreißig endlose Sekunden sagte Harris kein Wort. Dann schaltete er sein Tablet aus, steckte es in seine Manteltasche und starrte sie über den Schreibtisch hinweg an.

»Wer ist es?«, fragte er.

Die Tür hinter dem Schreibtisch führte zu einem alten Metallübergang, der sich von der Nordseite des *Terminals* fast siebzig Meter weit zur Südseite eines alten, bronzeverkleideten Bürogebäudes an der West 51st Street erstreckte. Früher war in dem Gebäude die Firmenzentrale von Hudson Maritime Storage Enterprises untergebracht gewesen – jener Firma, die über ein Jahrhundert lang die Lagerhalle unterhalten hatte. Man hatte den Übergang mit den verschnörkelten Blechdecken und breiten Kurbelfenstern erbaut, damit die Angestellten, die sich zwischen den beiden Gebäuden bewegten, den Passanten und Pferdewagen drei Stockwerke weiter unten aus dem Weg gehen konnten. Jetzt gelangte man darauf vom Fusion Center unbemerkt zum Gebäude der Net Force East, dessen oberstes Stockwerk aus abhörsicheren Verhör- und Beobachtungsräumen bestand und dessen untere Stockwerke die Verwaltungsbüros und Räumlichkeiten mit Spezialausrüstung beherbergten.

Harris blieb in der Mitte des Übergangs stehen.

»Ist irgendwas?«, fragte Carol neben ihm.

»Nein.«

»Leo. Was kann ich tun …«

Als sie den Ausdruck in seinen Augen bemerkte, verstummte sie.

»Geh schon mal vor«, sagte er.

Carol nickte wortlos und lief weiter Richtung Tür.

Harris drehte sich um und schaute durch eines der Fenster auf den Verkehr, der unten vorüberzog. Mit dem Rücken zu Carol lauschte er ihren Schritten. Sobald er hörte, wie hinter ihr die Tür zuglitt, holte er den Gummischlauch aus der Tasche und schloss ihn an das Sauerstoffgerät an. Nur ein paar Atemzüge, dann ginge es ihm wieder besser.

Einige Minuten später hielt er seinen biometrischen Kartenschlüssel an die Tür. Sie öffnete sich, und dahinter kam ein hell erleuchteter, breiter fensterloser Flur zum Vorschein, mit glatten beigen Wänden und glänzenden beige-weißen Fliesen. Die gefilterte Luft hier war weder kalt noch warm. Direkt hinter der Tür wartete Carol bei zwei Wachmännern mit Bürstenschnitt. Über ihren kurzärmeligen schwarzen Hemden trugen sie kugelsichere Westen, die auf der Vorderseite in weißen Lettern mit dem Schriftzug FBI bedruckt waren. Die Männer hielten jeder eine MP5-Maschinenpistole in der Hand und hatten beide ein Holster mit einer Glock 17 umgeschnallt.

»Der Beobachtungsraum ist direkt um die Ecke«, sagte Carol und deutete mit dem Kopf den Flur hinunter.

Harris schüttelte den Kopf. »Bring mich direkt zu ihm. Ich will sofort loslegen.«

Sie zuckte mit den Achseln. »Wie du willst.«

Die beiden liefen weiter, während einer der Wachmänner vorausging und der andere ihnen folgte. Die Türen zum Beobachtungsraum und zum Verhörzimmer befanden sich dicht nebeneinander zu ihrer Rechten. Dazwischen stand ein weiterer bewaffneter Wachmann. Harris blieb stehen und nahm seine Tragetasche von der Schulter.

»Kannst du das hier für eine Weile irgendwo verstauen?«, fragte er Carol.

Sie nahm ihm die Tasche ab und nickte.

»Kein Problem«, sagte sie. »Ich werde sie sicher verwahren.«

Harris deutete mit dem Finger auf die Tür zum Verhörzimmer, und der Wachmann hielt eine Karte an den Scanner, um sie für ihn zu öffnen.

Der kleine Raum wurde von mehreren Leuchtflächen an der Decke erhellt, und über die linke Wand erstreckte sich ein halb durchlässiger Spiegel. In der Mitte des Raums befand sich ein langer Metalltisch. Außerdem gab es drei Kunststoffstühle mit Metallbeinen; einer stand in der Ecke, ein anderer mit der Rückenlehne zur Tür direkt am Tisch.

Auf dem dritten Stuhl, hinter dem Tisch, saß Gustav Zolcu, das Gesicht der Tür zugewandt. Er sah fast genauso aus wie auf dem Foto in seiner Akte: schmales Gesicht, dunkle Augen und Ziegenbärtchen. Der einzige augenfällige Unterschied waren sein kahl rasierter Schädel und der orange Gefängnisoverall.

Harris betrat allein den Raum und wartete, bis der Wachmann hinter ihm im Flur die Tür geschlossen hatte. Einen Moment später machte er einen Schritt auf den Tisch zu, blieb dann stehen und sah Zolcu direkt in die Augen, der daraufhin seinen Blick erwiderte.

»Bevor wir loslegen, will ich dich darüber informieren, dass du das Recht auf einen Anwalt hast und das Recht zu schweigen«, sagte Harris. »Außerdem setze ich dich darüber in Kenntnis, dass alles, was du hier sagst, aufgenommen wird. Verstanden?«

Zolcu starrte schweigend zu ihm hinüber. Leo fand, dass

er einen passenden Einstieg benötigte. Also holte er tief Luft, ging um den Tisch und trat mit voller Wucht seitlich gegen seinen Stuhl.

Zolcu fuhr in die Höhe.

»Mein Name ist Harris«, sagte er und musterte ihn. »Wenn ich dir eine Frage stelle, egal wozu, dann antwortest du mir. Verstanden?«

Zolcu saß eine Weile schweigend da. »Ich muss überhaupt nichts beantworten«, sagte er schließlich. »Ich bin ein unbescholtener Nachtclubbesitzer. Ich wurde von amerikanischen Terroristen angegriffen. Man hat mich aus meinem Land entführt, und ich werde illegal hier festgehalten. Erzählen Sie mir nichts von meinen Rechten.«

Harris holte Luft und deutete mit dem Kopf auf Zolcus Gefängniskleidung. »Trägst du diesen Strampelanzug etwa gerne?«

Zolcu sah ihn wortlos an.

»Ich habe gehört, dass du auf schicke Klamotten stehst«, sagte Harris. »Ich übrigens auch. Aber im Knast kann man sich seine Kleidung nicht aussuchen. Das heißt weder Ringe noch Schmuck. Weder Knöpfe noch Schleifchen. Dort sehen alle gleich aus. Wie Orangen in einer beschissenen Obstkiste.«

Zolcu starrte ihn an. Harris ging auf seine Seite des Tisches, zog den Stuhl hervor und setzte sich.

»Ich werde dir erklären, warum ich dir das alles erzähle«, sagte er. »Du bist in diesem Land jetzt seit … wie lange, seit drei Tagen? Davor warst du in Europa. In Rumänien, Italien … Und es hat über einen Monat gedauert, bis deine Auslieferung bewilligt wurde und man dich ausgeflogen hat. Garantiert hast du in all diesen Wochen, ganz in der Nähe deiner Heimat, gedacht, du wärst bald wieder in deinem Club und könntest dort mit Matrosenanzug, Cowboyhut und kurzen Höschen durch die Gegend hüpfen. Oder was auch immer du auf der Tanzfläche so trägst. Kannst du mir folgen?«

»Nein.«

Harris grinste.

»Ich denke, schon«, sagte er. »Du bist es so sehr gewohnt, deinen Traum zu leben, dass es hart ist, plötzlich aufzuwachen und festzustellen, dass er vorbei ist.« Er breitete seine Hände aus. »Du glaubst immer noch, das hier sei nur vorübergehend. Nur ein kurzes Zwischenspiel. Aber du solltest dich besser daran gewöhnen.«

Zolcu schüttelte den Kopf. »Ich gehöre nicht hierher. Ich bin Geschäftsmann. Ich betreibe einen Nachtclub.«

»Du betreibst eine billige Freakshow, in der der übelste Abschaum verkehrt. Leute wie Drajan Petrovik.«

Zolcu erwiderte nichts. Harris betrachtete ihn eingehend. Der Gefangene rutschte auf seinem Stuhl herum, zeigte aber sonst keine Reaktion. Harris beschloss, das Thema erst mal ruhen zu lassen.

»Wie wär's, wir reden über deinen eigentlichen Beruf?«, sagte er stattdessen. »Sparen wir uns die Zuhälterei und die Drogen, kommen wir gleich zu den gefälschten Bankkarten, die den Hekate-Bug verbreitet haben. Das war ein heftiger Schlag. Dabei sind Tausende unschuldiger Menschen gestorben. Hier in dieser Stadt.«

»Sie sind verrückt.«

»Du hast diese Karten also nicht gedruckt? Mitsamt Mikrochips und allem Drum und Dran? Denn das war echt clever.

Die Sache mit dem Chip, meine ich. Den Bug darauf zu installieren, um ihn auf diesem Weg zu verbreiten …«

»Damit hatte ich nichts zu tun.«

»Womit? Der Karte oder den Chips?«

Zolcu verschränkte die Arme.

»Mit keinem von beidem.«

»Bist du sicher?«

»Na klar.«

Harris zuckte mit den Schultern. »Ich will ganz offen sein: Der Grund, weshalb ich frage, ist, dass das zwei völlig unterschiedliche Dinge sind. Das Fälschen von Bankkarten ist eine gewöhnliche Straftat. Aber der Chip … der bringt dich für lange, lange Zeit hinter Gitter.«

Harris faltete seine Hände auf dem Tisch und beugte sich vor.

»Mein Gefühl sagt mir, dass du die Chips nicht hergestellt hast«, sagte er. »So etwas würde ich eher von Petrovik erwarten. Oder seinen russischen Freunden.«

»Ich kenne niemanden mit dem Namen Petrovik.«

»Und was ist mit dem Wolf?«

»Wie bitte?«

»Der Wolf«, wiederholte Harris und blickte ihm direkt in die Augen. »Das ist sein Spitzname.«

Ein paar Sekunden verstrichen. Zolcu hatte immer noch die Arme verschränkt.

»Wölfe sind gefährliche Tiere«, sagte er. »Mit denen habe ich nichts zu tun.«

»Ach wirklich?«

»Ja.«

»Obwohl du in Petroviks Burg gewohnt hast?«

Zolcu zuckte mit den Achseln.

»Wie gesagt, ich kenne den Mann nicht«, sagte er. »Ich habe die Burg über einen Makler gemietet.«

Harris grinste. »Einen Makler.«

»Genau. Einen Immobilienmakler. Ich habe ihn nie nach dem Besitzer gefragt.«

»Und wie hieß der Makler?«

Zolcu antwortete nicht.

»Den Namen des Immobilienmaklers«, wiederholte Harris. »Sag ihn mir.«

Zolcu antwortete immer noch nicht. Harris wartete, und sie blickten einander an.

»Kann mich nicht erinnern«, sagte Zolcu schließlich. »Es war eine Frau.«

»Die Frau, mit der du in der Nacht zusammen warst, als wir dich geschnappt haben?«

»Nein«, sagte Zolcu. »Sie war keine Maklerin.«

»Aber du warst in dieser Nacht mit einer Frau zusammen?«

»Ja. Ich habe sie in einem Club in Cluj-Napoca kennengelernt.«

»Cluj ist dieses kleine rumänische Scheißkaff in der Nähe der Burg, oder?«

»Es gefällt mir besser als diese große *amerikanische* Scheißstadt«, sagte Zolcu.

Harris grinste erneut und musterte Zolcu eine endlose Minute lang.

»Echt witzig«, sagte er. »Ich steh auf so was.«

Zolcu starrte ihn an.

»Wirklich witzig, Mann … Warum warst du in Cluj?«

»Ich war geschäftlich dort.«

»Um was für Geschäfte ging es?«

»Ich will einen neuen Club eröffnen.«

»Ach ja?«

»Irgendwo da in der Gegend«, sagte Zolcu. »Ich habe die Burg gemietet, um dort zu übernachten, während ich mich nach möglichen Räumlichkeiten umsehe.«

»In Cluj.«

»Ja.«

Harris sah ihn an. »War die Burg nicht etwas weit weg?«

»Kam mir nicht so vor.«

»Vierzig, fünfzig Meilen, oder?«

»Da müsste ich nachsehen.«

»Das kannst du dir sparen, du Komiker«, sagte Harris. »Das habe ich bereits getan.«

Für einen Moment schwieg Zolcu.

»Ich habe mir dort verschiedene Räumlichkeiten angesehen. In Cluj, Rosalvea und Satu Mare«, sagte er schließlich. »Die Burg lag sehr zentral.«

»Die Frau, die du mitgenommen hast«, sagte Harris. »Erzähl mir etwas mehr über sie.«

»Was gibt es da zu erzählen? Wir haben uns kennengelernt, getanzt und was getrunken, und dann sind wir zusammen zur Burg gefahren. Als eure Leute dort eingebrochen sind, habe ich sie in meinem Bett zurückgelassen.«

»Das war verdammt heldenhaft von dir.«

Zolcu zuckte mit den Schultern.

»Wie Sie meinen, aber ich kann mich nicht mal mehr an ihren Namen erinnern«, sagte er. »Ist ein One-Night-Stand jetzt etwa auch schon ein Verbrechen?«

»Nein«, sagte Harris. »Aber der Betrug mit den gefälschten

Karten. Cyberterrorismus. Die Ermordung einer unschuldigen Frau … für so was verhängt die Jury die Todesstrafe.«

Zolcu öffnete den Mund. Und machte ihn wieder zu.

»Falls ihr etwas passiert ist«, sagte er, »hatte ich damit nichts zu tun.«

»Ach nein?«

Zolcu schüttelte den Kopf. »Woher wissen Sie, dass *Ihre* Leute nicht dafür verantwortlich waren?«

Harris sah ihn schweigend an. Zehn Sekunden. Zwanzig. Eine ganze Minute. Wenn er richtig Luft bekommen hätte und in der Lage gewesen wäre, ohne das Sauerstoffgerät mehr als zehn Schritte zu machen, wäre er jetzt aufgestanden, um den Tisch gelaufen und hätte Zolcu direkt ins Gesicht gebrüllt, um ihm Angst einzujagen und zu zeigen, wer hier die Kontrolle hatte. Aber das war in seinem körperlichen Zustand nicht möglich. Stattdessen beugte er sich auf dem Tisch bloß nach vorne.

»Es gibt in diesem Raum nur eine einzige Regel«, sagte er. »Ich stelle die Fragen, und du gibst die Antworten. Okay?«

Zolcu sah ihn an und nickte schließlich.

»Wiederhol sie«, sagte Harris. »Die Regel.«

»Sie stellen die Fragen.«

Leo nickte.

»Und die zweite Hälfte?«

Plötzlich lächelte Zolcu ihn an.

»Die gibt es nicht, Sie fetter, röchelnder Scheißkerl«, sagte er. »Sie können so viele Fragen stellen, wie Sie wollen. Ich werde keine weitere Ihrer …«

Der halb ausgesprochene Satz erstarb auf seinen Lippen, als die Tür plötzlich aufgestoßen wurde und mit einem lauten

Knall gegen die Wand schlug. Entgeistert schaute Zolcu an Harris vorbei zur Tür und sah, wie ein großer, breitschultriger Mann, komplett in Schwarz gekleidet, hereingestürmt kam, mit Riesenschritten auf den Tisch zusteuerte und um ihn herum direkt auf ihn zulief …

Ehe er richtig begriffen hatte, was gerade passierte, packte ihn der Mann mit seinen riesigen Händen an der Vorderseite seines Overalls und zerrte ihn mit einer ruckartigen Bewegung vom Stuhl, worauf dieser zu Boden fiel und seine Metallbeine scheppernd auf die Fliesen krachten. Zolcu wurde mit dem Rücken gegen die Wand geschleudert und in die Höhe gehoben. Der Mann, der ihm jetzt direkt gegenüberstand, presste ihm seine Brust gegen den Körper und stemmte ihn weiter empor.

Zolcus Wirbelsäule wurde zusammengestaucht. Sein Schädel hämmerte. Und seine Backenzähne knirschten. Der Mann schleuderte ihn ein weiteres Mal gegen die Wand und dann ein drittes Mal. Mit weit geöffnetem Mund stöhnte Zolcu schmerzerfüllt auf, als die Luft aus seinem Körper wich.

Der Mann schob sein Gesicht dicht an ihn heran. Es war ein grobschlächtiges, breites Gesicht mit flachen Wangenknochen. Völlig konturlos, ohne Ecken und Kanten. Seine Nase sah aus, als wäre sie mehrfach gebrochen und stümperhaft wieder gerichtet worden.

Zolcu fielen sofort seine Augen auf. Eines war braun, das andere ockerfarben, mit hellbraunen Linien, die von der Pupille nach außen verliefen.

»Du wirst jede einzelne unserer Fragen beantworten«, sagte der Mann. »Andernfalls breche ich dir den Kiefer, und wir stellen sie nochmal. Du wirst sie so oder so beantworten. Aber auf diese Weise wird es sehr viel mehr wehtun.«

Zolcu starrte ihn verwundert an. Diese Stimme …

Kein Mensch weiß, wie schlecht er ist, ehe er sich nicht nach Kräften bemüht hat, gut zu sein.

»Sie«, sagte er. Sein Gesicht war jetzt kreidebleich. »Aus Rumänien. Auf dem Feld …«

Der Mann grinste ihm ins Gesicht.

Und nickte.

»Der Name ist Carmody«, sagte er. »Und ich habe keine Regeln.«

Colonel John Howard fühlte sich hin- und hergerissen.

Er hatte kein Problem damit, dass seine Behausung auf dem Flugplatz doppelt so groß war wie seine alte Unterkunft auf dem Janus-Stützpunkt. Genauso wenig mit dem Offiziersclub, in dem er fast jede seiner Mahlzeiten einnahm; weder mit den Bedienungen dort noch mit der Full-Service-Bar und den bequemen Stühlen noch mit dem dampfenden Eintopf aus würzigem Schweinefleisch und Kartoffeln, der jetzt vor ihm auf dem Tisch stand. Er vermisste auf keinen Fall das Kabuff, das auf der Basis als Kantine gedient hatte, und er hatte auch nichts dagegen, dass man ihn ein wenig verwöhnte. Aber er war nicht die Karriereleiter emporgestiegen – ehrlich gesagt hatte es sich eher angefühlt, als würde er einen Felsbrocken einen Berg hinaufrollen –, um in den Genuss von Annehmlichkeiten zu kommen. Die Privilegien der höheren Dienstgrade hatten ihn nie interessiert. Er würde nie den Tag vergessen, an dem ein schwarzer Leutnant an seine Junior High School in West Baltimore gekommen war. Mit seiner adretten Uniform und den glänzenden Schuhen hatte er ausgesehen, als wäre er tausend Meter groß und direkt vom Olymp zu den Schülern in die Aula herabgestiegen.

Jedenfalls war es ihm so vorgekommen.

Howard konnte ihn immer noch vor sich sehen. Er hieß Ewing, wie der Basketballspieler, den er so vergötterte. Leutnant Edwin Ewing. Während er auf der Bühne stand, schien seine Haut zu leuchten. Nach seinem Vortrag kam er noch in Howards Klassenzimmer, um die Fragen der Kinder zu beantworten. Howard wollte von ihm wissen, ob er je an einem Kampfeinsatz teilgenommen habe, worauf der Leutnant erklärte, dass er im Dritten Golfkrieg gekämpft habe. Dann erkundigte sich Howard nach den Auszeichnungen an seiner Jacke, und der Leutnant zeigte ihm einige davon. Darunter ein Purple Heart. Das ließ ihn irgendwie noch größer erscheinen.

Bevor er sich verabschiedete, nahm er Howard beiseite und fragte ihn, ob er sich für eine Ausbildung an der Militärakademie interessiere. Howard sagte sofort Ja. Darauf erklärte Ewing ihm, er müsse sich in der Schule anstrengen, immer am Ball bleiben und sich von Ärger fernhalten. Außerdem erkundigte er sich, welche Highschool Howard besuchen wolle, und versprach, mit ihm in Kontakt zu bleiben.

Vier Jahre später, nach seinem Abschluss, verpflichtete Howard sich zur Armee, und dank Ewings Empfehlung besuchte er die West Point Preparatory School, um seine Noten zu verbessern. Im darauffolgenden September wurde er dann ins Kadettenkorps aufgenommen, als einer von acht schwarzen Studenten in einer Klasse von eintausendfünfhundert Studenten.

Die Ausbildung war hart. Als Studienanfänger wurde er von einigen der weißen Jungs immer wieder schikaniert. Aber da er früher auf den Schulhöfen in Baltimore Basketball gespielt hatte, ließ er sich von niemandem fertigmachen. Die eigentliche Demütigung, das, was wirklich schmerzte, waren nicht die fiesen Sprüche, die er während der Übungen zu hören bekam. Mit seinem Mundwerk konnte es keiner aufnehmen. Wenn er jedoch zufällig hörte, wie die Kommilitonen ihn hinter seinem Rücken einen schwarzen Quotenkadetten nannten … das war etwas völlig anderes.

Howard schob sich jetzt etwas von dem Eintopf in den Mund, nickte zufrieden und nahm einen großen Schluck Bier. Er hatte seine Lektion gelernt, dachte er. Er musste eben härter als die anderen sein. Und jetzt gerade, hier an diesem Ort … Obwohl er eigentlich nichts dagegen hatte, aufgrund seines Dienstgrads ein wenig verwöhnt zu werden, wünschte er sich das Ende seines Erholungsaufenthalts herbei. Wollte zurück auf den Janus-Stützpunkt.

In diesem Moment klingelte das Satellitentelefon auf dem Tisch, und er warf einen Blick auf die Rufnummernanzeige. *Perfektes Timing.*

Er nahm den Anruf entgegen.

»Herzogin«, knurrte er. »Was gibt's?«

»Ihnen auch einen guten Tag«, sagte Morse. »Ich arbeite mit lauter gut gelaunten Männern zusammen.«

»Keine Ahnung, was Sie meinen.«

»War nur so ein Gedanke«, sagte sie. »Colonel, ich rufe unter anderem an, um Ihnen mitzuteilen, dass Ihr Gast inzwischen in der Luft ist.«

»Geschätzte Ankunftszeit?«

»Gegen null neunhundert Ihrer Zeit.«

»Fernandez wird ihn zur Basis fahren. Wo ich jetzt eigentlich auch sein sollte.«

»Die Basis ist momentan nur eine bessere Zeltstadt. Und das mitten im Winter. Sie werden erst wieder in den aktiven Dienst zurückkehren, wenn die Ärzte ihr Okay dazu geben.«

Er machte ein finsteres Gesicht. »Was wollten Sie mir noch mitteilen?«

»Unser Gefangener ist gerade im Schwitzbad, während wir dieses Gespräch führen. Ich dachte, das wollten Sie vielleicht wissen.«

»Ist Ihr Mann bei ihm?«

»Ja. Er hatte gerade einen spektakulären Auftritt.«

Howard schwieg einen Moment. Er hatte nichts dagegen einwenden können, dass man Carmody auf Zolcu ansetzte. Zwar wäre es ihm lieber gewesen, wenn man ihn hier in die Mangel genommen hätte, aber Morse war die Einsatzleiterin, und sie hatte Harris, ihren Chefermittler, dabeihaben wollen. Allerdings hatte man Carmodys spezielle Freundin gegen Howards Einspruch in die Staaten gebracht.

»Erzählen Sie mir von Outlier«, sagte er.

»Sie ist hier.«

»Wollen Sie mich provozieren?«

»Aber nicht doch.«

Es entstand eine Pause. Die Stille über die sichere Satellitenverbindung hörte sich wie das Rauschen einer Muschel an, die man sich ans Ohr hielt.

»Outlier ist offiziell als Person von besonderer Bedeutung eingestuft«, sagte Morse. »Deshalb steht ihr während des Arrests das Recht auf Freiheit und Freizügigkeit zu.«

»Das beantwortet immer noch nicht meine Frage.«

»Wir behalten sie genau im Auge. Was meiner Meinung nach allerdings nicht nötig ist.«

»Allein in den USA sind wegen ihrer Hackerangriffe einundvierzig Klagen anhängig. Ich bin zwar schlecht in Mathe, aber wie viele werden es dann weltweit wohl sein?«

»Sie hat uns ihre volle Kooperation zugesagt.«

»Hoffen wir, dass sie Wort hält.«

»Wir handeln mit den Staatsanwälten gerade einen Deal aus. Bei uns und auch in anderen Ländern«, sagte Morse. »Wie oft muss sie sich eigentlich noch bewähren?«

Schweigen erfüllte die Leitung.

»Wir wissen immer noch nicht, wer uns im November angegriffen hat«, sagte Howard nach einem Moment. »Und wer die Roboter dazu gebracht hat, uns zu attackieren.«

»Ich glaube, wir sind uns einig, dass der Gefangene die Antworten auf diese Fragen kennt.«

»Hat er schon irgendwas rausgerückt?«

»Nein.«

»Ich sag's nochmal: Dann wissen wir nicht, wer hinter den Angriffen steckt«, sagte Howard. »Outlier und der Wolf hatten mal was miteinander.«

»Das ist lange her.«

»Vielleicht empfinden sie immer noch etwas füreinander.«

Morse atmete hörbar aus. »Eins ist jedenfalls sicher, Colonel. Spekulationen bringen uns nicht weiter. Es wäre mir lieber, wenn wir keine unbegründeten Verdächtigungen anstellen. Sonst zerfleischen wir uns nur gegenseitig.«

Howard erwiderte nichts.

»Ich mache jetzt besser Schluss«, sagte sie. »Hier ist ziemlich viel los.«

»Sicher.« Er betrachtete sein Bierglas. »Halten Sie mich auf dem Laufenden?«

»Ja«, sagte Morse. »Und ich hoffe, Sie beherzigen, was ich Ihnen gerade hinsichtlich grundloser Verdächtigungen gesagt habe.«

Eine Sekunde verstrich. Dann eine weitere.

Doch Howard erwiderte nichts.

20

Verschiedene Schauplätze

New Hampshire, USA

Grigor bog mit dem blauen Toyota Corolla an der Ausfahrt Seabrook in New Hampshire von der Interstate nach links auf den US 1 und fuhr, vorbei an Einkaufszentren und Geschäften mit steuerfreien Spirituosen, weiter Richtung Norden, bevor er schließlich an einer Tankstelle haltmachte.

Er stieg aus dem Wagen, steckte den Zapfhahn in die Tanköffnung und dehnte in der kalten Luft des grauen Nachmittags seinen Rücken. Seit seiner Abfahrt aus New York waren jetzt vier Stunden vergangen, fast eine Stunde mehr, als er gebraucht hätte, wenn er die gebührenpflichtigen Straßen genommen hätte. Aber er wollte die Mautstellen mit ihren elektronischen Bezahlsystemen und Nummernschild-Scannern lieber umgehen.

Grigor wusste, dass seine Papiere und Kennzeichen einer genauen Überprüfung standhalten würden, selbst bei einer Verkehrskontrolle. Die Polizei könnte auf jede nur erdenkliche Weise seine Personalien überprüfen und würde nichts Auffälliges feststellen. In ihrer Datenbank wurde er als Stephen

Gelfland geführt. Aber er war lieber vorsichtig. Er wollte vermeiden, dass man seine Fahrt durch vier verschiedene Bundesstaaten irgendwie nachverfolgen konnte.

Stephen Gelfland.

Zweiunddreißig Jahre alt, wohnhaft in Teaneck, New Jersey, Absolvent des New York Maritime College am Fort Schuyler in der Bronx. Alleinstehend, keine Kinder. Vor zwei Monaten hatte man ihn im Firmensitz von CloudCable in Weston, Massachusetts, als auszubildenden Boarding Agent angeheuert, mit einem Anfangsgehalt von 75 000 Dollar im Jahr. Eine wesentliche Bedingung für die Anstellung war gewesen, dass er innerhalb von dreißig Tagen nach Vertragsabschluss eine Wohnung in New Hampshire bezog. Eine weitere, dass er mindestens hundertzwanzig Tage pro Jahr auf See verbrachte, wobei jeder Arbeitseinsatz drei bis vier Monate dauerte …

In einer verlassenen Scheune in den Jersey Pine Barrens hatte sich der Gelfland, der Anfang November für diesen Posten vorgesprochen hatte, mittlerweile in hundertsechzig Litern reiner Natronlauge in eine schlammige biologische Masse verwandelt. Am Abend vor Thanksgiving hatte Grigor in der Dunkelheit vor seinem Haus auf der Lauer gelegen, als Gelfland mit seinen Einkäufen heimgekehrt war, hatte sich von hinten an ihn herangeschlichen und ihm mit seiner Walther .22 aus kürzester Entfernung zweimal in den Hinterkopf geschossen. Anschließend hatte er die Leiche ausgezogen, in eine Plane gewickelt, ohne dabei Blutspuren oder Fingerabdrücke zu hinterlassen, und sie im Kofferraum eines Mietwagens zu der Scheune gebracht.

Mit einer Metallsäge hatte Grigor die Leiche für das Laugenbad zerstückelt. Kopf, Oberkörper, Gliedmaßen, Hände und Füße wanderten einzeln in die Plastiktonne. Sie passten besser hinein als ein vollständiger Körper und lösten sich einzeln schneller auf. Damit man die Überreste nicht identifizieren konnte, trennte er zusätzlich alle zehn Fingerkuppen ab und verbrannte sie hinter der Scheune zusammen mit Gelflands Kleidung. Die verkohlten Fingerkuppen warf er zu den anderen Körperteilen in die Tonne, und die Asche der Kleidung stopfte er in einen kompostierbaren Plastikbeutel und vergrub ihn mitten im Wald, weitab irgendwelcher Campingplätze.

Inzwischen war von Gelfland nichts mehr übrig. Nach zwölf bis achtzehn Stunden in der Tonne hatten sich die Haare und Weichteile – Muskeln, Knorpel und Fett – in eine dünne, ölige Flüssigkeit verwandelt, die die Farbe von schwachem Kaffee hatte. Knochen brauchten länger und lösten sich nicht vollständig auf; von ihnen blieb eine weiße, kittartige Kalkmasse zurück. Diese schonende Form der alkalischen Hydrolyse zersetzte die komplette DNS.

Grigor hängte jetzt den Zapfhahn wieder an die Tanksäule und stieg in den Wagen. Er fand, dass er einwandfreie, gründliche Arbeit leistete … und musste an das Treffen mit Sergei Cosa denken, an jenem Abend, als er diesen Auftrag erledigt hatte. Jeder andere hätte die versteckte Andeutung, dass er sich um die Waleks und den Parkhausangestellten nicht gewissenhaft gekümmert hatte, später bitter bereuen müssen. Das grenzte schon an Beleidigung.

Beinahe wäre Grigor an diesem Abend einfach aus Cosas Versteck in Chelsea marschiert und hätte ihn aufgefordert, sich für den aktuellen Auftrag jemand anderen zu suchen.

Er war keineswegs auf Lob aus. Er wusste, wie wertvoll er war, und der allmächtige Cosa wusste das auch. Egal ob Cosa an seinen eigenen Mythos glaubte oder nicht – nämlich, dass er unsterblich sei –, dieser zottelige Bär war auch nur aus Fleisch und Blut. Doch letztlich war sein Verhalten ohne Konsequenzen geblieben. Grigors eigentliche Loyalität galt dem SWR, dem russischen Auslandsnachrichtendienst. Dieser hatte ihn buchstäblich zu dem gemacht, was er jetzt war. Der SWR hatte Grigor in *Naukograd*, der geheimen Stadt, entwickelt und ausgebildet, im Rahmen eines Projekts, das bereits Generationen vor seiner Geburt unter Nikita Chruschtschow ins Leben gerufen worden war. Und er würde dafür sorgen, dass sich diese Investitionen voll auszahlten.

Grigor bog zurück auf den US 1 und fuhr auf der gebührenfreien Straße weiter Richtung Norden. Bald würde er die Einkaufszentren hinter sich lassen und wäre wieder auf gewundenen Nebenstraßen unterwegs, umgeben von den hohen Kiefern Neuenglands und umgepflügten weißen Schneemassen.

Der Rest der Fahrt dauerte weniger als dreißig Minuten. Außerhalb von Portsmouth bog er nach Westen und fuhr für etwa drei Meilen am winterlich grauen Piscataqua River entlang, bevor er nach links auf eine zweispurige Straße namens Schooner Road rumpelte, die auf der Landkarte als Anliegerstraße ausgewiesen war. Er hatte sich die Karte vor der Abfahrt aus New York gut eingeprägt, da das GPS von den Strafverfolgungsbehörden leicht zu orten war und er kein Risiko eingehen wollte. Durch die Baumstämme zu seiner Rechten konnte er jetzt Wasser sehen und ziemlich genau vor sich die Kommunikationsmasten mehrerer moderner Schiffe.

Die Straße endete vor einem hohen Tor mit einem Wachhäuschen davor. Als er näher kam, sah er ein Schild mit der

Aufschrift *Zutritt nur für Angestellte, Besucher müssen sich ausweisen.*

Grigor drosselte das Tempo, rollte über mehrere Bodenschwellen, bis er vor dem Häuschen zum Stehen kam, und ließ das Fenster herunter, um dem Sicherheitsmann seinen Führerschein zu zeigen.

»Mein Name ist Stephen Gelfland«, sagte er mit einem Lächeln. »Ich bin wegen der Einweisung hier.«

»Danke, Sir. Einen Moment«, sagte der Wachmann freundlich. Er legte den Führerschein auf einen Scanner und warf einen Blick auf ein Tablet an einem Schwingarm.

Einen Moment später nickte der Mann vor sich hin. Grigor hatte sich wegen der Überprüfung keine Sorgen gemacht. Die Hacker des Wolfs in Okean-27 hatten alle Onlinedaten von Gelfland geändert und auf sämtlichen archivierten biometrischen Gesichtsscans dessen Bilder durch das von Grigor ersetzt. Man hatte Gelfland unter anderem deshalb für seine neue Identität ausgewählt, weil er ein Einzelgänger war, der keine sozialen Medien nutzte und nur ein einziges LinkedIn-Foto hinterlassen hatte, das man austauschen musste.

Der Wachmann beugte sich aus dem Häuschen und gab Grigor seinen Führerschein zurück.

»Bitte sehr, Mr. Gelfland. Sie werden bereits erwartet. Ihr Ausweis ist gleich fertig.«

Grigor wartete. Ein kleiner Kartendrucker im Häuschen erstellte einen Ausweis mit seinem Foto, Gelflands Namen und einem Strichcode. Der Wachmann steckte ihn in eine Klarsichthülle, an der ein Umhängeband befestigt war, und reichte sie ihm.

»Willkommen bei CloudCable«, sagte er. »Wenn Sie die

Straße runterfahren, sehen Sie weiter vorne rechts das Verwaltungsgebäude. Sie können Ihren Wagen auf irgendeinem der freien Plätze abstellen. Ein Mitarbeiter aus dem Büro des Projektleiters wird Sie am Empfang abholen.«

Während Grigor sich das Band um den Hals hängte, kam ihm plötzlich eine Idee. Er hatte eben bei einem Blick auf die Uhr am Armaturenbrett festgestellt, dass er für seinen Termin eine halbe Stunde zu früh dran war.

»Mir ist bei der Herfahrt ein Schiff aufgefallen«, sagte er. »Mit hohen Masten.«

Der Wachmann nickte. »Das ist die *Stalwart*. Sie wird bis etwa Mai Ihr Zuhause sein. Sie wurde in der Werft überholt und beladen.«

»Könnte ich mir das Schiff mal etwas genauer ansehen?«

»Nun, ohne Genehmigung dürfen Sie nicht einfach da rübermarschieren. Sicherheitsbestimmungen. Aber wenn Sie statt nach rechts nach links fahren, gelangen Sie auf die Granite Harbor Lane. Fahren Sie darauf eine Viertelmeile weiter, bis Sie an eine Wendeschleife kommen. Von dort haben Sie einen guten Blick auf das Schiff. Auf die gesamten hundertfünfunddreißig Meter. Damit ist es genauso lang wie die Arche Noah, falls Sie sich für derlei unnütze Infos interessieren.«

»Tatsächlich?«

»Ja«, sagte der Wachmann. »In der Bibel wird als Längenmaß zwar die Elle benutzt, aber einige Historiker haben das in Meter umgerechnet. Allerdings kommt es wohl darauf an, ob man lange oder kurze Arme hat.«

Grigor sah ihn an. »Daran kann man sehen, dass die Bibel nicht von den Kartografen der Navy geschrieben wurde.

Denn die behaupten, dass ein einziger Zentimeter über Erfolg oder Katastrophe entscheiden kann.«

Der Mann kicherte. »Ich schätze, man verlässt sich entweder auf die Bibel oder die Experten.«

»Oder auf die Fakten«, sagte Grigor. »Die Leute glauben, dass die Daten im Internet durch die Luft übertragen werden. Dabei geschieht das tief unten im Meer, nicht wahr?«

Der Wachmann deutete mit dem Finger auf ihn. »Da ist was dran, Mr. Gelfland«, sagte er. »Jedenfalls alles Gute. Sollte Ihnen jemand Schwierigkeiten machen, zeigen Sie einfach Ihren Ausweis.«

Grigor nickte, ließ sein Fenster wieder hochfahren und fuhr los.

Die Granite Harbor Lane schlängelte sich sanft zu einer zerklüfteten Felsklippe am Wasser hinauf. Er konnte die *Stalwart* fast unmittelbar sehen, sie lag zwischen Ladekränen, Schleppern und Servicebooten in einer breiten Flussbiegung vor Anker.

Rechts von Grigor tauchte jetzt die Wendeschleife auf. Die Straße war von Schneepflügen geräumt worden, und zu beiden Seiten erhoben sich niedrige Schneewälle.

Grigor fuhr mit dem Toyota rechts ran und trat in die Kälte hinaus. Er schob den Ausweis zurecht, sodass er über seinem Mantel hing, und ging zu der dem Wasser zugewandten Seite der Wendeschleife. Von dort schaute er auf das Schiff hinunter, das er in ein paar Tagen besteigen würde.

Die *Stalwart* hatte einen breiten weißen Rumpf, und von ihrer großen, hohen Geräteplattform ragten die riesigen Kommunikationsmasten weit in den Himmel empor. Das Heck war flach wie bei allen Kabellegern. Vom Ufer führte ein langes Förderband an Deck, und auf dem Kai stand eine riesige Trommel mit einem aufgewickelten Glasfaserkabel. Daneben bedienten Männer mit Schutzhelmen mehrere große Geräte, die das Kabel, das so dick wie ein Gartenschlauch war, über das Förderband auf das Schiff transportierten. Tief in dessen Bauch befanden sich riesige, runde Frachtbehälter für das Kabel, das sich später am Meeresboden über eine Distanz von viertausend Meilen erstrecken würde. Die Crew bestand aus achtzig Matrosen, Technikern und weiteren Arbeitskräften, die während ihrer Zeit auf See Tausende Kilo Lebensmittel, Milch und andere Getränke zu sich nehmen würden.

Grigor hatte sich sämtliche verfügbaren Informationen über das Schiff durchgelesen und eingeprägt. Sämtliche Daten. Er kannte es in- und auswendig, ohne je einen Fuß an Bord gesetzt zu haben. Dennoch hatte er es wenigstens einmal, allein, mit eigenen Augen sehen wollen, bevor man ihn als Stephen Gelfland damit vertraut machte.

Für ein paar Minuten betrachtete er vom Felsvorsprung aus das Schiff. Ein heftiger Wind fegte über das Wasser. Während er daran dachte, was ihn erwartete, streckte er, so weit er konnte, einen Arm Richtung Schiff aus und hielt ihn, die Handfläche mit gespreizten Fingern nach oben gedreht, starr vor den Körper.

Eine halbe Minute lang schaute Grigor über seinen Arm hinweg in die Tiefe. Dann ließ er ihn Stück für Stück nach unten sinken.

Als es für einen Moment so schien, als würde die *Stalwart* direkt auf seiner Handfläche sitzen, ballte er die Finger zu einer festen Faust zusammen.

Es war 19.00 Uhr und bereits stockdunkel, als Adrián Sotos Learjet 75 am kalten, bewölkten Himmel über dem Flughafen Constanţa zum Landeflug ansetzte.

Sergeant Fernandez, der mit Mario Perez neben sich am Steuer mit seinem Jolt auf dem Rollfeld stand, beobachtete mit einem Kribbeln im Bauch, wie die Maschine langsam runterging. Er kannte Soto zwar nicht persönlich, aber er wusste eine Menge über ihn, zumindest das, was öffentlich über ihn bekannt war, und er stellte ihn sich wie einen Vater oder wie einen Onkel vor, wie eine Art überlebensgroßen Patriarchen. Jemand, der dort oben über allem thronte, während er hier *unten* war. In den vergangenen Stunden hatte er sich immer wieder ausgemalt, wie ihr Gespräch wohl verlaufen würde, und sich eine Million Dinge überlegt, die er zu ihm sagen könnte. Aber was sagte man jemandem, den man schon ein ganzes Leben lang verehrte?

»Sir«, sagte Perez neben ihm. »Ich glaube, ich hätte das nicht tun sollen.«

Fernandez wandte sich von der Windschutzscheibe ab und sah ihn leicht gedankenverloren an.

»Was?«, fragte er.

Mario deutete mit dem Kopf nach hinten.

»Das da«, sagte er.

»Warum nicht?«

»Das war eine blöde Idee.«

Fernandez schüttelte den Kopf. »Überhaupt nicht.«

»Glauben Sie wirklich?«

»Sonst hätten Sie das nicht getan, weil ich es Ihnen nämlich untersagt hätte«, sagte Fernandez. »Aber das habe ich nicht.«

Mario erwiderte nichts. Es war kaum zu glauben, dass er hier mit dem berühmten Sergeant Julio Fernandez zusammensaß, jemand, den er bewunderte, seit er vor sieben Monaten auf den Stützpunkt gekommen war ... eigentlich schon sehr viel länger. Bereits damals in Hawthorne genoss Fernandez einen legendären Ruf als Wegbereiter für die militärische Nutzung künstlicher Intelligenz und selbstlernender Maschinen. Die Chance, unter ihm zu arbeiten, war für Mario der Hauptgrund gewesen, seine Versetzung auf den Janus-Stützpunkt zu beantragen.

»Sie haben es also in Erwägung gezogen?«, fragte er.

»Was?«

»Es mir zu untersagen?«

»Hm-hmm.« Fernandez sah ihn an. »Aber dann fiel mir ein, dass ich mal ein Foto von Soto in seinem Haus gesehen habe, mit mehreren Katzen im Hintergrund.«

»Wirklich?«

Fernandez nickte. »Nur aus Neugier ... haben Sie Ihre Verlobte auch nach ihrer Meinung gefragt?«

»Ja, Sir.«

»Und was meinte die entzückende Laura zu Ihrer Idee?«

»Sie meinte, dass ...«

Er wurde von einem lauten Miauen unterbrochen und drehte sich halb zur Rückbank um. Buttons kratzte an der Reißverschlussklappe seiner Transporttasche und drückte sein Gesicht gegen das Stoffnetz.

»Ruhig, Kleiner. Papa ist ja hier.« Mario streckte eine Hand aus, damit die Katze daran schnuppern konnte, wartete, bis sie sich beruhigt hatte, und wandte sich dann wieder zu Fernandez um. »Also, Lauras genaue Worte waren: *Si te dietienes parar mirar hacia atrás cruzando la calle, serás golpeado.*«

»Wenn man sich beim Überqueren einer Straße umdreht, wird man überfahren«, sagte Fernandez. »Wie hart.«

»Sie meinte, ich sei ziemlich impulsiv. Aber das sei in Ordnung. Allerdings würde ich zu viel Zeit damit verschwenden, meine Gedanken zu hinterfragen.«

Fernandez gab ein Knurren von sich.

»Und was haben Sie darauf erwidert?«

»Dass ich mir nicht sicher bin, ob die Sache wirklich angemessen sei. Dass die hohen Tiere in der Heimat nicht glauben sollten, wir würden uns in ihre Angelegenheiten einmischen«, erwiderte Mario. »Weil wir eine Katze zu unserem Maskottchen machen, meine ich.«

»Und was hat sie geantwortet?«

»Das Maskottchen der Net Force sei ein Schäferhund und unseres hier auf Janus eben ein nerviges Kätzchen«, sagte Mario. »Sie glaubt nicht, dass die Leute in der Heimat sich deswegen auf den Schlips getreten fühlen.«

»Hm-hmm«, sagte Fernandez. »Hat sie sonst noch was gesagt?«

»Ja«, sagte Mario. »Buttons sei unverwüstlich. Und schlau. Na ja, so wie wir im Kampf gegen die Igel. Das würde er symbolisieren. Er hat weder die Basis noch uns im Stich gelassen. Er hat sich vier Wochen lang dort versteckt, bis alle zurückgekehrt sind.«

»Hm-hmm.«

Mario sah ihn einen Moment lang an. »Und was sagen *Sie* dazu, Sarge?«

Fernandez schaute erneut nach draußen, wo das Flugzeug gerade landete. Er hörte das Pfeifen der Schubumkehr, als der Jet abbremste. Danach rollte er zum Vorfeld, wo zwei mit Overalls bekleidete Männer orange Stäbe hin und her schwenkten.

Die Schmetterlinge in Fernandez' Bauch flatterten und schwirrten jetzt aufgeregt umher.

»Ich würde sagen, dass Ihre Verlobte ziemlich klug ist«, sagte er nach einer Weile.

Mario lächelte.

»Ich kenne keine klügere Frau«, sagte er.

»Ich wette, es gibt auch keine hübschere.«

»Mein Gott, Sie haben sie ja gesehen. Sie ist umwerfend«, sagte Mario.

Fernandez sah ihn an und grinste. Mario erwiderte seinen Blick und räusperte sich verlegen.

»Tut mir leid«, sagte er. »Sie denken bestimmt, dass ich blind vor Liebe bin.«

Fernandez machte plötzlich ein ernstes Gesicht.

»Bewahren Sie sich dieses Gefühl«, sagte er. »Wenn Sie jemanden lieben, dürfen Sie ihn nie wieder loslassen.« Er klopfte sich gegen die Brust. »Es gibt nur die eine wahre Liebe im Leben, mein Bester. So viel weiß ich. Irgendwann werde ich Ihnen mal erzählen, *woher* ich das weiß.«

Die beiden schwiegen einen Moment, während die Heizung warme Luft ins Wageninnere blies. Plötzlich wirkte Fernandez ganz melancholisch. Nach einer Minute sah er, wie das Flugzeug zum Stehen kam und die Flughafenangestellten die Radvorleger setzten, und richtete sich in seinem Sitz gerade auf.

»Unser Gast ist da«, sagt er. »Fahren Sie ganz dicht ran.«

Mario legte den Schalthebel in die Fahrposition um, rollte langsam auf das Vorfeld und blieb mit Abblendlicht ein paar Meter vor der Maschine stehen. Als die Gangway von der Kabinentür heruntergeklappt wurde, verließ Fernandez den Wagen, strich seine Uniform glatt und lief darauf zu. Der Pilot und Co-Pilot, der ein Rollköfferchen trug, kamen die Gangway herunter. Sie nickten Fernandez zur Begrüßung zu, übergaben ihm den Koffer, stellten sich an den Rand des Rollfelds und warteten.

Als Nächstes und Letztes verließ Adrián Soto in einer Bomberjacke mit Kapuze die Maschine. Er stieg die Treppe herunter, schüttelte den Piloten die Hand und lief auf den Sergeant zu.

Fernandez schluckte trocken und salutierte. »Herzlich willkommen in Rumänien, Mr. Soto, Sir!«, sagte er und stellte sich vor.

Soto schenkte ihm ein breites Lächeln. Fernandez fand, dass er in natura jünger aussah als auf den Fotos und Videos.

»Stehen Sie bequem«, sagte er und streckte seine Hand aus. »Es ist mir eine große Ehre, Sie kennenzulernen, Sergeant.«

Mein Gott, das kann nicht wahr sein. Fernandez musste erneut trocken schlucken, rang nach Luft und griff nach Sotos Hand.

»Danke, Mr. Soto, Sir«, sagte er, ohne sich seine Aufregung anmerken zu lassen. »Die Ehre ist ganz auf meiner Seite. Ich fühle mich privilegiert.«

»Einigen wir uns darauf, dass dieses Gefühl auf Gegenseitigkeit beruht.« Soto schaute zum Jolt hinüber. »Ist das mein Wagen?«

»Ja, Sir!«

»Gehen wir«, sagte Soto und machte mit den Händen eine ausladende Geste. »Es ist hier draußen ziemlich frisch.«

Die beiden marschierten zum Wagen hinüber. Mario hatte inzwischen die Beifahrertür geöffnet und hob die Tasche mit Buttons von der Rückbank.

Soto bemerkte sie sofort und beugte sich vor, um den handgemachten Aufnäher auf der Seite zu betrachten. Er zeigte das Net-Force-Logo, und darunter stand in fein säuberlich gestickten Buchstaben:

Janus-Stützpunkt
Buttons
Lagermaskottchen

»Nun«, sagte er, »das ist wirklich hübsch.«

»Die Ehre gebührt meiner Verlobten«, sagte Mario.

Soto lächelte und spähte durch das Stoffnetz.

»Hallo, Kleiner«, sagte er mit sanfter Stimme. »Freut mich, dich kennenzulernen.«

Buttons drückte sich gegen das Netz und begann, traurig zu miauen.

»Tut mir leid, Sir. Er lässt sich eigentlich anstandslos transportieren. Aber da drin ist es ihm zu eng«, sagte Mario. »Vorne ist genug Platz, um …«

Soto sah ihn an.

»Nicht nötig, er kann bei mir bleiben«, sagte er. »Ich besitze selbst zwei Katzen.«

Mario entging nicht, dass Fernandez ihm einen verstohlenen Blick zuwarf. Der Sergeant stand, zufrieden mit sich selbst, einen Moment da, dann deutete er mit dem Kopf auf den Jolt.

»Im Wagen ist es warm, und auf den Straßen ist nichts los«, sagte er. »Wir sollten es zügig zur Basis schaffen.«

Halbinsel Krim

Die geöffnete Luke auf dem Oberdeck des U-Boots zeichnete sich in den Scheinwerfern des langen Betonpiers deutlich ab. Vier der sechzehn senkrecht emporragenden Abschussrohre waren zum Laden bereit. Mehrere Hafenarbeiter hantierten mit ihren Geräten, während Wachleute in Kapuzenanoraks mit Gewehren vor dem Oberkörper sie dabei beobachteten. In wenigen Minuten würde der Testlauf beginnen.

Weiter hinten auf dem Pier näherten sich in der Dunkelheit die Schatten von Sergei Cosa und Drajan Petrovik.

»Das Boot ist großartig. Es ist perfekt«, sagte Cosa. Er machte eine kurze Pause. »Echte Perfektion macht mich jedes Mal sprachlos. Ob in der Kunst, Musik, Wissenschaft oder Technik … ich bin immer wieder sprachlos.«

Drajan blieb hinter ihm stehen, die Hände tief in den Taschen seines langen schwarzen Mantels vergraben. Der Wind war stürmisch und kalt, und das Wasser klatschte gegen den Pier. Ihm stieg der intensive organische Geruch von Meeresalgen, Mineralien und Salzwasser in die Nase, der Geruch von Phytoplankton, das während des Verwesungsprozesses jene Fäulnisgase absonderte, die Fische, Krabben und Möwen anlockten. Diese unsichtbaren Organismen, die in der Strömung umhertrieben, bildeten den Anfang der Nahrungskette.

Draußen auf dem Meer spritzte Wasser empor – wahrscheinlich der Wind oder ein Tier, das die Oberfläche durchbrach.

Drajan starrte in die Nacht hinaus.

»Für mich zählt nur der Angriff selbst.«

»Ach ja?«

»Die Vorgehensweise ist mir egal«, sagte Drajan. »Die wahre Größe liegt in der Tat selbst. Perfektion erreicht man nur, wenn der Angriff ein Erfolg war.«

»So spricht jemand, der an der Spitze der Nahrungskette steht.«

Drajan zuckte mit den Schultern. »Ich bin mir nicht sicher, ob das überhaupt auf jemanden zutrifft.«

»Tatsächlich? Das überrascht mich. Schließlich bist du doch der Wolf.«

»Und du wirst als Koschei der Unsterbliche gefürchtet«, sagte Drajan. »Der dunkle Reiter. Der Gestaltwandler, der seine Gegner mit der Wucht eines Tornados vernichtet. Dessen Seele in einer Nadel verborgen ist, die sich in einem Ei befindet, welches in einer Ente steckt, die wiederum in einem Hasen steckt, der in einer Kiste tief unter der Erde eingesperrt ist.«

»Du kennst dich mit den russischen Mythen wirklich gut aus.«

»Ich weiß, was nur ein Mythos ist. Und ich weiß, dass man ihnen keinen Glauben schenken darf. Deinem, meinem, irgendeinem Mythos.« Drajan wandte sich Cosa zu und schaute ihn direkt an. »Wenn wir mit einem einzigen Schlag zwei Goliaths erledigen wollen, muss ich – müssen *wir* – die Augen offen halten.«

Die beiden Männer verfielen in Schweigen und konnten ein mechanisches Hämmern und Rattern am anderen Ende des Piers hören, wo ein Maschinist auf einer erhöhten Plattform mit einem Steuerknüppel einen riesigen Roboterarm bediente. Dessen gebogene Stahlzinken umklammerten einen sechs Meter langen Metallbehälter, während der über das U-Boot ausgestreckte Arm langsam zu einer der offenen Luken hinüberwanderte. Auf dem Boot standen vier oder fünf Arbeiter und gaben dem Maschinisten über Funk-Headsets Anweisungen.

Cosa lief weiter auf das U-Boot zu, und Drajan folgte ihm, während sein Mantel im stürmischen Wind seine Beine umflatterte.

»Du musst zugeben, dieses Ungetüm ist ziemlich beeindruckend«, sagte der Russe. »Hundertfünfunddreißig Meter vom Bug bis zum Heck, elektrischer Stealth-Antrieb … unsere Konstruktion ist größer als ein Wal, aber nicht lauter als zartes Liebesgeflüster.«

»Trotzdem ist das Boot auf die Tarntechnologie angewiesen. Und ohne unseren Schläfer können wir alles andere vergessen.«

Cosa blieb einen Moment im Wind stehen.

»Grigor ist mit dem Kabelleger inzwischen unterwegs. Er ist vor wenigen Stunden an Bord gegangen. Habe ich das schon erwähnt?«

»Ja«, sagte Drajan. »Du kümmerst dich also um alles, Sergei. Täuschung und Ablenkung … das sind die Elemente, die unserem Plan erst seine Größe verleihen. Die Perfektion, die wir anstreben.«

Cosa musterte ihn, während er auf dem Betonweg zwischen Land und Meer stand.

»Ich glaube, ich verstehe, was den Reiz von Burg Graguscu für dich ausgemacht hat«, sagte er. »Mit ihren falschen Wänden und Geheimgängen muss sie das reinste Paradies für dich gewesen sein.«

Drajan zuckte mit den Achseln. »Die Burg war einer meiner vielen Rückzugsorte. Aber jetzt liegt sie in Trümmern.«

Cosa schaute ihn einen Moment lang an. Dann öffnete er seine vollen Lippen und stieß tief aus seinem Brustkorb ein dröhnendes Lachen hervor, das zu den windgepeitschten Wellen hinausgetragen wurde.

»Aus dir wird man wirklich nicht schlau«, sagte er und drehte sich zu den stromlinienförmigen Umrissen des U-Boots um. »Aber Schluss mit dem Gequatsche. Sehen wir uns die Todesmaschine mal an.«

Drajan nickte.

»Begeben wir uns in den Bauch des Ungeheuers«, sagte er. »Nach dir.«

Cosa grinste und lief auf das Boot zu, während Drajan einen Moment stehen blieb. Die herannahenden Wellen türmten sich hoch auf, bevor sie in sich zusammenstürzten und sich überschlugen. Er konnte im ganzen Körper ihr gleichmäßiges Pulsieren spüren, so als würde sein Blut im eindringlichen, wogenden Rhythmus der Wellen durch seine Adern fließen.

Er atmete langsam ein und spürte das Kribbeln der Seeluft in der Nase, und während der Wind seine Haare in sämtliche Richtungen wehte, wanderte seine rechte Hand zu der Tätowierung an seinem Hals empor. Zum Rad der Hekate.

Es passierte immer wieder, dass ihn urplötzlich Gedanken an Kali überkamen. Allerdings wusste er nicht genau, warum.

Nach einem kurzen Moment ließ Drajan die Hand wieder sinken, steckte sie in die Manteltasche und lief weiter. Im Licht der Scheinwerfer folgte er Cosa vorbei an den russischen Wachleuten und dann über die Gangway zur offenen Luke.

Nach einem kurzen Blick ins Innere kletterte er nach unten.